国家社会科学基金青年项目

『**日本大众文化语境下的中国四大名著**』成果

日本大众文化语境下的中国『四大名著』

赵莹 • 著

中国文史出版社

图书在版编目（CIP）数据

日本大众文化语境下的中国“四大名著” / 赵莹著
. -- 北京 : 中国文史出版社, 2019.11
ISBN 978-7-5205-1563-4

Ⅰ. ①日… Ⅱ. ①赵… Ⅲ. ①文学－文化交流－研究
－中国、日本 Ⅳ. ①I206②I313.06

中国版本图书馆CIP数据核字(2019)第250406号

责任编辑：刘华夏
装帧设计：欧阳春晓

出版发行：中国文史出版社
社　　址：北京市海淀区西八里庄69号　　邮编：100142
电　　话：010-81136606　81136602　81136603（发行部）
传　　真：010-81136655
印　　装：北京温林源印刷有限公司
经　　销：全国新华书店
规　　格：787×1092　1/16
印　　张：20　　插页：8
字　　数：322千字
版　　次：2020年2月北京第1版
印　　次：2020年2月第1次印刷
定　　价：58.00元

繪本通俗三國志
初編
一

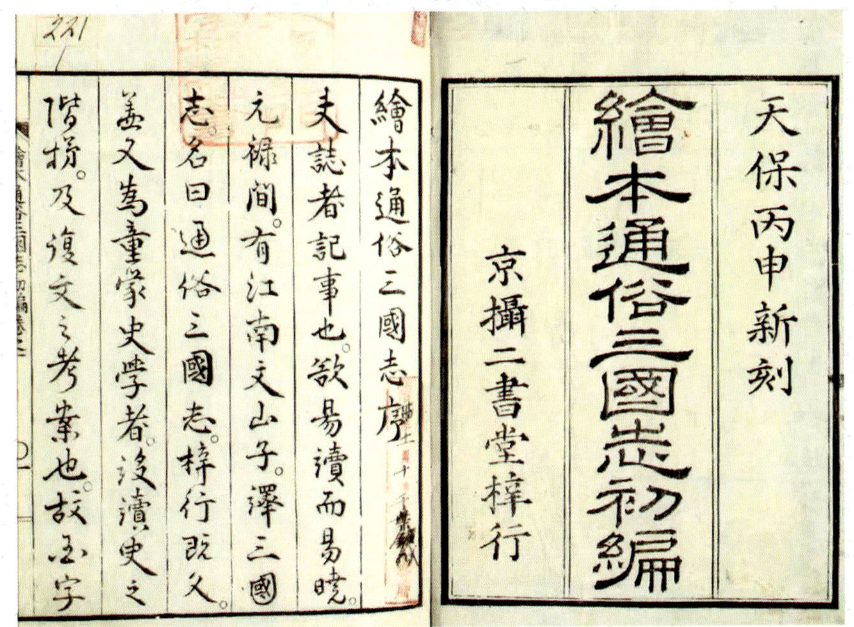
天保丙申新刻
繪本通俗三國志初編
京攝二書堂梓行
繪本通俗三國志序
夫誌者記事也。欲易讀而易曉。
元禄間。有江南文山子。譯三國
志。名曰通俗三國志。梓行既久。
蓋又為童蒙史學者。設讀史之

《绘本通俗三国志》

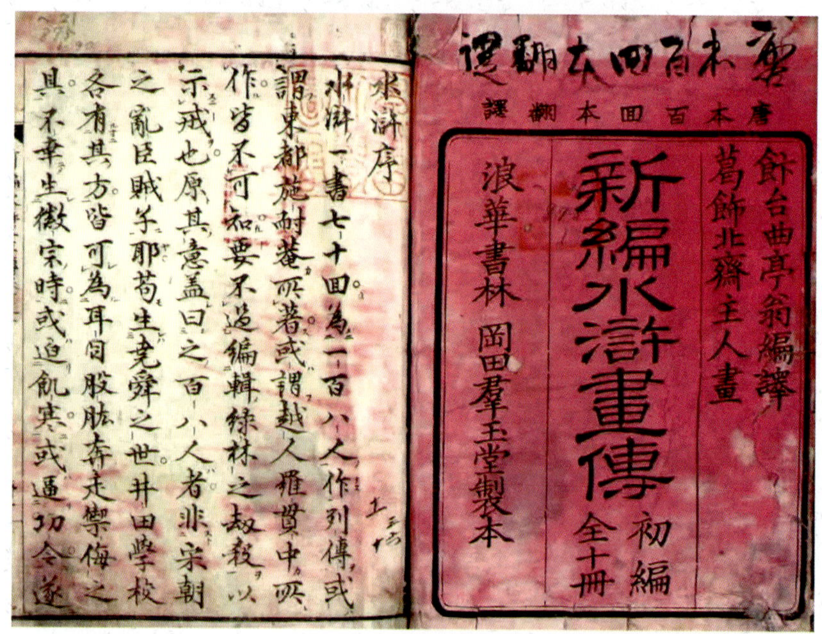

唐本百回本翻譯

飯台曲亭翁編譯
葛飾北齋主人畫
新編水滸畫傳
初編
全十冊
浪華書林 岡田羣玉堂製本

水滸序

水滸一書七十回為一百八人作列傳或
謂東都施耐菴所著或謂越人羅貫中所
作皆不可知要不過編輯綠林之劫殺以
示戒也原其意蓋曰之百八人者非宋朝
之亂臣賊子耶苟生堯舜之世井田學校
各有其方皆可為耳目股肱奔走禦侮之
具不幸生徽宗時或迫飢寒或逼功令遂

《新编水浒画传》

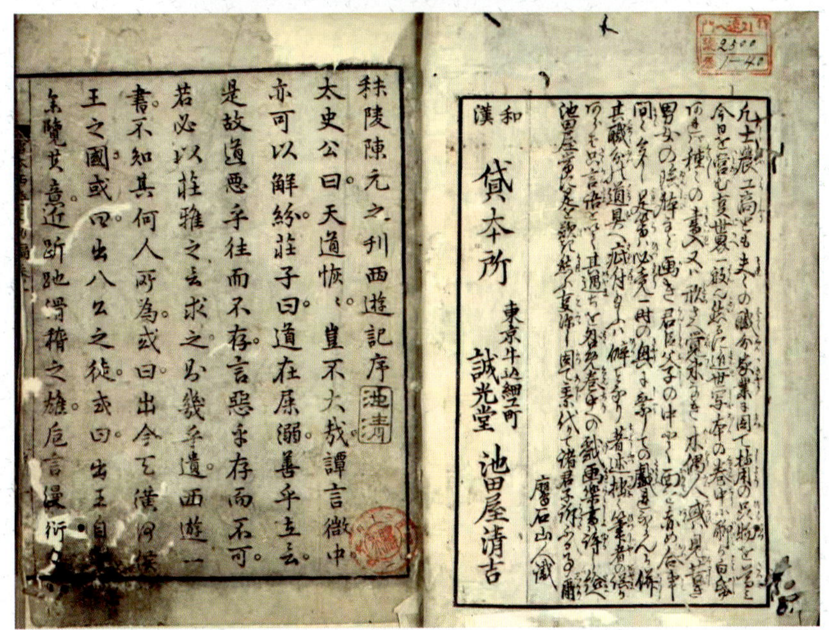

《绘本西游记》

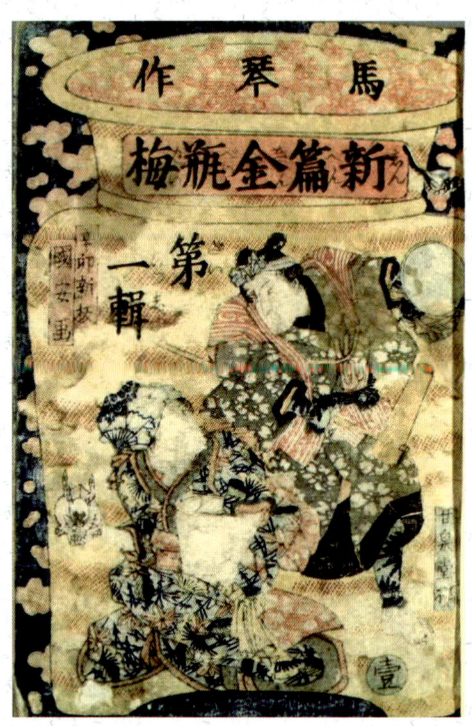

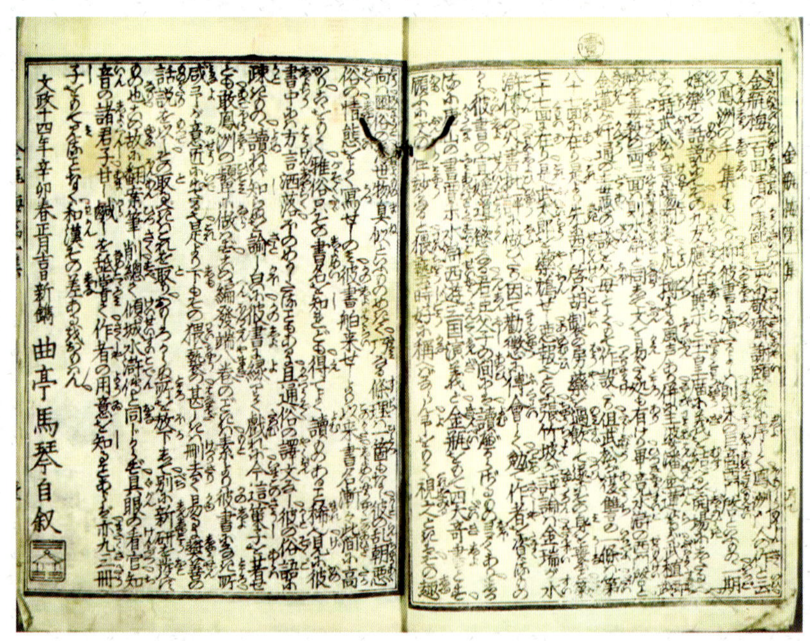

文政十四年辛卯春正月吉日新鐫　曲亭馬琴自叙

《新篇金瓶梅》

成果简介

中日之间一衣带水，文学交流源远流长。日本江户时期，随着市民文化的勃兴，当时输入日本的中国小说得以广为接受。通过不同时期的文化过滤，《三国演义》《水浒传》《西游记》《金瓶梅》《红楼梦》五部小说与日本文学和文化相互融合，呈现出不同的文学特质和表现形式，体现接受者的创造性叛逆。日本大众文化语境下，五部小说发生的一系列变化，恰好体现了中日文学交流中的常见规律，即吸收外来文化时总是站在本国文化立场上进行筛选、重构和新生。鲁迅在《摩罗诗力说》中说："欲扬宗邦之真大，首在审己，亦必知人，比较既周，爰生自觉。"正如鲁迅所言，深入探讨《三国演义》等中国明清白话小说在日本的传播、接受、改造和异化等一系列过程，既为知人，亦为审己，意义重大。

日本大众文化语境下的中国"四大名著"，因为不同时期和地域的发展历史和文化差异，四大名著不仅指大众通常所熟知的《三国演义》《水浒传》《西游记》和《红楼梦》，还包括与前三部并称四大奇书的《金瓶梅》。五部中国明清白话小说先后于江户时期传播到日本，与日本文学文化相互融合，对日本大众文化影响深远，这种影响延续至今。

一、五部小说的输入及对江户文学的影响

日本江户时期，采取全面锁国政策，经历了长达260年与世隔绝的时代，但

与中国之间的贸易往来从未间断。随着日本江户时期庶民经济的发展，庶民文学开始崛起，以大众化和享乐化为特色的读物受到普通百姓的极大欢迎，中国明清五部白话小说也在这个时期输入日本。江户时期的日本，经济发展稳定，民众文化也随着经济的发展稳步而迅速地繁荣起来。以上方，即以大阪为中心的大阪、京都地区为发源地的原禄文化，就使民众知识水平得到提高，伴随着木版印刷的发达，出版物盛行，藩校、寺子屋的出现也提高了教育水平。再如，以江户为核心的化政文化带来了城市工商业者的知识提升，寺子屋的出现也提高了他们的教育水准，黄表纸、读本等文学读物代表这一时期的文学特色。从地主、商人、武士到民众，多彩的文化生活开始萌芽，为中国明清小说输入日本后的顺利传播奠定了基础。

五部小说基本经历了从原书到和刻、翻译、翻案的过程，在被接受的过程中，经历了大众文化的过滤，从内容到形式发生了很大改变，体现接受者的创造性叛逆。原书的阅读和理解对于普通大众而言过于遥远，于是产生了和刻本，在原书的基础上添加各种辅助阅读的手段，虽然理解起来还是过于繁复，毕竟让日本大众开始接触和了解中国明清小说的内容。再来就是翻译，为了让不懂汉文的大众也可以读懂和通晓，开始尝试对五部小说进行“通俗译”。“通俗译”不同于今天意义上的翻译，并不是对照原文的忠实翻译，而是大胆地对原文进行增删，更像是新创作的作品。当时的译本意义重大，它的出现开启了明清白话小说在日本的跨国演绎历史，也拉开了日本接受中国白话小说的序幕。契合江户庶民文学的发展，几部中国白话小说被翻案成读本小说、绘本小说，改造成戏剧，影响了江户时期的绘画风格，与江户文学文化的交流和融合是全方位、多角度的。

二、五部小说在日本的译介与传播

伴随日本大众文化的发展，人们一方面需要大量的通俗小说填补阅读需要；另一方面对中国充满好奇心，想要了解这个邻国的欲望强烈。在两方面动力的驱使下，拥有翻译能力甚至研究能力的译者将五部小说译介给日本读者，使其得到广泛接受和普及。

仅仅懂汉语是不可能顺利翻译这几部中国白话小说的，要对中国历史、文化、宗教、习俗等有深入研究，需要具备对中国文化的立体知识体系，才有可能将原作的内容和风貌传达给读者。翻译中遇到的困难难以胜数，带给读者的译本也各有千秋。首先，语言是具有时代性的，所以不同时期的译本也会体现当时的语言特色，越早期的语言越古雅晦涩，越接近现在的越简单易懂。其次，翻译中都会体现译者的创造性叛逆。比如对原著的删增，比如对词汇的解释，比如注入译者独特的观点，这些都不会影响译著的质量，相反体现翻译中的创造性，提高读者的阅读兴趣。对于同一原作，不同时代的不同译者给出了不同的译本，译本与原作的比较，几个译本之间的比较，总之经过横向纵向的立体交织比较，既可以更深入、多角度地了解本国著作本身，又可以对其在日本的几个译本进行比较研究，从异同中发现时代变化、趣味变化，以及不同译者的翻译个性。翻译在推进几部小说在日本社会的传播中起到了强大助推剂的作用，正是在无数次对经典的重译中，拉近了它与日本大众的距离，经典不再被束之高阁，而是成为大众耳熟能详的读本。

三、五部小说与日本大众小说改编

日本大众文学是相对于纯文学而言的概念，它以通俗易懂，接近和适合大众口味为其特点，是伴随着“二战”后日本经济的飞速发展而成长起来的新文学。虽然在开始阶段还不受重视，被看作肤浅的取悦读者的俗文学，但是经过长期的发展，时至今日它与纯文学的地位已经不相上下了。战后经济发展带来文艺和出版业的繁荣，报刊、广播、电视等得到全面推进。由于出版业的产业化，各种周刊杂志如雨后春笋般迅猛增长，再借助报纸、广播、电视等的宣传，大众文学空前繁荣。

以被称为大众文学第一人的吉川英治的现代小说《三国志》为首，将五部小说改编成各种现代版的大众小说成为潮流。柴田炼三郎的冒险小说《英雄三国志》、陈舜臣的推理小说《秘本三国志》和现代游记《新西游记》、北方谦三历史小说《大水浒传》、林真理子的时代小说《本朝金瓶梅》等，五部小说在日本的再创作前仆后继，成就斐然。进入20世纪八九十年代，大众文学在延续以往的大众化、通俗化、多样化等特点的同时，更加关注现代人的内心世界，于是产生了借中国经典古代小说抒发日人情怀，审视现代社会的作品，进一步推动五部小说的大众化和日本化进程。进入21世纪，对五部小说的再创作方兴未艾，怎样求新求变，即如何借其发挥创新想象，体现作者的创作个性，成为各位作家绞尽脑汁思考的问题。日本版的《三国演义》《水浒传》《西游记》《金瓶梅》和《红楼梦》，让读者（日本的，也包括中国的）进入了另外一个世界，即日本作家所创作的中国小说的世界。其中所包含的异民族的信息、符号等使我们看到了文学再创作中的文化特质。也许中国读者会因为其中的某些改变而不能马上接受这种再创作，但是透过这些改变，却能更深入地读懂日本作家、日本读者、日本文学和日本文化中的日本味儿，了解日本的民族心理和审美特色。

四、五部小说与日本大众文化的交融

五部小说与日本大众文化的交流是多方位的，除了翻译、再创作以外，为其在日本广泛推广和实现大众化做出巨大贡献的，还有漫画、戏剧、电视、电影甚至游戏。相较于文字读本的耗时耗力，新颖的视觉作品各具特色，适合现代社会中快节奏生活的人们的口味，吸引日本读者和观众的注意力，使五部小说的接受群进一步扩大，与传统文字系统相呼应，实现更广层面上的大众化。

五部小说首先被搬上净琉璃、歌舞伎、人偶剧的舞台，这些被搬上舞台的中国白话小说，构筑了另外一个日本的三国世界、水浒世界、红楼世界等，与原著若即若离。无论如何改变，都会意识到原著的存在，否则也无所谓改变。相较于文字文学，舞台艺术有受众广、易接受、易发挥等优势，借助这些特性，将五部小说的大众化进行到底。同时，以日本的戏剧形式、舞台模式等，重新演绎中国古典名著，也是中日文学交流的结晶，是两国人民的共有财富。

影视剧是大众文化的重要表现形式之一，也是反映社会变迁和文化发展的重要载体。进入大众传媒发达的新时代，《西游记》等作品多次被改编为电影、电视剧。影视改编的历史折射出日本社会和大众文化的变化发展历史和现状。影视媒介的出现，使中国白话小说内藏的强大艺术生命力得到进一步展现。日本的电影、电视剧改编者遵循日本受众的审美要求和文化背景，创作的作品充满了愉悦、轻松的氛围。故事情节方面，初期的电影基本遵循了原著的情节。后期的电影则适应大众文化的发展变化，迎合观众的喜好，对故事情节进行了大幅度的改编和再创作。电影的改编主旨、人物形象、人物关系中都融入了更多的日本文化的特色。

中国古典小说是日本动漫和游戏中常见的创作题材，这类改编作品中仍然有着浓重的日本传统风格。立足于民族传统、结合时代的需求和现实生活，是日本动漫值得借鉴之处。回顾世界动漫发展史不难发现，在深厚的本土文化底蕴基础上，表达出人类共同情感的作品，总是能带给观众心灵的震撼与感动，实现市场效益与文化传播的双丰收。

世界文学中的中国文学，这是一个理应得到中国学者深切关注的问题。具体到本课题，意在通过研究中国明清五部小说在日本的命运，特别关注在传播的过程中，日本大众文化所起到的重要作用，以此厘清日本大众文化与五部小说的关系，并探讨背后的深层文化内涵。明确中国文学对日本文学的决定性影响，了解日本文学吸收和改造外来文学时的规律性，探寻日本大众文化发展与五部小说再创作的关系，提供从异域重新审视本国文学特色的一个角度。总之，本课题站在中日文化关系史的角度，运用比较文学和比较文化的方法，对五部小说与日本大众文学和文化的关系进行了系统的梳理、评述和研究。

曹孟德许田射鹿·明代崇祯刻本《英雄谱》插图

目录 CONTENTS

第一章
中国“四大名著”跨国演绎的肇始

“日本大众文化语境下的中国‘四大名著’”，以此为题，意在探讨中国明清小说，特别是以我们熟知的、大家公认的名篇，其在日本文学文化生活中所产生的深远影响，以及与日本大众文化的融合和变异，管窥中日文学交流的规律、模式、特征。

中国古典白话小说“四大名著”现多指《三国演义》《水浒传》《西游记》和《红楼梦》，前三部作品成书于明朝，而《红楼梦》则成书于清朝。但翻看白话小说的发展历史，“四大名著”之前已有“四大奇书”的说法，如明代剧作家冯梦龙就提出“四大奇书”之说，当然这之中并不包含《红楼梦》，取而代之的是成书于明朝的《金瓶梅》，即“四大奇书”为《三国演义》《水浒传》《西游记》和《金瓶梅》。四部小说除了内容的奇绝，再加之作者的不确定等诸多神秘因素，被称为“奇书”也不足为奇。《金瓶梅》多有露骨的性描写，从清朝顺治年间就开始被列入禁书，在各地屡遭销毁，之后《红楼梦》才渐渐代替《金瓶梅》，成为“四大名著”之一。久而久之，一般大众的文化常识便只知“四大名著”，不再提及“四大奇书”。但“四大奇书”的说法却被邻国日本继承下来，至今普通百姓的文化常识里所言“四大奇书”依旧指冯梦龙定义的《三国演义》《水浒传》《西游记》和《金瓶梅》。当然，《红楼梦》对日本文学文化的影响也是不可小觑的。因此，此“四大”并非彼“四大”，本论中的“四大名著”是相对广义的概念，涵盖两个“四大”，即《三国演义》《水浒传》《西游记》《金瓶梅》和《红楼梦》，可以理解为中国明清时期的五部小说在日本大众文化语境下的流变之研究。

如果用一个字来凝练一部小说，那么《三国演义》就是“武”，《西游记》是“幻”，《水浒传》是“侠”，《金瓶梅》是“淫”，《红楼梦》则是“情”，这是日本著名中国文学研究专家井波律子给出的精辟概括。这五部明清长篇白话小说的影响力不只局限在中国本土，还波及周边国家，如日本、韩国、泰国、越南等，甚至欧美地区也不乏热衷者。其中尤以日本的明清小说译介和研究最为突出，不仅数量庞大，质量上也多有上乘之作。五部小说在日本的大众文化语境下，从江户时期输入日本始，时至21世纪的今日，经历了输入、传播、接受、改造、异化等一系列过程，对日本文学文化产生了深远的影响，值得我们进行深入的探讨和研究。为了弄清这些问题，首先应该弄清明清小说传入日本的时间，当时日本的社会文化环境，以及当时给日本带来的影响等，只有厘清这些问题，才能揭开明清小说在日本的演绎之路的序幕，追述日本的中国白话小说热潮的源头。

第一节　五部白话小说传入日本

日本江户时期，1612年第一代将军德川家康颁布禁教令，取缔天主教，德川幕府开始采取锁国政策，以稳固其统治地位。从1633年2月到1639年7月，德川幕府又连续五次颁布了所谓的“锁国令”，意在断绝日本与外界的各种往来，包括海上贸易和宗教信仰，以加强幕府统治。经过一代代将军的不懈努力，并通过多年严格的禁令控制，日本的“锁国体制”最终得以确立。全面锁国后，虽然日本经历了长达260多年与外界隔绝的历史，但与中国间的贸易往来从未间断，从某种意义来说，中日之间的海上贸易更加频繁和丰富，长崎便成为当时中日贸易的主要基地，而汉籍的贸易交流也是通过长崎实现的。当时向往中国文化的日本人，都聚集到长崎游学，这里成为中日文化交流的重要窗口。

在锁国的同时，德川幕府也借助中国儒教加强思想统治，希图建立封建的文治政治，因此非常重视汉籍搜集。德川家康曾在江户（今东京）富士见亭建立文库，即“枫山文库”（亦称“红叶山文库”，现为“国立公文书馆内阁文库”），该文库一方面将中世金泽文库的汉籍善本收为己有；另一方面通过海上贸易，从中国购得大量汉籍。另外，尾张德川家的“蓬左文库”和加贺前田家的“尊经阁文库”等，这些地方文库也都保存了很多江户时代从中国运来的重要书籍。跟随中日贸易之船漂洋过海的无数汉籍中，《三国演义》《水浒传》《西游记》《金瓶梅》和《红楼梦》，这五部白话小说也位列其中。五部小说传入日本的时间各有先后，总体来说都在日本近世，即江户时代传入日本。

一、《三国演义》的传入

《三国演义》在日本的初译本称作《通俗三国志》，元禄二至五年（1689—1692）由署名湖南文山的译者翻译而成，全书50卷。《三国演义》传入日本的时间肯定在1689年之前。日本学者基本上是根据现存的个人读书记录和藏书目录等，推断《三国演义》传入日本的大概时期，以下根据日本学者的考证加以整理。

据田中尚子所著《三国志享受史论考》，最早关于《三国演义》的记载见于“《罗山先生诗集》附录卷一庆长九年（1604）既读书目录四四〇部的‘史记、汉书、后汉书、荀悦汉纪、袁宏后汉纪、吴越春秋、通俗演义三国志、唐鉴、通鉴纲目、十八史略’”[1]，《三国演义》名列其中。照此推断，它的传入应该在早于江户时期的安土桃山时代（1568—1598，一说至1600年）。而目录中的“罗山年谱”是罗山之子后来整理而成，其准确性还有待考证。田中氏提供的另一证据也出自林罗山，他的随笔《梅村载笔》（成立年不详）中亦有关于《三国演义》和《西游记》的记载。林罗山（1583—1657），江户初期儒学者。由于当时海上交通的便利，大量书籍从中国被带到日本，林罗山能够阅读到从中国输入的包括《三国演义》在内的大量书籍，并将其记录下来，这是完全有可能的。

另外，中村幸彦《唐话的流行和白话文学书的输入》[2]一文中，也是依据上述田中尚子所提及的读书目录和随笔，考订《三国演义》输入日本的时间。林罗山的读书目录是日本现存关于《三国演义》的最古老记录。林罗山的随笔《梅村载笔》，其中含有汉籍目录，《三国演义》的书名与《西游记》《列国传》《全相汉书》等并列在一起。虽然无从知道第一本登陆日本的《三国演义》是何年何月，但在江户初期，日本知识阶层能够比较容易地拥有一本像《三国演义》这样的汉籍，是可以肯定的。

长泽规矩也通过《日光山“天海藏”主要古书解题》（日光山轮王寺所藏），发现了天海法师（1643年没）所藏书目中，有《新录全像大字通俗演义三国志传》（乔山堂刊本）和《李卓吾先生批评三国志》（明刊本）等书目的记载。这个记录证实天海法师生前所阅《三国演义》还不止一个刊本。

江户幕府八代将军德川吉宗下令制成江户幕府藏书目录，即《御文库目录》，据其中的记载，正保三年（1646），《英雄谱》入“红叶山文库”。所谓英雄谱，就是将《三国演义》和《水浒传》作为上下两部合刻在一起。由此可以

1 田中尚子，《三国志享受史论考》，东京：汲古书院，2007年，第173页。
2 中村幸彦，《中村幸彦著述集》（第7卷），东京：中央公论社，1984年，第31-32页。

确认，当时的江户幕府书库中的确有《三国演义》一书。至1700年，至少有五种版本的《三国演义》，分别是《通俗演义三国志》《新录全像大字通俗演义三国志传》（刘龙传本）《李卓吾先生批评三国志》《二刻英雄谱》《三国英雄志传》（杨美生本）。

关于《三国演义》何时传入日本的问题，虽然没有一个具体的时间表，但通过至今掌握的材料，特别是各种读书目录和藏书目录，可以将1604年到1689年间的半个多世纪，看作《三国演义》在日本开始传播的肇始期，为《三国演义》培养了大量的读者和坚实的接受基础，并以译本《通俗三国志》的出版为顶点。

二、《水浒传》的传入

《水浒传》与《三国演义》一样，并无法准确知道于何年何月传入日本，但基本可以考证为江户时代之初。

天海僧正（1536—1643）的“天海藏”书目中有《水浒传》，这被认为是最早传入日本的《水浒传》的记载。1654年天海藏书的一部分搬到日光山轮王寺，其中就包括《水浒传》八卷，这本书的正式题目是《京本增补校正全像忠义水浒志传评林》，略称《水浒志传评林》，是明朝万历二十二年（1594）刊行的版本。

据上文提到的“红叶山文库”，即德川将军家的书库目录“御文库目录”所载，宽永十六年（1936），《水浒传》入库，正保三年（1646），《英雄谱》入库。

三、《西游记》的传入

根据《西游记受容史的研究》的作者矶部彰的考察，基本确定庆长（1596—1615）、元和（1615—1624）时期到元禄（1688—1704）时代，明版的《西游记》随船入日，拉开了《西游记》接受史的序幕。

“红叶山文库”的“御文库目录”中，其中“世”载有《全像西游记》宽永十六年（1936）之前入库的记录。此书与现存杨闽斋刊本《鼎镌京本全像西游记》一致，随船载入日本。

林罗山在他的《梅村载笔》“地卷”中，列出了中国的四部汉籍，其中“杂”项中收录了“八仙传、西厢记、列国传、三国志演义……西游记”等。

日光山轮王寺的天海大僧正也得到当时德川将军家的重用，兼备僧职和权势，被称作“天海藏”的藏书群，收集了大量以明刊四大奇书为中心的中国白话小说，其中关于《西游记》的记录有三种：明版繁本·简本——世德堂刊《西游记》；《唐僧西游记》；朱鼎臣编本《唐三藏西游记》。叡山文库天海藏书也有一册《唐僧西游记》。

四、《金瓶梅》的传入

《金瓶梅》的版本主要有三个系统，这三个系统在不同的时间来到日本。

第一个系统，万历四十五年（1617）带“序”的《金瓶梅词话》，通称“词话本”“万历本”。此版本为《金瓶梅》的最古完本，现有北京图书馆藏本，日光山轮王寺慈眼堂藏本，德山毛利家栖息堂藏本三部。其中日光山轮王寺慈眼堂藏本，属于前述“天海藏”。“天海藏”虽然也包含天海僧正去世后的收藏，但其身后所藏多为佛典，因此推断“词话本”应为生前藏书，即时间上推断到1643年之前所藏。“词话本”还收录于德山潘第三代藩主·毛利元次（1668—1719）所建栖息堂文库中。宝永五年（1708），该文库所做“御书目目录”中有“金瓶梅词话十八册、百回、十卷”，因此毛利元次应该是在1708年前已经拥有“词话本”。

第二个系统，对《金瓶梅词话》加以改订的版本，崇祯年间（1628—1644）刊行的《新刻绣像批评金瓶梅》，通称“崇祯本”“改订本”等。“崇祯本”现藏于日本内阁文库、东京大学东洋文化研究所、天理大学附属天理图书馆。其中日本内阁文库所藏和东京大学东洋文化研究所所藏为同一个版本。根据长泽规矩也研究，从“御文库书目”的记录“金瓶梅 廿一本”来看，正保元年（1644），“崇祯本”已经被收入“红叶山文库”，意味着崇祯年间（1628—1644）刊行后不久就随船入日。

第三个系统，清代文人张竹坡（1670—1698）点评《新刻绣像批评金瓶梅》的版本，通称“第一奇书本”“张竹坡批评本”等。卷首有康熙三十四年

（1695）谢颐所书序文。“第一奇书本”是流通最为广泛的版本。日本京都大学附属图书馆、天理大学附属天理图书馆、早稻田大学图书馆、内阁文库、东洋文库等都有藏本，且输入日本有详细的记载：

正德三年（1713）“舶载书目”：第一奇书《金瓶梅》二十四本 一百回

正德三年（1713）“商舶载来书目”（国立国会图书馆）：第一奇书《金瓶梅》一部廿四本

正德四年（1714）“斋来书目”（天理图书馆）：第一奇书 一部四套二十四本

宽延四年（1751）“大意书 午七番船同九番船同拾番船持渡书物觉书”（宫内厅书陵部藏舶载书目第三九册所收）：《金瓶梅》十一部各二套 四部各廿四本 七部各二十本

天保十四年（1843）《落札帐》（九州大学九州文化史研究所藏）：袖珍《金瓶梅》一部 二包 廿四册

嘉永五年（1852）《书籍元帐》（长崎县立长崎图书馆藏）嘉永五年 亥四番船：《金瓶梅》〇一部二套

五、《红楼梦》的传入

《红楼梦》也如前述白话小说，首先以写本的形式进入日本。乾隆五十六年（1791），《红楼梦》程甲本刊行，日本宽正六年（1794），九部《红楼梦》随“南京船”来到日本的长崎。德川幕府治下，采取了长达200多年的锁国政策，不允许任意与海外进行交流，禁止航船的自由往来，只允许一部分荷兰船只和明朝船只在长崎进出。幕府许可的中国商船包括华中、华南一带到乍浦、泉州、福州的贸易商船进行物品交易，其中就包括大量的书籍随船载入日本。“南京船”就是指在南京、苏州一带揽货，在乍浦、宁波、上海的港口出发，驶向日本的商船，也称作“宁波船”。当时在长崎进行贸易往来的商家手中有古文书记录的“差出账”一册，记录了1794年11月23日从乍浦启航，12月9日抵达长崎的“南京船”所载货物，包括《红楼梦》九部十八套。但是关于这个记录学界一直有疑问，因为以当时的传播速度，1791年才刊行的程甲本《红楼梦》，不太可能只两年后就传播到日本，学界对此说法不一，还有待今后进一步考证。

亨和三年（1803），日本输入汉籍目录《舶载书目》中载：“《绣像江楼梦全传》二部四套。”同是1803年的《舶载书目》还记载有“《绣像江楼梦全传》二部二套”。

第二节　中国白话小说的影响

五部小说传入日本之时，其间正值江户时代，即日本近世时期。自从德川家康开设江户幕府（1603）以来，锁国政策虽然禁锢了日本和外界的联系，却有利于国家的统一，政治渐趋稳定。社会稳定带来经济发展，商人、手工业者的努力使社会经济越趋成熟，普通民众也开始重视文化生活。由于采取文治政治，一方面奉行儒教，知识阶层，包括禅宗僧侣得到更多发展文化事业的空间；另一方面，民众文化随着经济的发展也稳步而迅速地繁荣。如以上方，即以大阪为中心的大阪、京都地区为发源地的原禄文化，就使民众知识水平得到提高，伴随着木版印刷的发达，出版物盛行，藩校、寺子屋的出现也提高了教育水平。再如，以江户为核心的化政文化带来了城市工商业者的知识提升，寺子屋的出现也提高了他们的教育水准，黄表纸、读本等文学读物代表这一时期的文学特色。从地主、商人、武士到民众，多彩的文化生活开始萌芽。这些都为中国明清小说输入日本后的顺利传播奠定了基础。

一、唐话学习热潮

能读懂汉文小说的毕竟只局限于少数知识阶层，比如当时有专门从事翻译的“唐通事”，据说这些白话小说就是他们用来学习汉文的课本，再比如寺院的僧侣，也有很多可以看懂汉文。通过他们转述、翻译，以及在他们作品中的引用和借鉴，有更多普通日本人开始接触、了解这些来自中国的名著，并被其中的人物和故事深深吸引，开启了日本经久不衰的中国白话小说传播的序幕。

唐话（汉语）学习的热潮要从德川幕府的统治说起，1751年，设立了唐通事会所，为唐话学习打下基础，并推动了后来的唐话学习热潮。《橘牕茶话》记载：“我东人欲学唐话、除小说、无下手处、然小说还是笔头话、不如传奇直截平话、只恨淫言亵语不可把玩……”可见当时学习唐话并非易事。

关于唐话在日本江户时期的流行人群，大体分为僧侣、禅僧和唐通事。首先是僧侣，其中包括来到大陆的日本僧人以及他们的门徒，还有明末清初为避骚乱归化日本的中国僧人。“不宗朱子元非学，看到匡庐始是山”，代表人物有天龙寺的周良策彦，他是渡明贸易使节。另外归化人中最有代表的是幕初三唐人，分别是尾张藩的陈元赟、纪州藩的吴任显、水户藩的朱之瑜（朱舜水）。其次是禅僧，有以隐元为中心新赴日的禅僧，隐元、独湛、独吼、大眉，建立了临济宗的一派黄檗宗，在宇治黄檗山万福寺。还有以心越为中心的曹洞宗。前来请教唐音唐话者如伊藤东涯、荻生徂徕、松室松峡、陶山南涛、芥川丹邱等。最后就是长崎的唐通事（荻生徂徕称之为“崎阳之学”），他们都是受幕府之命，跟中国进行贸易的翻译官，有名的唐通事有上野玄贞、雨森芳洲、岗岛冠山、大潮、天产等。

当时唐话学习之风行，见于《唐话类纂》之卷之一的卷头，有以下联名：

长崎 冠山岗岛援之玉成

肥州 释大潮

但州 释天产

肥州 释惠通

三河 徂徕荻生茂卿 名宗右卫门

东都 东野安藤焕图东壁 仁右卫门

信阳 春台太宰纯德夫 弥右卫门

东都 东海筱崎惟章子文 三悦后改金吾

信阳 曾原天野景胤 文右卫门

东都 翠柳山田正朝麟屿 宗见后改大助

东都 东华度会常芬 三周改修理久志本氏

东都 东洲马岛孝元 友庵

以上都是当时翻译社的会员。其中特别热心学习和推广唐话的就有岗岛冠山，他当时曾奔走各处，推广唐话，经他手出版的唐话学习用教课书有：

《唐话纂要》五卷（享保元年，同三年六卷再版）

《唐话便用》六卷（享保十年，同二十年再版）

《经学字海便览》七卷（享保十年）

《唐音雅俗语类》五卷（享保十一年）

《唐译便览》五卷（享保十一年）

明朝和清朝到日本进行中日贸易的商人被称作“唐人”，他们在长崎住在划定的“唐人屋敷”的范围内。当时的翻译就是所谓的“唐通事”，在进行往来贸易中起到了重要的作用，他们中很多都是出身中国南方（南京、福州、漳州、广东）的明朝人的后代子孙。这里的“唐话”主要是指中国南方的方言，而学习“唐话”的主要教材是《三国演义》《水浒传》等白话小说，用来练习日常口语表达。《红楼梦》则是用作自学的教材。因为往来商船多是从中国南方而来，《三国演义》和《水浒传》是学习南方话的白话小说，所以作为主修教材。《红楼梦》则是学习北方话的教材，用作自修。先于文学作品，中国白话小说的最初命运是日本人学习汉语的教材。虽说是教材，但在反复阅读和理解中，对小说本身的文学性的一面也自然会越来越亲近。

二、白话小说变迁

漂洋过海来到日本的中国白话小说，正逢日本江户时代的庶民文学兴起之时，二者相契合之下，形成了独特的江户文学的特质。白话小说受到当时日本读者的欢迎，并对日本文学产生了深远的影响。从原书到和刻，再到翻译，最后创作出日本风的翻案文学作品，这一系列的推衍过程中，白话小说传入日本，以日本独特的和刻本形式广泛传播，被大众所接受，被译者所翻译，被日本文学家再创作，这样一个渐广渐深的过程中，尽可窥见中日文学交流的常见规律。

传入日本的白话小说通常都要经历以下四种形式的变迁，即原书、和刻、 翻译和翻案四个阶段。

原书，显而易见，就是从中国传入日本的白话小说的原本。

和刻本，是中国的白话小说在日本刊行的版本。所谓和刻本，不是单纯地将原书复制印刷，因为即便是白话文章，对当时的普通读者来说也很难理解，所以在刻板时加入了很多辅助阅读的内容。辅助内容包括返点、送点和左训。返点、送点，就是在文章的右侧标注读音和顺序等，这是日本人为了读懂中国文言而进行的了不起的发明创作，我们不得不钦佩日本人在利用汉文上所下的功夫。光有返点、送点还不够，左训是标在文章的左侧，来解读单词、句子的意思。这些都是用片假名来标注的。于是就产生了以原文为中心线，左右标注了很多小记号的和刻本，读起来除了看中间的原文，还要左看看，右看看，从下边反到上边看，简直忙得不可开交。这些记号不只是帮助读者来阅读和理解原文，还是和刻本作者对原著的研究，所以非常有价值。

翻译，当时的翻译与今天意义上的翻译不同。日语中有汉字、平假名和片假名之分。在江户时代的日本，这三种文字是有身份等级的差别的。最高位的自然是汉字，会汉字就是有学问的象征，其次是片假名，最后普通人所掌握的就是平假名。当时的翻译中常常使用片假名，给人很硬质的感觉。翻译也不是完全一字一句的对应翻译，更像是新创作的作品。当时翻译的题目前面大多加上“通俗”二字，“通俗”就是让俗也可以通的意思，所以所谓翻译，实际上是省去了难译的部分，还有日本人觉得没意思的地方，与今天我们所说的原文翻译完全不同。

最后，翻案。虽然通俗译可以帮助日本人读懂白话小说的原文，但毕竟故事发生在中国的舞台上，登场人物也是中国人，再加上汉文训读调的生硬感，还是会影响日本人的阅读乐趣。于是就出现了借助中国白话小说的故事情节，将舞台搬到日本，将人物置换为日本人，再加上适当的调整，这样新创作的翻案小说更适合日本读者的口味。翻案看似简单的复制，简单的替换，但实际并非如此，其中渗入了作者的思考和日本文化的浸润。

江户时期文学的一个很大特色就是民众文学的发达，适合普通百姓阅读的小说，如读本、黄表纸等流行开来。读本是宽延·宝历年间（1748—1764），兴起于京都、大阪地区的小说，经过宽政改革后流行于江户，一直延续到天保年间（1830—1844）。读本作品多为受中国白话小说影响，以日本历史为素材进行创作的传奇小说，思想也受到中国劝善惩恶、因果报应的影响。因为内容有趣，语言上雅俗折中，又附有插图，所以很受百姓的欢迎。上田秋成的《雨夜物语》，曲亭马琴的《南总里见八犬传》等都是这个时期的佳作。黄表纸是江户后期（约1712—1818）流行于江户地区的黄皮绘本的总称，它也是绘本的一种，恋川春町《金金先生荣华梦》，山东京传《江户生艳气桦烧》等为其代表。这些绘本适合不懂汉文的百姓阅读，甚至不懂日语的妇女和儿童也可以通过绘画阅览，培养了江户小说的读者群，同时其中渗透的中国白话小说的影响，也被这些绘本一同灌输进读者的心中，为日本江户时期的读者更好地接受中国白话小说奠定了基础。

第三节　江户时期的“通俗译”

江户时期所谓“通俗译”，通俗意指普通一般大众，“通俗译”就是翻译成普通一般大众也可以看得懂的内容，即让俗也可以通。随着江户时期庶民经济的发展，庶民文学开始崛起，以大众化和享乐化为特色的读物受到普通百姓的极大欢迎，因而流行一时，《三国演义》《水浒传》《西游记》的初译本也在这个时期应运而生。初译本意义重大，它的出现开启了白话小说在日本的跨国演绎历史，也开始了日本接受中国白话小说的序幕。

一、《三国演义》初译本《通俗三国志》

日本中世的军记物语《太平记》中已经出现了三国故事的情节，据考证这些三国故事典出《晋书·宣帝纪》。而《三国演义》真正登上日本文学舞台，开始进入人们的视线，应该肇始于元禄二年（1689），湖南文山根据罗贯中《三国演义》经过三年时间翻译而成的《通俗三国志》。译者为京都天龙寺的僧人义彻和月堂两兄弟，湖南文山实为译者的笔名，先是义彻开始着手翻译，其死后，他的弟弟月堂继续完成了《三国演义》的翻译。

《通俗三国志》的题目在此要加以说明，“在日本学术界及文学界，所谓‘三国志’，不仅指公元3世纪晋代史学家陈寿编纂的《三国志》，也指后世在此基础上出现的有关注释、史书、平话，特别是元末明初（14世纪）罗贯中编写的《三国志通俗演义》（简称《三国演义》）”。因此，书名虽为《三国志》，并不意味着是以陈寿《三国志》为参考的创作。从古至今，大部分日本人是通过《三国演义》的译本和再创作来了解三国故事和人物的，从初译本《通俗三国志》开始，到第一部现代小说吉川英治的《三国志》，再到后来的作品，以“三国志”为题的作品甚至要多于“三国演义”。但这些作品都是以《三国演义》为基础，有的以《三国志》等史书为参考进行创作的。长此以往，给读者留下了深刻的印象，也就混淆了两个名字之间的概念，所以大部分与《三国演义》相关的作品，都会在前言后序等位置对此进行详细的解释和阐述。

关于译者湖南文山的经历以及他的翻译态度等诸问题，有多位日本学者的先行研究可供参考，如幸田露伴[1]、小川环树[2]、中村幸彦[3]、德田武[4]、长尾直茂[5]等，可参见其文章著述，在此不再一一列举。译本对原作的改变以及翻译的目的等，是本文关注的重点问题。

湖南文山的译本并不是对原文的忠实翻译，除了形式章节的改变，对内容也有较大的删增，例如将120回的原著内容合并为50回等，所以实为编译本，但这是《三国演义》在日本的第一个译本，即《三国演义》日文初译本的诞生。说到为何将原著120回的回目缩减为50回，这也并不是译者的随意而为，实际上是从说书到读本的一个巨大转变。原著在每卷末尾都有“且听下回分解”的字样，这是说书时的常见方法，为了提起听众的兴趣，吊足大家的胃口，能够下次还兴致盎然地来听书。湖南文山剔除了这种形式，且以故事的完结为各章节的结束，目的是使故事更具有完整性，更贴近小说的形式，符合江户时期读者的阅读习惯。

1　幸田露伴，《新订通俗三国志解题评说》，湖南文山编，幸田露伴校订《新订通俗三国志》，东京：东亚堂，《日本文艺丛书》（第2卷），1982年。

2　小川环树，《关索传说及其他 三 文山译的原本》，《中国小说史的研究》，东京：岩波书店，1968年。

3　中村幸彦，《书志聚谈》，《中村幸彦著述集》（第14卷），东京：中央公论社，1983年。

4　德田武，《〈通俗三国志〉的译者》，《日本近世小说和中国小说》，东京：青书堂书店，1987年。

5　长尾直茂，《近世〈三国演义〉》，《国文学——解释和教材的研究》，东京：学灯社，2001年6月。

以内容的完整性作为分卷、分章的标准，成为湖南文山译介《三国演义》的准则，最终呈现给读者的就是50卷本的《通俗三国志》。

以罗贯中《三国演义》第33卷末尾为例：

> 程昱等请曰：“北方既定，今还许都，可早建下江南之策。”操笑曰：“吾有此志久矣。诸君所言，正合吾意。”是夜宿于冀州城东角楼上，凭栏仰观天文。时荀攸在侧，操指曰：“南方旺气灿然，恐未可图也。”攸曰：“以丞相天威，何所不服！”正看间，忽见一道金光，从地而起。攸曰：“此必有宝于地下。”操下楼令人随光掘之。正是：星文方向南中指，金宝旋从北地生。不知所得何物，且听下文分解。[1]

一句“且听下文分解”，在故事发展到最高潮时戛然而止，结束了这段内容，这正是说书的最常见手段，留个悬念才能吸引听众下次接着来听。湖南文山为了适应小说的形式和读者的阅读习惯，并没有就此打住，而是继续写下去：

> 曹操于金光处，掘出一铜雀，亦吉祥之兆，大喜，遂筑铜雀台于漳河之上，祭北征阵亡之郭嘉，欲南征刘表。[2]

于此处搁笔，保证了故事情节的完整性。此译本一出，在当时的知识阶层传播开来，作为文学作品，吸引了当时以武士和富裕工商业者为主的读者群。由于很受欢迎，约150年后的天保七年（1836）开始历时12年，由池田东篱亭校订，葛饰戴斗插画的《绘本通俗三国志》出版且大卖。葛饰戴斗就是最著名的浮世绘画家葛饰北斋的高徒。插绘本《通俗三国志》的问世，将读者群扩大到一般百姓的层面。

“洛汭有嘉长翁，淳朴而好古，与予结方外之交，累次请予锓诸梓而流后

1　罗贯中，《三国演义》，北京：人民文学出版社，2009年，第285-286页。

2　湖南文山译，葛饰戴斗插图，落合清彦校订，《绘本通俗三国志》（第4卷，相当于初译本13卷），东京：第三文明社，1983年，第76页。

昆矣"[1]，此处提及的"嘉长翁"，根据中村幸彦的研究，是一位叫西川嘉长的京都手工艺者，在对马停留期间，偶尔听说京都五山的僧侣在讲《三国演义》，就出资赞助，湖南文山所译《通俗三国志》得以在京都的书肆栗山伊右卫门处出版。这个事件见于对马出身的古藤文庵的随笔《闲窗独言》的记载中，可信性很高。原来机缘巧合之下才有了《三国演义》在日本的第一个完整译本。

言及湖南文山翻译《三国演义》的目的，见于《通俗三国志》序：

夫史所以载道垂鉴于后世也。故君臣之善恶，政事之得失，邦家之治乱，人才之可否，无不一而录焉。凡读史者，读至其忠处，便思自己忠与不忠，读至其孝处，便思自己孝与不孝，而不忘劝惩警惧之心，则修身之要，岂外焉哉。呜呼汉室倾颓之日，宦官弄权，而坏乱国经，奸雄鹰扬，而割据州郡。伟哉昭烈，身起涿郡，结义桃园，顾贤草庐，创成大业，而使天下犹知有汉，其功可谓大也矣。痛哉，后主失德，而谗佞毁忠，逐为亡虏，而社稷一旦休，岂不惜哉。予每读史，未尝不叹息痛恨于此间也。况三国人才之盛，后世鲜及焉。而其真伪曲直炳然于百千载之后者乎。故暇日本于东原罗贯中之说，参考陈寿之传，而讲演文义，分为五十卷，目之曰通俗三国志。始于汉建宁，终于晋太康。虽俚词蔓词不足以发蕴奥，要使幼学易解焉而已。洛汭有嘉长翁，淳朴而好古，与予结方外之交，累次请予锓诸梓而流后昆矣。实虽不免剡藤可怜之诮，读之者，苟有善以为劝，恶以为警，则幸予之原志也哉。

元禄已巳孟夏 湖南文山识[2]

这段序文向我们传达了很多讯息。首先，湖南文山翻译《三国演义》的目的，貌似为了以史为鉴，劝善惩恶。这种思想源于日本近世流行的劝惩小说观，而究其源头，当是中国儒教思想的影响。儒学早在五六世纪便已传入日本，但其影响尚未渗透至社会生活领域。到了近世，儒学因十分契合封建统治的需要而被德川幕府定

1 古藤文安所著《闲窗独言》中的一段叙述。

2 湖南文山译，葛饰戴斗插图，落合清彦校订，《绘本通俗三国志》（第12卷），东京：第三文明社，1983年，第170–171页。

为官学，由此，忠孝节义等道德观念逐渐成为封建社会的伦理基础。德川幕府还将重视君臣秩序的朱子学奉为官学，推行文治政策，在近世将近三百年的和平时期，日本的文学艺术实现了空前的繁荣。江户时代是日本儒学的全盛时代，德川幕府推行劝善惩恶或文以载道等实用主义文学观，小说家无不标榜自己作品的劝惩教化功能。儒学者的文学观念逐渐影响到一般的文学研究者及创作者，再加上德川幕府对读本、洒落本、人情本等小说类俗文学管制极严，江户后期发起的宽正改革（1787—1793）更是明令禁止朱子学以外的异端邪说，所以为免遭惩罚，且能使自己的作品有一个冠冕堂皇的理由得以刊行，小说家们无不标榜自己作品的“劝善惩恶”思想，就连很多滑稽或以情爱为题材的小说也被牵强附会地冠之以“教训”的美名。但究其根本，更多的不过是想让 “幼学易解焉而已”，这恐怕才是湖南文山的真实目的。湖南文山所译《三国演义》名为《通俗三国志》，所谓通俗，不同于今天的意思，当时专指翻译中国书籍之事。让俗也可以通，即让一般不懂汉文的老百姓也能读懂之意。译介始于江户时代元禄二年（1689），共花了三年时间编译完成，是继满语《三国演义》之后，又一种语言的《三国演义》问世。

还有一个问题不得不提，湖南文山的译本之所以称作《三国演义》在日本的初译本，是因为《通俗三国志》是第一个较完整的《三国演义》的译本，但是对《三国演义》的翻译却不是始于湖南文山。根据德田武的研究“本国最初的《三国演义》翻译——关于《为人钞》”[1]，《为人钞》（据考可能为中江藤树所著）就有根据李卓吾本翻译的“连环计”和“孔明南征”的情节。《为人钞》刊行于1662年，如果德田的推断正确，那么这个翻译就早于湖南文山译本30年。无论如何，比较完整地翻译《三国演义》的日文初译本当属《通俗三国志》，这点毋庸置疑。

二、《水浒传》初译本《通俗忠义水浒传》

先于初译本，和刻本《忠义水浒传》初集五册（至第十回），享保十三年（1728）一月十五日，由京都书肆林九兵卫刊行，岗岛冠山（1674—1728）训点。之后的二集五册（至二十回），在三十年后的宝历九年（1759），由林九

1 德田武，《本邦最初的〈三国演义〉翻译》，《明治大学教养论集340》，2001年。

兵卫和林权兵卫发行。虽然预告要发行二十一回以后的内容，但是由于种种原因，最后没能发行，百回本只刊行了前二十回。此和刻本的底本是百回本的“文繁本”。和刻本《忠义水浒传》文字端正，印刷精美，加之返点和送点规整而简洁，是比较优秀的版本。

日本最初的《水浒传》译本是《通俗忠义水浒传》，译者是有“唐话学第一人”之称的岗岛冠山。通俗之意在上文《通俗三国志》中已经说明，因此《通俗忠义水浒传》也同样是汉文训读调的翻译。全部八十册，每二十册一编，分为上编［宝历七年（1757）九月，和刻本出版后二十九年］、中编［安永元年（1772）］、下编［天明四年（1784）］和拾遗［宽政二年（1790）］，分四次刊行，历时三十四年出版完成。每一编的第一册衬页上都印有“冠山岗岛璞玉成先生编译”的大字，虽然是否全部出自岗岛冠山之手还有待研究。这部耗时三十多年才得以全部出版的《水浒传》初译本，其间经历了多个书肆之手，只有文泉堂的林权兵卫自始至终参与了此书的出版刊行。

编目	书　肆			
上编 中编	玉枝轩 （植村藤右卫门）	再昌轩 （吉田四郎右卫门）	文会堂 （林九兵卫）	文泉堂 （林权兵卫）
下编	辉文堂 （横江岩之助）	文海堂 （山田屋卯兵卫）	博厚堂 （武村嘉兵卫）	文泉堂 （林权兵卫）
拾遗	辉文堂 （横江岩之助）	大坂心斋桥筋 （武村甚兵卫）	博厚堂 （武村嘉兵卫）	文泉堂 （林权兵卫）

初编十五卷，从卷一到卷十五，内容到百回本的第三十一回。中编十五卷，从卷十六到卷三十，内容从百回本的第三十二回到第六十七回。下编十四卷，从卷三十一到卷四十四，内容从百回本的第六十八回到第九十五回。由于百回本和百二十回本的论争，影响了《通俗忠义水浒传》的出版，在反复推敲后，出版了二十册的拾遗，二十册包括十卷十四册的二十回部分，后边再加上下编剩下的五回的部分，分成三卷六册。由于过于混乱，在拾遗的最开始编入“口禀”，将事情的来龙去脉等一并详述。初译本省略了难译的内容和不能理解的地方，同时也

添加了对话和日本趣味。

由曲亭马琴和高井兰山共译，葛饰北斋（1760—1849）所作插画的120回的完译本《新编水浒画传》（读本 1805—1838），基本参考了初译本《通俗忠义水浒传》，其中插画有300多幅，全部由北斋所画。虽然比普通的读本插画要多，但是插画场景并没有连续性，相较于之前的水浒插画，这部作品的插画是最忠实于原著的，这种忠实是指内容上，而不是形象上的忠实。《新编水浒画传》是日本读者从19世纪初到20世纪中叶读到的最主要的《水浒传》，其插画也自然影响深远。

对于异文化的理解，单从语言上就存在相当大的难度。伴随和刻本《水浒传》的问世，各种《水浒传》的注解书籍也纷纷问世，注解书恰好可以管窥江户时代对异文化言语的接受和理解。根据长泽规矩也编《唐话辞书类集》[1]所收《水浒传》注解书有以下十种：

1727年（享保十二年），《水浒传译解》，序—百二十回，冈白驹口授，艮斋校正。

1757年（宝历七年），《忠义水浒传解》，一—十六回，陶山冕编。

1769年（明和六年）以前，《忠义水浒传（语解）》，一—五十回，半唐师口授。

1784年（天明四年），《忠义水浒传抄译》，十七—三十六回，乌山辅昌编。

1784年（天明四年）以后，《水浒传字汇外集》，编者不详。

1785年（天明五年）以前，《忠义水浒传钞译》，十七—百二十回，陶山冕编。

1785年（天明五年）以前，《水浒传批评解》，序—七十回，清田儋叟编。

成立年不详，《忠义水浒传（语释）》，一—三回，编者不详。

成立年不详，《水浒传抄解》，序—十回，编者不详。

成立年不详，《圣叹外书水浒传记闻》，二十六—百二十回，编者不详。

《水浒传》经常被用作唐话学习的教材，因此这些注解书大部分都是类似于讲义笔记，编辑整理之后的书籍。这其中冈白驹的《水浒传译解》、陶山冕《忠义水浒传解》最具代表性。

1　长泽规矩也编《唐话辞书类集》，共二十卷，东京：汲古书院，1966—1976年。

冈白驹的《水浒传译解》并非本人所撰，是学生将他的授课内容整理而成，所以有很多版本，其中长泽规矩也所列《水浒传译解》是艮斋整理的版本，译解依据的是一百二十回本，详述了第一回到第一百二十回中《水浒传》的各种语言表现。

陶山冕《忠义水浒传解》，与冈白驹的《水浒传译解》类似，也是选用百二十回的版本，按照顺序说明《水浒传》中的语义，可惜只出到第十六回，不同的是该书应是陶山自己所著。陶山的注解有其自身的特点，首先使用片假名标注发音。其次对于语言文字的说明及其详尽细致，他认为要熟练掌握发音，要多读小说品味其中之意，要进行文学训诂，学习正统的古典和注释，这三者缺一不可，可见其大家风范。

《水浒传》的注解热潮，可见当时唐话流行风气之盛，亦能窥见当时唐话学习的深度和广度。在这个时期，《水浒传》与其说是一部中国白话小说，不如说是一部学习唐话的一手教材，也因此，对《水浒传》的认知更多地停留在了语言层面，成了当时人们学习外语的好教材，练习口语的好书籍。《水浒传》不只是满足大众的好奇心，也是江户时期知识分子学习汉学的新途径。

三、《西游记》初译本《通俗西游记》

在初译本出现之前，已经有像《西游记劝化钞》等节译本的出现，宝历六年（1756）的《京都书林行事上组济账标目》和明和九年（1772）的《明和九年刊书籍目录》中都有《西游记劝化钞》的记录。研究《西游记》的学者矶部彰在他的《〈西游记〉受容史的研究》中提出：《西游记劝化钞》的出版应该是为《通俗西游记》的出版预热和探路，在进行初译之前十分慎重，先将底本节译提供给读者，观察反馈，之后再着手进行《西游记》的翻译。

《西游记》的初译本为《通俗西游记》，西田维则（口木山人）翻译，吉田武然校对，宝历八年（1758）由京都新屋平次郎出版。译者西田维则（—1765）近江人，字子孝、幸庵、口木子、口木山人、赘世子等，曾师从冈白驹。除《通俗西游记》，还有《通俗隋炀帝外史》《通俗赤绳奇缘》《通俗金翘传》《奚襄字例》等翻译和著作。《通俗西游记》翻译的底本一般认为是《西游真诠》，但矶部彰认为并不是这个版本，而是《西游证道书》和通行的十卷本《西游真诠》

之间的一部罕见善本。

《通俗西游记》初编问世后不久，西田维则辞世，翻译一度陷入停滞。直到二十六年后天明四年（1784），《通俗西游记》后编（第三编），即第二十七回到三十九回，由东都的石麻吕山人译，京都的丸屋市兵卫等刊行。石磨吕山人译本所用底本为通行的十卷本《西游真诠》。天明六年（1786），《西游记》第四十回到第四十七回刊行。

《通俗西游记》的续后编（第四编），译者为尾形的贞斋芳洲，在续后编的卷首“通俗西游记续后篇叙”载：“初有石麻吕氏之译然而未终筹回书肆某恳请译其全帙一辞再请不知所已渐译数回应干其需”，可见贞斋芳洲是在石麻吕山人中断翻译后，在书肆的再三恳请下，接受了继续翻译的任务，宽正十一年（1799），译出《通俗西游记》的续后编，即第四十八回到第五十三回。

《通俗西游记》的第五编再换译者，取而代之的是岳亭丘山，天保二年（1831）译出第五十四回到第六十五回。第五编出版后，岳亭丘山又开始着手《画本西游全传》的翻译，天保八年（1837），完成了四编的《画本西游全传》。

编目（回数）	出版年代	译者情况	出版书肆	所用底本
初编 1—26	宝历八年 1758	西田维则 译 吉田武然 校	京都新屋平次郎	《西游真诠》或者《西游真诠》与《西游证道书》之间的善本
后编（二编） 27—39	天明四年 1784	石磨吕山人 （东都）	京都丸尾市 兵卫崇文堂	十卷本《西游真诠》（与怀新楼版一致）
后编（三编） 44—47	天明六年 1786	石磨吕山人 （东都）	京都山田屋宇兵 卫 兴文堂	十卷本《西游真诠》
四编（续后编） 48—53	宽正十一年 1799	贞斋芳洲 （尾形）		《西游真诠》通行本 悟一子评
五编 54—65	天保二年 1831	岳亭丘山 （东武）		十卷本《西游真诠》
六编	只有广告 并未出版			

《通俗西游记》续后编出版后，文化三年（1806）《绘本西游记》（《画本西游全传》）初编刊行，此初编与口木山人所译《通俗西游记》的初编并不是一个版本，后人进行了大规模的省略。初编，口木山人译，吉田武然校（实为法桥玉山校对），大原东野插画，曲亭马琴序，第一回到第二十九回［文化三年（1806）］。二编，山珪士信（山田圭蔵）译，歌川丰广插画，第三十回到第五十三回［文政十年（1827）］。三编，岳亭丘山（平井氏 八岛斧吉）译，葛饰北斋插画，第五十四回到第七十九回［天保六年（1835）］。四编，岳亭五岳（岳亭丘山）译，葛饰北斋插画，第八十回到第百回［天保八年（1837）］。

相对于以文字为主的初译本《通俗西游记》，以插画为重的《绘本西游记》更受到普通读者的欢迎，因此其对原本《西游记》的推广和流传起到了决定性的作用，这也是各个白话小说得以广范围在日本江户时代传播的一个重要手段。引发的出版活动也是进行推广的巨大动力，这就是当时的“贷本屋”的活跃。江户时代，“贷本屋”的付费阅读小说非常普遍，这样的“贷本屋”遍布日本全境，读者层从稍有知识和教养的妓女阶层，到温泉来打发时间的游客，到下层的僧人、佣人等，网罗了数量众多的读者。当时“贷本屋”的主要藏书有《八犬传》《朝夷巡岛记》《美少年录》《侠客传》《水浒传》《三国志》《西游记》《真田三代记》等。现存《通俗西游记》和《绘本西游记》的很多版本都是由“贷本屋”保存下来的。

现存《通俗西游记》的版本：

天理图书馆本

京都大学本

宫城县立图书馆本

文政六年版的九州大学本

学书言志 长泽规矩也本

酒田市立图书馆钞本

初译本的诞生为中国白话小说在日本的传播开疆拓土，毕竟能读懂原文，识得汉文的读者为数不多，只有通俗化以后，这部中国小说才有可能被更多的受众接受，广范围的传播才成为可能。事实也的确如此，自初译本诞生始，中国白话小说热逐渐升温。初译本还促成了江户时期小说的创作热潮，这股热潮有绘本，有翻案，有再创作，从开端到结尾，从局部到整体，从意向到结构，从人物到情节，中国白话小说给日本江户小说的创作带来了太多的惊喜，可资借鉴之处太多，当然日本作家也充分回应了这份厚礼，跟中国白话小说相关的创作数量多，绵延时间长，推动了江户甚至之后的中国白话小说热潮。初译本对原作的改变显而易见，而这种改变正是文化过滤的结果。

第二章
中国四大奇书与日本江户文学

比较文学接受研究指出，要关注域外一部作品或一位作家被读者理解、接受的过程、原作被翻版、再创作的过程，以及文学事实本身对读者的影响。鲁迅先生在评述《红楼梦》时曾说：“单是命意，就因读者的眼光而有种种：经学家看见《易》，道学家看见淫，才子看见缠绵，革命家看见排满，流言家看见宫闱秘事……”[1]一部作品因读者的眼光而各异，那么日本人眼中的中国五大小说又是怎样的，这是值得探讨的问题。另外，在接受过程中，从初译本诞生的那一刻起，它就来势汹汹，影响波及当时的绘本、戏剧、洒落本等，从内容到形式，对江户时代文学的影响也

1　鲁迅，《〈绛洞花主〉小引》，《鲁迅全集》第8卷，北京：人民文学出版社，1981年，第145页。

是全方位、多角度和深层次的。

“文化过滤指文学交流中接受者的不同文化背景和文化传统对交流信息的选择、改造、移植、渗透的作用。也是一种文化对另一种文化产生影响时，接受方的创造性接受而形成对影响的反作用。正如乌尔利希·韦斯坦因指出的：‘在大多数情况下，影响都不是直接的借出与借入，逐字逐句模仿的例子可以说是少之又少，绝大多数影响在某种程度上都表现为创造性的转变。’[1]这种创造性转变其实就是文化过滤的结果，任何文学交流本质上就是在文化过滤的基础上进行沟通、联系的活动。”[2]五大小说与日本江户文学间的关系，恰恰印证了文化过滤的作用。

第一节 《三国演义》与江户文学

江户时期，虽然武士和儒者还是文学观念的统治者，但伴随着近世町人即市民经济的崛起，市民的通俗文学也繁荣起来，成为这一时期文学的一大特色。渐渐富裕起来的城市商人和手工业者也逐渐开始对精神文化生活有了更高的要求。于是，净琉璃、歌舞伎、草子等百姓喜闻乐见的娱乐和文学形式开始繁荣，并得到长足发展。《三国演义》初译本《通俗三国志》就在这样的氛围中问世的，它一上市便受到市井百姓的欢迎，并且引发了一系列以中国史书和演义为依托的“中国军谈”的流行。进而出现了以湖南文山译本为借鉴的作品，如泷泽马琴的《椿说弓张月》和《南总里见八犬传》等。另外，以《三国演义》为素材的歌舞伎和净琉璃也登上舞台，闯入一般百姓的视野。以此译本为契机，日本民众开始接触到《三国演义》，并在此后的绘本、洒落本、戏剧等各种形式中广泛触及与

1 转引自曹顺庆，《比较文学论》，成都：四川教育出版社，2005年，第174页。原文出自乌尔利希·韦斯坦因，《比较文学与文学理论》，沈阳：辽宁人民出版社，1987年，第29页。

2 曹顺庆，《比较文学论》，成都：四川教育出版社，2005年，第174页。

《三国演义》相关的内容，如当时著名的剧作家竹田出云，其剧本《诸葛孔明鼎军谈》（享保九年，1724年初演），其中有关情节就是依据该译本。

《通俗三国志》的出现，对江户文学的影响深远。后来有评论家称它是“辉煌的元禄文学高峰的一角”，“江户文学中没有能与《通俗三国志》比肩的作品，至少小说中一个也没有”[1]。桑原武夫[2]也曾撰文极力推荐《通俗三国志》，以此译本为最佳，认为后来的抄译本、现代语的再创作都是要不得的。借助《通俗三国志》，《三国演义》也在和江户文学的碰撞中发生着奇妙的变化，在一步步被大众接受的同时，它也越来越大众化，并且从一部异国小说慢慢转化为身边的小说和戏剧，减弱了中国的味道，增加了日本的印迹。

一、《三国演义》与江户绘画

《三国演义》虽然已经有译本出版，但为了能够满足不懂汉文，甚至也不懂日文的普通百姓的阅读欲望，如妇女和儿童，绘卷本的《三国演义》在江户时代流行开来。据上田望的考证，这样的绘本数量很多，如羽川珍重画《三国志》［享保六年（1721）］，鸟居清满画《通俗三国志》［别名《画解三国志》，宝历十年（1760）刊，东京都立图书馆中央馆加贺文库，东洋文库藏］等。我们最熟悉的应该是葛饰戴斗插画的《绘本通俗三国志》。这些插画本《三国演义》的出现，扩大了读者群，使包括妇孺在内的普通百姓，也都能通过那些栩栩如生的图画，了解三国人物、三国故事。当时的日本人对中国这个既遥远又亲近的邻国充满了好奇，通过包括《三国演义》在内的汉籍的阅读，通过这些译本和插画本，实现了他们了解中国的强烈愿望。而且《三国演义》中描写的宏大战争场面和斗智斗勇的复杂谋略，在日本是不曾有过的，对当时的读者来说非常有吸引力，当然对现在的日本读者来说，这个吸引力依旧存在，这也是《三国演义》在日本长盛不衰的主要原因。

考察绘本《三国演义》的绘画特色，会发现有趣的现象，画中原本的中国

1 山本健吉，《小说的再发现》，东京：文艺春秋，1963年。

2 桑原武夫，（1904—1988）专攻法国文学、文化研究。其父是日本战后“京都学派”的奠基人之一，著名学者桑原隲藏。

英雄，越来越像日本人。关于这点渡边由美子在其论文"关于《绘本通俗三国志》——其插画和成立情况"[1]中已经做了翔实的探讨。另有上田望在其论文《〈三国演义〉在日本的接受史（前篇）——以翻译与插图为中心》中也有所涉及，他在论文中写道：

> 到桂宗信所画插画为止，大多数画家还是认真地把《通俗三国志》当作中国小说对待，以明清小说和绘画为底本，致力于画出中国风的造型。可是，到了江户后期，小说《三国演义》传到日本后已经经历了二百年的岁月，接受形态多层次化，军谈、净琉璃、歌舞伎、说书、浮世绘，甚至翻案的三国故事，都已经深入人心，改变了对小说和插图的意识，所以才产生了像戴斗那样日本化的插图也未可知。[2]

从主要人物的容貌、服饰等方面，考察了日本绘本中三国人物的日本化倾向。较早的插画都是尽量画出中国人的风貌，并参考当时输入日本的中国绘卷，但是为了投日本读者所好，三国人物越来越接近百姓熟悉的模样，即越发日本化，结果跃然纸上的俨然成了日本人，再看不出原来的模样。翻开葛饰戴斗插画的《绘本通俗三国志》，孔明、关羽，这些我们再熟悉不过的三国人物，已经完全背离了我们的想象，的的确确是日本人的面容和服装，融入了日本社会和生活场景中。

二、《三国演义》与江户读本

读本是江户后期流行的长篇小说，虽然也附有插图，但是以读为主。读本的创作受中国白话小说的影响颇深，作品多是以日本的史实为素材的传奇小说，宣扬劝善惩恶、因果报应的思想。读本的代表作家之一曲亭马琴，又名泷泽马琴，作为江户后期读本小说的著名作家，他创作过《南总里见八犬传》《椿说弓张

1　渡边由美子，《关于〈绘本通俗三国志〉——插图和成立情况》，《东京大学文学部纪要47》，1994年。

2　上田望，《日本〈三国演义〉的接受——以翻译和插图为中心（1）》，《中国语学中国文学教师纪要9》，2006年3月，第26页。

月》等脍炙人口的作品，这两部作品的创作过程中，明显可以体察到对《三国演义》以及初译本《通俗三国志》等的借鉴。

《椿说弓张月》以镇西八郎为朝为主人公展开故事，其中多处有从《三国演义》中的借鉴，据杂喉润总结共有十几处。例如该书第四回描述为朝的样貌："年纪十六七，筋骨强壮，面白鼻高，眉绿如青山，唇红若春花，耳厚目炯，身长七尺，非等凡之辈"[1]，让人联想到《三国演义》第一回关羽的出场。再如第五十一回："虞舜不辞娥皇女英，英雄曹孟德也恨不得携二乔入铜雀台"[2]，明显出自《三国演义》的典故。虽然对于这部长篇小说来说，对《三国演义》的借鉴并不绵密，但体现作者对《三国演义》和《通俗三国志》的熟悉，利用三国人物和情节的构思，塑造出了日本的英雄人物为朝。

另一部作品《南总里见八犬传》，里边即有诸葛亮和周瑜设计火攻的情节，也有张飞喝断长坂桥的精彩片段，只不过将主人公换成日本历史上的真实人物，这样的写作方式并非抄袭，是有意借鉴，就是要让读者认知到其中对《三国演义》的引用和借鉴，做到移花接木的效果。从中也可窥见江户后期无论读者还是作者，对三国人物和故事的烂熟于胸，对他们来说，经过初译本诞生后的推广和流行，经过各种翻案和再创作以及各种借鉴，《三国演义》已经成为人们的常识，成为普通人也可掌握的"穴"。

另外一个可以证明江户日本人掌握了《三国演义》之穴的例子就是《赞极史》。单从书名来看，此书与《三国演义》并无关联，但熟识日语的人都知道，两部书名日语发音完全相同，看来作者文字游戏的功夫了得，以此证实作者对《三国演义》的熟悉。不只是书名，内容上也有依据《通俗三国志》细节进行的巧妙置换，虽然整书与《三国演义》的内容并不相关。德田武就在《李卓吾先生批评三国志》［《对译中国历史小说选集》，ゆまに（yumani）书房，1984］的解说中指出：

> 《赞极史》的目的就是仿作，乐于将《演义》中的生硬语言转换成江

1　杂喉润，《三国志和日本人》，东京：讲坛社，2002年，第93页。

2　鸟居フミ子，《中国素材的日本演剧化——〈三国志演义〉和净琉璃》，《东京女子大学比较文化研究所纪要》（第59卷），1998年。

户市井百姓的俗语。为了理解这种仿作的妙处，就有必要知道引用的部分是《演义》的哪一回。如果没有这个知识，就无法体会仿作的妙处。写作这样性质的作品，作者自身就是要显耀其对《演义》细节的熟悉。所以也要求读者要有与自己同等的知识水平。对《演义》的细节也很精通，用江户时代的话来说，就是知道了《演义》的“穴”。作者在其作品中一语道破《演义》的“穴”，也要求读者了解这个“穴”。《赞极史》一方面道出了江户时代的热门话题，同时也一语道破《演义》的“穴”之所在。

洒落本《赞极史》的存在证明，在江户时代后期，即18世纪末的日本，《三国志演义》已经深入人心，连普通百姓都能对其细节如此了如指掌，简直叹为观止。这本书成为了解当时《三国演义》在日本接受情况的一部宝贵资料。

三、《三国演义》与江户戏剧

随着《三国演义》初译本的问世，越来越多的相关读物相继出现，扩大了读者群，推动日本第一次“三国热”潮，这股潮流不只停留在小说上，戏剧也深受影响。

江户时代盛行歌舞伎表演，歌舞伎诞生于400多年前的1603年，它从一种加有简单故事情节、具有宗教色彩的舞蹈，发展到题材丰富的舞台戏剧表演，直至今日仍为日本观众所喜爱。《三国志》也随着当时的歌舞伎表演形式登上了舞台。据记载，宝永六年（1709），大阪的岚三十郎演出了和《三国演义》相关的剧目，虽然没有具体的记载，无从知道上演的是什么故事，但从主要登场人物孔明和仲达的搭配来看，应该是刘备死后，“死孔明走生仲达”的精彩一幕。

另外，三国英雄在歌舞伎的世界里经常登场。1735年11月第二代团十郎在其主演的《瑞树太平记》中扮演关羽。1737年11月，他所主演的另一部歌舞伎《闰月仁景清》中，关羽和张飞都有出现。虽然剧本已散佚，不能确定具体的演出内容，但据记载，他所扮演的关羽角色深受好评。1742年9月的大阪佐渡岛长五郎座《东山殿旭扇》等剧目中都有三国英雄人物的登场记录。

长期活跃在日本歌舞伎中的三国人物，甚至形成了日本独特的形象气质，背离了原著中的固有形象，这种改变一直持续到现代，以歌舞伎表演艺术家、第三代市川猿之助创立的超级歌舞伎《新三国志》为顶点。《新三国志》分为三部，于1999年开始上演。其中第一部中将刘备设定为女性，与关羽之间发生了凄美的爱情故事，这简直是奇想天外的创意和改变，应该算是歌舞伎对《三国演义》改编的登峰造极之作了。变化源于日本传统文学的影响，在小说中植入爱情故事更能够得到读者和观众的喜爱。因此，在第一部超级歌舞伎大获成功后，第二部中也为孔明加上了爱情戏，为这位冷峻的“智绝”孔明增添了一抹人情味儿。

江户时代深受欢迎的演剧除了歌舞伎以外，还有净琉璃。元禄年间，三国故事已然译成日语，被人们所熟悉，而且为净琉璃提供了素材。跟三国故事有关的净琉璃在江户、大阪等重要城市上演。关于这方面的详细研究，见于鸟居文子的论文“中国素材的日本演剧化——《三国志演义》和净琉璃”。据该论文的考证，进入元禄时代，江户的土佐净琉璃和大阪的近松净琉璃中，都有意识地利用《三国演义》的角色。享宝年间（1716—1736）开始，净琉璃的世界里也渐渐引入了三国故事。她进一步考察了土佐净琉璃的剧目《通俗倾城三国志》《续三国志》和《末广昌源氏》，以及近松净琉璃剧目《国姓爷后日合战》和《信州川中岛合战》，虽然二者在趣旨上有些差异，但所有剧目中的登场人物身上，都能强烈意识到《三国演义》的存在。只不过将舞台和情节换成日本的而已。鸟居认为，当时的观众能充分理解这些剧目就是《三国演义》的翻案。另外，竹田出云根据湖南文山《通俗三国志》改编的剧本《诸葛孔明鼎军谈》，于1724年首演就获得巨大成功。可见凡是关于三国题材的剧目都会受到日本观众的普遍好评，他们也乐享其中的日本式的改编。

从初译本，到绘画、小说、戏剧，中国小说《三国演义》的日本化转变历程非常明显，绘画风格的转化，人物国籍的置换，故事情节的借鉴，对原著的忠实与背离间，一方面体现《三国演义》的普及程度之深，因为只有对原著熟悉才能做到灵活运用；另一方面亦体现文化过滤的强大作用，将中国小说《三国演义》于无形中转化为日本文学的一部分。当异质文化输入日本的时候，很少直接接受其影响，都是经过长期磨砺品味，再针对是否符合本国的风土进行适当的取舍，然后才拿来为己所用。关于这个规律，《三国演义》也不例外，循着《三国演义》在日本的接受过程，可以明确日本人吸收外来文化时的常见规律。

第二节 《水浒传》与江户翻案小说

在论及日本江户时期文学时，大概是不能绕过“翻案”一词的。这一时期的日本文学，特别是小说，受到中国白话小说的影响，在创作上多有借鉴，因此被称为翻案文学。翻阅《明解国语辞典》《广辞苑》《大辞林》等日本辞典，对“翻案”的解释大体为：小说、戏剧等的改编，在原作基础上的改写等，并没有一个特别详细和明确的定义。其他文学百科词典的解释也无外乎“文学和创作之间的作品”类似的解释。据王晓平《〈聊斋志异〉日本翻案的跨文化操控》一文的考证，“翻案”一词并非来自日本的外来语，而是出自中国。

> 《汉语大词典》引宋杨万里《诚斋诗话》：“杜诗云：‘忽忆往时秋井塌，古人白骨生苍苔，如何不饮令心哀。’东坡云：‘何须更待秋井塌，见人白骨方衔杯。’此皆翻案法也。”明谢榛《四溟诗话》卷二：“《家语》曰：‘水至清则无鱼。’杜子美曰：‘水清反多鱼。’翻案《家语》更有味。”清袁枚《随园诗话》卷二：“诗贵翻案。”[1]

以为是舶来品，却原本是中国自古就有的说辞，那我们也不妨继承下来，古为今用。

江户时代前期，《水浒传》随船载入日本，作为学习汉话的教材，作为中国白话小说的典范，在江户时代生根发芽，发扬光大。推动《水浒传》热潮的除了前期汉语学习教材，文学作品欣赏，还有一个强大的助推剂，那就是数量众多的《水浒传》翻案小说的诞生。在中国白话小说的翻案作品中，《水浒传》的翻案不论从数量到质量，都是独占鳌头的。在众多的《水浒传》相关作品中，如果稍有关联就列入翻案的话，那就毫无边际可寻了，在此我们借用《水浒传》研究的日本学者高岛俊男的翻案定义。高岛给翻案规定了三个条件，一是可以指出所依据的原作；二是故事梗概基本一致；三是主要登场人物一一对应。

1 王晓平，《〈聊斋志异〉日本翻案的跨文化操控》，《山东社会科学》，2011年第4期，第24页。

简单分类《水浒传》翻案作品，可以大体分为局部翻案和整体翻案，具体来说局部又包括题目翻案、楔子翻案、场景翻案、人物翻案等；整体翻案分为故事构架翻案、整体意向性格翻案等。除此之外，还有局部和整体混合的复杂翻案类型的作品。

一、题目翻案

江户时期，随着《水浒传》在世间流行开来，借《水浒传》之名进行小说创作之风尤甚，单单题目与“水浒传”相关的作品就数不胜数了。

首先，在题目“水浒传”前植入定语“本朝”“日本”字样，如“本朝水浒传”“坂东水浒传”“日本水浒传”等，题目中明确有“水浒传”，同时强调其翻案的身份。不止题目有翻案，像《日本水浒传》故事的开始情节也相似，其他也有局部的相似之处。这些题目上借用了《水浒传》的小说，虽然故事的发展脉络、情节与《水浒传》完全不同，但在一群勇武男性的波澜壮阔的行动这一点上，还是属于翻案作品。

还有像《醉故传》《醉虎传》《醉语传》等，借用与“水浒传”日语发音相同的文字作为题目，这样的游戏式的借鉴方式不只用在《水浒传》上，像《三国演义》的翻案小说题为《赞极史》（日语发音与《三国志》相同），也是为了借助《三国志》之名，刻意为之的。虽是游戏，但也可管窥江户时期中国白话小说的流行情况，只有在对《水浒传》《三国演义》等小说熟知的前提下，才可以理解这些翻案作品内里所藏的机关，读来才会兴致盎然。那么，如此广泛地借用中国白话小说的题目进行日本小说的新创作，可以断定当时日本读者对这些异国小说的熟悉程度之深。

幕府末年开始，还出现了很多冠以“水浒传”之题，却与《水浒传》毫无关系的作品，《俊杰水浒传》《天明水浒传》《天保水浒传》《天满水浒传》《嘉永水浒传》《海南水浒传》《庆应水浒传》《美勇水浒传》《筑波水浒传》等。这个趋势一直延续到明治时期，什么《柔道水浒传》《茶道水浒传》《少年水浒传》。《水浒传》不单单是一部异域小说，而是一个意向、一个符号，已经成为“波澜壮阔”“勇武激昂”的小说的代名词，深入日本文化的深层，融入日本文学的血液之中。

二、开头、楔子翻案

《水浒传》的楔子“张天师祈禳瘟疫　洪太尉误走妖魔”，想必读者都会印象深刻，云山雾罩又引人入胜，让读者想拨云见日，窥探其中隐秘，再加上《水浒传》每回完结时的“欲知后事如何，且听下回分解”，更是让读者望眼欲穿，心痒难耐。这样的小说创作手法在江户时代以及以前的日本文学中是从未见过的，如此具有魅力的开场当然常常拿来借鉴，故与《水浒传》开头相似的作品甚多。

健部绫足的《本朝水浒传》分前后两编，前编十卷二十条，安永二年（1773）京都井上忠兵卫所刊，后编十五卷三十条为写本，未完成。作者健部绫足是江户时代的学者，他的这部小说也采用了雅文体的王朝风格。小说发生在平安时代，僧人弓削道镜得到女帝称德天皇的信赖，仗势霸权，以惠美押胜为主的一干人，包括和气清麻吕、大伴家持等，合力与之对抗的故事。据说这部小说原题《吉野物语》，是书店自作主张地改成《本朝水浒传》，只是为了乘着《水浒传》的热潮，借题发卖。故事的开头还是模仿《水浒传》，为了对抗中央强权，一群热血男性的发起的集体反抗，但后来的故事发展就与《水浒传》大不相同了。

《坂东忠义传》，安永四年（1775）刊，享和元年（1801），对《坂东忠义传》稍加修改，又出版了《日本水浒传》。这两部小说也只有主题与《水浒传》一致，从内容来看完全是日本的军记物语。故事本身在元禄时代就已经在世间流传，后来因为《水浒传》在江户时期的流行，借其名稍加改头换面，出版了《日本水浒传》。

三、局部翻案

《湘中八雄传》，这部小说是最早的《水浒传》翻案，明和五年（1768）刊行，据中村幸彦的研究，作者可能是根本武夷。故事发生在镰仓时代之初，讲述武将朝比奈义秀和七位部下合力讨伐梶原景时。小说并非全盘照搬，只是部分借鉴了《水浒传》的一些情节，比如《水浒传》第二十回，住在沧州柴进家中的武松，一向目中无人，却从心底崇拜宋江。某日柴进对武松说来了重要的客人，武松还是不屑一顾，直到知道来人就是宋江，才态度大变。这个情节被借鉴到《湘中八雄传》中，柴进换成了日本骏河国的土豪吉香小二郎，武松的角色被修行者不撰取而代之，而演绎宋江之角色的是有美齿公之称的义秀。从这样的局部借鉴来看，《湘中八雄传》倒也算是《水浒传》翻案的一部作品了。

天明三年（1783），伊丹椿园的《女水浒传》出版，分四卷八回，共四册，作者伊丹椿园。这部作品的有趣之处就在于将重要人物的性别反转，《水浒传》中的男性豪杰换作女性，上演了激荡的历史物语。虽然名为《女水浒传》，故事角色却也并非一众女色。如果说作为翻案小说，也的确有模仿《水浒传》的地方，例如第八回，首领四人将被斩首，四位化作僧尼的女豪杰前去相救，怎么看都是来自梁山好汉劫法场的场景，现将两个场景拿来对比：

《水浒传》第四十回，梁山泊好汉劫法场的场景：

> 又见十字路口茶坊楼上，一个虎形黑大汉，脱得赤条条的，两只手握两把板斧，大吼一声，却似半天起个霹雳，从半空中跳将下来。手起斧落，早砍翻了两个行刑的刽子手。便望监斩官马前砍将来。众士兵急待把枪去搠时，那里拦挡得住。众人且簇拥蔡九知府，逃命去了。[1]

《女水浒传》第八回，同样有劫法场的描写：

> 畠山大怒，哪里由得旁人乱来，下令撵走她们，隶卒正举棒要打之时，僧尼四人相视莞尔一笑，夺了刽子手的刀，解了捆着的绳索，将夺下的刀给了四位头领……四位头领不想又得了生路，欢天喜地、欣喜若狂，八个人鼓起勇气勇往直前，一路上势如破竹，须臾间死伤无数，打开了一条生路。[2]

但是这样明显的借鉴全文中并不多见，恐怕小说的创意更多来自《水浒传》的豪杰气质的影响。

1　施耐庵·罗贯中著，《水浒传》（上），北京：人民文学出版社，2016年2月第41次印刷，第533页。

2　转引自高岛俊男著，《水浒传和日本人》，东京：筑摩书房，2006年11月，第163–165页。

宽正六年（1794），振鹭亭的《伊吕波醉故传》问世。振鹭亭，原名猪狩贞居，江户人，生没年不详，推断为18世纪后半到19世纪初生人。题目中“醉故传”就是借《水浒传》的发音，让读者自然联想到《水浒传》，小说自序中言及“醉故传”的意思取自忠臣藏大星由良的《空醉》。这部小说有多处模仿《水浒传》之处，首先，题目就明显地提示了对《水浒传》的意识；其次，故事的开端也极为相似；再次，登场人物的名字，例如高俅入道、武太郎（也是小个子）、宋次郎、吴服用左卫门、俱俚迦罗龙纹九郎，这些名字不用说大家也自然联想到了《水浒传》中的相关人物。

《伊吕波醉故传》	高俅入道	武太郎	宋次郎	吴服用左卫门	俱俚迦罗龙纹九郎
《水浒传》	高俅	武大郎	宋江	吴用	九纹龙史进

最后，局部的借鉴随处可见，“林教头风雪山神庙”的场景就出现在小说中，只是主人公换作日本人，舞台移到了日本本土而已。

《水浒传》第十回，“林教头风雪山神庙”中一节：

> 再说林冲踏着那瑞雪，迎着北风，飞也似奔到草场门口开了锁，入内看时，只叫得苦。原来天理昭然，佑护善人义士。因这场大雪，救了林冲的性命。那两间草厅，已被雪压倒了。林冲寻思：“怎地好？”放下花枪、葫芦在雪里。恐怕火盆内有火炭延烧起来，搬开破壁子，探半身入去摸时，火盆内火种都被雪水浸灭了。林冲把手床上摸时，只拽得一条絮被。林冲钻将出来，见天色黑了，寻思：“又没把火处，怎生安排？”想起：“离了这半里路上，有一古庙，可以安身。我且去那里宿一夜，等到天明，却作理会。”把被卷了，花枪挑着酒葫芦，依旧把门拽上锁了，望那庙里来。[1]

《伊吕波醉故传》第六回，同样的场景，雪夜沽酒而回的不是林冲，而是一个财主家看粮仓的看守宋次郎，地点也换作大和国三轮（现日本奈良县樱井市的一个地区）的一座粮仓。

1　施耐庵·罗贯中著，《水浒传》（上），北京：人民文学出版社，2016年2月第41次印刷，第139页。

四、整体翻案

山东经传的《忠臣水浒传》，全十卷十一回，宽正十一年（1799）刊行前编五卷六回，享和元年（1801）刊行后编五卷五回，由鹤屋喜右卫门出版。这部小说像搭积木一样，完全借鉴《水浒传》的结构和框架，来叙述《假名手本忠臣藏》的故事。例如《水浒传》第二十五回“王婆计啜西门庆，淫妇药鸩武大郎”，潘金莲私通西门庆毒害武大郎的场景，在《忠臣水浒传》中被完全再现，武大郎换成与一兵卫，王婆换作夜叉老婆，而西门庆则由角兵卫取代。

《水浒传》	《忠臣水浒传》
潘金莲 王婆	夜叉老婆
武大郎	与一兵卫
西门庆（药店）猎人李吉	角兵卫（猎人）
武松	千琦弥五郎

除了这个局部的翻案外，还有几处明显翻案自《水浒传》，例如《水浒传》武松打虎的故事翻案为《忠臣水浒传》中千琦弥五郎杀野猪的故事，吴用智取生辰纲贞则变成九郎铃鹿峠夺礼物。这种局部翻案巧妙地插入整体故事中，自然流畅，毫无违和感，且增加了小说的可读性，并在无声无息之间将《水浒传》融入《忠臣水浒传》之中，翻案的手法越发高妙，可谓更上一层楼。

另一方面，故事情节上又参照《忠臣藏》的内容。如果想要完全读懂这部小说，需要同时具备对《忠臣藏》和《水浒传》的认知。因此，这部小说是以《水浒传》为基本材料，重组《忠臣藏》的一部游戏之作，读者想必在阅读过程中惊喜连连，意犹未尽。能够创作出这样一部新奇之作，一方面得益于作者对两部作品的熟识和游戏之心，另一方面也一定是在当时读者对两部作品的认知度很高的前提下，才可能充分享受到其中的乐趣。这个时期的《水浒传》不再简单是一部外来的白话小说，应该已经成为江户文学的一部分，原作、译作、翻案，一步步将中国白话小说《水浒传》揉进日本文学的血肉中，作者和读者一起构筑出一部部新版的《水浒传》，你中有我，我中有你。

曲亭马琴《高尾船字文》大体的故事来自歌舞伎《伽罗先代萩》，分十二个部分，每部分又显著地借鉴《水浒传》，之所以说显著，是因为马琴在每一部分的题目上，明确标出内容的出处，而且一边标注《水浒传》的出处，一边标注《伽罗先代萩》的出处。但是这部作品世评一般，并未大卖。

《南总里见八犬传》是曲亭马琴的代表作，也是江户时期读本的代表作。书中八位义士的名字中分别有一个“犬”字，故称作《八犬传》，八犬士出生时分别持有仁、义、礼、智、忠、信、孝、悌八块玉。全书106册，是当时世界第一的长篇小说。最初的第一辑五卷于文化十一年（1814）出版，最后的第九辑完结之时，已经是天保十三年（1842），前后历时二十八年之久。最初的五册出版时马琴还是四十八岁，完结时已经七十六岁高龄了。最初的出版商是山青堂山崎平八，从第六辑开始是涌泉堂美浓屋甚三郎，第八辑开始到完结是文溪堂丁字屋平兵卫。插画柳川重信、溪斋英泉、二世重信等。

《八犬传》的很多创意的确来自《水浒传》，像《水浒传》一样的开头，八犬士也是一个一个慢慢聚集起来，活跃在历史纷争的舞台上。对具体故事的借鉴也是俯拾即是，如武松赤手空拳打虎的情节，被借鉴来改成犬田小文吾素手杀野猪的场面；还有武松鸳鸯楼大开杀戒的故事情节也融入了《八犬传》中，犬坂毛野在对牛楼杀了马加大记一族。但是不能说《八犬传》就是对《水浒传》的翻案，以借鉴为基础的改编更可以反映作者的创意。像对武松打虎的模仿，以《水浒传》的故事为素材，进行日本式的改编，体现作者的创作风格。对主体的改编也是显而易见的，就如同高岛俊男的评价：《水浒传》是光明的，《八犬传》就是阴暗的；《水浒传》是白天读的小说，《八犬传》就是夜晚读的小说；《水浒传》是晴天，《八犬传》就是阴天。只有深谙两部小说的差异，才可以得出如此恳切到位的评价。《八犬传》研究的专家李树果是这样评价曲亭马琴的：“马琴的翻案非常巧妙，根据需要随手拈来作为素材，实犹如探囊取物一般，然而他并不原样搬用，而是将它弄碎了揉在作品之中，使之脱胎换骨别开生面，有的竟很少留下翻案痕迹。”[1]李树果对马琴的翻案评价颇高，当然也反映马琴翻案《水浒传》时的确技艺过人。

一部中国白话小说远渡重洋，来到异域文化的日本后，给当时的江户小说极

1　李树果，《〈八犬传〉与〈水浒传〉》，《日语学习与研究》，1995年6月，第37页。

大的影响，这一点毋庸置疑，但同时一定要看到接受这部小说的日本文学给予它的巨大改变，借鉴是多种多样的，整体结构框架的借鉴，局部故事情节的借鉴，人物形象描写的借鉴，深入的趣旨的借鉴等等。同时，改变也是五花八门的，改变故事舞台和人物的简单翻案式的改编，对于劝善惩恶主题的改变，依据日本文学进行的文学样式的改变，甚至是文学创作观念的彻底变化等。

文政八年（1825），曲亭马琴开始创作《倾城水浒传》合卷，插画歌川丰国、歌川国安、歌川贞秀，每年正月左右由鹤屋喜右卫门出版，一直到天保六年（1835）停止出版，共十三编十册。这是一部《水浒传》的翻案，或者可以说是一部游戏之作的《水浒传》，因为出场的主要人物与《水浒传》的人物性别正好颠倒。时间设为镰仓时代，舞台设在琵琶湖岸的镇江泊，男女性别颠倒后也做了恰当的处理。比如九纹龙史进上身的龙纹文身，在《倾城水浒传》里换成了女豪杰浮潜龙衣手的龙纹刺绣和服；开肉铺的镇关西郑屠户娶了美少女金翠莲，《倾城水浒传》则改编成甲府盐商的一个恶女人倚财仗势，强迫叫优之介的美少年与之相好。另外，因为是面向女性读者的绘本，还尽量简化甚至省略掉《水浒传》中的残暴场面。除此之外，基本完全翻案《水浒传》，马琴自己也在小说第四编的序文中直言，做此作品，只是为了谋生计赚钱而已。

《倾城水浒传》与《水浒传》故事情节完全一致，人物除了性别颠倒外，也是一一对应的，将舞台转换成日本历史上发生的波澜壮阔的反政府英雄的行动，这是一部真正意义上的完整的《水浒传》翻案小说，虽是作者为了谋生计的游戏之作，却也充分了解了这个时期《水浒传》翻案的驾轻就熟，作者读者都对《水浒传》有了充分的前期知识储备，即使是面向妇孺读者所进行的翻案创作，读者也完全没有阅读障碍，只是对过于残酷的情节场景进行了变更或者省略，以适应读者的接受心理。

《水浒传》作为一部异域中国的白话小说，能够在日本文学文化中生根发芽，除了前期的和刻、翻译的助推，最大的动力莫过于《水浒传》翻案小说的创作。借助《水浒传》的翻案，也极大地丰富了江户时代日本小说创作的方法手段。通过不同阶段、不同方向、不同内涵的翻案作品的大量出版，不仅翻案作品本身受到大众的欢迎，《水浒传》也越来越被大众所熟知，中国白话小说《水浒传》也更加大众化、通俗化，在异国日本焕发了勃勃生机。

第三节 《水浒传》与江户绘画

江户时代能够读懂《水浒传》原文或汉文训读调译文的读者层，应该是汉学者、僧侣、唐通事、上流武士阶层。而配有绘图，甚至以图为主的绘本，则可以让不懂汉文甚至不识字的妇孺也可以看懂，扩大了读者群，为《水浒传》在江户时期的流行助力。

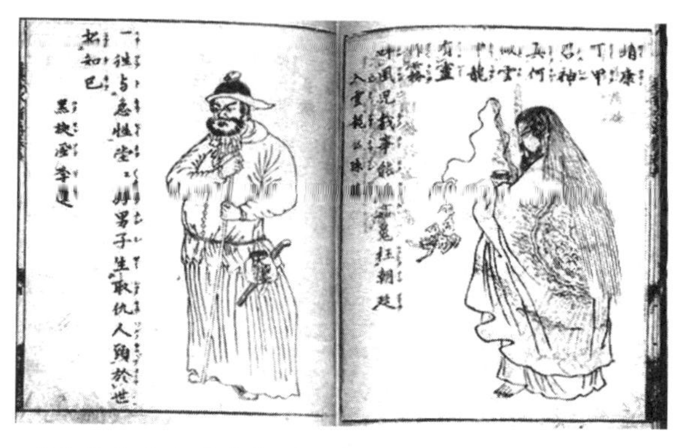

《通俗忠义水浒传》（冈岛冠山 译，平安书肆，1728）

这一时期重要的《水浒传》画师人数众多，包括鸟山石燕、北尾重政、葛饰北斋、歌川国芳、鱼屋北溪、月亭定冈、柳川重信、春梅斋北英、歌川国久、歌川芳晴、月冈芳年等。将这些画师的《水浒传》绘画历时性进行考察和分析，会发现《水浒传》在江户时期传播和被接受的过程中发生的一系列变化，而了解这些变化有利于我们理解日本文化在吸收外来文化时的常见规律，以及《水浒传》一步步大众化的进程和特点。

《水浒画潜览》（鸟山石燕 画，日本国立国会图书馆藏 缩微胶卷）

一、粗翻译与简绘画

江户中后期，流行通俗读物的插图本，即草双纸。这是一种以绘画为中心，

《梁山一步谈》（山东京传 著，北尾重政 画，通油町つたや，1792）

《天刚垂杨柳》（山东京传 著，北尾重政 画，つたや，1792）

在余白处书写细小文字说明的插图本，是江户时期独有的文学形式，主要面向不识字的妇孺，多描写英雄传说。日本最早的《水浒传》绘本，就是画师鸟山石燕（1712—1788）绘图的草双纸《水浒画潜览》［安永六年（1777）］，共三卷三册，其中的插画共计二十六页，最后一幅画是武松打虎凯旋而归的场景。鸟山石燕以妖怪画师著称，他搜集了大量民间故事，并以此为素材进行归纳整理，创作了以“百鬼夜行”为主题的一系列影响深远的作品，特别是《画图百鬼夜行》《今昔画图续百鬼》《今昔百鬼拾遗》和《画图百器徒然袋》，四册妖怪画卷共描绘了二百零七种妖怪。我们熟悉的，或者说日本人印象里的很多妖怪原型都出自鸟山石燕之手。而《水浒传》插画，还是他的初次尝试，并没有什么惊艳之处，更多体现的是简朴风格。高岛俊男在他的《水浒传与日本人》一书中评价《水浒画潜览》：“日本人第一次所画《水浒传》，虽然看起来不像中国，但趣味简朴，也还不错。”[1]

《水浒画潜览》中每幅插画篇幅接近两个版面，只是在两页的最左端有一些文字的说明。画作风格如高岛所言，简朴而豪放。这里所谓简朴，倒不是单指画

1　高岛俊男，《水浒传和日本人》，东京：筑摩书房，2006年，第113页。

风，还特别指其画作并没有细致入微的反映原作中的描写，而只是画了一些主要场面，更多的是画者的随性而为，这可能就是早期《水浒传》插绘必经的相对粗犷和简约的阶段。

18世纪后半，伴随恋川春町《金金先生荣华梦》的刊行，草双纸的内容一转，将当时的风俗世象巧妙地融入绘画当中，以迎合成人，特别是成年男性的阅读兴趣，这就是日本江户时期的黄表纸。《水浒传》在这一时期的黄表纸作品当属北尾重政（1739—1829）画《梁山一步谈》和《天刚垂杨柳》［宽正四年（1792）］。

这两部作品出自江户时期的作家山东京传之手，《梁山一步谈》三卷，《天刚垂杨柳》三卷，共计六卷，插画由画师北尾重政完成。题目虽然不同，但这两部作品内容是相续的，《梁山一步谈》的内容包括百回本的前六回，第六回也只有一半，《天刚垂杨柳》接续之后的内容，直到第十回的开头部分。这就意味着两部作品从《水浒传》开篇，一直延续到"林教头风雪山神庙，陆虞候火烧草料场"一章，主要围绕史进、鲁智深和林冲三位英雄展开故事。

高岛俊男评这两部作品："京传的文章没什么活力，重政的绘画也不精彩。"[1]

北尾重政是江户中期的浮世绘画师。从绘画风格来看，黄表纸《梁山一步谈》和《天刚垂杨柳》，与北尾其他的黄表纸人物画像没有太大改变，只是尽量保留了人物的中国风貌，从服饰妆容可见一斑。但是又摆脱不了浮世绘的影响，比石燕所画场景略多，但主要场景大体相近，也是极端简略的绘本。以图为主的黄表纸，由于绘画内容的增加，能够吸引更多的读者来阅读，或者说阅览《水浒传》。其中有一些有趣的现象，虽然服装、容貌极力保留中国风貌，但还是在细枝末节上体现了日本趣味，比如席地而坐的场景较多，而我们的绘画中更多的是坐在椅凳之上，还有胡须的画法也是深受浮世绘人物像的影响，衣服的花纹模样，动态的动作，肌肉等，总之点滴间流露出画师的浮世绘风，以及迎合日本读者审美习惯的些许改变。

说到简朴趣味的体现，首先是插画幅数少。《水浒画潜览》插画共计二十六

1　高岛俊男，《水浒传和日本人》，东京：筑摩书房，2006年，第115页。

页，上卷九页，中卷九页，下卷八页；《梁山一步谈》，共计十七页插画，上卷五页，中卷六页，下卷六页；《天刚垂杨柳》，共计十八页插画，上卷六页，中卷六页，下卷六页。数量如此之少的插画，到底画什么，怎么进行筛选，主要故事情节是什么，这都需要作者和画者大刀阔斧的简化。总体来说，插画还是围绕主要出场人物史进、鲁智深和林冲展开。

以史进为例，在《水浒传》中的形象：

> 当日因来后槽看马，只见空地上一个后生，脱膊着，刺着一身青龙，银盘也似的一个面皮，约有十八九岁，拿着棒在那里使。[1]
>
> 看了史进头戴一字巾，身披朱红甲，上穿青锦袄，下着抹绿靴，腰系皮搭膊，前后铁掩心，一张弓，一壶箭，手里拿一把三尖两刃四窍八环刀。[2]
>
> 史进头带白范阳毡大帽，上撒一撮红缨，帽儿下裹一顶混青抓角软头巾，项上明黄缕带，身穿一领白纻丝两上领战袍，腰系一条查五指梅红攒线搭膊，青白间道行缠绞脚，衬着踏山透土多耳麻鞋，跨一口铜钹磬口雁翎刀，背上包裹，提了朴刀，辞别朱武等三人。[3]

《水浒传》中的史进，让人印象深刻的有两件事，一是史进的标志性刺青——一身青龙，二是人物的细节描写，如所用兵器，青龙棍、朴刀、三尖两刃刀等。史进在《梁山一步谈》共计十七页的绘画中，出现了六次，可见是以史进故事为中心展开的创作，而这六次出场的确并无惊艳之处，他的标志性刺青完全没有得到强调，只有第一次出场是裸露上身，刺青图案模糊含混，没有清晰的青龙图纹。第二次出场，从帽冠到靴子，再到手中兵器，这是画得最细致华丽的一幅史进像，但与原文中的描述相比，还是相去甚远。倒是一脸胡茬的画法回归了北尾重政的浮世绘画风，尤其是身体姿势和肌肉线条更接近浮世绘，背离了原作中的人物形象描写。再后面的出场便都是普通的衣衫装扮，表情动作也没有太多变化。

1　施耐庵，罗贯中，《水浒传》（上），北京：人民文学出版社，2016年，第26页。
2　施耐庵，罗贯中，《水浒传》（上），北京：人民文学出版社，2016年，第32页。
3　施耐庵，罗贯中，《水浒传》（上），北京：人民文学出版社，2016年，第42页。

再来看林冲：

> 头戴一顶青纱抓角儿头巾，脑后两个白玉圈连珠鬓环。身穿一领单绿罗团花战袍，腰系一条双搭尾龟背银带。穿一对磕瓜头朝样皂靴，手中执一把折叠纸西川扇子。[1]
>
> 那官人生的豹头环眼，燕颔虎须，八尺长短身材，三十四五年纪，口里道：“这个师父端的非凡，使的好器械！”众泼皮道：“这位教师喝采，必然是好。”智深问道：“那军官是谁？”众人道：“这官人是八十万禁军枪棒教头林武师，名唤林冲。”[2]

在《天刚垂杨柳》的十八幅插图中，林冲出现了十四次之多，基本按照故事情节“误入白虎堂”“棒打洪教头”“风雪山神庙”等依次绘出。绘画总体保留了人物的中国风，但是人物性格并没能充分展现，与原文中三十四五岁的年纪相比略显老态，也缺失了原作中人物作为武将的英气，不够精彩。

这一时期的《水浒传》绘画表现出的简朴，恐怕更多的是对原作的不熟悉，因为对原作的知识缺失，更多了些任意而为，看似简单，却也发挥了画师的个性和想象。不管怎样，《水浒传》与日本大众之间的关系更进一步，实现了通过绘画让日本大众熟悉《水浒传》，了解《水浒传》，甚至爱上《水浒传》。

二、普及与大众化

读本小说，源于江户中期日本知识阶层中中国白话小说的流行。最早对中国白话小说进行翻案的作品是都贺庭钟的《英草纸》，之后以中国白话小说为基础，创作了众多富于传奇性和怪异性的作品。葛饰北斋的《新编水浒画传》（1805—1838）是《水浒传》读本的优秀代表。

葛饰北斋（1760—1849），江户时代后期的浮世绘画师，文化文政时期的代表人物之一。他的绘画风格对后来的欧洲画坛影响很大，德加、马奈、梵高、

1 施耐庵，罗贯中，《水浒传》（上），北京：人民文学出版社，2016年，101-102页。
2 施耐庵，罗贯中，《水浒传》（上），北京：人民文学出版社，2016年，102页。

高更等许多印象派绘画大师都临摹过他的作品。葛饰北斋作品内容丰富，风格多彩，既画人物，也画风景，既有单独的画册，也参与小说（黄表纸、洒落本、读本等）的插画创作，可谓画作等身，影响深远。据说他为了画好人物，还去找接骨师拜师学艺，学习骨骼结构等，为绘画打下良好基础。葛饰北斋本身就是一个中国迷画家，喜欢《西游记》和《水浒传》，出于爱好为这些作品绘制了大量插图。在绘制插画的过程中，葛饰北斋不断吸收古今中国绘画艺术之长，在中国画技法的造诣上日渐成熟。浮世绘同化政时代的“町人文学”是相辅相成的，有很多作家本身就是浮世绘师，例如山东京传。同时，一些浮世绘师也参加文学创作，例如葛饰北斋就和曲亭马琴经常就文学创作交换意见。葛饰北斋所作插画的《水浒传》就是由曲亭马琴和高井兰山共译的120回的完译本，其中插画有300多幅，全部由北斋所画。比普通的读本插画要多，但是插画场景并没有连续性，相较于之前的水浒插画，这部作品的插画是最忠实于原著的，这种忠实是指内容上，而不是形象上的忠实。

马琴和兰山所译《新编水浒画传》基本参考了初译本，也是120回的完译本，分为八卷本共九十册，虽然分编分卷时与原作稍有调整，总体完整展现了120回的内容。《画传》是日本读者从19世纪初到20世纪中叶读到的最主要的《水浒传》，其插画也自然影响深远。高岛俊男对于北斋的《新编水浒画传》的评价是：“过于强烈”。这种“强烈”背离了原作中的印象，主要表现在以下方面：

（一）画风的残虐性和怪奇趣味

《新编水浒画传》（曲亭马琴　著，葛饰北斋　画，冈田群玉堂，出版年不详）

《新编水浒画传》（曲亭马琴　著，葛饰北斋　画，冈田群玉堂，出版年不详）

《新编水浒画传》中拷问、暴行、残杀等残虐的场景本来就多，北斋更是把它们视觉化，用强烈的绘画来突出表现。这样的场景能更好地吸引读者的注意，刺激阅读欲望，这是幕府末年以来日本浮世绘和读本插画的流行倾向，即流行怪奇趣味的绘画，这样的绘画风格符合大众口味，适应江户町人文学的潮流，可以更加推进《水浒传》在日本的大众化。另外，这种残虐怪奇趣味也是画师葛饰北斋的个人嗜好，如他的《百物语》就是以妖怪为画题的作品。

（二）登场人物和场景的和风化

《新编水浒画传》的场景、登场人物的容貌、服饰，甚至生活起居不怎么像中国人，这一点非常明显，人物越来越具和风。这主要源于葛饰北斋身为浮世绘画师的自身特点，他把浮世绘的创作应用于水浒画。这种和风不单单在场景、用具、人物服装上，更突出感受到和风的是姿态，人物画像明显感觉到歌舞伎演员的姿态。

《新编水浒画传》（曲亭马琴 著，葛饰北斋 画，冈田群玉堂，出版年不详）

（三）风景画的强烈影响

北斋的风景版画由于其令人耳目一新，而受江户市民的欢迎。但他对现实奇矫扭曲形态的强烈偏执，却是超越当时人理解的，只有到现代艺术中才能引起共鸣。在这个意义上说，他的艺术是超越时代的，是现代艺术之前的现代艺术。以《富岳三十六景》为代表作而被世人所认可的葛饰北斋，在风景绘画上成果丰硕，且影响深远，梵高就是受其影响，成为后期印象主义画派巨匠之一的画家。对于风景画的独到阐释，使其在水浒画中的风景画也与众不同，尤其《水浒传》绘画后期的线远近法，不同于传统的上下远近法，使画作更具层次感。

这一时期的其他画师也为《水浒传》在更大范围内的普及和大众化奉献了风格各异的绘画作品。鱼屋北溪，师从葛饰北斋，他的水浒绘画深受北斋影响，作品有《本朝狂歌英雄集》《水浒五行》等。春梅斋北英《戏场水浒传百八人之

《新编水浒画传》（曲亭马琴 著，葛饰北斋 画，冈田群玉堂，出版年不详）

内》，水浒人物都换成了日本戏剧演员的脸。还有岳亭定冈《水浒传五虎将军》等，都各具特色。

《水浒传》的不断视觉化，可以让更多不同层次的日本读者来欣赏这部异域大家名作，对后世翻译创作以及绘画等都影响深远，这是一个普及期，这是一个固定读者思维定式的时期，《水浒传》向着日本的大众文化、大众文学更进一步。

三、深入与个性化

草双纸受到读本的影响，热衷于复仇和怪谈为主线的故事，伴随着长篇化，将数册合并一起的合卷应运而生。歌川国芳《稗史水浒传》（图十二）（《国字水浒传》）［1829（前六编 山东京山）—1851］就是这一时期的《水浒传》合卷作品。

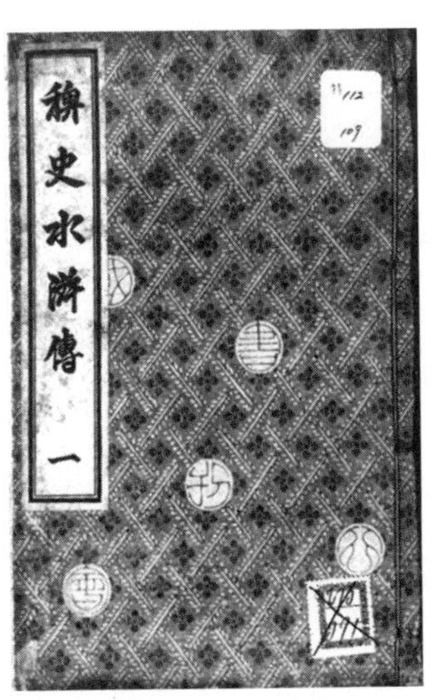

《稗史水浒传》（山东京山 著，歌川国芳 画，松寿堂，出版年不详）

歌川国芳（1798—1861），日本著名浮世绘画家。在帮助父亲料理生意的同时对艺术产生兴趣。先从师歌川国直，后来为版画大师歌川丰国看中，于1811年被收为弟子，1814年出师并取艺名歌川国芳。

歌川国芳擅长武者绘，被世人称为“武者绘国芳”。江户后期到明治时期，由于幕府极力取缔色情文学，武者绘流行起来，甚至产生了武者热的现象。

武者绘特指英雄、豪杰、武将以及合战场面的绘画。18世纪的日本文政时期，歌川国芳根据中国古典文学作品《水浒传》中一百零八个梁山好汉的人物性格，开始创作著名的《水浒传豪杰百八人》系列，生动地描绘出富有个性的典型人物肖像，这些形象威武繁复，细腻浓烈，丝丝入扣，得到世人一致好评。

合卷本《稗史水浒传》全二十编八十卷共四十册，文政十二年（1829）出版了最初的六编，译者是山东京传的弟弟山东京山，第七编到第九编的译者为柳亭种彦，题目也改为“国字水浒传”，第十编开始种彦的弟子笠亭仙果继续翻译，师徒二人交替翻译至十七编，之后由松亭金水接手，直至完成第二十编的翻译，大概译到百回本的第三十五回就结束了，作品本身的翻译过程非常坎坷，几易译者，但是绘师始终是歌川国芳。这部作品与其说翻译，不如说是靠国芳的画支撑下来的。

《稗史水浒传》（山东京山著，歌川国芳 画，松寿堂，出版年不详）

国芳的水浒画既继承了传统日本水浒画的特色，又有自身独特的风格。

（一）日本化

登场人物的和风化不但没有削弱，反而更加凸显。

人物不分身份高低，都穿着华丽，这恐怕源于浮世绘师的创作特点。登场女性从发型、服装到饰品，都如贵妇般雍容华贵，金翠莲手中的琵琶还换成了日本的三味线；即使是纺线劳作中的女性老者，也穿着华丽云卷花纹的衣裳；甚至侍女的衣服上也绣着类似凤凰的珍稀鸟类图案，裙子上的褶皱也细细描画。武者则展现出日本武者绘的特点，形象更像歌舞伎演员。以九纹龙史进为例，表情夸张，如铜铃一般的眼睛，肌肉块儿的夸张表现，动作也都呈现出歌舞伎舞台表演的

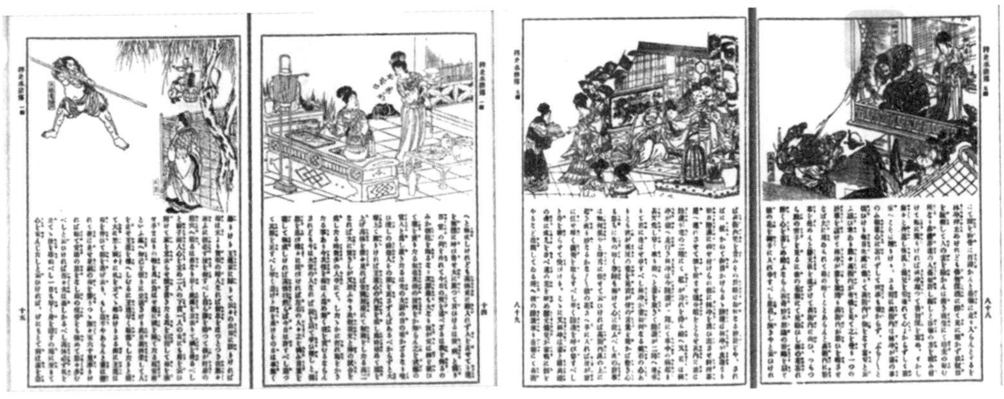

《稗史水浒传》（山东京山 著，歌川国芳 画，松寿堂，出版年不详）

瞬间姿态。史进也终于一身青龙在身，只是有别于中国插画中的青龙刺青的线条式图案，而是青色包裹全身的样式。

日常生活的场景也随处可见和风，如不是坐在椅子上，而是席地而坐，如风景建筑的样式也都是和风满满。一直以来的残虐画面怪奇趣味没有改变。鲁提辖拳打镇关西的场面，像极了葛饰北斋《新编水浒画传》中“鲁提辖制霸小霸王”的场景。史进一刀下去，王四身首异处的画面，也描摹得逼真恐怖。画面、构图、图中人物的扭曲动作，国芳一定是有所继承，当然也有所发展。

（二）个性化

国芳的《稗史水浒传》经常出现图文不符的现象，绘画中出现了很多原文中没有的女性形象，还有孩子。如原本对饮的男性换成了女性，送行被捕的英雄的是背着孩子的母亲。抛弃原文的束缚，尽情发挥个人的想象和创作，这是国芳水浒插画的重要特色，体现画师的强烈个性。

国芳的《稗史水浒传》还表现出对原作的深入揣摩，为了描绘出书中人物的表情和衣着等，国芳会深读小说《水浒传》，理解内容，揣摩人物，这种深入研究的精神也是前所未有的。

（三）国芳的影响

在歌川国芳的影响下，《水浒传》的绘画创作依然源源不断。

幕末明治的《水浒传》空白期，浮世绘师月冈芳年（1839—1892）以人物描写为特色，也创作插画。他的《绣像水浒铭铭传》（1867）卷首插画两幅，梁山好汉肖像画三十六幅，描写豪杰的日常，充满人情味。芳年爱读《水浒传》，从其梁山好汉的肖像画便可见一斑，对人物的性格拿捏精准，入木三分。不只画出了形，更画出了神。另外还有歌川国久歌舞伎题材的浮世绘《水浒传》插画，受到北斋和国芳的影响。歌川芳晴《水浒传豪杰鉴》也受到国芳的影响。

这一时期的《水浒传》绘画不是流于表面的创作，而是深入人物内心，这源于对原作的熟悉，也包括译著。所创作绘画通过表情、动作等，实现对人物内心的精准描画。绘画内容相较于原著的增减，也都是有所思考，贴合读者审美，体现画者个性。

《水浒传》随船载入日本，与江户时期的文化契合，在众多优秀的译者和画师的共同努力下，使这部中国白话小说得到大众的接受与喜爱，得以普及和大众化，并对江户文学的不同文学种类，包括小说、戏剧、绘画，产生了深远的影响。大众化的过程也必然伴随着日本化，因为只有投日本读者所好，才能被接受、被喜爱、被传播，而这种日本化的进程是渐进式的，不同时期呈现出与那个时期相应的变形，直至变形到失去原型。变形是为了符合本民族的审美和趣味，这是日本文化吸收外来文化的重要特征，不只适用于理解《水浒传》，还可以扩展到小说、文学、文化等更广阔的领域。

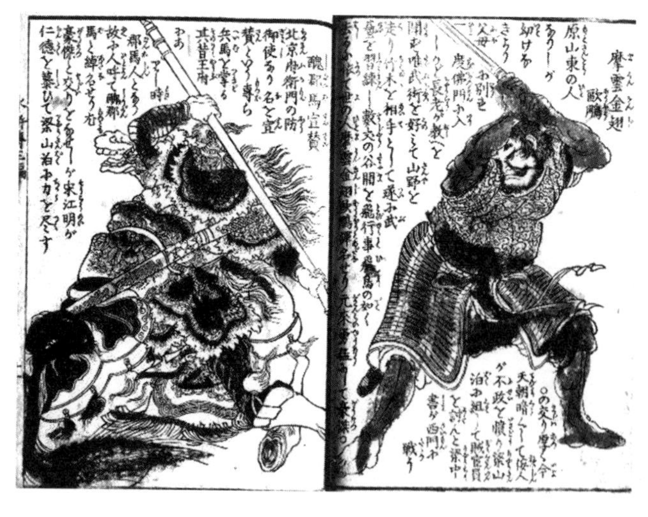

《绣像水浒铭铭传》（江境庵花川 编，月冈芳年 画，日本国立国会图书馆藏 缩微胶卷）

第四节　《西游记》与江户戏剧

《西游记》作为中国“四大奇书”之一，与其他三部作品最大的区别，在于神幻妖魔的大量介入，使这部作品充满了奇幻色彩，表面上看来荒诞无稽，却恰好契合了很多文学类型的特点，借用《西游记》进行再创作，这股重新架构《西游记》的风气在江户时代表现为对其进行戏剧重建，以戏曲的文学形式表现，以日本文化中的和风包装，创作出日本版的《西游记》戏剧。

一、净琉璃《五天竺》

净琉璃《五天竺》由佐川藤太、吉田新吾和近松梅枝轩合作完成，文化十三年（1861）七月二十九日，在大阪御灵境内首次上演。净琉璃《五天竺》的底本是《绘本西游记》，但又不只这一个底本，《五天竺》原题是《玄奘三藏的取经释迦如来的出山　孙悟空的仙术　五天竺》，题目很长，包含的内容很清晰，那就是除了四大奇书的《西游记》以外，还加入了释迦如来的生平故事，对结构进行了调整和改编，应该算是《西游记》的一部翻案作品。《五天竺》的创作底本除了刚刚提到的《绘本西游记》以外，还有《释迦如来诞生记》（近松梅枝轩）和《通俗西游记》。其中明显取材于西游记的段落：

怪石的段

水帘洞的段

桃园的段

涉场的段

白莲别子的段

地域的段

经山寺的段

太祖宫殿的段

人参果的段

釜煎的段

一家的段

流沙河的段

须达长者馆的段

祇园精舍的段

最后两段讲述释迦的生平来历。净琉璃《五天竺》问世后，因其新奇性、创造性等，受到观众的喜爱，各大剧场常常上演该剧目，有当时各个剧场的上演年表为证。

国立剧场艺能调查室所收录的《五天竺》“上演年表”记录如下：

文政二年（1819）一月	堺宿院芝居
文政二年（1819）二月	天满天神社内
天保十一年（1840）八月	御灵境内
天保十二年（1841）四月	京四条北侧大芝居
文久三年（1863）八月	寺町和泉式部境内
明治二年（1869）四月	御りよふ芝居
明治二年（1869）九月	京都四条南侧演剧
明治十年（1877）十月	御灵社内小家
明治十二年（1879）五月	松岛芝居（文乐座）
明治十八年（1885）五月	いなり北门彦六座
明治十九年（1886）三月	松岛文乐座剧场
明治二十三年（1890）五月	御灵文乐座
明治二十三年（1890）九月	稻荷彦六座
明治二十九年（1896）三月	博劳町稻荷北门稻荷座
明治三十四年（1901）五月	堀江明乐座
明治四十一年（1908）三月	市侧堀江座
大正九年（1920）三月	竹丰座

大阪府立中之岛图书馆所藏的戏剧一览表：

竹田芝居 万延元年（1860）九月吉日　座本 中村富助　五天竺

座摩社内 明治二年（1869）七月吉日　高桥竹造　五天竺

天满芝居 明治二年（1869）七月吉日　市川小传治　五天竺

以上关于《五天竺》的上演一览可见，这部净琉璃在江户末年至大正期间，还是相当受欢迎和认可，可以如此长时间地持续上演，应该在观众心中沉淀下来，占领了一席之地。

从《五天竺》的内容来看，作者借鉴了《西游记》，但又不是忠实地承袭，在借鉴的基础上，大量加入了日本的喜好和趣向，重新建构新框架，这些都基于两国的国情、文化的差异。一部中国白话小说在域外文化中的改编、改写，体现了接受国的审美情趣和文化过滤，这些改变是最值得研究和探讨的，这也是比较文学中最有趣、最有价值的地方。

从《五天竺》的开头谈起：

怪石の段

混沌の初、其状卵のごとし。陽気の軽く清るは上つて天ンと成り。濁るは下タつて。地となる。须弥の四州南膽部提。崑崙の滝壺に。水簾洞の厳屈有。前に一トつの怪石は。造化の。天工常ならず実仙。境としられけり。[1]

（怪石的段　混沌之初，其状如卵。阳气轻清而升为天，浊气降为地。须弥四州之南膳部提。昆仑的瀑布中，有一唤作水帘洞的洞穴。前有一怪石。真乃上天造化之仙境也。）

——『五天竺』

初編巻之一“灵根孕育源流出 心性修持大道生”

混沌の其始、形卵のごとし。清るは上浮みて天と成り。陽気の重く濁るは下凝て地と為る。其中に万物ことごとく発生し、人を生じ、天地人の

1　国立剧场调查养成部艺能调查室编，《五天竺》（《未翻刻戏曲集·8》），1981年9月，第29页。

三才それぞれに位す。盤古氏の開闢せし時、世界わかれて四大部州となれり。則其国の名を東勝神州、西牛賀州、南贍部州と号く。山の上に一塊の怪石あり、名を傲来国といふ。此海中に一つの山あり、華果山と号く。[1]

（初编卷之一 灵根孕育源流出 心性修持大道生 混沌之初，其状如卵。清气上浮成天，阳气重而浊者下降而凝为地。其中生万物，生人，正谓天地人，三才定位。盘古开天辟地之时，世界之间遂分为四大部州，则其国名曰东胜神州、西牛贺州、南膳部州。山上有一块怪石，名曰傲来国。海中有座山，唤作花果山。）

——『絵本西遊記』

从这两段开篇来看，《五天竺》还是大体按照《西游记》来展开故事的。但是这种承袭却突然话锋一转，混世大魔王开始登上舞台，占领了水帘洞。原本在《西游记》中的混世魔王不过是为了凸显孙悟空的学艺成功，而在《五天竺》里，混世魔王成了重要角色，比原作中该角色有了更多的描写和作用。在《西游记》流传的江户时代，对于妖怪的描写是人们喜闻乐见的，江户文学是町人文学、百姓文学，普通百姓的喜好自然偏俗，而这个俗包含了市井生活，包含了奇闻轶事，对于妖怪幻化的奇特性，是吸引人们兴趣的关键点，因此抛开原作的架构比例，在混世魔王上多费些笔墨，在情在理。

接下来在“水帘洞的段”，孙悟空和混世魔王展开了本领比拼，悟空说自己可以进到小葫芦里，不服气的混世魔王要让孙悟空看看自己是怎么进入酒壶里的，却反被悟空盖上盖子闷死了，这个结果很意外，意外在于并没有显示出悟空本领高强。这段描写与《西游记》中孙悟空与混世魔王的争斗描写并不相同，反倒是借鉴了《西游记》第三十四回，孙悟空与银角大王斗宝葫芦的情节。孙悟空常用幻术进入封闭空间，像变作虫子进了铁扇公主的肚子里，变作丹丸进了黑熊精的肚子，这些充满奇异变化的情节一再出现在《西游记》中，让人印象深刻，于是《五天竺》的作者就将这些名场面集中书写，还添加了原作中没有的酒壶意向。

三藏法师从出生到去西天取经，这样一个长篇的话题见于《五天竺》的“涉

1　曲亭马琴，《绘本西游记》，有朋堂文库，大正二年（1913），第1页。

场的段”“白莲别子的段”“地狱的段”“经山寺的段”“太祖御殿的段”等，其中可见江流和尚的故事梗概，大体与我们熟知的江流和尚故事一致，但又具有自己独特之处，《五天竺》的特色就在于将一个话题充分展开，认为原作中不够充分的部分，把在其他段落中被省略掉的原典重新整合到这个话题，加深主题。像《西游记》中关于陈光蕊江流和尚的故事、刘泉进瓜、李翠莲还魂、悟空乱入冥界，这些本来分布在《西游记》不同章节的故事，因其关联性强，被《五天竺》拿来放在一个故事中，就可以针对一个话题进行充分的展开和完整的叙述，这种方式好像也不是《五天竺》的独创。白话小说经常要在故事高潮处戛然而止，主要是为了吊读者的胃口。日本的小说和戏剧却不同，它要求故事的完整性，要交代好来龙去脉，要符合逻辑，要结构合理。因此它会打破原有小说的框架，完全依据自身文化的需求和审美习惯进行重组。

针对自身文化的过滤和删选，《五天竺》中这样的例子随处可见。还是上文的白莲故事，陈光蕊和白莲在悟空的帮助下还魂复仇，看到的场景确是江户时代武士复仇的画面；“煎釜的段”，三藏开始踏上西天取经的路途，而《五天竺》中西域世界的风情被化作一幅大和绘，充满和风。《五天竺》一家的段，“天空”“日月”“白云”“山脚下的人家”“山谷中的潺潺水声”“松风”……这段景色描写也会把读者带入江户时代的大和绘卷中。“流沙河的段”也同样带读者和观众进入日本浮世绘画卷的世界。这样的改编除了表现日本风，也是为了配合舞台表演和观众喜好。

对于《五天竺》一般评价并不高，例如上述国立剧场艺能调查室编《五天竺解题》中认为，这部作品的特色就是戏剧性的快速展开值得一提，其内容充其量不过是一部廉价的末期净琉璃作品。

编写《日本古典文学大辞典》的井口洋也对这部作品进行了稍显苛责的评价，他认为借鉴自《释迦如来诞生会》的部分并没有完全的原文照搬，但也没有做到恰到好处的活用，甚至还有一部分越改越糟，借鉴于《绘本西游记》的部分倒是下了一番功夫，但是结合得也不算成功。不过总体来说，也有突出的特点，那就是猿猴形象在净琉璃剧的初次运用，这个创意和趣向得到观众的认可，才可以在后来不断活跃于舞台。

除了严苛的声音，也还是有温和的鼓励，横山就认为《五天竺》充分整理了与《西游记》的关系，而且因为这种连续不断的舞台表演、场面的有趣等，可以让人们充分感受到人形净琉璃所独有的舞台魅力。《绘本西游记》在《五天竺》中得到充分的戏剧化，人间悲情满溢，再加之孙悟空这一角色的卓越演技，让观众享受其中。人形净琉璃的成熟技法，加之采用当时的新时事题材，是文化期的独特存在，亦可见《五天竺》作者的良苦用心。

《五天竺》以《西游记》为题材，对原作进行了大幅度的改写，比如更加强调白莲与玄奘母子的悲剧故事，更加凸显孙悟空的活跃，更加强化妖怪故事来强调登场人物的印象，加入更多的原作中没有的日本风情和日本趣向，不同于原作《西游记》中对女性的轻描淡写，更大幅扩充女性描写，对原作中没有过多涉及的释迦如来的生平事迹大写特写，甚至作为作品构成的一条主线，登场的妖怪们显然也与原作中的妖怪性质迥异，《五天竺》里的妖怪就是妖怪，是成仙入道者的障碍，而《西游记》里的妖怪都是在修业路上魔障了的仙人，要冲出重重迷雾才可以得道成仙。总之，《五天竺》源于《西游记》，又异于《西游记》，加入了太多日本的要素，使之成为一部和风《西游记》。

二、歌舞伎《通俗西游记》

歌舞伎《通俗西游记》作者三世河竹新七，天保十三年（1842）生于神田，明治三十四年（1901）没。师从二世河竹新七，著名的戏作家默阿弥，而且是默阿弥三大高徒之一。三世河竹新七富于智慧和才情，给后世留下了八十余部作品。

歌舞伎《通俗西游记》明治十一年（1878）九月，在市村座迎来首演，据说是一幕四场，但好像留下来的只有一幕三场。这部歌舞伎作品是三世河竹新七的早期作品，当时首演的演员阵容强大。

角色	歌舞伎演员
大圣孙悟空	市川权十郎
沙悟净	先代市川寿三郎
三藏法师	先代中村时藏
猪八戒	先代关三郎
西凉国女王/蜘蛛精	市川女寅

河竹本《通俗西游记》虽然取材自《西游记》，但并不忠实于原作，有很大的改变。依据河竹新七的春阳堂版《通俗西游记》的三场，即第一场“西凉女国王宫”，第二场“盘丝岭机殿”，第三场“百眼魔王岩窟”，将之与日本初译本《通俗西游记》和《西游记》进行比较分析。

歌舞伎 《通俗西游记》	原作 《西游记》	译本 《通俗西游记》	《绘本西游记》 （《画本西游全传》）
第一场 “西凉女国王宫”	第五十四回 法性西来逢女国　心猿定计脱烟花（中心）+第五十三回 禅主吞餐怀鬼孕　黄婆运水解邪胎（一部分）	五编卷一 第五十四回 续后编（四编） 卷六第五十三回	第三编卷一 第二编卷十
第二场 “盘丝岭机殿” 第三场 “百眼魔王岩窟”	第七十二回 盘丝洞七情迷本　濯垢泉八戒忘形 第七十三回 情因旧恨生灾毒　心主遭魔幸破光	译本中断，并无对应的内容	第三编卷八

从上述表格，简单地认为歌舞伎《通俗西游记》就是《西游记》第五十三回、第五十四回、第七十二回和第七十三回的合成，这样看未免太过粗暴，如果着眼其中与原作的变化，会发现这是一部反映日本文化的和风戏剧作品。

首先，《西游记》中西凉国的女王是普通人，作为人，对三藏法师产生思慕之情也就是人之常情，况且也未对三藏法师做出过分出格之事，于情于理都是可以接受的，不过是在《西游记》的故事中加入了一些风流韵事，丰富和活跃整个小说，因为这部作品总体来看缺乏女性描写，充斥全书的是与妖魔鬼怪的激烈斗争。妖怪们都虎视眈眈于三藏法师的肉体或美色，尤其是各个女妖，劫色不成就想吃肉来长生不老。歌舞伎《通俗西游记》与原作不同，它将西凉女国的故事与之后盘丝洞的故事结合在一起，将西凉国女王与盘丝洞的蜘蛛精融为一体，女王的真身原本是蜘蛛精，这样的结合加强了女主角的杀伤力。《西游记》中的女王虽然对三藏法师有情，但毕竟是绕不过人之礼数，不会使用过分手段的人，结果自然是放三藏一行西去。《西游记》中的蜘蛛精不管多么美貌，毕竟是妖，妖是不会有人的感情的，她有的是妖的力量与手段，自然对悟空一行有更大的杀伤力。将这两者结合恐怕是歌舞伎《通俗西游记》的独特创意，为了凸显女性主人公的作用，这也是原作中没有的，即以女性描写为中心。不只《西游记》，四大奇书中《水浒传》和《三国演义》也都是充满了阳刚之气，极度缺乏柔软纤细的女性描写，歌舞伎《通俗西游记》也希望通过这样的改编来做出修正，以符合观众的审美。

其次，《西游记》第六十回，三藏法师和猪八戒不小心喝了朱紫国子母河的水，怀了身孕，悟空嘲弄八戒，这一场景印象深刻。三藏和八戒之后又喝了落胎泉的水，这场闹剧才算落幕，惊得三藏和八戒不轻。而河竹本中却做出了非常有趣的改变，误饮子母河水的不是三藏和八戒，换成了悟空，反过来八戒开始嘲笑大师兄的窘境。做出改变的理由基于以下考虑，如果是八戒和三藏法师怀孕，那就必须再要喝落胎泉水才得以解决，就要牵连出与如意神仙的泉水之争，但如果受孕的是悟空，他可以通过自己的法术简单地解决问题，一切迎刃而解。费心要绕过落胎泉，原因在于歌舞伎将西凉女王与盘丝洞蜘蛛精两段结合，改变了原作的结构，省去泉水之争的部分，就不必按照原作的结构顺序，而可以合理推进故事。

再有，《西游记》中悟空捉住了蜘蛛精，欲与多目怪交换唐僧，哪知道多目怪为了吃唐僧肉毅然舍弃蜘蛛精，悟空大怒，杀了蜘蛛精，又与多目怪展开争斗。河竹本中是悟空的小猴们打退了蜘蛛精，多目怪也是通过从盘丝洞逃命而来的小妖怪们得知了此事。总之，做了很多细微的改变。

通过以上分析，发现河竹本《通俗西游记》在创作手法上与《五天竺》接近，就是将几个关联话题凝结在一个故事中，使故事更突出，更具说服力。为了这种结合天衣无缝，合情合理，又不得不对原作的结构进行改变和调整，另外还要进行适当的加减，最后奉献给观众的就是这部充满日本风情的歌舞伎版《西游记》。

第五节　《金瓶梅》与江户文学

江户时期，中国白话小说传播到日本，恰好迎合江户的庶民文学之风，被广泛翻刻、翻译、翻案，当时百姓爱不释手，《三国演义》《水浒传》《西游记》的故事家喻户晓，耳熟能详。作为四大奇书之一的《金瓶梅》却有着不同的命运，它并没有像其他中国白话小说如此受到青睐，究其原因，无非是难登大雅之堂的“淫书”之名声所致。日本《金瓶梅》研究学者泽田瑞穗有一段精准的评价：

> 日本江户末期，大众作家马琴所翻案的《新编金瓶梅》，是唯一公开宣传《金瓶梅》的例子，却不像《水浒传》和《西游记》广受大众好评，也并未对日本文学产生重大影响。原因无外乎被贴上了“淫书”的标签，非正人君子所读所谈之书。唯独当时精通唐话的汉学者，偷偷从桌下取出读之。不能见光的“桌下读物”之身份，从江户时代始，至明治、大正，再至昭和时代，一直延续到战前，都不能公开对其进行研究。“淫书”的恶名，就如同思想束缚一般，都不是那么容易解开的。[1]

《金瓶梅》虽然被称作“桌下读物”，整个江户时期都没有初译本的出现，但是仍然与江户文学有着全方位、多角度的联系，影响江户时期的翻译、翻案、戏曲和绘画的创作。

一、《金瓶梅》训译本

《皋鹤堂批评第一奇书金瓶梅》是以张竹坡批评本为底本的，日本鹿儿岛大

1　泽田瑞穗著，《中国的八大小说》，东京：平凡社，1965年，第263页。

学附属图书馆玉里文库现存一百回写本，书中添加了句读点、训点[1]，并在句子左右附上日文译，还在空白处添加了很多说明文字。抄写者为江户时期的高阶正巽，生于江户麻布长坂的久保八幡宫，字子止，号铅汞轩，俗号原田端太夫。根据抄写时每回末尾的日期推断，玉里本应完成于文政十年（1827）至天保三年（1832）。

根据每回的文字记录推断，此写本应为高阶正巽根据荷塘一圭的训读、语释等内容抄写而成的。荷塘一圭，自远山，名圆陀，号一圭、一溪，又称荷塘道人，陆奥人。荷塘十七岁出家，二十二岁开始游历各地，二十三岁进入丰后日田的广濑淡窗的私塾学习。二十七岁到三十岁的三年间，在长崎游学，后来到江户，讲授《西厢记》《琵琶记》《水浒传》等。著作有《谚解校注古本西厢记》《胡言汉语》《译解笑林广记》《月琴考》等。只可惜年仅三十七岁就因病去世了。

荷塘年轻时四处云游，曾学习中国方言土语，尤其与长崎的中国人交往密切。当时唐话学习之风正盛，长崎又是中日贸易的窗口，这里聚集着数量众多的随商船来到日本的中国人，同时也吸引着大量来此学习唐话的日本人，荷塘也是其中之一，在这里学习汉文，并且接触到中国的白话小说，在江户还开设《金瓶梅》读书会。这样的机缘也促成了他注释《金瓶梅》的事业，他的注释涉及众多中国典籍，可见其对中国文学文化的渊博知识。这部以日文训点标注的《金瓶梅》是江户时期最早的训译本，江户时期的日本读者第一次可以完整地了解中国白话小说《金瓶梅》。

另一部冈南闲乔翻译的《金瓶梅译文》写本4册，底本为当时流行的张竹坡批评本，是江户时代唯一相对完整的注译本《金瓶梅》。现存波多野太郎藏本、长泽规矩也藏本、早稻田大学图书馆藏本、京都大学附属图书馆藏本。冈南闲乔《金瓶梅译文》只有上述稿本存世，并没有正式出版。

冈南闲乔《金瓶梅译文》没有出版的原因之一，翻译程度过低，还有很多词汇、内容，由于不理解，又没有可以查阅的相关书籍辞典，因而都语焉不详，尤其《金瓶梅》讲述明朝市井百姓的生活，关乎日常生活习俗的语言，还有很多歇

1　训点：训注。为便于日本人训读汉文，在汉字行间、字间和字面加注假名或符号，如注音假名、汉字添注假名（送假名）、训读符号、读音顺序符号等。亦包含标点符号。

后语的翻译，都难住了译者。因此，译文中有很多“不详”“不解”，让整个翻译显得不够流畅和难以理解。看来《金瓶梅》在江户时代之所以没有其他三部奇书的影响力，不仅仅因为其“淫书”的恶名，还因为难以理解之处太多，影响了它在江户时期的广泛传播。对于翻译“淫书”，冈南闲乔采取端正认真的翻译态度，并没有刻意避免情色场面的翻译，和其他内容一样，一字一句加以注释。

二、《金瓶梅》翻案

《新编金瓶梅》，全10集20册，曲亭马琴著，歌川国安、歌川国贞画，天保二年至弘化四年，即1831年至1847年，历时十六年才最终完成。这期间曲亭马琴经历了很多人生悲苦，长子宗伯年仅三十八岁就不幸去世，丧子之痛深深打击到马琴，甚至还不幸失明。之后都是马琴口述，由儿媳执笔记录，进行小说的创作。

关于创作《新编金瓶梅》的目的，马琴在文政十三年（1830）三月二十六日付书简中记载：“《金瓶梅》的书名虽广为世人知晓，认真说起这本书的内容的话，真正读过这本书的人可谓寥寥。（中略）此淫书，书名广为人知，故稍加润色，改变趣旨，便可重新作一合卷小说。”马琴之所以以《金瓶梅》为基础进行再创作，一是因为这部作品的书名本身就是一块招牌，虽然并没有太多人真正阅读过原著，但是知道这本“淫书”存在的人却非常多，对于擅长创作畅销小说的马琴来说，这是一个非常有利的噱头。另外，原著中的故事叙事也值得借鉴，马琴要在原著中加上自己的创意，日本的审美爱好，使其不再是一部外国小说，而是更加迎合江户时代读者口味的新作品。

关于翻案《金瓶梅》的态度，马琴非常明确对于原作中关于男女情色描写的厌恶，将这类猥琐描写一概删除，声称写作的目的是劝善惩恶，这也是他小说创作的原点。马琴虽年轻时放浪形骸，但是并不能脱离武士社会的影响，对于武士的憧憬由来已久，因此他的作品中对于武士阶层的夸赞显而易见，不吝褒奖，这与中国轻武重文的观念相差甚远。态度决定方向，《水浒传》和《西游记》中玩世不恭的勇武之徒，在马琴笔下皆成了以忠孝为先、顶天立地的人物。因此，《金瓶梅》里的武松一定是马琴大书特书的对象，不吝篇幅地美化武松的形象。

《新编金瓶梅》的人物设定如下表（对应《金瓶梅》中的人物）：

《新编金瓶梅》	《金瓶梅》
大原武太郎	武大郎
大原武松	武松
阿莲	潘金莲
西门屋启十郎	西门庆
妙潮	王婆

翻案作品自然是以原著为基础，在接受原著的同时，进行文化过滤，进行结构重组，进行自我文化的带入和糅合。以围绕武松发生的内容来说，《新编金瓶梅》与《金瓶梅》一样，有武松打虎、发配、发配地故事、报仇等几个重要场景。以下选取武松打虎和发配这两个场景进行比较。

（一）武松打虎

武松打虎出现在《水浒传》百二十回的第二十三回“景阳冈武松打虎”，这是家喻户晓的故事，《水浒传》中一首诗恰好描写了武松打虎的精彩场面：

景阳冈头风正狂，万里阴云霾日光。
焰焰满川枫叶赤，纷纷遍地草芽黄。
触目晚霞挂林薮，侵人冷雾弥穹苍。
忽闻一声霹雳响，山腰飞出兽中王。
昂头踊跃逞牙爪，谷口麋鹿皆奔忙。
山中狐兔潜踪迹，涧内獐猿惊且慌。
卞庄见后魂魄丧，存孝遇时心胆强。
清河壮士酒未醒，忽在冈头偶相迎。
上下寻人虎饥渴，撞着狰狞来扑人。
虎来扑人似山倒，人去迎虎如岩倾。
臂腕落时坠飞炮，爪牙爬处成泥坑。
拳头脚尖如雨点，淋漓两手鲜血染。
秽污腥风满松林，散乱毛须坠山奄。

近看千钧势未休，远观八面威风敛。

身横野草锦斑销，紧闭双睛光不闪。[1]

这段精彩的打虎场面在《金瓶梅》中并没有具体的描写，只是轻描淡写，一带而过。《新编金瓶梅》虽然是《金瓶梅》的翻案作品，但是却没有简化武松打虎的情节。《新编金瓶梅》中武松的角色唤作大原武二郎武松，拜楠一味斋为师，学习文武两道，在归乡途中偶遇老虎，将其打翻在地。只是这只老虎不同于武松打虎之“虎”，此虎乃寅念和尚幻化而成，于是又多出了人化虎的情节。

（二）发配

关于武松被发配，翻案与原著中都有这一情节，只是前因后果稍有不同。《金瓶梅》中，武松回到兄长家中，其嫂潘金莲装醉诱惑武松，被武松严词拒绝，并离开武大郎家，之后到汴梁出公差。这期间潘金莲与王婆勾结，毒害武大郎，做了西门庆的妾。武松知道了兄长的死因，欲杀西门庆却被他逃掉了，反手杀了西门庆近旁的李皂隶，武松因此获罪发配孟州。《新编金瓶梅》同样是大原武二郎（武松）住到哥哥武太郎（武大郎）家中，严词呵斥阿莲（潘金莲）的诱惑。在武松出差期间，阿莲与西门屋启十郎（西门庆）相遇，经妙潮（王婆）的引荐，这对奸夫淫妇秘密私通，启十郎一脚踢死武太郎。武二郎回家后知道了真相，一纸诉状告到衙门，诉状却落入了启十郎亲戚船馆幕左卫门手中。船馆幕左卫门设计陷害武二郎，武二郎获罪发配到淡岛。

《新编金瓶梅》在翻案《金瓶梅》的过程中，不单单以《金瓶梅》的故事为基础，还借鉴《水浒传》，并在其中渗入日本文化的理解和改造，日本读者读来更加有趣。草双纸[2]《新编金瓶梅》，是以女性和孩子为读者对象的，几乎都是用假名书写的合卷，描写世态人情，因此很少有深刻寓意，多是简单明快的道义观念，情节还要风趣幽默，读者希望看到的是善有善报、恶有恶报的结局。作为畅销书作家，自我创作的同时，读者对象的喜好和偏爱也必须考虑在内，对原著

1　施耐庵·罗贯中著，《水浒传》（上），北京：人民文学出版社，2016年2月第41次印刷，第295–296页。

2　草双纸：日本江户时代的通俗插图读物。每页有图画和图解文字。在江户创刊并流行，江户末期达到顶峰。包括赤本、黑本、青本、黄表纸（黄封皮插图读物）、合卷（合订本）。狭义上仅指合卷。

进行翻案时，如何接受和重构原著，是判断翻案作品优劣的重要环节。

三、《金瓶梅》戏曲

《金瓶梅曾我赐宝》，柳水亭种清著，一勇斋国芳画，1860年，甘泉堂刊。该书是1860年正月十五日在江户中村座首演的歌舞伎《金瓶梅曾我松赐》的内容，将之写成合卷出版，歌舞伎演出和出版同时进行。中国四大奇书中，唯独《金瓶梅》在江户时代没有出版日语译本，歌舞伎《金瓶梅曾我松赐》所依据的是曲亭马琴的合卷《新编金瓶梅》，《新编金瓶梅》是《金瓶梅》的翻案作品。

剧本《金瓶梅曾我赐宝》写本合卷共四编，现存有明治大学图书馆藏本，国立国会图书馆藏本（欠第四编），东京大学藏本，庆应大学藏本和日本大学藏本。江户时代，中国的四大奇书中只有《金瓶梅》没有日文译本，但原著在江户汉学者之间流传。曲亭马琴根据《金瓶梅》创作的翻案小说《新编金瓶梅》与原著有很大的不同。

《金瓶梅曾我赐宝》就是依据合卷《新编金瓶梅》，再借鉴原著《水浒传》和《金瓶梅》创作的作品。以“武松打虎”的故事为例，《新编金瓶梅》中，武松与楠一味斋家的女儿结婚，遭到朋辈的嫉妒，日子过得并不顺心，在返乡途中，遇到了幻化为虎的寅念。寅念之所以会幻化成虎形，因其酷爱老虎的绘画，却被师父阻挠而卧病不起，最后竟然变作老虎。武松打虎凯旋，老虎的尸骸中竟飞出鬼火，附在阿莲抱着的一身虎毛的猫身上。阿莲诱惑武松之际，这只猫就在近前。阿莲与启十郎通奸的契机，原作《金瓶梅》中是由于潘金莲开窗掉落了竹竿，正好打在西门庆的头上，《新编金瓶梅》中的同一情节，掉落的是喂猫的鱼肠。《新编金瓶梅》中的一个重要线索，或者说改变，就是化虎的寅念的存在。

《金瓶梅曾我赐宝》中阿莲（潘金莲）和启十郎（西门庆）的相遇发生在武松打虎之前，并没有强调开窗掉落物体的桥段，倒是着墨于启十郎与妙潮（王婆）如何设计将有夫之妇阿莲弄到手。之后诱惑武松的部分，也是在一个雪天，温好了酒，却被武松拒绝。武松离开哥哥家，阿莲与妙潮狼狈为奸害死武太郎（武大郎），与启十郎密会。从整个故事结构分析，相较于《新编金瓶梅》，《金瓶梅曾我赐宝》更忠实于原著《金瓶梅》。

《金瓶梅曾我赐宝》的另一人物设定就是林中纳言。林中纳言被流放淡路岛，他住的小屋被放火，险些遭人暗杀，与《水浒传》第十一回“林教头风雪山神庙，陆虞候火烧草料场”如出一辙，而《新编水浒传》中这个故事是发生在武松身上的。

《金瓶梅曾我赐宝》与《新编金瓶梅》的最大不同之处，一是引入了《水浒传》的内容，二是借鉴了歌舞伎《义经记》《曾我物语》和《太平记》。取材自《水浒传》的有高毬、突镇坊、张天仙女、九纹龙史郎吉、林中纳言、元小二等，这些人物在《新编水浒传》中并未出现。

歌舞伎《金瓶梅曾我松赐》是以合卷《新编金瓶梅》为基础，非常复杂地糅入了《水浒传》和《椿说弓张月》的内容，这其中有作者三世濑川如皋将《水浒传》歌舞伎化的明显意图。之所以把《金瓶梅》与《水浒传》糅合在一起，因为《水浒传》登场的皆是英雄豪杰，充斥着阳刚之气，缺乏恋爱故事，不符合江户观众对歌舞伎的欣赏标准，因此加入《金瓶梅》的恋爱故事，使得整部歌舞伎更加柔和。再加上《椿说弓张月》的杂糅，增加观众的熟悉和亲近感，吸引更多观众的欣赏欲望。虽然这部作品不能算成功，但是濑川如皋的尝试还是值得肯定的。

四、《金瓶梅》绘画

《金瓶梅》被定义为淫书，在江户时代传入日本后，也因为这层原因，并没有像四大奇书的其他三部，给江户文学带来巨大影响，倒是《金瓶梅》的插图为浮世绘春画提供了素材，两者之间产生了千丝万缕的纠葛。

《金瓶梅》创作于16世纪末的明朝万历年间，从写本到刻本的转换大概经历了二十年。1617年刊行《新刻金瓶梅词话》，但是这个刻本中还没有插画，加入插画的版本应该是崇祯年间刊行的《新刻绣像金瓶梅》。《新刻绣像金瓶梅》中有插画二百余幅，据研究表明，这二百幅插图由五名“徽派”画工共同完成。在明朝的中日贸易往来中，插画版《金瓶梅》随商贸船只来到日本，影响了当时江户浮世绘中的春画创作。

《新刻绣像金瓶梅》的第七十四回插画，画中女主人公潘金莲扭动着她如白蛇的身体，按住西门庆的要害。江户春画画师西川祐信的《优竞花姿绘》

（1733）中，采取了与上述插图非常相似的体位姿势，只是服饰发型换作日本人而已。由此可见，祐信的春画应该是参考了《新刻绣像金瓶梅》。

另一位江户画师歌川丰国的春画《逢夜雁之声》（1822），描画在女性性器官上刺青的场景，这也与崇祯本《新刻绣像金瓶梅》第六十一回的插图如出一辙。

浮世绘春画对《新刻绣像金瓶梅》插画的模仿，不只在绘图上，画题也是被模仿的对象。《新刻绣像金瓶梅》第五十一回插画，描画的是宠猫“白狮子”干扰潘金莲与西门庆性交的场面。类似这种动物干扰性交的浮世绘春画也屡见不鲜，北尾重政的春画《笑本春之曙》（1772）中，正在进行性交的男性就用石头驱赶来捣乱的一条狗。

《新刻绣像金瓶梅》第八十二回插图，描画两女一男在开放的游廊上性交的场面。与此类似的性交图也出现在江户画师古山师重的《欠题组物》（1686）中。

《新刻绣像金瓶梅》的插画不只影响了江户时代的浮世绘春画，对当时的春宫画也有一定的影响。春宫画《花营锦阵》全二十四幅画中，有几幅就与《新刻绣像金瓶梅》的插画酷似，如《花营锦阵》中的“如梦令”，就与《新刻绣像金瓶梅》第九十七回的插画几乎一样，甚至连服饰、发型也没有做改变，感觉就是把《金瓶梅》的插画原封不动地移到“如梦令”中。《花营锦阵》的另一幅画“翰林风”也是如法炮制，与《新刻绣像金瓶梅》第三十四回插图几乎没有差别，性交姿势完全一样。《花营锦阵》的“后庭宴”也与《新刻绣像金瓶梅》第九十三回插图极其相似。《花营锦阵》的作者和刊行年代至今不详，因此不能断言受《新刻绣像金瓶梅》的影响。但是极其相似的构图，可以肯定这两者之间存在不可分割的关联性。江户时代的春画，在绘画风格、构图等方面，受到包括《新刻绣像金瓶梅》在内的中国春宫画的影响，这点毋庸置疑。

第三章

《三国演义》的日译本

以吉川英治《三国志》为发端，日本作家改写和创作了很多日本版的《三国演义》，这些作品反映时代特色，表达日本人的心声，带有作者的强烈个性，因此受到读者的好评，也推动了日本一次次的“三国热”。与《三国演义》再创作并行的还有《三国演义》的翻译，这些译本数量虽不及再创作的版本多，但都是译者的呕心沥血之作，从语言选择到翻译态度等，皆可窥见译者的良苦用心。虽说是忠实原著的译本，但也并不意味着千篇一律。由于翻译的时代不同，译者的个性态度不同等原因，每部译著也都有各自鲜明的特色，表现出翻译中的创造性叛逆。

法国比较文学家梵·第根，在1931年出版的《比较文学论》第七章“媒介”里说：“在大多数的场合中，翻译便是传播的必要工具，而‘译本’之研究便是比较文学大部分工作的不可少的大前提。”在此基础上，他进一步说明，译本研究可以分为两部分:一个是译作与原作进行比较研究，以“确定译者有没有删去几节、几页、几章或者有没有杜撰一些什么进去”，以“看出译本所给与的原文之思想和作风的面目，是逼真到什么程度……他所给与的(故意的或非故意的)作者印象是什么”；另一个是同一原作的几个不同译本之间的比较研究，以“逐时代地研究趣味之变化，以及同一位作家对于各时代所发生的印象之不同”。这一理论恰好可以用于比较《三国演义》在日本的几个直译本的关系，以及他们与原作之间的关系，横向和纵向的立体交织比较，有助于进一步了解《三国演义》本身，以及它在异域日本的各个译本的特色。

第一节 《三国演义》日译本及译者

小川环树《三国志》（《三国演义》）（1953—1973），立间祥介《三国志演义》（1958），村上知行《完译三国志》（1972—1973），安能务《三国演义》（1998—1999），井波律子《三国志演义》（2002—2003），以上五个译本是战后《三国演义》在日本的直译本，都基本忠实原著，底本为清毛宗岗评改本，且都保持了章回体的形式，还有一百二十回的回目。另外，译者大都阐释了从正史《三国志》到《三国志平话》再到《三国志演义》的演变过程，以及现存《三国志演义》的各种版本说明，都希望给读者一个最接近原著的阅读平台。

一、小川环树译《三国志》

小川环树（1910—1993），被称作20世纪日本中国学研究领域最杰出的学者之一，学术成果颇丰，涉及“经史子集”，无所不通。生于知识分子家庭的小川环树有兄弟四人，他排行老四，兄弟几个各个学富五车、满腹经纶。二哥小川（贝家）茂树是中国史学大家，三哥是日本第一位获得诺贝尔奖（物理学）的小川（汤川）秀树。小川环树自幼受中国文化影响，“素读”（只读不解释）《四书》，后考入京都帝国大学文学院，学习中国语言学和中国文学。1934年至1936年先后在中国北京和苏州留学，留学期间曾与多位中国学者有过交流，如鲁迅、郁达夫等。1951年，获得文学博士学位，论文题目是《明清小说史研究》。执教鞭的二十多个年头里，不断努力培养日本中国学的研究者，他的很多著作都是为提携他的学生而共同完成的。他曾担任日本中国学会理事长。小川环树的一生都致力于日本中国学的研究，笔耕不辍，著作等身，其中就包括对《三国演义》的翻译。

小川环树译《三国志》1953年由岩波书店出版第一卷，后收入“岩波文库”，全十卷。开始着手翻译《三国演义》始于1950年，第一卷问世于1953年，而最后第十卷的出版是在1973年，历时24年之久。前五卷由小川环树自译，后五卷则与金田纯一郎共译。每一卷书后都附有小川亲笔的注释，还有根据这一卷的主要内容添加的地图，以便读者更好地理解全文。从第二卷开始，每卷开头还附有上一卷的梗概介绍，让读者能够很好地连接故事情节。1988年7月又出版了改订版，新版为全八卷。

二、立间祥介译《三国志演义》

立间祥介（1928—），生于东京，中国文学学者，庆应义塾大学（现庆应大学）名誉教授，《三国志》研究的大家之一。立间祥介曾参加竹内好等人发起的新中国文学研究运动，翻译和介绍了大量中国文学，从古典白话小说到近代文学都有所涉及。关于三国的研究和著作非常多，除了《三国演义》的翻译以外，关于诸葛孔明的评论也数量不少。

专著：

《三国志入门》，日本文艺社，“英雄们的三国志”日文文库，1975年

《人物中国志4 豪杰编 民众和英雄》，每日新闻社，后德间文库，1976年

《三国志行》，潮出版社，后潮文库，1987年，1992年

《诸葛孔明 三国志的英雄们》，岩波新书，1990年

《真说诸葛孔明》，三笠书房，1992年

《军师·诸葛孔明》，三笠书房，1997年

《三国志战略年表》，世界文化社，2006年

《零基础三国志入门》，幼冬舍，2009年

共著：

《三国志事典》，丹羽隼兵共著，岩波少年新书，1994年

《年画・三国志》，王树村共编著，集英社，1994年

《三国志人物事典》，丹羽隼兵共著，文艺社，2005年

可见立间祥介被称作“三国志研究的大家”的确名不虚传。关于他翻译的《三国志演义》，1958年出版8卷本，平凡社收入《中国古典文学大系》，同时收入平凡社《奇书丛书》刊行。1983年，又收入平凡社德间文库出版。2006年发行了改订新版，将之前的8卷本每两卷合并为一册，这就是4卷本的诞生。1982年日本NHK的人偶剧《三国志》据说就是依据他的译本创作的。

三、村上知行译《完译三国志》

村上知行（1899-1976），生于日本福冈县。出于对中国的兴趣，他自学汉语。1934年来到北京，开始刊行关于中国的评论，之后一直旅居中国，直到1946年“二战”结束后，才回到日本。1976年，他在家中用匕首刺穿脖子和胸部，结束了自己的生命。战后，一直从事中国四大奇书的翻译工作。1955年至1956年，翻译《水浒传》全9卷，由修道社出版。1973年至1974年抄译4卷本《金瓶梅》。1976年至1977年，就在他去世前后，所译《西游记》全3册由社会思想社出版。1963年翻译罗贯中《三国演义》，作为少年少女世界名作全集由讲谈社发行。《完译三国志》最早1968年由河出书房出版，后由角川书店在1972年至1973年刊行单行本，1980年至1981年现代教养文库（社会思想社）再版，1990年角川书店再版，2004年出版了光文社文库版。

村上知行在中国生活了十多年，而这段时间的中国每天都在经历着纷乱和战争。就像村上自己所言，他在中国北京经历了自己人生的青年到壮年，而在这段时间不短的生活当中，他觉得曹操、刘备、关羽、张飞、诸葛亮就活在他身边。在那里左看右看都是三国故事；随便走在街上，总能听到京剧“空城计”的戏文，“我本是卧龙岗散淡的人”；听京韵大鼓的演奏，伴随着“三国纷纷乱滚滚”的唱词；除此外还有相声、评书等种类繁多的民间艺术，都会有关于《三国

演义》的内容。这就是村上在中国生活的感受，无处不三国。

在谈及翻译《三国演义》的想法时，他决定一边想着京剧舞台的表演一边进行翻译。因为京剧表演给他留下了很深的印象，而且他还发现，京剧剧目取材于《三国演义》的实在超过想象的多。在北京看惯了听惯了中国的国粹三国，抱着这样的心去翻译《三国演义》，应该会给我们呈现不同的作品。同时，在进行翻译的时候，他笔下的曹刘关张等一定有京剧角色的影子，一定有生活在他身边的中国人的表情。

四、安能务译《三国演义》

安能务（1932—2000），日本小说家，擅长写作以中国为舞台的历史小说，代表作有《封神演义》（编译，全3卷）、《隋唐演义》（全3卷）、《三国演义》（全6卷）、《春秋战国志》（全3卷）等。他的作品不是简单的翻译，加入了自己独自的评价和解说，对原始资料和其客观性提出疑问，阐述自己的见解。

安能务的《三国演义》全6卷，由讲谈社出版发行，1998年至1999年发行了单行本，2001年出版了文库本。这是日本翻译《三国演义》首次没有在题目上动脑筋，原原本本地保留了原题。所依底本为毛宗岗本，但进行了大胆的删减和补正。如改正了原作中时间和地点的错误，还修正了作者认为极不自然和不必要的场景。看似忠实原著的翻译，实则体现作者的理解。

五、井波律子译《三国志演义》

井波律子（1944—），生于日本富山县高冈市，日本中国文学研究者。以《三国志》《三国演义》的翻译和研究被人们所熟知。国际日本文化研究中心名誉教授，大佛次郎奖评审委员。1972年，以论文《论曹操》（《中国文学报》，京都大学文学部中国语学中国文学研究室）为开篇，开启了她的中国文学研究之路。特别是对《三国志》《三国演义》的研究和翻译方面，成果丰硕：

《三国志读物》，筑摩书房，1989年；筑摩文库，1992年

《三国志演义》，岩波书店，1994年

《三国志曼荼罗》，筑摩书房，1996年；增补版，岩波现代文库，2007年

《读〈三国志〉》，〈岩波seminar books〉岩波书店，2004年

《〈三国志〉名言集》，岩波书店，2005年

《中国的五大小说 上 三国志演义 · 西游记》，岩波书店，2008年

《通向三国志 诸葛孔明篇》（山口直树共著），新潮社，1995年

《世界古典文学全集24 三国志 A魏书B魏书 续 · 蜀书C吴书》，筑摩书房，陈寿著、裴松之注，今鹰真、井波律子、小南一郎共译，A1977年，B1982年，C1989年

《正史三国志》（全8卷中1、2、5卷），筑摩学艺文库，1992-1993年

2002年10月至2003年4月，井波律子译《三国志演义》收入筑摩文库，由筑摩书房出版7卷本。井波的译本是进入21世纪以来对《三国演义》进行翻译的最新译本。

第二节 《三国演义》日译本的特点

这几位译者在翻译《三国演义》时，都特别注意到如下问题，即《三国志》《三国演义》以及它们的关系问题，出场人物的介绍，附有地图，还有的甚至添加了很多注释。另外，翻译所依据的底本选择上也体现了译者的各种用心良苦。这些都为读者能够在阅读之前以及阅读的过程中，能够更清晰、准确地把握相关内容做了铺垫。这几个方面的问题，尤其是正史与小说的关系，出场人物的介绍等，不只在这几个译本中有所体现，在《三国演义》的再创作小说以及跟三国相关的研究著作中，也都是被提及频率很高的内容。

一、解题

对于大多日本读者来说，不太清楚《三国志》与《三国演义》的区别，尤其大部分译著和再创作都用《三国志》的书名，更加混淆了概念。因此，在行文之前或者后记当中，先要对正史和小说做个概念说明，将正史《三国志》发展到小

说《三国演义》的历史脉络梳理清楚，为读者扫清第一个阅读障碍，成为作者们一致的选择，也体现了日本学人严谨的治学态度。

立间祥介在所译《三国志演义》的书后解说中，用了很大篇幅来解决上述问题，首先对《三国志》以及《三国演义》的成书年代、作者、内容、区别作了详尽的解释说明，然后阐述了《三国志平话》的相关信息，还对《三国演义》的各个版本进行了归纳和总结。村上知行在他的《完译三国志》第一卷后记中，仍然是正史《三国志》、裴松之注、《全相三国志平话》《三国志演义》的顺序，一一梳理下来。安能务在所译《三国演义》第一卷前言中，阐述上述发展历史的脉络时，还特意强调了日本人对于《三国志》和《三国演义》的混乱，以村上译本的书名为例，本以为中国学大家村上的《完译三国志》应该译的是正史《三国志》，结果打开翻阅，译的却是《三国演义》，之所以书名为《三国志》，也是为了配合日本读者的习惯，可见日本人对于这两个概念的含混不清，或者说无意去真正搞清这个问题的原委。安能务决定不在书名上做文章，直接以《三国演义》作为译著的书名。井波律子也老老实实地启用《三国志演义》的书名，不在这上面动脑筋。

二、人物介绍

据统计，小说《三国演义》中的人物有一千多，如此众多的三国人物，要将他们一一记住，分得清楚，还真不是件容易的事情，不只对日本读者，对中国读者也同样如此。在读日译本或者日本版的各种再创作作品时，大部分都配有出场人物的简历，顿觉辨识人物的难度降低了很多。

除小川环树的译本没有人物介绍，其余各译本都在每册书中增加了出场人物介绍，虽然介绍有简有详，但基本信息已经具备，读者可以轻松掌握。以诸葛亮为例，立间祥介《三国志演义》："诸葛亮（181-234），字孔明，别名卧龙先生。刘备死后，担起了蜀国命运的重担，粉身碎骨、稀世罕有的大军师，死于五丈原前线。"[1] 村上知行《完译三国志》："诸葛亮：孔明。忠诚名臣。杰出的兵法大家。归隐田园时称卧龙，受刘备三顾之礼，始出世。赤壁之战大败曹操，后于五丈原军营中病

1 罗贯中著，立间详介译，《三国志演义》（改订新版1），东京：德间书店，2006年，第8页。

死。”[1]安能务《三国演义》：“诸葛亮（孔明），背负蜀汉重任的大政治家。”[2]

人物的归属、特点、功业等是介绍的重点，因为译本中都会有详尽的介绍，所以这里的重点只是提示读者，分清人物，帮助读者顺利阅读。

三、地图

配有三国地形图，这点是读中国的全文字版《三国演义》时享受不到的。相信很多看过很多遍《三国演义》的中国读者，依然搞不清那些云里雾里的地名到底在什么位置，日本的译者也一定深有同感，所以在翻译《三国演义》时，都不约而同地附上了地图。不只是简单的地理图，也有按每卷所展现的战争场面附图的。总之，在书中读到的地名，马上就可以在图中找到，增加了阅读的立体感。附图也成了很多日本作家翻译或创作三国小说的惯例。

虽然有一些地名和它的真实位置还是有争议的，这些译者也都会有相应的注释等作为补充，但基本的地理概念都可以通过地图一目了然，不用光凭想象，有助于对作品的更深入的理解和把握。

四、底本的选择

小川环树译《三国志》主要依据的版本是清毛宗岗本，还参考了弘治本（台湾存明《三国志通俗演义》）。小川认为弘治本就是罗贯中的原本，它与毛本各有所长。前者叙述稍显啰唆，有很多地方又直接引用了正史《三国志》，读起来不是很方便。后者又过于简化，故事的原委很难尽述。因此，小川的译本实际上采用了这两个版本折中的方式。同时，也有参考正史的地方。可见，译者在对《三国演义》进行翻译的过程中，光是版本的选择就下了很多功夫，融入很多思考。也正因为这样的苦心，译著才能得到认可，一再重印，1973年终于出齐全卷的第二年，第十卷就已经发行第四版了，而第一卷则发行到二十五版。

立间祥介的译本依据的底本为毛宗岗本（商务印书馆本），是1955年由作家

1　村上知行译，《完译三国志》（二），东京：角川书店，1990年，第9页。

2　安能务，《三国演义》（第六卷），东京：讲谈社，2001年，第6页。

出版社出版的版本，还参照嘉靖本（1929年上海商务印书馆影印本）进行校订，另外，毛宗岗本中难以理解之处以及省去年月之处，译者都根据自己的判断，依据嘉靖本进行必要的补充。同小川译本一样，也是对《三国演义》比较忠实的翻译。每一回后有注，每一卷卷首附有本卷主要出场人物解说、地形图，卷末附《三国演义》年表。对专有名词，如人名、地名、官职等也都有注音，官职也有解说。

村上知行的译本《完译三国志》依据底本为，人民文学出版社的中国古典文学读本丛书《三国演义》。该版本选用的是毛宗岗本，但是没有加入毛家父子的批语，而加入了编者的注脚，除此以外和毛宗岗本完全一致。

安能务《三国演义》底本为毛宗岗本，但在一定范围内进行了消减和补正。比如对原著中单纯的时间和空间错误进行纠正，对原作中无论如何都觉得不自然的地方进行了改写。

井波律子译本《三国志演义》也是依据毛宗岗本，同时对官名、地名等加以注释，并对作品的成立年代等加以考证。

第三节　《三国演义》日译本的文化过滤

翻译文学作品，第一个要面对的就是基本译法的问题。作为表示翻译方法中最基本的两个概念，对译者直译和意译的选择和应用的研究将为其他研究打下基础，是翻译原则、翻译目的和翻译中涉及的其他文化现象研究的前提和条件。如前所述，以上五个译本是战后《三国演义》在日本的译本，都基本忠实原著，底本为清毛宗岗评改本，且都保持了章回体的形式，还有一百二十回的回目，都希望给读者一个最接近原著的阅读平台。从这个意义上说，每个译本都可以说是直译本，但每个译本又不尽相同，如语言的选择、注释的原则、原作风格的传达、译作风格的表现等。因此不能简单地用直译还是意译来概括五个译本，也许从原作的风格传达上达到了直译，语言的选择运用上却体现了译者的风格或时代的要求等，所以具体问题还要具体分析。

一、翻译中语言的进化

关于特殊名词的处理和注释，小川环树译文中对官职、人名、地名、固有名词等也有专门的注音和解说。人名用片假名注音，且在姓和名之间加“・”来分割。为了和姓名区分，官名都用平假名注音，并在每卷后加注解说，让读者能更好地理解三国时的官位制度。地名也是用片假名注音，并附注现代对应的地名，让大家一目了然。小川在这些问题的处理上开了个好头，之后的译者多有借鉴。立间祥介也在每一回后有注，对专有名词，如人名、地名、官职等也都有注音，官职也有解说。村上知行译本也无一例外地对各种专有名词注音。安能务、井波律子的译本除了对专有名词采取了同样的态度以外，还对原著中的一些错误，如时间和空间等明显有误之处，加以考证和注释。立间译本将注释放在各回的末尾，他认为这样才不会阻碍大家的顺利阅读，而井波律子选择在文中适当地加入注释，的确是学者式的做法。

另外，语言也是与时俱进的。小川从小熟读湖南文山所译《通俗三国志》，文山译本是以军记物语调的文体翻译而成的，具有特别的魅力，但小川在翻译《三国演义》的时候，想尽量避免文山译本的束缚，以自由的口语体进行翻译。如原文为“大怒”，文山译为“如烈火般暴怒”（烈火の如く怒り）等丰富的译文，小川只译为“生气”（腹を立て、立腹し），尽量保持原文的语气和程度。但小川也担心这样会过于乏味，所以在第一卷和第二卷的翻译中都特别注意遣词造句。另一位《三国演义》的译者村上知行认为，《三国演义》是基于说书的内容，大量保留了说书的特色。这表现在两个方面：一是基本没有心理描写，都是通过动作表达内容；二是一些词语的经常反复，如提及速度必言“星月”，表达生气总是“大怒”，高兴就是“大笑”。这种写作方式与近代小说相去甚远。为了适应日本读者的口味，译者在语言方面都有所调整。如描写关羽的容貌时常用到“重枣”一词，对于中国读者来说无须解释自然明白，但日本读者无法理解，译者译为“如熟柿一般的面容”，就好理解了。

小川译本从第三卷开始，不只在词语上下功夫，还将书简全部译成文言文，以示和翻译对话时所用口语体（白话）的区别。如第一卷第四回袁绍密书给王允的书简：

卓贼欺王废主，人不忍言；而公恣其跋扈，如不听闻，岂报国效忠之臣哉？绍今集兵练卒，欲扫清王室，未敢轻动。公若有心，当乘间图之，有如驱使，即当奉命。[1]

译文如下：

董卓めは天をあざむいて君主を廢した。人々口にするにも忍びないのに、あなたは、かれのしたいほうだいにまかせて、聞く耳もないように見えるが、それで國に忠義の臣といえようか。それがし今、兵士をあつめ調練して、王室をはらい清めたいと考えているが、まだ輕々しく動くことはできない。あなたに、もしその心があるならば、すきを見て事をあげるべきだ。お役くに立つことがあるならば、たゞちに御指圖にしたがおう。[2]

总体来说虽然是书简，还是选择用现代日语来译，虽然有一些生硬的词语，但基本没有十分难懂的内容，也没有出现文言文。

再看第二十六回刘备写给关羽的书简：

备与足下，自桃园缔盟，誓以同死。今何中道相违，割恩断义？君必欲取功名、图富贵，愿献备首级以成全功。书不尽言，死待来命。[3]

小川译文如下：

それがしと足下とは、桃園にてちぎりを結んでより、同日に死せんとの誓約をなし候いしに、何故あってこのちぎりに違い、恩義にそむかれ候や。足下もし功名富貴を望まれ候ならば、わが首をさゞげ申すべく候。そ

1 罗贯中，《三国演义》，北京：人民文学出版社，2009年，第34页。

2 小川环树译，《三国志（三国演义）》（第一册），东京：岩波书店，1974年，第73页。

3 罗贯中，《三国演义》，北京：人民文学出版社，2009年，第223页。

れをもって大功を御とげあるべく候。存念の條々書面にはつくし難く候えども、たゞ一死をもって御来書を相待ち居り候。[1]

文言文的表述一方面体现了书简与口语的不同，表现了译者的良苦用心，一方面也给读者，尤其是现代的日本读者带来了阅读障碍，毕竟文言文对普通读者来说过于晦涩难懂了。

从翻译用语方面考察，总体而言立间的译本为现代日语，现在的一般日本读者在阅读过程中不会遇到什么困难，但小川的译本毕竟始译于20世纪50年代，语言上还是有晦涩之处，尤其是书简的翻译，第三卷开始都采用文言文，增加了普通读者阅读理解的难度。而立间的译本就更接近现代日语，同是这段书简，去掉了文言体，内容上也更简洁易懂，即便这样，仍有现在的读者嫌其文体古旧。安能务译文中干脆将这段书简省去，只说关羽收到刘备的密书，随后就离开曹操投刘备去了。

从文言文到现代日语的进化过程清晰可见，不只在书简这种书面表达的翻译上，体现出语言的与时俱进，其他内容的翻译同样会随着时代的变化而进化，这也是适应读者需要的必然结果。语言是最具有时代感的，从相对古旧文雅的语体发展到简单易懂的现代日语，当然译者的翻译个性也表露其中。

语言是随着时代发生变化的，较之先前的译本，当然是越新的译本语言越接近现代日语，现代的读者就更容易接受。小川译本保持了讲谈调，虽然从语言风格来看，更符合原作的演义风格，但对读者来说未免过于生硬古旧了。村上译本比较大胆，不太考虑原作的句子结构等，翻译得相对自由随性，更像是意译。立间与井波的译本最符合现代读者的阅读口味，慎重地选择了简单易懂的语言。但并不是说这两者没有区别，井波律子一向以学者的严谨著称，她翻译的《三国志演义》同样体现出了这个特点，虽然选择了易懂的语言，以适应读者的需要，但近于逐字逐句翻译的风格，与立间译本相比，感觉欠缺了日语的气势。

随着时代的发展，《三国演义》的忠实翻译本也在语言上下了很多功夫，为了让当时的读者能够顺畅阅读，翻译的语言也是随着时代进化的，这并不影响原作风格的表达，相反，不同时代的读者都能从中感受到原作的风采。语言是发展

1　小川环树译，《三国志（三国演义）》（第三册），东京：岩波书店，1974年，第44页。

的，那么相应的译文自然也要跟上变化的步伐，否则就要被读者抛弃。如果一成不变的话，诸多《三国演义》译本的存在就是没有意义的重复了。

二、翻译长度的控制

村上知行以翻译中国名著著称，谈及中国名著的翻译，他认为把中国文学作品翻译成日语文章，和其他西方文学的翻译是不同的，其中最困难的是长短的问题。将日文翻成中文，如果是翻成当时的白话文，比日文的长度要少二分之一，翻成文章体，要少三分之一。反之，将中文的白话文翻成日文的话，长度就要翻倍，这是中日翻译的常识。《三国演义》所用语言在成书当时已算是白话文，但对日本人来说那仍然是近于文章体的“汉文”。为了表现《三国演义》语言的简洁明快，译者们都是经过反复斟酌的。

村上决定将译文设定为和原文长度相当。这样的结果就是要省略一些东西，比如作者对刘备的伪善十分反感，所以在翻译他的虚伪表白时，经常一两句话带过。其他译者也都将长度问题作为翻译时考虑的重要内容。

下面将《三国演义》120回中的第二回开头的部分一一列举出来，进行一下比较。

且说董卓字仲颖，陇西临洮人也，官拜河东太守，自来骄傲。当日怠慢了玄德，张飞性发，便欲杀之。玄德与关公急止之曰：“他是朝廷命官，岂可擅杀？”飞曰：“若不杀这厮，反要在他部下听令，其实不甘！二兄要便住在此，我自投别处去也！”玄德曰：“我三人义同生死，岂可相离？不若都投别处去便了。”飞曰：“若如此，稍解吾恨。”[1]

包括标点在内，这段原文有153个字符，各个版本的译文长短不一。

小川环树译：

さても董卓のあざなは仲穎、隴西臨洮の人、官は河東郡の太守であ

1 罗贯中，《三国演义》，北京：人民文学出版社，2009年，第11页。

ったが、もとから傲慢な男であった。この日も玄徳をあなどったので、張飛が腹を立て殺そうとしたのである。玄徳と関羽とが、急いでこれを止めて「かれは朝廷の高官じゃ、自ままに殺すことはならぬぞ」。張飛「こいつめをぶち殺しもせず、あべこべに部下になってこき使われるとは、我慢がなるものか。兄貴たちがここに居ようというのなら、おれは外へ行くまでだ」。玄徳「われら三人、生死を同じくすると誓った上は、何として離ればなれになることができようぞ。ならば一緒に、よそへ行こう」。張飛「そういうことなら、おれの腹も少しはおさまるわけだ」。[1]

此段译文包括标点有288个字符。译文基本忠实原著，叙述的部分与原文一一对应，对话的部分尽量使用日语口语体，基本上没有晦涩难懂之处。

同是这段内容，立间祥介译本255个字符，同样的对话，相较于小川的汉文，立间做了更多改变，小川译作“朝廷の高官”（朝廷的高官），立间译作“お上の役人（上头的官员）”，读起来有更多亲近感。村上知行译，此段281个字符，长短上没有太多变化，依然采取对话的形式，但回归原文，加入更多的叙述。安能务译此段183个字符，舍弃前人惯用的对话形式，采用现代简体日语，简洁易懂。　井波律子译此段314个字符，译文前半段叙述基本与原文一致，采用简体日语，恢复对话的形式，与现代日语口语一致，读者读起来完全没有障碍感。

以上译文中最短的是安能务的译本，但也比原文多出将近30个字符，还舍弃对话。翻译不只是两种语言的对换那么简单，还包含意识形态、民族文化差异等诸多问题。对待同一个问题，可能因为民族差异，想法和认识会完全背道而驰。翻译《三国演义》时，各位译者都努力通过自己的理解将一种文化中的《三国演义》，在语言转换间，让另一种文化中的读者可以阅读、理解，同时能够尽可能符合原著的表达形态。

同时，他们也在译文的长短上左右为难。村上就将他（或者说日本人）看来完全没必要的一些语句丢弃不翻，这倒是有利于控制译文的长度。安能务则将一些认为极不自然和不必要的场景，进行删除或修正。他把这种内容分为“无须

1　小川环树译，《三国志（三国演义）》（第一册），东京：岩波书店，1974年，第28页。

有”和“莫须有”两种状况。比如，被砍下头颅的关公的魂魄，在空中飞行着大叫：“还我头来”，这就是“莫须有”的，不过也不是完全不能接受。可是，没有像样的军队，也没有领土的刘备，被南下的曹操大军追击，从襄阳逃向江陵的途中，竟然有十几万的百姓慕其德而追随其后，这简直是“无须有”的，因为完全不可理解。赤壁一战，孔明借东风属于“莫须有”。而孔明在战场上手持羽扇，稳坐四轮车的出现，明显属于“无须有”。

虽然经过各种修修减减，毕竟日语，尤其是现代日语的特点决定了译本的长度不会太短，所以小川环树的译本为10卷，立间祥介4卷，村上知行5卷，安能务5卷，井波律子7卷，因为各个译者每卷设定的长度不同，不能简单以卷数判断长短，但是看字数就一目了然，都是原作的两倍以上。

三、对《三国演义》的再认识

（一）庶民精神的再发现

对于三国人物，日本人最偏爱诸葛孔明，认为他忠义智谋，中国人更青睐关羽，以他的忠勇诚实受到尊重，甚至被神格化了。小川却有自己独特的见解，他最钟爱的是中国人眼中粗鲁、无智谋、嗜酒如命的张飞。他甚至在译著的解说中说：“我还要请读者诸君对张飞多加关注。”以下我们看看他对张飞和关羽的比较。

关羽的神勇让人赞叹，他还爱读经书《春秋》，虽不是读书人，却是中国人所谓的“儒将”，具备良好的教养。这一点让普通百姓觉得难以接近。相反，张飞却被描写成完全没有智谋、没有教养的野人。小川举戏剧中关羽和张飞的形象进行对比。关羽千里走单骑的故事家喻户晓，让读者不得不感叹其自始至终不曾动摇的忠义之心。张飞却不是这样，他没有教养，粗野暴虐，无法无天。关羽和张飞同是勇将，皆忠义诚心，却一个有教养一个没有，一个细心一个粗鲁，一个节制一个粗野，性格完全相反。张飞作为文学作品的主人公恐怕是从元朝开始的。小川找出四部以张飞为主人公的元杂剧（《张翼德大破杏林庄》《张翼德单战吕布》《张翼德三出小沛》《石榴园》），其中都是以“莽撞”“无谋”等词来形容张飞的，如“张翼德怒鞭督邮”等故事都充分说明了他的这一个性。

众所周知，中国的支配阶层是士大夫阶层，即所谓读书人，那么关羽就是这一阶层的代表，而张飞则是庶民的象征。小川说：“我认为像张飞这样的庶民英雄在文学作品中的出现，给中国文化历史带来了重大变化，一言以蔽之，它产生于不断抬头的庶民中。”[1]这揭示了一个时代的变迁，异民族蒙古人成为中国的支配者，从根本上打破了从前的文化权威，表现出全新的精神。从文化参与的角度分析，小说《三国演义》俨然就是为庶民创作的，而张飞恰恰就是崛起的庶民形象的象征。

《三国演义》中包含庶民精神的另一个例证是刘关张三人的结义，三人非君臣关系，而是结义兄弟关系，刘备、关羽、张飞三人自从结成兄弟，就表现出无比的亲密，而这段插话是在正史《三国志》中没有的。在一向重视传统道德规范，严格维护贵族制度的封建社会，君臣间有义兄弟关系难以想象，明显带有庶民的习性。因此，既是君臣关系的三人还保有结义兄弟关系的小说《三国演义》，确定无疑是为庶民而作。

（二）对于史实与小说的思考

将正史《三国志》和小说《三国演义》的作者、关系、历史演变等一一介绍，这好像已然成为日本作家在翻译和改写《三国演义》时的惯例，因为一般日本的读者不太分得清它们的不同，所以翻译《三国演义》时书名也经常是《三国志》，原因就在于此。

关于《三国演义》的内容，按照正史判断，的确有很多虚构之处，所以才有“七分事实，三分虚”的说法。对于《三国演义》作者罗贯中的这种处理，村上知行是大加赞誉的。他对于胡适对《三国演义》的评判极为不满。民国初年，胡适的声威已经是光芒万丈，当时村上知行恰巧也生活在北京，对远近闻名的胡适多少有所了解，读过他的关于《三国演义》和《红楼梦》等的论文，其中评价《三国演义》“受史实束缚，欠缺想象力，创作力不足”等，评论其作者“修改者，最后的总结者，总之是平凡的陋儒——平庸学者，而非天才文学家，也不是高尚的思想家”。故《三国演义》不过是“绝好的通俗历史，在几千年的通俗教育史上，没有一本书可以和它匹敌”。

对此评价村上完全不能认同，他认为由于胡适的地位，他的评价当然会流

1　小川环树译，《三国志（三国演义）》（第一册），东京：岩波书店，1974年，第263页。

传后世，影响深远，但这并不代表他的评价就是正确的，相反，村上甚至怀疑胡适有没有通篇阅读过《三国演义》，这样说虽然有些夸张，却表明了村上的强烈态度。他认为与胡适的评价正好相反，《三国演义》是充满想象力和创作力的，且不受史实束缚。他举了几个例子来说明他的观点。罗贯中为了将读者的同情集中在刘备身上，将曹操刻画成与之对立的反面人物，结果人们只关注曹操恶的一面，忘记了他还是像拿破仑一样的英雄人物，是大政治家、大兵法家、大文豪。为了达到善恶对立的目的，罗贯中将历史上刘备所为的“鞭督邮”一幕，强加给了张飞，这是通俗小说作家常用的技巧，收效甚好。另一个例子是“三顾茅庐”，在正史《三国志》中不过寥寥四五十字，在《三国演义》中被扩大很多，这种艺术加工也正好体现了罗贯中的创造力。总之，类似的例子俯拾即是，作者罗贯中正是在总结历史的同时，充分发挥了技巧、天分和创造力，写出了这部伟大的作品。

对罗贯中创作《三国演义》时“七分事实，三分虚”的做法，立间祥介也大加赞赏。他认为追忆过往的历史来描写一个时代，却无视各种史实，这样的小说并不能成立，应该以事实和史料为依托，而不是妄图摆脱这些，作者应该发挥自己的才能来驾驭这些史实。立间认为《三国演义》的作者罗贯中在塑造人物时，就是很好地活用了正史和裴松之的注释。

以“曹操杀吕伯奢一家”的故事为例，《魏书》中曹操属于正当防卫，因吕伯奢其子等人欲夺曹操财物，曹操才挥刀斩数人；《世说新语》中曹操因误会而失手杀了吕氏一家；晋人孙盛的《杂记》记载与《世说新语》接近，只是加上了那句冷漠的“宁我负人，毋人负我”。作者罗贯中选择了后两部作品作为创作的基础，主要目的是表现曹操这个人物冷酷无情的一面，更加之添上陈宫这个有良心的人物作为对比，凸显曹操的性格特征，这种虚实结合的艺术加工为小说带来了活力。

再以“刘备三顾茅庐”的典故为例，刘备在襄阳郊外的草庵中遇到司马徽，便有了“卧龙·凤雏”的伏线，后徐庶登场，名军师孔明的形象开始形成，徐庶去许都以后，孔明之名更加清晰，之后才有了三顾茅庐。裴松之在注释中注：刘备访司马徽寻求建议，徽答之“此地有卧龙、凤雏”，刘备不明所以寻人打听，回答都是“乃诸葛孔明、庞士元”，以此回答为伏线，带出了诸葛孔明其人，再通过徐庶的力荐，对孔明这个人物的期待逐渐升级。如此一来，刘备的“三顾茅庐”就不会在意料之外，而是在情理之中了。可见罗贯中将裴松之注释中的史实活用得恰到好处。

另外，貂蝉和周仓这两个人物也不见于正史，但这两个人物本身是历来就存在的。《魏志·吕布传》中只是记载了吕布与董卓的一个侍女私通，罗贯中移花接木，将侍女替换成历史上有名的美女貂蝉，增添小说的吸引力。周仓见于《吴志·鲁肃传》，其中一段与“关云长单刀赴会”相当的描写，只是说一位壮士跟在关羽身后，罗贯中将其替换为周仓，又一次完美演绎了史实与虚构的结合。

立间祥介在翻译《三国演义》时，非常关注罗贯中虚实结合的手法，他认为这是这部小说成功的关键，因此在译作中也注意凸显这一特点。

（三）以道教观念重新书写《三国演义》

安能务对于儒教统治占绝对优势的中国宗教观念，有他独到的见解，在译介《三国演义》的过程中，他作出了自己的新阐释，将道教放到关键位置。众所周知，道教思想的根源是虚静无为，其消极面就是隐逸思想，积极面则是神仙思想。如果不能理解道家思想，安能务认为就不能正确理解三国时代，也不能深刻感受《三国演义》的真谛。

《三国演义》中开篇便有讨伐黄巾贼的场面，而我们知道黄巾军也好，五斗米教也好，都是宣扬道教，以道家思想为支撑的。所以《三国演义》中不可或缺地渗透着道家的信息。

再以孔明为例，以诸葛孔明所布“八阵图”为首，《三国演义》中充斥着各种“阵形”和斗阵的场面，这些都是属于道教世界的。在传统的中国社会，就像人们相信仙人的真实存在一样，他们也相信，有进去就无法出来的“迷阵”，也有陷入就会丢掉性命的“阴阵”的存在。安能务举出《三国演义》第一百十三回的例子加以说明，如果你不知道道家的这些东西，就没法体会邓艾和姜维所上演的斗阵多么有趣，也不能理解诸葛孔明的伟大之处。邓艾虽布了阵形，却不会法术来驱动，因此惨败给姜维。而向姜维传授秘籍的就是诸葛孔明，也就是说孔明掌握着布阵（人们深信不疑的“迷阵”“阴阵”）并驱动它的法术。那是可以和仙人相匹敌的超能力。孔明之所以作为伟大的军师受到景仰，有超高人气，原因就在于此。

安能务认为，《三国演义》的著者以及《三国演义》之前的说书内容等，都是意识到听者大多为道教徒而按照他们的喜好来书写的，但是作者本身又多是背离社会的儒教徒，因此他们并不精通道教风格的描写，那么一些思想和习俗的描写错误也再所难免。比如他们并不知道道教风的结拜方式，因此也不知道以这种方式结拜而成的兄弟之间的关系和实态。所以他们将关羽和张飞描写成刘备的手下。而结义兄弟是以年龄来区分兄和弟的，并无上下关系。刘备称帝之前，他们只是义兄弟关系，从语言上考察不应用敬语，内容上第二十八回的“主臣”会古城的说法，还有关羽见刘备之妻（甘糜两夫人）时屈膝下跪的描写等，简直是无稽之谈。刘关张三人从兄弟到主臣关系，要在刘备登基之后，之前出现主臣式关系的描写都是与事实相背的。这也证实了著者在创作小说《三国演义》时加入道教观念的意识，虽然还做不到毫无痕迹的自然描写，也还有错误和混乱，但意识是清晰可见的。

以上五个较忠实于原著的译本，都出自汉学修养极高的行家里手，仅仅懂汉语是不可能顺利翻译《三国演义》的，要对中国历史、文化、宗教、习俗等有深入研究，需要具备对中国文化的立体知识体系，才有可能将原作的内容和风貌传达给读者。虽然都是忠实原著的译本，但也不是完全相同。首先，语言是具有时代性的，所以不同时期的译本也会体现当时的语言特色，越早期的语言越古雅晦涩，越接近现在的，越简单易懂。其次，翻译中都会体现译者的创造性叛逆。比如对原著的删增，比如对词汇的解释，比如注入译者独特的观点，这些都不会影响译著的质量，相反体现翻译中的创造性，提高读者的阅读兴趣。对于同一原作《三国演义》，不同时代的不同译者给出了不同的译本，译本与原作的比较，几个译本之间的比较，总之经过横向纵向的立体交织比较，即可以更深入、多角度地了解本国著作《三国演义》本身，又可以对其在日本的几个译本进行比较研究，从异同中发现时代变化、趣味变化，以及不同译者的翻译个性。

第四章
《水浒传》和《金瓶梅》的日译本

《水浒传》与《金瓶梅》之间的渊源众所周知，在《水浒传》中武松故事的大框架下诞生了《金瓶梅》。两部小说都在江户时期输入日本，但是文化传播中，它们却有着不同的命运。《水浒传》自江户时期开始，就被广泛传播和接受，不但产生了第一部日译本，还影响到当时绘画、小说和戏剧的创作。战前对其进行翻译的作品数量众多，虽然翻译质量良莠不齐，但这股翻译热潮久盛不衰。战后出现了吉川幸次郎等几位翻译大家的上乘之作，将《水浒传》翻译推向又一个高潮。而另一部小说《金瓶梅》却没有受到同等的待遇。作为四大奇书之一的《金瓶梅》，虽然江户时代就已经远渡日本，但真正意义上的翻译为数甚少，这主要是由于对性爱的露骨描写被定义为淫书，一直作为“桌下读物”而难以广泛流传。战后

《金瓶梅》的翻译热还要得益于对这部作品的重新评价，出现了小野忍译本、村上知行译本等完整的译介。两部小说的翻译虽然翻译技巧、方法各异，但都展现了异文化背景下译者的选择，也透过译本可见异域读者的文化审美差异。

第一节 《水浒传》战前译本

《水浒传》自江户时期输入日本，由岗岛冠山第一次将其译成日文以来，这部作品就在岛国生根发芽、开花结果。它与日本文化的交融是多方位的，翻译、改写、评论、研究，以及与大众文化生活息息相关的影视动漫等也佳作迭出。其中，翻译作品不仅数量众多，而且从初译本出版至今，翻译热潮就不曾间断。历时性考察《水浒传》的日译本，可管窥这部中国古典名著在日本的传播和推广情况，更可见其与日本大众文化的交融。

江户时期的《通俗忠义水浒传》是日本最初的《水浒传》译本，译者岗岛冠山（1674—1728）。初译本的诞生为中国白话小说《水浒传》在日本的传播开疆拓土，毕竟能读懂原文、识得汉文的读者为数不多，只有通俗化以后，这部中国小说才有可能被更多的受众接受，广范围的传播才成为可能。事实也的确如此，自初译本诞生始，《水浒传》热潮逐渐升温。初译本还促成了江户时期小说的创作热潮，这股热潮有绘本，有翻案，有再创作，从开端到结尾，从局部到整体，从意向到结构，从人物到情节，《水浒传》给日本江户小说的创作带来了惊喜，可资借鉴之处太多，当然日本作家也充分地回应了这份厚礼，跟《水浒传》相关的创作数量多，绵延时间长，推动了江户甚至之后的《水浒传》热潮。

曲亭马琴《新编水浒画传》，文化二年（1805）到文化四年（1807），初编十卷十一册，由角丸屋甚助和前川弥兵卫刊行。以“画传”为题，是因为收入大量葛饰北斋的插画，仅初编十卷就有约八十幅画。这部画传以妇孺也可阅读为目标，尽量译得简单易懂，不像岗岛冠山的《通俗忠义水浒传》，由汉文调片假名所书，且都用难懂的语汇。这部作品由江户时代的小说大家和绘画大家协力完成，为《水浒传》在江户时代的普及又大大向前推进了一步。虽然插画尽是日本风，但译作极尽追求原著，逐字逐句翻译而来，采用和文调，且为了读者的阅读方便，追加了“送假名”，这一点马琴自己也很得意。再有，马琴认为唐土的俗语也相应的应该译作日本的俚语，当然做到这点难度甚高，马琴最后也不得不屈服，呈现给我们的是汉文训读调的译文。只可惜初编之后马琴就放弃了这个翻译的事业，转投其他创作了。

之后角丸屋甚助去世，初编的刻板转卖叫英平吉的书肆，由高井兰山接手继续翻译。然而高井兰山并不懂原文，而是将《通俗忠义水浒传》的片假名改写做平假名，所以只能称作编译。《新编水浒画传》最终以九编九十卷完结。

一、明治时期译本

明治时期，《水浒传》的翻译纷繁复杂，江户的旧译层出不穷，还有将旧译稍作加工，再有在原文上加加返点、送假名之类的，江户时期称之为“国译”，明治时期以后就按照“国译”再整理的作品，除此之外，省略译、梗概译，姑且也将这些列入翻译之列。

（一）高须梅溪《水浒传物语》

明治三十六年（1903）东京神田区神保町的富山房出版了《通俗世界文学》系列，高须梅溪《水浒传物语》也列入其中，分上下两册，共二百四十页。这个系列是以中学生为阅读对象的，之前还出版了以小学生为阅读对象的《少年世界文学》。虽然是面向学生的文学作品集，但是也不乏著名的作家，像毕业于早稻田大学文学科的正宗白鸟等。《水浒传物语》的作者高须梅溪也毕业于早稻田大学的英文科，大阪人，文学批评家，在写《水浒传物语》的时候，高须还是大学在校生。

（二）伊藤银月《新译水浒传》《水浒传物语》

《新译水浒传》明治四十一年（1908）六月，东京本乡区天神町日高有伦堂发行，四百三十三页。伊藤银月是明治末期开始活跃的小说家、评论家。底本依据金圣叹的七十回本，翻译的同时加入了作者的创作。《水浒传物语》明治四十四年五月，东京日本桥区数寄屋町铃木书店发行，三百零六页。内容基本按照《水浒传》的梗概书写，了无趣味，也有说并非银月本人所作，因为银月是当时的文学大家，只是借用其名的伪作。

（三）小杉未醒《新译绘本水浒传》

《新译绘本水浒传》由小杉未醒亲自翻译，亲手插画，在明治四十四年（1911）三月，由东京神田小柳町的左久良书房发行，六百页。小杉未醒是栃木县日光人，本名国太郎。《水浒传》插画数量众多，其中葛饰北斋的插画一向评价较高，但小杉未醒却不以为然，甚至对北斋的插画并不满意，因此才决定自己亲手操刀插画。他的插画有一百零八页之多，每幅画作都由他的兴趣出发，描绘书中的种种场面。《新译绘本水浒传》参照的底本是金圣叹的七十回本，同时也参考其他译本。

（四）久保天随《新译水浒全传》

《新译水浒全传》分上下两卷，上卷一千一百六十八页，明治四十四年（1911）十月，由东京日本桥区本石町至诚堂书店发行，下卷一千二百零八页，明治四十五年（1912）二月发行，形式上是百二十回的本子，但实际依据的底本是江户时代的旧译。这个译本作为至诚堂《新译汉文丛书》系列的第九编和第十编出版，久保天随除了翻译《新译水浒全传》上下卷，在这个系列丛书中还担任了第六编《十八史略》和第十二、十三编《三国演义》的翻译。

二、大正·昭和（战前）译本

（一）平冈龙城《标注训译水浒传》

《标注训译水浒传》为线装排版，共十五册，自大正三年（1914）十月起至大正五年（1916）十一月止，由东京赤坂区新坂町的近世汉文学会出版，前十册的发行者是池田增治郎，十二册以后是芝新堀町的金原为藏，第十一册缺少刊记，发行者不详。翻译的底本为七十回本，标注了返点。与以往的作品不同，《标注训译水浒传》正如它的题目，全文两侧全面标注了送假名和左训，正文上方还附有注释，颇费了一番功夫。

注解非常复杂，费时费力，另外也给印刷带来诸多困难。虽然作者用心良苦，如此复杂绵密的注释，恐怕读者很难从头至尾顺畅愉悦地阅读下来。但是从另外角度而言，这是一本《水浒传》研究的好材料，通过注释标注，可以对《水浒传》的文字语义进行字字斟酌。

（二）幸田露伴《国译忠义水浒传》

《国译忠义水浒传》上中下三册，上册大正十二年（1923）十一月，中册大正十三年（1924）五月，下册大正十三年（1924）十月，共约三千页，由东京本乡西片町国民文库刊行会的鹤田久作发行，收入《国译汉文大成》之一。最初的“解题”有四十二页之长，每页下方还有用线围出来的部分，对一些用语进行注释，各册末尾还附上《水浒传》的原文。

这部长篇巨著的翻译应该不完全出自幸田露伴之手，只有“解题”和注释应该是幸田露伴亲自为之。因为在短短的三四年之间，完成这样一个浩大的工程显然非一人之力能及。

（三）铃木悦《水浒传物语》

大正四年（1915）一月，《水浒传物语》作为《世界名著物语》系列全十五册之一，由东京京桥区南绀屋町实业之日本社发行，共二百三十五页。所选作品多冠以“物语”，因此《水浒传》也成为《水浒传物语》。这套书的主编岛村抱月原是早稻田大学的教授，他动员自己早大的英文专业刚毕业的学生执笔，完成了《世界名著物语》的编写，可以认为是坪内逍遥《通俗世界文学》的续编。这部《水浒传物语》内容极简，省略掉了所有人物对话，可以称之为《水浒传》概要。

（四）大町桂月《水浒传物语》

大正八年（1919）七月，东京牛迂（込）区矢来町新潮社发行。“序”五页，正文三百三十一页。翻译的底本是百二十回本，但是最后四十回却被压缩到一页的内容，翻译采用文言文，除参照百二十回本以外，还参考曲亭马琴的《水浒画传》，翻译中多有省略之处，与铃木悦的《水浒传物语》类似，也是《水浒传》的概要式翻译。

（五）蒲原春夫《现代语全译水浒传》

《现代语全译水浒传》分前中后三篇，前篇大正十五年（1926）一月，由东京日本桥区马喰町兴文社发行，“序”三页，正文一千三百九十一页，但中篇和后篇一直未见，研究《水浒传》的日本学者高岛俊男甚至认为中后篇根本就没有出版。单从翻译来看，还是忠实百二十回本的，每章即一回。该书与十几年前出版的久保天随的《新译水浒全传》十分相近，采取了口语体的翻译。

（六） 屉川临风《水浒传》

屉川临风《水浒传》是进入昭和时期的首译，昭和五年（1930）三月，作为《世界大众文学全集》全八十册的一册，由东京芝区爱宕下町改造社发行，共五百四十五页，版面比现在的文库本还略小一些。《世界大众文学全集》收录了很多名篇名译，其中包括佐藤春夫译《平妖传》，田中贡太郎译《聊斋志异他一篇》，弓馆小鳄译《西游记》等。屉川临风毕业于东京帝国大学国史专业，历任明治大学、东洋大学、驹泽大学教授。曾出版《支那小说戏曲小史》。屉川临风的《水浒传》翻译底本是七十回本，但是只译到第二十六回开头的部分。

（七） 宇野浩二《水浒传物语》

昭和七年（1932），刊行春阳堂少年文库，宇野浩二的《水浒传物语》成为其中之一，少年文库是面向儿童介绍古今东西的著名作品的简本系列，与现在的文库本大小相当，只有一百零八页，因此是极简本。这套书标示当时名家名作，但《水浒传物语》恐怕并非宇野浩二本人的作品。

（八）弓馆芳夫《水浒传》

昭和十五年（1940）三月，东京麴町区第一书房刊行。“序文”四页，正文目次共四百五十七页，这是第一书房在昭和十三年开始出版的“战时体制版”系列中的一册，“战时体制版”是相较于“岩波新书”的全部新作而言，对已经出版过的书籍进行重刊。弓馆芳夫毕业于早稻田大学，长期在东京日日新闻（现每日新闻）从事记者工作。因为是记者出身，弓馆芳夫擅长短小精悍的新闻报道，因此他翻译的《水浒传》在语言上也有这样的特点，多有自我创作，是比较随意的自由译。

（九）《物语近世文学·水浒传》

这是战前最后一部《水浒传》译本，译者不详。昭和十六年（1941），由东京麴町区富士见町雄山阁出版《物语近世文学》系列丛书，《水浒传》被收录其中。《物语近世文学》大都收录江户时代的小说，并将之译成现代语，如《南总里见八犬传》《椿说弓张月》等，最后添加了两部中国的小说，除《水浒传》以外，还有《西游记》。《物语近世文学·水浒传》底本是百二十回本。

明治以后一直到昭和战败，日语书写的《水浒传》数量众多，但却缺少像样的翻译。

第二节 《水浒传》战后译本

一、吉川幸次郎译《完译水浒传》

吉川幸次郎（1904—1980），出生于日本兵库县神户市，日本中国文学和历史研究专家，毕业于京都大学，文学博士，师从著名汉学家、日本“京都学派”创始人狩野直喜教授。任日本艺术院会员、东方学会会长等职，文化功劳者，京都大学名誉教授，是京都学派的代表人物。京都学派与中国国学大师王国维渊源深厚，清宣统帝退位时，王国维曾亡命日本，与狩野直喜交往甚密，经王国维传授儒家治学之法，创建并奠定了日本“京都学派”，以实事求是为学风。1928年，吉川幸次郎曾留学北京大学，专攻中国音韵学，师从杨钟义等为师。他热爱中国文化，并深受影响，据说回国后的他还是常常长衫马褂，操着北京方言，并与很多中国学人结下深厚的友谊。

吉川幸次郎中国文学和历史研究的成果丰硕，著作有《唐宋传奇集》《支那人的古典与他们的生活》《胡适传》《唐代的诗与散文》《中国文学与社会》《中国散文论》《杜甫笔记》《新唐诗选》《中国的智慧》《唐代文学钞》《汉武帝》《中国的宋元画》《日本文明中的“吸收”与“能动”》《三国志实录》《元明诗概论》《论语译注》《中国散文选》《中国文学论集》《中国古典论》《中国诗史》《中国文学史》《陶渊明传》《吉川幸次郎全集》(24卷)等，被授予国家文化勋章。

吉川幸次郎译《水浒传》1947年开始收入岩波文库，1991年出版全13册，底本为内阁文库藏明容与堂刻百回本，这是现存最早最完整的百回繁本。第一册到第六册由吉川幸次郎翻译，第七册和第八册由吉川幸次郎和清水茂共同翻译，第九册至第十三册由清水茂翻译。

首先，底本选择。吉川版《完译水浒传》翻译的底本是内阁文库所藏百回本容与堂刊《李卓吾批评忠义水浒传》的影印本。明容与堂刊本，除了内阁文库所藏以外，另有北京大学图书馆藏本，1966年由上海中华书局影印出版。吉川幸次郎在北京求学期间，在旧书店发现此书，购回日本，后来作为翻译《水浒传》时校勘用的底本。另外，还参考了京都大学文学部所藏杨定见评百二十回本，以及金圣叹七十回本。

其次，译者对《水浒传》的认识。对原著的创作意图的认知，译者认为《水浒传》表面看来是描写梁山好汉们的英雄传记，但实际上重点并不在于英雄们齐聚梁山泊，更重要的是在阐述英雄们被招安。如果一百单八将不是聚集在一起，而是分散开来，各自描写他们的英雄事迹，那就无法显示他们的功绩，更不能彰显他们的忠义。因此，对辽国之战正是突显英雄们为国尽忠不可缺少的章节。历史资料记载，元代的浙江一带聚集着宋朝的遗民，《水浒传》中的征辽故事可能正是反映这些前朝遗民的愿望和梦想。在译者看来，《水浒传》中的征讨辽国的故事并不有趣，但是对于百回本《水浒传》的作者而言，梁山泊的英雄集团，恰恰是它用来表达尽忠、忠义这个概念的最好手段。

最后，虚实结合，不是"纯粹空想的叙述"。虽然《水浒传》是虚构的历史小说，但是在它的故乡中国，普通读者多是把这部小说当作历史事实来看待和阅读的，它不是"纯粹空想的叙述"。据说在杭州有一座鲁智深的墓，对于老百姓来说，鲁智深的故事耳熟能详，那他就是历史上真实存在的人物。从这个意义考量，无论《水浒传》还是《三国演义》等中国白话小说，都绝不是"纯粹空想的叙述"，即它们都是虚实结合的历史小说。在长期流传和阅读的过程中，历史的真实与小说的虚构之间的鸿沟渐渐模糊，浑然一体。

从吉川幸次郎开始翻译《水浒传》，到清水茂完成最后一册的译文，历时45年之久，清水茂在第十三册的翻译后记中也感慨，翻译时间之久甚至超过了初译本《通俗忠义水浒传》，可见翻译的过程实属不易。精良的翻译也造就了这部长盛不衰的伟大译本。

二、清水茂改译《完译水浒传》

清水茂（1925—2008），出生于日本京都，毕业于京都大学文学部，文学博士。师从著名汉学家吉川幸次郎，一生著述颇丰。1995年至1996年，岩波书店出版了清水茂改译的全十册新版本《完译水浒传》。卷一至卷七十一，豪杰们因各种原由齐聚梁山泊。卷七十二至卷八十二，梁山泊豪杰与官军大战，大败官军，朝廷无法平定，转而采取招安的妥协之策。卷八十三至卷九十，被编入官军的梁山泊军与侵入北方领土的辽国大战。卷九十一至卷一百，为平定偏安江南，从宋朝独立并建国的方腊，梁山好汉死伤无数，所剩无几，记录了幸存下来的英雄的悲惨末路。

改译的目的非常明确，就是要容易理解。旧译的用语已经过时，译者的关西话和标准语需要调整，旧译中将谚语典故都译做日本的固有谚语和典故，改译都采取直译的手法，尽量做到与原文一致。例如改译本卷八（第一册，第263页）有一句"恩を仇で返す"，原文是"好心不得好报"，旧译翻作"情は人の為ならず"（文库版第二册，第23页）。"情は人の為ならず"这句话的含义在于对人慈悲最终自己会得到好报，是以自体变化为中心的表达，在这里明显不太合适。因此，在进行改译的时候，不管是谚语还是典故，都尽量以直译来处理。而且译者认为这样的改译，是日本没有的全新表达方式，也可以丰富日语的表现。

因为旧译中仍是旧假名，汉字也使用的是旧体字，清水茂认为改版的任务迫在眉睫。清水茂并不满足于只是改改字体假名，他认为旧译当中有很多是当初翻译时流行的语言和普通话，对于现在的读者来说难以理解，为了能让现在的读者更易读懂，更加有必要重新翻译。而且随着中日之间对近代中国语研究的推进，旧译中不甚明了的语言，在新译中就可以明确体现出来了。清水茂进行改译的第一方针就是"简单易懂"，旧译中凡是现在已经不用的语言，一律进行修正，旧译中的古典文法也要全部改成现代语。再有，旧译为了追求流畅，添补了很多原文中没有的感叹词和副词，新译本中只要不影响意思的理解，这些添加的词汇一律省略掉，敬语也尽量换成简体表达，语顺也尽可能地按照原文进行直译。最后，对各册的注释、人物表、插图、解说以及分卷都进行了相应的调整。

清水茂自认为自己不像老师吉川幸次郎那样，是位美文家，自己能做的首要任务还是为读者提供最忠实于原著，且简单易懂的译本。唯有如此，这部译著才可与时俱进，符合日本现代读者的阅读习惯，才能久盛不衰。

三、驹田信二译《水浒传》

驹田信二（1914—1994），出生于日本大阪市，祖籍三重县津市。1940年毕业于东京帝国大学，1975年任早稻田大学客座教授。日本作家、文艺评论家、中国文学家，翻译中国白话小说《水浒传》《三国志》《西游记》等。

驹田信二译《水浒传》，1959年至1961年，作为《中国古典文学全集》第十、十一、十二卷，由平凡社出版，之后又作为该社的《奇书系列》《中国古典文学大系》出版，另作为《讲谈社文库》之一，由讲谈社出版。底本是百二十回本，是完译本。驹田信二的翻译信实严谨，学术性强。

翻译的底本为商务印书馆一百二十回《水浒传》（1929年刊），是以明刊《李卓吾评忠义水浒全传》（杨定见本）为底本的活字本，底本中无法判明的文字就直接以缺字、漏字处理。驹田信二在进行翻译时，参考1958年中华书局版《水浒全传》，将缺漏字补全。这版《水浒全传》是由郑振铎、王利器、吴晓灵三位学人，在天都外臣百回本《忠臣水浒传》（1589年刊）的基础上，增补杨定见本的后二十回，参考多种版本校订而成的。这是战后《水浒传》翻译中唯一的一百二十回版本。作为《简版奇书系列》出版的时候，驹田信二以年轻人为读者对象，还特意增加了更多的注音假名，更加简单易懂，符合日本年轻人的语言习惯。

对话的处理，一般对话用简体，地位不同用敬语。叙述部分采用现代日语书面体“である”的形式。像“霹雳大仙”“赤脚大仙”等难读词，用注音假名来解决。注解采取文中括号的形式，随读随懂。地名，汴梁（开封），两京（开封和洛阳）；官职，赵检点（赵匡胤，即宋太祖），参政（参议官）；单位，二、三里（六里相当于日本的大约一里）；特殊名词，盘陀石（螺旋形的石头）。

虽然数量不多，但是仍保留书后注解的形式，例如：

1. 五更三点：一更分为五点，一更为两个小时，每三十分钟报时，五更一点是四点，五更二点就是四点三十分，那么五更三点就是五点。

2. 吕洞宾：名岩，洞宾是字，号纯阳子。唐朝人，进士落榜，六十四岁时遇正阳真人，学长生不老之术，后被授以登仙秘诀。后代信仰颇多，各地可见祭祀吕洞宾的吕祖庙。

3. 提点：掌管治安警备之官职，此处指道观内道士的职务。这一制度始于明代，宋代还不曾设立。

在翻译《水浒传》这个问题上，驹田信二与吉川幸次郎之间还有一段传奇故事，驹田信二在松江高中任教时，他的爱徒高桥和巳考入京都大学，成为吉川幸次郎的得意门生。同样作为《水浒传》的译者，驹田认为吉川的译文中错误百出，对其翻译极为不满，甚至让自己的学生高桥和巳向吉川代为转达自己对他的不满，被学生婉拒，又不甘心地让学生转交表达不满的信件给吉川。至于高桥有没有将这封信交给吉川无从知晓，但是在吉川去世后，驹田将此事的经纬见诸报端，引来不小的轰动。

四、村上知行译《水浒传》

村上知行（1899—1976）的翻译是以七十一回本为底本的，被不同的出版社多次出版。《水浒传》9册，昭和三十年（1954）至昭和三十一年（1955），修道社出版。《水浒传》2册，昭和三十六年（1960），河出书房新社出版，归属《世界文学全集》中第79卷，第80卷。《水浒传》4册，昭和四十八年（1972），角川书店出版。《水浒传》5册，昭和五十八年（1982），社会思想社出版，归属现代教养文库。

众所周知，《水浒传》刊本众多，大概有七十回本、百回本、百十回本、百十五回本、百二十回本。其中百二十回本是完本，对梁山泊英雄们经过两次战争后的落魄下场也进行了阐述。但是这部分内容实在无趣，又给人虎头蛇尾之感。村上知行认为百二十回本的后半没什么研究价值，读来又特别无趣，对一般读者来说还是七十回本更受欢迎。七十回本是清初文艺批评家金圣叹校订的版本，这个版本不只舍弃了冗长的百二十回的后半部分，前半部分中无聊的内容，无用的诗文也一概删除，加上序章，金圣叹的校订本共七十一回。村上知行虽然选择了金圣叹校订的七十回本，但是在他进行翻译的时候发现，即便是七十回本，也还是有很多不同的版本。最后村上知行参考的是人民文学出版社的七十一回本。

村上知行与《水浒传》的渊源不同于其他译者，在他还是孩子的时候就知道《水浒传》，知道《水浒传》中一百零八位豪杰的英雄故事。村上知行曾经作为报社记者，从昭和初期一直到战败，在北京生活。长时间生活在北京，特别喜欢中国的戏剧，他觉得中国是世界上最爱戏剧的国家，京剧、昆曲、评戏等，就算是法国那样的戏剧大国，也远远比不上中国。村上在中国接触的第一部戏剧就是京剧《水浒传》，一直以为这是一部充满男性气息的阳刚故事，实际观赏到的是一部充斥着艳、美、妖的女性中心的京剧曲目，包括《乌龙院》《翠屏山》和《挑帘裁衣》。这三部曲目还被村上知行戏称为“水浒传三大毒妇剧”，在中国与《水浒传》的初遇，彻底颠覆了村上长期以来的认知。

当时中国流行的《水浒传》版本就是七十回本，但是靠自学，刚刚学习两年中文的村上，还不能顺畅地阅读原文。因为对戏剧的喜爱，他最早接触的《水浒传》版本是京剧剧本。因为当时这种剧本随处可见，又价格低廉，而且容易理解，就成为了村上的《水浒传》版本，主要剧目就是村上所说的三大毒妇剧。因此村上的译本里面总是能看到中国的市井人情，北京生活的浸润，还有戏曲的影子。

村上知行的翻译态度非常明确，不采取逐字逐句的忠实翻译，以免刻板生硬。村上希望能让读者简单、轻松、有趣地阅读译本。为此，他在翻译时对内容进行了适当的删增。对于那些即使翻译了也没有什么意思，或者辛辛苦苦加了注释，其实读者也不明白的地方，译者就果断删除。如果说村上的翻译不忠实原著，过于随意，这样的评价也是不够公允的，因为中国古典的翻译是出乎想象地困难。村上在后记中期盼：

> とにかく、わたしは、ぜんぜんadademicな野心なしに、ただ、おもしろく、そして広く読んでいただくつもりで、この翻訳をこころみたのである。ご愛読をたまわるよう、心からお願いしたい。[1]（总之，我完全没有什么学术研究上的野心，之所以尝试进行翻译，只是想让更多的人读到这部小说，并且欣赏到它的有趣之处。希望广大读者能够喜欢这部小说。）

五、佐藤一郎译《水浒传》

佐藤一郎（1928-），1928年生于日本东京，庆应义塾大学文学部中国文学科

1 村上知行译，《水浒传》（五），东京：社会思想社，1983年5月，第395页。

毕业。任庆应义塾大学文学部教授。主要著译书籍，《唐宋八大家文》《中国文学史》《中国文学小事典》（共著）《世界短篇文学全集（中国文学编）》等。

佐藤一郎译《水浒传》共两册，昭和五十年（1975），作为《世界文学全集》第五卷，由集英社出版。四年之后，昭和五十四年（1979），作为集英社版《世界文学全集》的第七卷和第八卷，同社出版了两册版的《水浒传》。

佐藤一郎翻译的底本为亚东图书馆版《水浒传》和锦章图书局《第五才子水浒全传》，当这两个底本在文字上有出入的时候，基本都是依据后者进行翻译。另外还参考人民文学出版社的《水浒传》。

佐藤译本有多处借鉴驹田译本之处。注解方法的借鉴，也采取了注解的词后附加括号进行解释的方法。这样就不用再翻到本章或本书的最后，虽然看起来有些繁复，但是阅读起来就可以马上了解原文的意思，有助于理解这部作品，毕竟《水浒传》与现代生活相隔久远，习俗风化截然不同。再者不同语言之间的转换，有时也需要注释，才可以帮助读者理解异文化，例如：

官职，赵检点（近卫军司令官），参政（参知政事，相当于宰相之职）

地名，汴梁（今开封），东京（汴梁），西京（洛阳），泰山（中国第一名山）

朝代，庚申（西历960年）

单位，五更三点（上午四点），三里（中国的一里相当于日本的六分之一里），十围（一围五寸，拇指和食指撑开的长度），四角（约两升）

人物，范仲淹（宋朝名臣，名言“先忧后乐”）

特殊名词，驸马（皇帝的女婿），霹雳大仙（大仙就是优秀的仙人），盘陀石（涡卷石），度牒（道士的证明书，相当于日本的出家许可书、僧尼证书），楔子（序章、前言），花花太岁（玩弄女性的男性）

注音假名的多用也是从驹田译本得到的启发，人名、地名、官职、专有名词等，尽量多注音。

至于以上几个版本孰优孰劣，松枝茂夫的一段评论再精准不过：“现代翻译以幸田露伴《国译忠义水浒全书》（百二十回本，国译汉文大成）为首，还有吉川幸次郎《水浒传》（百回本，未完，岩波文库）、佐藤春夫《新译水浒传》（百二十回本，未完，中央公论社）、村上知行《水浒传》（七十一回本，修道社，河出书房）、驹田信二《水浒传》（百二十回本，未完，平凡社）。我从村上和驹田处大获裨益，对将来想要读全译本的读者，从我个人喜好来说，推荐即将完成的驹田译本。”

除以上译本以外，还有鱼返善雄的《新译水浒传》，昭和二十四年（1949），由改造社出版；昭和三十四年（1959），由新制社出版，书名《水浒传》；昭和四十三年（1968），由社会思想社现代教养文库出版，书名《物语水浒传》。底本是七十回本，译者希望尽量忠实原著，努力按照原著来调整译本的比例。佐藤春夫的《新译水浒传》全九册，昭和二十七年（1952）至二十八年（1953），由中央公论社出版，底本是百二十回本，译到第9册第87回中断。据说佐藤春夫并不懂汉语，战前由增田涉，战后由村上知行翻译，这部《新译水浒传》就是由村上知行翻译的，佐藤春夫对译文进行修改补正。松枝茂夫编译《水浒传》三册，昭和三十四年（1959）至三十五年（1960），由岩波书店出版，列入《岩波少年文库》，底本是百二十回本，翻译时略作省略，约九百页，分六十四节。松枝茂夫是中国文学研究者，中国文学翻译大家，译作等身，他翻译的《水浒传》读者最多。

中国古典名著《水浒传》，自江户时期传入日本，直至今日，被反复长期译介。翻译的形式不一，直译、编译、略译等不同的方式，却翻译着同一部著作。同时，对《水浒传》的翻译热潮也没有随着时代的发展变化而减弱，日本社会发展的各个时期都有优秀的译本呈现给广大读者。翻译在推进《水浒传》在日本社会的传播中起到了强大助推剂的作用，正是在无数次对经典的重译中，拉近了它与日本大众的距离，经典不再被束之高阁，而是大众耳熟能详的读本。

第三节　《金瓶梅》日译本

《金瓶梅》虽然作为中国四大奇书之一，与《三国演义》《水浒传》《西游记》并列，但影响远远不敌其他三部奇书，译本的出现也较之其他三部书晚了很多。

1882年10月，东京兔屋出版了松村操翻译的《原本译解金瓶梅》（第一册）。松村操（？—1884），出生年不详，越后（今新泻）人，曾在东京任教员，后专事写作，曾翻译《通俗后水浒传》等。1884年5月，《原本译解金瓶梅》出版到第三册就中止了，只译到原著的第十一回，松村操的翻译属于意译。松村操译本的价值在于，这是《金瓶梅》的第一部外语译本。

1923年3月，井上红梅译《金瓶梅与支那社会状态》由日本堂书店出版，分上中下三卷，上卷包括第一回至第十五回，中卷从第十六回到第三十回，下卷从第三十一回到第六十七回。井上红梅译本题名《金瓶梅与支那社会状态》，译者在译文中插入很多在中国所见中国风俗和实际生活体验。采取日语口语进行翻译，同时对原著的改动较多。

1925年，由光林堂书店和文正堂书店出版了夏金畏和山田正文合译的《全译金瓶梅》，该译本只译到第二十二回，属于摘译本。

以上两个译本都只是节译本，对于原著中的情色描写也都进行了大幅的删减，但还是在出版后不久被列为禁书，遭到取缔。日本政府严格取缔“淫书”，很重要的一个原因是将其视为削弱国民意志的软文化，这与大正时期政府的强权意识背道而驰。“淫书”《金瓶梅》遭禁，更引来文人墨客和一般大众的好奇和兴趣，在熟知中国白话小说的知识分子之间，会暗中传阅此书，而普通百姓更加好奇，到底是怎样的一部“淫书”，反而孕育了战后对《金瓶梅》的译介和研究的土壤。

中国四大奇书之一的《金瓶梅》，虽然江户时代就已经远渡日本，但真正意义上的翻译为数甚少，主要是由于对性爱的露骨描写，一直作为淫书而难以广泛流传。战后对《金瓶梅》的重新评价，也带来了翻译的热潮，小野忍的译本忠实原著，村上知行的译本去繁就简，土屋英明的译本是一部注重文学性的性爱小说。虽然翻译技巧、方法各异，但都展现了异文化背景下译者的选择，也透过译本可见异域读者的文化审美差异。

一、小野忍、千田九一译《金瓶梅》——忠实原著

小野忍与千田九一译《金瓶梅》，最早刊载于平凡社《中国古典文学大系》的第三十五卷（1967）、第三十六卷（1968年）和第三十七卷（1969）中。1973年至1974年，由岩波书店出版小野忍、千田九一译岩波文库版《金瓶梅》，

全十卷，每卷二十回。

小野忍（1906—1980），出生于日本东京，毕业于东京帝国大学文学部中国文学科，师从盐谷温，“二战”中曾作为满铁调查员驻上海。战后历任东京大学、九州大学、京都大学非常勤讲师，1952年任东京大学东洋文化研究所专任讲师，1955年任东京大学文学部副教授，1958年任教授，同年取得东京大学文学博士，论文题目《中国现代文学的研究》。千田九一（1912—1965），日本汉文学家，山口县出身，1936年毕业于东京帝国大学文学部中国文学专业。与竹内好、武田泰淳参加中国文学研究会，战后编辑机关杂志《中国文学》。

两位中国文学研究大家所译《金瓶梅》，从选择翻译的底本开始，就显示出了学者的眼光和专业精神。《金瓶梅》百回本主要有两种，小野忍和千田九一所译《金瓶梅》的底本是现存诸本中最古老的《金瓶梅词话》。这部长篇小说写于明朝万历年（1573—1620）间中期，即16世纪末。最初以写本的形式传播，后来受到高度评价，在17世纪初出现了刻版。《金瓶梅词话》的最早版本虽然不能确定就是这个时期的刻版，但是其中的欣欣子序是其他版本所没有的。词话本除日本京都大学所藏残本以外，还有北京图书馆所藏本、日本日光山轮王寺所藏本、日本德山毛利氏所藏本。《金瓶梅》17世纪初出版后，原文历经改订，改订本在明朝末年的崇祯年间（1628—1644）出版多个不同的版本，主要有《新刻绣像批评金瓶梅》（内阁文库藏 东京大学东洋文化研究所（长泽规矩也旧藏）、《新刻绣像批评金瓶梅》（天理大学藏 盐谷温旧藏）、《新刻绣像批评金瓶梅》（北京大学图书馆藏）、《新刻绣像金瓶梅》（首都图书馆藏）四个版本，其中前三个原文和评语基本一致，第四个版本题目不同，缺评语。这几个版本的刊行顺序不详。

改订本在清朝以后再兴起，康熙年间出版了张竹坡新评点本，此版本在康熙乙亥年（1695）由谢颐附序文，从此新版本流行开来。新版本常被称作“第一奇书本”。《金瓶梅词话》1932年在山西省发现了近乎完本的本子，后收于北京图书馆。转年北京出版了影印本，上海出版了三种活字本。由此《金瓶梅词话》也被熟知，随着这股热潮，《新刻绣像批评金瓶梅》引起关注。日本日光山轮王寺所藏《金瓶梅词话》在1941年公之于众，而德山毛利所藏是1962年才被世人所知。这两个本子的影印本在1963年，由东京大安书店出版，是《金瓶梅词话》最权威的影印本，也是两位译者所选择的翻译底本。

小野忍和千田九一译《金瓶梅》，因为两位译者扎实的中文功底和对中国文学的深刻理解，他们的译本努力还原原著的样貌，是忠实原著的优秀译本。从每回的回目开始，虽不能译出原作中对仗工整的题目，但也尽最大可能使用字数相近的两句话作为每回的题目。原作中诗词信手拈来，随处可见，译作中虽然翻得简单易懂，也都是尽量翻出诗词的意境和形式。对于原作中大量的人物对话，译者采取了现代口语与之对应，适应现代读者的阅读习惯。而且对于语言的翻译，字斟句酌，参考了中华书局出版的陆澹安编写的《小说词语汇释》，以及鸟居久靖的最新研究成果《金瓶梅俏皮话研究》。最后不得不提到译本的插图，由于《词话本》原本中并没有插图，岩波文库本《金瓶梅》就从“崇祯本”的一百页插图中选取部分插图，编入书内。学者的严谨，译者的用心，成就了这部优秀的《金瓶梅》译本。

二、村上知行译《金瓶梅》——去繁就简

村上知行译《金瓶梅》，1975年由角川书店刊行，之后又出版了全四册的现代教养文库本。

村上知行（1899—1976），日本福冈县博多出生，中国文学翻译家，中国评论家。村上知行一生坎坷，父亲在他还尚年幼时去世，13岁时又因生病而失去右脚，曾做过九州日报的记者，当过新派剧团的剧本作者，他的中文完全是自学成才。1928年远渡上海，1930年开始住在北京，其间发表关于中国的评论，还曾作为《读卖新闻》的特派员在中国生活和工作。1937年卢沟桥事变，村上知行辞掉了特派员的职务，坚决拒绝协助日本战争政策而发声，并通过自己的著作表达反战立场。1946年与妻子回到日本，开始以四大奇书为中心的翻译工作，主要译作《完译西游记》《完译三国志》《水浒传》等。村上知行坦言，翻译《金瓶梅》时，受到了意大利的《金瓶梅》英译本译者阿瑟戴维韦利的影响，韦利的英译本《金瓶梅》以张竹坡点评本为底本，译文浓缩到原作四分之一的程度。

村上知行与《金瓶梅》渊源深远，第一次与《金瓶梅》相识，源于森鸥外的小说《雁》。后来恰逢驻在北京，哪个书店都能找到《古本金瓶梅》的活字本，虽然这些活字本正如鸥外所言，省掉了所有色情描写，却意外地容易阅读，只是出现了原书没有的内容，实际上在中国被广泛阅读的活字本就是这个版本。后来

村上又入手被称作第一奇书的张竹坡本，这是一个袖珍型木版本，虽然当时属于禁止发行的禁书，但还是容易到手。再后来又看到了《金瓶梅词话》，但是对词话本的阅读体验，让村上决定放弃《金瓶梅》的翻译，而且是在原本决定翻译中国的四大奇书的想法下，决定只放弃《金瓶梅》一部。打算放弃的理由如下：由于中日两国的文化差异，书中很多情节是在日本文化背景下无法理解，也很难接受的；全文的冗长繁复，给人拖沓之感，对于阅读产生极大障碍；故事情节多有矛盾，前后不一致。总之，各种理由让村上知行断了翻译《金瓶梅》的念头。

战后偶然的机会，村上知行看到了韦利的英译本，韦利将张竹坡点评本中繁复的描写简明化，读来十分清爽。于是村上学习韦利的译法，与木版的原文相对照，用红笔标出哪些地方被省略掉了，果然是大刀阔斧地进行了改变。韦利译文第一章、第二章基本是尊重原文，之后就大胆缩减，甚至第七章全部砍掉，因为这章就是翻译了，外国读者也是读不懂的，就算是一衣带水的日本读者也是丈二和尚摸不着头脑。但是在北京见惯了个中风景的村上还是没有舍弃这一章，于是下了番功夫，附上系谱图，将这一章翻译保留了下来。实际上村上的翻译受到韦利翻译的影响，自成一派，而且对于艳情的描写自有标准，去其丑恶，留其香艳。例如原作中对女性肉体的繁复且不遗余力的描写，韦利只用“玫瑰色的裸体”一语代之，简短至极，却又可以表现原文所要表达的色气，村上深深被这种译法折服，在进行《金瓶梅》翻译时多有借鉴。

> 我每回提笔之前，先要把香港文海出版社的活字版词话中不要的部分全部删除，再用古本能订正的订正，暂且将原文大概记住，再在韦利所用的底本张竹坡本上进行大胆的削添。一旦开始翻译，几乎不看原文，这样译出来的内容很多。另外，我也想学习韦利完全不加注释的做法，取消全部注释，但是因为同样使用汉字的关系，怎么也做不到。矛盾和不合理之处，能够订正的都订正了。无论如何也无法订正的，不得已还是加了注，或者干脆就那样译出。各位读者要是把这样的地方找出来也很有趣吧。[1]

1 村上知行著，《金瓶梅》（四），东京：筑摩书房，2000年3月8日，第361页。

村上说自己在翻译该书时完全没有用字典，参考书也只有一册姚灵犀编的《金瓶梅研究论集》，日本出版的小野忍的全译本，以及鸟居久靖的《金瓶梅俏皮话研究》只是置于座右，用于激励自己，却完全没有参考。他认为自己的翻译并非中国文学研究者的伟业，不过是译给普通读者，让大家觉得有趣好读，所以尽量避免烦琐和复杂。

三、土屋英明编译《金瓶梅》——性事文学

土屋英明（1929—1983），日本福冈县福冈市出身，毕业于明治大学。他对中国的性事文学和历史颇多研究，主要著作有《中国艳本大全》《中国性奇谈》《秘本尼僧物语》《道教的房中术》《中国的性爱术》《中国的闺房术》等。土屋英明编译《金瓶梅》分上下两卷，2007年由德间书店出版文库版，该书是在1999年到2003年太平书屋出版的《金瓶梅词话——淫的世界》（全三卷）的基础上，加以订正整理而成，共百回，上卷第一回到第五十九回，下卷第六十回到第百回。

土屋英明编译《金瓶梅》的主要特色就是突出关于性的描写。中国四大奇书之一的《金瓶梅》是世界瞩目的色情小说，其中性交场面有八十多回，但是在当时的书店中却找不到一个完译本，露骨的描写要么是原文，要么是抄译，要么被删除。作为关注中国性爱文学的作者，土屋英明强调：“本书就是要将关于‘淫’的部分一字一句地悉数译出。作为能轻松阅读的文库本而推荐给大家的宝贵的一册书。”[1]

书中上部有很多横线标记，横线之下的就是按照原文翻译的部分，但其中的注解都是译者所加，没有横线的部分就是译者为链接全文进行的编译。通观全书，加横线的所谓原文，基本都是性爱描写，就像作者所强调的，要把《金瓶梅》中的“淫”全部译出，让读者轻松阅读，因此在这个方面下足功夫。为了使全文顺畅合理，进行了适当的编写创作，连缀全书。

《金瓶梅》的时代背景是12世纪的北宋时代，当时离都城东京不远的山东

1　笑笑生作，土屋英明编译，《金瓶梅》（上），东京：德间书店，2007年7月15日初版印刷，第3页。

清河县，上演了色欲编织而成的十六年间的故事。主人公西门庆，他除了正妻以外，还有五位夫人，另外还有乳母、女仆、甚至男色供其发泄淫欲。书中对性事的描写详细至极，从男女性爱场面到性爱道具等，无不涉猎。另外，对女性的描写除了性爱以外，还特别强调了不同女性的独特性格。如果只是单纯地阅读性爱场面的描写，那就无法体会作为四大奇书之一《金瓶梅》的真正价值，在对原作进行编译的同时，译者特别关注小说的文学性，比如其中诗词的翻译，潘金莲和西门庆初次相遇的场景，瓶儿之死的描写等。《金瓶梅》不单纯只是一部色情小说，它还有充分的文学价值和社会历史价值，因此才能位列四大奇书之一，这也是译者想要传达给广大读者的观念。

除了编译《金瓶梅》，土屋英明还编译了清朝人丁耀亢的《续金瓶梅》。中国的四大奇书《三国志》《西游记》《水浒传》和《金瓶梅》都有各自的续编，但是往往与原著比起来，续编都了然无趣，不够精彩，唯独《金瓶梅》的续编土屋英明认为是个例外。《续金瓶梅》的作者丁耀亢（1599—1671），生于清朝创立之初的战乱时代，后在清军和国立学校任教官。这部续作出版于顺治十八年（1661），当时作者已是63岁的年纪。《续金瓶梅》的故事发生在12世纪，也就是与《水浒传》同一个时期，在《金瓶梅》中逝去的人物重新复活，在北方的金大举入侵的战乱时代，他们被看不到的因果关系操控着，展开了全新的人生。例如西门庆因淫欲的因果报应转生为眼盲的沈金哥，但是单单这样还不足以赎罪，之后又再次转生为宦官。

因为书中所描写的金军入侵的掠夺、暴行、杀戮等悲惨情状，被认为影射清军入关，因此作者被关进狱中，好在典狱长熟识作者，过了几个月就把他放了，但必须把《续金瓶梅》销毁。《续金瓶梅》与之前编译的《金瓶梅》遥相呼应，如果说《金瓶梅》是色，那《续金瓶梅》就是空，空即是色，两部小说都深刻痛彻地描写了被色欲翻弄的人间悲情。

四、尾坂德司译《金瓶梅》——时代镜子

战后不久，昭和二十三年（1948）由东西出版社出版了尾坂德司译四卷本《全译金瓶梅》，1950年由千代田书房出版译本《隔帘花影》，1951年还是千代

田书房出版译本《续金瓶梅》。

尾坂德司在二十二岁的时候，曾在北平（现北京）游学，当时有幸购得《金瓶梅》，对购书后的情景译者还历历在目，一个人飞也似的跑回住处，避开耳目展卷阅读，虽然想来羞愧，但还是首先将所有淫秽之处看了个遍，读得心慌意乱。但即便这样还是深刻感受到书中所鲜明描写的中国社会的黑暗面，对于《金瓶梅》，如果读者认为它只是一部淫书，恐怕就是没有读懂这个小说的深奥之处，尾坂德司对于原作反映的时代丑恶面的深刻性有着充分的认识。翻译《金瓶梅》的1950年，距离“二战”结束仅仅五年，当时见惯了日本社会的腐败，官僚行恶，政治家结党营私，以及黑市商人利益熏心，社会氛围像极了《金瓶梅》所处的时代，民不聊生，没有希望，政府只想着榨取人民的财产，而百姓也只希望用金钱来守住自己的命运。当时日本文坛揭露社会丑恶的有之，但是大都过于肤浅，浮皮潦草，因此人们才放下书本，转去看报纸新闻。在这一点上，几百年前的《金瓶梅》作者显然具有一双穿透社会的慧眼。

多年后，年逾五十的尾坂德司，经历了日本战败后的世事变迁，尝遍人生的辛酸，恰逢此时得到了东西出版社翻译《金瓶梅》的机会，译者觉得《金瓶梅》所描写的世界历历在目，就在眼前。借此翻译必将同样的感受传达给读者，让读者诸君读了他的译本《金瓶梅》之后，也能感受到《金瓶梅》所描写的世界其实就近在眼前，这是尾坂德司翻译的动力，也促使他仅在短短的十个月间，就翻译了这部大部头的小说，难怪他在翻译结束后曾坦言，当时再也不想触碰《金瓶梅》的翻译，过程实在艰苦：

> 终于译完《金瓶梅》，比起喜悦，首先感到的是疲劳。疲劳的原因毋庸置疑是由于自己知识和笔力的不足，这么大部头的小说，最初就计划十个月内翻译完成，原本就过于牵强。一周有四天要执教鞭，家里又发生种种变故，因此只能见缝插针，哪怕只有一个小时、半个小时的多余时间，也马上伏案翻译，真是个苦差事，体力也消耗殆尽。[1]

1 尾坂德司译，《全译金瓶梅》（第四卷），东京：东西出版社，1949年3月，第484页。

以往的《金瓶梅》或者其他中国白话小说的译本，为了帮助读者阅读译文，都会加上很多注释、注解。尾坂德司的译本别出心裁，对于不熟悉中国文学的读者，并未附上注解，代之以原文中随处可见的附加文字，例如：

1. 以度量衡为例，《金瓶梅》中出现一日旅程六七十里，日本的一里大约是中国的六里地，山路的话大概四里，平地大概八里，这样计算下来，就不觉得六七十里的行程有何苦难了。

2. 测量布料的“匹”中国是五十三尺，日本是四十六尺。

3. 测量田地的“顷”是一百亩，中国的一亩相当于日本的六亩。

4. 测量谷物的“石”是十斗，一斗相当于十升，中国的一石大概等于日本的五升。

5. 测量重量的“斤”相当于十六两，一两为十钱，一钱十分。中国的一斤和日本的一斤一样，就是一百六十文目。

如上，译者在读者不太理解的地方拒绝加入注解注释，干脆就在原文中边翻译边解释，更加自然流畅，便于读者的阅读和理解。除了上述度量衡相关的解释，还有关于通货、称呼、官职等，这样在原文中附加的解释随处可见，译者着实下了一番功夫。这也无形中增加了翻译的难度和工作量，在《完译金瓶梅》脱稿后，尾坂德司觉得自己译得实在辛苦：

> 实际上那个时候（《金瓶梅》翻译结束）的我，再也不想着手翻译工作。翻译是如此辛劳的工作。可是时隔一两个月，我却又开始思考起之前完全不想理会的《金瓶梅》了。

于是又开始着手续编的翻译，1950年出版《隔帘花影》，1951年出版《续金瓶梅》。

第五章
《西游记》和《红楼梦》的日译本

《西游记》和《红楼梦》的翻译，如同事物的两极。《西游记》的翻译原则基本可以概括为简单有趣，越容易懂越激发读者的阅读兴趣，越能体现翻译的价值。毕竟《西游记》的魅力在于奇想天外的故事、变幻莫测的情节、天马行空的想象和个性十足的神仙鬼怪，这本身就足以吸引读者的好奇了。如此富于想象力的文学作品，其中蕴含着丰富的东方文化内涵，在世界文学史上也不多见，强烈吸引着译者的翻译欲望。《西游记》在江户时期传入日本后，随着初译本《通俗西游记》的诞生，《西游记》就被反复翻译为日文版本，供日本读者阅读欣赏，直至今日这股热潮不减。另外一极的《红楼梦》概括起来就是晦涩深奥，不仅难以阅读，更难以翻译。同样在江户时期输入日本的《红楼梦》，但对江户文学文化的影

响要小得多。第一部关于《红楼梦》的翻译出现在明治时期，1882年森槐南译出《红楼梦序词》。《红楼梦》在中国白话小说中称得上是巅峰之作，同时也是最难懂的一部小说，不仅有北京官话的问题，文中还有大量的诗词，译者面对《红楼梦》要么绞尽脑汁、耗尽体力，要么干脆大刀阔斧地去掉译不出、看不懂的地方。不管简单还是艰难，日本的译本都大力推动了中国白话小说在日本的传播和深入接受，使中国经典名著为更多的日本读者所熟知。

第一节 《西游记》日译本

一、中岛孤岛译《西游记》

中岛孤岛，又名中岛茂一，所译《西游记》在大正九年（1920）五月一日，东京神田，合资会社富山房发行，水岛而保布插图。

中岛孤岛的《西游记》翻译，从结构布局来看，也是属于编译类型的翻译。全书分为六个部分：第一部分孙悟空，内容从“石猴出世”到“三藏的真经”，整章围绕孙悟空展开故事；第二部分玄奘三藏，主角换成了唐三藏，故事从陈光蕊开始讲起，叙述了三藏法师及家人坎坷的命运；第三部分三藏和弟子们，从五行山下遇悟空开始，白龙马、猪八戒、沙悟净，徒弟们顺次登场，聚齐了西天取经的人马，一直到白骨夫人的故事，展现了取经途中的艰难险阻；第四部分金角银角，题目虽然是金角银角大王的那段劫难，但内容并不止这一个，青毛狮子、黄袍怪等悉数登场，师徒几人逢妖杀怪，化解了一个个的险境；第五部分水难火难，把《西游记》中和水火相关的故事集中在一个专题里，这种新构架甚是有趣，与火相关的有红孩儿、三昧火、火焰山等，与水相关的如黑水河、通天河、女人国等；第六部分大天竺，经历了小雷音寺、蜈蚣精、蜘蛛精等磨难，最终取得真经，终得圆满。

中岛孤岛认为《西游记》这部小说的价值除了教化开悟以外，单就故事的有趣性就足以让人赞叹不已了，因为原作者将佛典、神仙传说等材料进行整合，将千姿百态的趣闻集中在一部小说中，这足以和阿拉伯的《一千零一夜》相匹敌。译者还将孙悟空压在五行山下与希腊神话中的普罗米修斯盗火相提并论，认为《西游记》神话故事是有世界性的。

中岛在卷首词中，论及原书作者，认为世论所指“丘长春撰”不可取，因为《长春真人西游记》是丘长春（丘处机）与弟子的西游游记，与四大奇书的《西游记》只是恰巧书名相近，因此被混为一谈，实则是两部完全不同的书籍。

关于版本，当时在日本流行的《绣像真诠西游记》，全十卷，百回本。另，清朝悟一子评《西游真诠》，悟元道人评注《西游原旨》等。中岛手中并没有所有的版本，因此称自己的《西游记》为摘译。

二、弓馆小鳄译《西游记》

弓馆小鳄译《西游记》作为《世界大众文学全集》之一，昭和六年（1931）二月十二日，由改造社出版。弓馆小鳄译《西游记》并不是对原文的忠实翻译，而是尽量译得简单易读。内容也不是按照章回来分，看目录就会对故事脉络情节一目了然：

悟空出世

出发天竺

师弟齐聚

破月洞危难

金角银角兄弟

救助乌鸡国王

红孩儿和水妖

和尚地狱车迟国

通天河主

独角魔王

女儿国之难

二人悟空

降伏牛魔王

金光寺和木仙庵

降伏黄眉魔王

救助朱紫国

蜘蛛女妖

恶魔三兄弟

白鹿与蛇女

进入灭法国

天竺玉华州

天竺二公主

寇长者之家

到达大雷音寺

省去原作中对仗工整的韵文章回题目，代之以简单易懂的通俗白话题目，对于普通的日本读者来说，更加亲切和容易接受。除此之外，在每个题目之下还列出了这一章节会出现的故事梗概，例如：

悟空出世：仙术修行—大战天兵—大闹蟠桃园—囚禁五行山

这样一来，读者还未翻开正文，已经基本知道了这一章节的故事梗概和登场人物，正好应和了译者弓馆小鳄自己所言，要易读、易懂。

众所周知，《西游记》以一段韵文诗开头：

> 混沌未分天地乱，茫茫渺渺无人见。
> 自从盘古破鸿蒙，开辟从兹清浊辨。
> 覆载群生仰至仁，发明万物皆成善。
> 欲知造化会元功，须看《西游释厄传》。[1]

而弓馆小鳄的《西游记》开头画风是这样的：

> 西遊記の大立物は何といっても孫悟空、話の順序としてこの立役者が

1　吴承恩著，《西游记》，人民文学出版社，2016年2月第45次印刷，第1页。

どうしてこの世界に生まれ出て来たか、まづその戸籍を調べて見よう。

出生地は東勝神州傲来国といふ国の附属島華果山。時はといふと、この世界が半熟でもフワフワでもなく、とうに立派に出来上がって、天地人の三才がチャンと備はってから後のこと、くだんの華果山の上にあったデコボコの石が何時か天地の精気をはらみ、年月満ちて、ある日ボコンと石を破って飛び出したのが、猿そっくりの形相をした後日の孫悟空その人だったんです。[1]

（西游记的关键人物必是孙悟空无疑，话说孙悟空这个关键人物是如何来到世间，先来查查他的户口吧！

出生地东胜神州傲来国所属小岛花果山。要说生在何时，不是世界还未成型、轻飘飘的时候，而是早就完好成型，天地人三才具备之后，在花果山上有块凹凸不平的石头，不知何时吸收了天地之精华，突然一日破石而出一只猴子身形的家伙，他就是日后我们说的孙悟空。）

易读易懂除了通过目录表现以外，更重要的是内容和语言。语言上采用简体口语的形式，普通读者读来毫无晦涩感，非常流畅简洁，而且诙谐幽默。另外多用对话，以对话代替大段的描述，也使作品更具亲近感，真正做到易读易懂。

谈及翻译《西游记》的初衷，弓馆小鳄认为当然是因为《西游记》的无穷魅力，虽然也有学者认为这部作品有教化意义，但在弓馆眼里，这是一部伟大的荒诞小说，荒唐无稽且怪诞奇异至极，让读者看得时而哈哈大笑，又时而胆战心惊。舞台之雄大也是前所未有的，异想天外，天马行空，千变万化，不得不佩服作者的超级想象力。自从《西游记》传入日本以来，一百多年一直备受读者喜爱。这就是翻译这部小说的目的和动力。

弓馆的《西游记》严格来说应该算作译述，前半部一直到“降伏牛魔王”的章节，是译者在东京日日新闻的城户元亮的劝诱下开始进行翻译，由小杉未醒插图，并在《日日新闻》上连载，后半部分转到改造社，一直翻译到终章。虽然不是完全忠实原著的译本，但是在通俗大众化上保留了自己的特色。

1　弓馆小鳄译，《西游记》，《世界大众文学全集 第六十七卷》，东京：改造社，1931年2月，第8页。

三、安藤更生 小杉一雄共译《全译西游记》

安藤更生和小杉一雄共译《全译西游记》，由冨国出版社出版，共四卷（未完）。第一卷，第一回至第十六回，昭和二十四年（1949）六月二十五日发行；第二卷，第十七回至第三十四回，昭和二十四年（1949）八月二十五日发行；第三卷，第三十五回至第五十四回，昭和二十四年（1949）十一月十五日发行；第四卷，第五十五回至第七十七回，昭和二十四年（1949）十二月二十日发行。计划以五卷完成翻译，每卷开头也标明全五卷之一，全五卷之二等，可惜最后没有完成第五卷的翻译和出版。

安藤更生和小杉一雄并非出自文学专业，二人翻译《西游记》的初衷源自对这部小说的喜爱，自幼爱读《西游记》到痴迷的程度，齐天大圣、天蓬元帅，这些都是他们幼时的睡前故事，梦中也会梦到自己翻着筋斗云自由飞行，原作更是再三反复阅读，每每还是会有惊喜的新发现，对《西游记》的热爱促使他们勇于挑战翻译大业。

关于底本的选择，他们并未以明刊本为翻译的底本，而是选择了陈士斌的《西游真诠》，理由有二：第一，他们从小爱读的《绘本西游记》的底本就是《西游真诠》；第二，李卓吾点评本收入很多韵文，这对中国读者来说更有读点，而对日本读者来说，当然是《西游真诠》更简洁易懂。从这样的翻译基调出发，翻译时也省掉了《西游真诠》原文以外的评语部分。

第一卷卷首开始到第八回由小杉一雄担当译者，第九回到十六回由安藤更生执笔，之后二人再将所译内容进行统一和整理，翻译过程基本以此形式进行。除了第一卷，之后各卷开头都以上一卷的梗概开篇，感觉像说书先生的那句“上回说到……”读者诸君温习了上一回的主要内容，又可以兴致勃勃地继续下一卷了。

四、鱼返善雄译《新译西游记》

《新译西游记》昭和二十五年（1950）一月二十五日出版，译者鱼返善雄，改造社发行，百回本。

译者鱼返善雄，中国文学专业出身，1917年曾到访中国，自认为比一般日本人多读了些中国的书籍，但还是在翻译《西游记》时难以避免坎坷荆棘。译者认为近世以前的中国长篇小说很难按照原文进行完整翻译，先不论这些古代小说与近代文学在本质上就存在很大差别，光中国小说特有的一些特点就很难驾驭。比如随处可见的诗歌、难以厘清的表现，当然最重要的就是密密麻麻的字里行间所孕育的人文精神，这是最最难以把握之处。

鱼返善雄认为翻译《西游记》不只有它的价值，还有自身的责任所在。《西游记》是研究中国语言学、文学、社会民俗学等的贵重资料，对于专家来说可以读原文，可以不受金钱和时间的制约，而普通人连全译本也不会读，只能成为藏书家的架上宾，其实这也有译者的责任，因为以前的所谓汉译都是汉字旁边加返点，加注音假名等，使得日本人对中国文学渐行渐远，可能将来都不再有人研读中国古代文学作品。译者还认为，这里边也有日本人越来越不关心古典的问题，所谓没读过《水浒传》的“水浒传批评”，不单单是中国文学的问题，也影响到一般文学。他觉得荒废着东方文学而去搞什么西方文学批评，不是东方人健全的教养。

鱼返善雄的《新译西游记》只有一册书，如果按照原文逐字翻译，大概要这本书的七八倍之多，鱼返善雄希望透过自己的翻译，能让更多大众来了解《西游记》，阅读《西游记》，亲近东方文学和文化，因为这其中蕴含了太丰富的东方内涵。

五、太田辰夫、鸟居久靖共译《西游记》

太田辰夫和鸟居久靖译《西游记》上下卷，平凡社版《完译四大奇书》之一。上卷，第一回到第五十四回，下卷，第五十五回到第百回，昭和三十八年（1963）一月二十五日初版发行，到昭和四十二年（1967）六月十五日已经发行至第十一版，可见当时非常受读者欢迎和肯定。

翻译的底本是《西游真诠》，之所以在众多版本的《西游记》中选择《西游真诠》，因为这个版本在清朝特别流行，这一点从各个流传至今的版本的数量和种类便可推知。流行的原因在于《西游真诠》的作者对原作中烦琐重复之处、难解诗词等做了适度调整，读起来更加顺畅，因此受到大众的欢迎，成为流行的简本。太田辰夫和鸟居久靖坦言，选择《西游真诠》做底本，就是要将最通行的《西游记》介绍给读者。他们希望能够最大限度地忠实原著，译出真正意义上的《西游记》，留名史册。

六、小杉未醒译《新译绘本西游记》

译者小杉未醒，1881年出生在枥木县，本名国太郎，西洋画家，自幼学习油画和水彩画。曾经参加过日俄战争，1913年远渡法国，回国后参与了日本美术院的复兴。1964年逝世。著书有歌集《故乡》，随笔集《归去来》《放庵画论》等。

小杉未醒的《新译绘本西游记》昭和四十三年（1968）一月一日出版，受到江户时期《画本西游全传》的启发，将故事的主线用绘画串联起来，在欣赏绘画的同时，了解故事的梗概，因为译者是画家出身，发挥自身优势，出版了有新时期特色的绘本《西游记》，特别适合普通读者的阅读和欣赏，在推进《西游记》的大众化上意义深远。

小杉未醒从小喜欢《西游记》中各种有趣的故事，于是萌生了创作《西游记》绘本的想法，最初本想将文字的部分拜托给专业人士，但最终决定自己操刀，毕竟没有专业基础，难免生出很多困难，小杉在翻译时略掉了很多内容，判断省略与否的关键是作者个人的喜好和兴趣，觉得了无趣味的地方就毫无负担地省略掉了。虽然在翻译上不够专业，但也形成了自己独特的特点，内容更能从读者的角度来取舍判断，特别是配上连续的插画，更加通俗易懂，读者层自然更加大众化。但是小杉的插画与《画本西游全传》的插画是有着本质区别的，毕竟专长是西洋绘画。

绘本在中国近世流行，都是故事梗概加入插画，这种形式势必带来在普通大众中间的流行，伴随大众化的快速进程。小杉未醒的《新译绘本西游记》初衷也是以画为主、以文为辅，但是最后呈现给读者的倒是以文为主，绘画插入的并不算多。《新译绘本西游记》初刊出版者东京神田区富山町十八番地的左久良书房，装帧精美，当时卷尾的广告是这样表述的，“若说诗是有声的画，那西游记就是有声的漫画；若说画是无声的诗，那本书恰恰是一首好诗”。小杉也不只是画家，前边介绍到他原本也出过诗集、随笔集等，正是有文学创作的基础，才敢担下重任，虽然用语和表现还会有现代人不太熟悉的地方，但是配上插画，总体也没有难懂的内容。插画方面，木板彩绘二十张，其余五十一张，而且每张插画都标注了题目，比如"花果山的猴子""八戒的失败"，还有以俳句为题目的插画，题目虽然是俳谐风，但画风是实实在在的西洋画。

这部《新译绘本西游记》给读者带来了全新的阅读体验，可以在阅读有趣的故事的同时，欣赏全新画风的中国白话小说。

七、村上知行译《完译西游记》

村上知行译《完译西游记》，上中下三册，1976年至1977年，由社会思想社出版，归入现代教养文库。村上知行翻译《西游记》的底本是新中国成立后，新活字印刷的新装本，与《西游真诠》相当不同。

虽然村上的中文是自学成才，但并不输给任何科班专业出身的译者，可能源于他常年中国生活的经历，而且从中产生的对于中国文学文化的真挚热爱。也正因为少了所谓一般专业的条条框框的束缚，村上的翻译非常有自身的特点和个性。他在后记中提到，一般后记之类都是要先介绍所翻译的作品的作者，还有作品的历史沿革等，村上就按照自己的方法，打破这个传统，没有开篇介绍原作者，也省去了一般译本的长列项目，因为他认为那些内容自己和读者都觉得没意思，也就没有写的欲望了，而且也实在不想跟在别人身后亦步亦趋。

说到翻译《西游记》的初衷，村上首先肯定了《西游记》的文学价值，他认为这是一部世界文学史上也不多见的奇想天外的故事，同时又不得不承认一个事实，到目前为止的《西游记》翻译都很难让人有兴趣通篇阅读，因为译文本身就很难懂，缺乏趣味。作为中国白话小说四大奇书之一的《西游记》，跟其他作品相比，当时世界各国好像都没有完译本，日本也不例外。日本人熟知《西游记》是从江户时代的节译本开始的，比如《绘本西游记》，但这样的译本在村上眼中就是"没有选择的，只是故事梗概的，没有起伏的……没有韵律的……拙劣的东西"[1]，当时所谓普及《西游记》，毋宁说通过当时的说书人，普及了"孙悟空"

1　村上知行《完译西游记》下，东京：社会思想社（现代教养文库），1978年3月30日，初版第2刷。

的故事。之后一直到明治时期，也没有出现《西游记》的完整译本，村上希望提供给读者一个较为完整的译文。

言及翻译《西游记》的方法，村上强调的是有趣。他首先将《西游记》的整个内容分成四个部分，第一部分孙悟空大闹天界，第二部分玄奘法师的身世，第三部分唐朝名臣梦中斩龙首，第四部分西域的冒险之旅。在村上看来，《西游记》与《水浒传》的相似之处就在于，小说的前半部分十分有趣，后半部分就了无趣味，因为村上的译本不是百回，只有七十四回，省去了他认为无趣的部分，例如学者的说教，所有中国古典小说中学者的说教都是无趣的。另外，村上强调要恢复以前说书先生的语气口吻，这样才能让小说读起来生动有趣、引人入胜。因此村上的《西游记》译本希望以较完整的翻译，给日本的普通读者提供一个有趣的小说，一部异想天外的神话小说，这就足够了。

村上一再强调，他的译本不是为了中国文学研究者而译的，研究的话不看原著就没有意义，他只是希望能够提供给读者一个有趣的读物，仅此而已。

第二节 耗时最长的《西游记》译本

众多《西游记》译本中，小野忍与中野美代子共同翻译的版本耗时最长，堪称质量上乘。这部《西游记》译本从翻译底本的甄选、目录和诗词译法的斟酌，甚至对原著作者的研究，都可见译者的用心。通过对这部译作的分析，可管窥《西游记》在日本的传播和接受之一斑。

由小野忍和中野美代子二人先后翻译的《西游记》译本，自1977年开始发行第一册，至1998年发行第十册，先后耗时21年，完成了百回本的翻译，每册十回，第一册1977年，第二册1978年，第三册1980年，由岩波书店出版。第一册到第三册，即《西游记》的第一回到第三十回，由小野忍翻译。之后小野忍突然离世，翻译重任交由中野美代子继续完成，第四册1986年，第五册1988年，第六册1990年，第七册1993年，第八册1995年，第九册1997年，第十册1998年出版完成。

一、小野忍翻译底本的甄选

小野忍毕业于东京帝国大学（现东京大学），专攻中国文学。曾以东亚考古学会会员和教育研究所所员的身份，赴中国进行调查研究活动，回国后任东京大学教授。出版《现代的中国文学》《中国文学杂考》等研究中国文学的著作多部，翻译中国古典小说《金瓶梅》和《西游记》等。

小野忍的译作所依据的底本是明刊本《西游记》，由三部分构成，第一部分讲孙悟空登场，修道成仙，在天界造反，被如来制服；第二部分，如来造经，魏征梦斩泾河龙，唐太宗赴冥界，玄宗登场，应玄宗、太宗之命赴西天取经；第三部分，玄奘西天取经路上遭遇了八十一难，取得真经。作为《西游记》的日译本，第三部分才是正题，小野忍认为第一部分是作为序曲，让相关主人公登场，第二部分看似几个独立不相关的故事，最后为导入正题设定了舞台，叙述了沙悟净、猪悟能、白龙马的来历，孙悟空再次登场，玄奘也终于出现，师徒一行悉数登场，要开始西天取经的艰难险阻的旅程了。第二部分中除了《西游记》，还参考了其他书目，像唐太宗入冥界的故事就源自张鷟的《朝野佥载》，或者敦煌变文中的《唐太宗入冥记》等。

《西游记》和《三国演义》《水浒传》有类似的形成过程，都是先有史实，后经过讲义师的传播，形成了平话，即讲书的底本，再后来被搬上舞台，以大家喜闻乐见的戏剧形式呈现，最后经过各时期不同作家的改写和完善，形成了我们今天读到的四大奇书。南宋时期流传于世的《大唐三藏取经诗话》就是讲书的底本，虽然在中国亡佚，在日本却传存至今，高山寺旧藏，题为《大唐三藏取经记》；《西游记平话》中国虽已不存，但流传到了朝鲜半岛，保留下来，其内容要比《大唐三藏取经记》翔实很多，结构上也与现在的《西游记》更加接近。元末明初的元杂剧《西游记》现也存于日本，全六卷，每卷四折，合计二十四折构成。这部元杂剧的主线是唐僧的人生经历，述尽了他的委屈，西天取经路上的艰险却草草带过，体现了戏曲形式的特点和局限。种种迹象表明，元杂剧《西游记》中去往西天取经的戏分内容像是源自《西游记平话》。另外还要提到《陈光蕊江流和尚》，这是关于三藏法师幼时传说的一段故事，也被收入《西游记》

中，版本不同，收录的形式也不尽相同，有短歌谣和散文故事两种形式。从历史到白话小说《西游记》完成了它的演变过程。

《西游记》的版本数量众多，概因出版时的商业主义考量，新版都会有所改进，让读者更容易接受和阅读。像清代出版的《西游真诠》就属于精进改良后的本子。在中国的文学史上，小说一向是作为娱乐读物来定位的，因此受到轻视，对其进行简化改写也是家常便饭，原来的本子叫作繁本的话，经过简化的就被称为简本。简化的方法有各种，例如把描写简化为说明草草带过，原文中的诗词歌赋一概略去不要，或者部分的不要，再或者只把一般俗众特别喜欢的精彩片段单独拿出来成书，等等。《西游记》的成书也经历了这样的过程，先是繁本的出现，然后是简本，后来加上陈光蕊的故事，最后就形成了清代以后的版本，与原本有一定的差异。小野忍所译《西游记》的底本是明代刊本，明刊本主要有以下五种：

《新刻出像官板大字西游记》，二十卷，百回，出像意为有插图，官板就是上等底板的意思，是金陵世德堂刊行的版本，这是现存《西游记》的最古老版本，在中国已经散佚，日本有日光山轮王寺藏本、广岛市浅野图书馆藏本、天理图书馆藏本。

《新镌京板全像西游记传》，二十卷，百回，日本内阁文库藏。卷数和回数与繁本《新刻出像官板大字西游记》一致，也有陈元之的序文，属于繁本的节略本。京板即都城北京的版本，也和官板一样是上等板。全像就是每页都有插图，这个版本每页上面四分之一是图，下面四分之三是文。这个版本的版元来自福建的书斋杨闽斋，当时的福建非常盛行通俗小说的大众版。

《唐僧西游记》，十二卷，百回。与前面两个版本一样的卷数和回数，也一样有陈元之的序文，也同样属于繁本的节略本，收藏于国立国会图书馆，前部和中间部分有所欠缺。另有睿山文库藏本和日光山轮王寺藏本。

《李卓吾先生批评西游记》，百回，不分卷，内阁文库藏本。推定为明末天启年间，苏州杭州一带出版的刊本，它与世德堂本的原文一致，省掉了陈元之的序，代之以袁于令的题词。袁于令是明末清初的文人、戏曲小说作家。“李卓吾先生批评”应该是出版者为了大卖添上去的，虽说没法和李卓吾先生的文笔相提并论，却也不是很糟。日藏有内阁文库版、宫内厅书陵部、广岛市浅野图书馆藏本等，另还有个人收藏的版本。

《鼎锲全像唐三藏西游释厄传》，十卷，不分回，朱鼎臣编，万历年间刘莲台刊行。日本只有日光山轮王寺藏本。村口书房曾出过世德堂本和这个本子，被北京图书馆购得，现在好像远渡美国。

小野忍译《西游记》就选了《李卓吾先生批评西游记》作为翻译的最主要底本。之所以反复比较选择这个版本，小野忍也是经过深思熟虑后做出的决断。首先这个底本是众多评点本中比较优秀的本子，其评点从内容到形式都趋于成熟，对理解小说的艺术特色和思想主旨大有裨益，有很高的文学理论价值。另外，这个底本本身也吸收了之前世德堂本的优点，文本没有删改，和世德堂本保持一致。除此以外，李卓吾点评本印刻精良，插图精美，是不可多得的优质版本，所以一经发行就受到欢迎，是明末清初最流行的《西游记》版本。小野忍选择这个版本作为《西游记》翻译的底本再合适不过。

清代，《西游记》开始流行，各家书斋为了凸显自己的特色，都多多少少要加入一些新意，比如新的书名、新的序文、新的评语、新的节选方式等，版本数量之众无法一一解说，影响比较深远的作品略举一二：

《西游证道书》，百回，日本内阁文库藏，还有京都大学人文科学研究所藏本，清代康熙初年刊行，这是清刊本当中最为古老的版本，也是问题最多的版本。所谓证道，充满了教训的口吻，大概是出自清朝的思想统治和言论统治的关系。

《西游真诠》，百回，节略本，编者陈士斌，号悟一子，清初文人。真诠就是真正的解释之意。《西游真诠》继承了《西游证道书》的编辑方针，每回都以“悟一子曰……”的长篇大论结束。太田辰夫和鸟居久靖所译《西游记》是日本的第一个全译本，所依据的底本就是《西游真诠》。

《新说西游记》，百回，乾隆十四年初版，编者张书绅，他是从儒家思想出发来评价《西游记》的观念的，这个本子的基础应该是世德堂本，还借用了陈光蕊的故事，是最为翔实的繁本《西游记》。

二、中野美代子翻译风格的斟酌

小野忍在译完《西游记》第三册的1980年12月18日不幸辞世，《西游记》的翻译也暂告停顿，直到三年后的1983年，经过各种曲折，翻译《西游记》的接力棒交到了《西游记》研究者的中野美代子手中。中野美代子之所以接受这份棘手的工作，除了她与小野忍先生的渊源以外，最重要的原动力就是《西游记》的魅力深深吸引着这位译者。中野美代子作为《西游记》研究者，当时正专注于自己的新作《西遊記の秘密——タオと煉丹術のシンボリズム》（福武书店，1984年11月），她认为这本书是让自己可以进行《西游记》翻译的必要准备和必须前提。中野在开始翻译《西游记》时，决定继承前任的翻译方针，但也要多少表达自己的想法，改变如下：

首先，关于作者。中野在开始第四册，即第三十一回到第四十回的翻译时，去掉了前三册翻译所标注的原作者吴承恩，她认为到目前为止没有确凿的证据证明，《西游记》的作者就是吴承恩，而且像《西游记》这样的成立过程十分纷繁复杂的小说，作者就确定为某一个人，好像也不可取。小野忍在翻译《西游记》时，也曾谈及对作者是不是吴承恩的怀疑，但是最后还是遵从了通说。虽然中国国内一直鲜有对此问题的怀疑，一直根深蒂固地认为作者就是吴承恩，但当时也出现了章培恒和苏兴氏之间的争论，对此问题开始有所动摇。据此，中野毅然决定去掉原作者吴承恩，除非在翻译结束之前找到确凿的证据。这也从一个侧面看出，中野不只是《西游记》的译者，同时还是《西游记》研究的专家。

其次，关于回目。中野希望像原作的回目，尽量用对句，但也有不尽如人意之时，也只能尽量以字数相同的一对句子作为回目标题，为此采取了意译的方法。不管怎样翻译，目的都是让读者对本回的主题一目了然，因此特意绕开原作中咬文嚼字的说法，但也因此，这个译文没有办法复原回原文。译文中除了与内容相关的注解，也省去了很多只是与原文相关联的各种注释。

最后，关于诗词。将原作中频繁出现的诗词以意译的方式呈现给读者。以往翻译中国诗词的经验是用训读的方法，中野干脆打破这种传统，如同回目的译法，以意译作为翻译的基本方针。当然，原诗是绝句、律诗、或者定型的古诗的形式的话，译者也进行了最大努力，以字数规整的译文来表现。

这部历时21年，经两位译者之手才终于得以完成的《西游记》译本，也如同它的底本《李卓吾先生批评西游记》一样，在众多的日译本中堪称最为精良、最为用心之作。译者努力忠实于原著，希望将《西游记》的原貌展示给日本读者，所以才以长年的坚持和字斟句酌的努力完成了十册的译本。在忠实原著的同时，译者也在积极地表达自己的个性和思考，比如对原著作者的考证，对目录译法的执着，对诗文翻译的考量，如此种种才可以呈现给读者一部优秀的《西游记》译著。译者的辛勤工作，为《西游记》在日本的传播开疆拓土，在日本大众中流行开来，一部中国古典名著才得以在日本生根发芽，《西游记》的流行热潮至今不减。

第三节 《红楼梦》日译本

一、初尝摘译《红楼梦》

森槐南译《红楼梦序词》和岛崎藤村译《风月宝鉴》是《红楼梦》翻译的最早尝试。

森槐南（1863—1911），出生于日本名古屋，是明治时期诗坛著名的汉诗人、汉学家。森槐南的父亲森春涛也是著名的汉诗人，森槐南从小得益于父亲的熏陶，本身又聪颖过人，十三岁就能作汉诗，十六岁所填词牌就在《新文诗》等刊物上发表，甚至得到了清朝学者黄遵宪的赞赏，称其“真东京才子也”。《槐南集》第二十八卷中所收一阕《贺新凉》灵感来自《红楼梦》。白话小说中森槐南最爱《红楼梦》，1878年出版的《花月新志》上就发表了两首他咏叹《红楼梦》的七律诗。1879年又在《新文诗》上发表了四首七律诗《题红楼梦后》。1892年，根据《红楼梦》第一回“甄士隐梦幻识通灵，贾雨村风尘怀闺秀”，译出了序词的部分，刊载在《城南评论》上。森槐南译《红楼梦序词》内容虽然不长，只有不到两千字，但这是日本首次对《红楼梦》进行的翻译，之后才陆续带来了翻译的热潮。

同年，森槐南在《早稻田文学》上发表了代表性的《红楼梦评论》，书中除了讲述自己与红楼梦的渊源爱好，还分三部分详述了对《红楼梦》的研究，这三部分分别是《红楼们》的作者，《红楼梦》的创作意图，《红楼梦》的系谱，还论及后四十回作者的问题。

1892年6月，在森槐南的《红楼梦序词》翻译公开发表两个月后，岛崎藤村（1872—1943）也发表了他的《红楼梦》节译，所译内容为第十二回末的一节。

岛崎藤村毕业于明治学院，之后曾师从莲舟学习《红楼梦》，莲舟是旧幕府的大臣，曾作为日本公使馆的临时代理公使赴北京任职，其间谙熟清朝的北京官话。岛崎藤村最早就是受到莲舟所讲解的《红楼梦》的影响，开始关注这部白话小说，还翻译了第十二回“王熙凤毒设相思局，贾天祥正照风月鉴”的一节，题为《红楼梦的一节——风月宝鉴辞》，发表在《女学杂志》上。翻译的一节主要讲贾瑞爱恋有夫之妇王熙凤，相思成疾，道士赠了他镜子驱邪，但贾瑞没有按照道上教他的方法使用镜子，一味地只看镜中的王熙凤，却避开“风月宝鉴”里面的骷髅，结果失心疯掉，最后还丢了性命。

继以上两位译者之后，不断有日本学者开始尝试翻译《红楼梦》：

长井金风译《红楼梦》第四十五回（1903）

下河边半五郎译《绣像全图增批石头记》（1905）

岸春风楼译《新译红楼梦》（上），根据第一回至第三十九回（1916）

太宰卫门译《新译红楼梦》（1924），摘译

幸田露伴、平冈龙城译《国译红楼梦》（1921—1922），译到第八十回

饭塚朗译《红楼梦》（1948—1953），节译并注释

陈德胜译《新说红楼梦》，第一回至第五回的节译，第一回至第六十回的节译（1952—1953）

大高岩译《红楼梦》（1957—1958），第四回，第二十三回，第二十七回，第三十四回，第四十五回

石原岩彻译《新编红楼梦》（1958）

野崎骏平、志村良治译《尤三姐》，第六十六回、六十七回的节译并注释

二、如痴如迷全译本

1940年，松枝茂夫译《红楼梦》是日本首次全译本，也是中国以外国家翻译《红楼梦》的首次全译本。

松枝茂夫（1905—1995），生于日本佐贺县，毕业于日本东京大学，专攻

中国语言文学，曾赴中国留学。历任日本九州大学副教授、东京大学副教授、东京都立大学教授、早稻田大学教授。研究领域为中国文学研究、中国文学翻译等，《红楼梦》研究专家，在日本汉文学史上极具影响力。

松枝茂夫痴迷中国古典小说《红楼梦》，对其进行了深入研究，并且完成了日本第一部《红楼梦》的全译本翻译，这也是第一部外语翻译《红楼梦》的全译本，具有划时代的意义。1946年，他开始翻译一百二十回本《红楼梦》，于1951年全部译完出版，成为《红楼梦》的第一个日文全译本。这个全译本的前八十回是根据“有正本”《红楼梦》翻译，后四十回则是根据上海亚东图书馆排印的“程乙本”翻译而成。该书先是由东京岩波书店作为岩波文库本出版，其后改由讲谈社出版。岩波书店这套文库本《红楼梦》的出版经历了很多波折，这套书的第一册出版于昭和十五年（1940），第四册校正结束已经进入战争时期，因为战中禁止出版不必要的书籍，整套书直到战后的1951年才得以全部出版完结。

70年代，松枝茂夫以俞平伯先生的《红楼梦八十回校本》（人民文学出版社，1958）为底本，对他的全译本做了较大的改译工作，于1972年5月由岩波书店再度出版。新译本不仅译文面目焕然一新，而且装帧也由原来的十四册改为64开本十二册。新译本每册十回，每回后有译者注释，第一册后附有译者解说，至1985年，全十二册出版完毕。从第一次译出《红楼梦》的全译本，时隔三十年，重新翻译《红楼梦》，这对松枝茂夫本人来说也是一次巨大的挑战。最初翻译《红楼梦》的时候，手边能够利用的原本只有两种百二十回本和一种八十回本，能够参考的解说、辞书等更是少之又少，为翻译带来了很大的困难。再次改译时，已经是70年代，中国的《红楼梦》研究也不断涌现出新成果，更有若干宝贵的版本被发掘出来，日本也有像伊藤漱平这样的红学专家的出现，这都为改译提供了丰富的资料储备。松枝茂夫本人也在该书的后记解说中坦言：“此次改译，可以说几乎改掉了旧译中的所有错误……此次改译，参照学习伊藤的新译之处颇多，对伊藤深表感谢”。[1]

此外，松枝茂夫还节译过《红楼梦》，于1955年由东京平凡社编入《世界名著全集》出版。稍后，他和增田涉、常石茂三人合译《红楼梦》，作为《奇书丛

1　曹雪芹著，松枝茂夫译，《红楼梦》（一），东京：岩波书店，2007年10月25日，第22次印刷，第347页。

书》之一，由平凡社1970年出版精装本。

作为第一部《红楼梦》的全译本，松枝茂夫为这部书的翻译付出了毕生的经历，在翻译过程中，经常觉得如芒在背，认为这是一件超出自己能力的工作，中间一度中断数年，甚至还后悔自己决定翻译《红楼梦》时的年轻气盛，让自己背上了这个重担，可见翻译《红楼梦》之不易。好在有家人的支持，有岩波书店做后盾，有朋友的帮助和鼓励，当然还有自己的坚持，这部《红楼梦》的日译本才得以问世。译著出版后，读者的反应也回报了松枝茂夫的付出，战争中被禁止出版的第四册《红楼梦》，战后一经出版，一万多册就被读者抢购一空。1972年第一次印刷的岩波文库版《红楼梦》第一册，在2007年已经是第22次印刷了，可谓长盛不衰，被奉为经典，日本读者对《红楼梦》的全面解读主要都来自松枝茂夫的译本。《红楼梦》也借助松枝茂夫的翻译，在日本更加广泛地流传和被熟知。松枝茂夫曾在自己的毕业论文前言中强烈地表达："总有一天，要把我爱的《红楼梦》移植到我爱的日语中……这是我炽烈的愿望。"

作为日本的红学专家，松枝茂夫对《红楼梦》有着自己独到的见解。对《红楼梦》的作者曹雪芹，他认为曹雪芹与主人公贾宝玉有着相似的人生经历和性格特点，所以把《红楼梦》看作曹雪芹的自传也无可厚非。

对《红楼梦》的人物，松枝茂夫更喜欢代表变革的力量，他觉得宝玉和黛玉、甚至是晴雯，都是具有反抗精神的，是反体制的一群人，而宝钗、袭人之流就是那个封建时代顺从的奴隶和牺牲品。宝玉认为"女儿是水做的骨肉，男子是泥做的骨肉"，"天地间灵淑之气只钟于女子"，而男子不过是"须眉浊物"，在男权社会占绝对主导的时代，能够如此不遗余力地大胆赞美女性，可见宝玉的胆识。"四书以外其余书籍理应全部烧掉"，"文死谏，武死战，都是为了出名"，在封建社会被奉为圣典的八股文、科举制度，在宝玉看来完全不值一提，充满了怀疑精神，对于自古以来君臣父子的忠孝进行毫不留情的批判。松枝茂夫曾经在接受采访时说，并不喜欢宝钗，虽然她是为人妻的完美标准，是明哲保身的贤明之人，但是这种完美让人觉得了无生趣，没有人格魅力，不能吸引读者的注意。王熙凤那样的角色虽然是恶女形象，但是却写得入木三分，活灵活现。松枝茂夫认为中国有很多王熙凤那样的女性，因为在过去的大家庭前提下，没有那样的女性存在，这个家庭就没有办法维系下去。

对《红楼梦》的结构，松枝茂夫认为曹雪芹给了我们两个世界，一个是大观园这个真实的世界，另一个则是太虚幻境这个神幻的世界，一实一虚，虚实相续。他说：“作者以精美的语言，诗情画意般地描绘出大观园内才貌双全的年轻公子，与周围许多美丽少女的爱情故事，使读者读后完全沉醉于梦幻的遐想之中，爱不释卷，但小说结局毕竟还是一场‘梦’，正如作者在第一回开头所说，小说乃‘曾经过一番梦幻之后’所作。作者已经觉醒，因此他的眼睛常常凝视着美梦后面的丑恶现实，告诉人们，人总是要死的，荣华也只是暂时的，红楼到头来不过是座空中楼阁而已。”[1]作者虽然反复指出《红楼梦》决非“怨时骂世”，“毫不干涉朝廷政治”，但“书中仍到处可见作者对当时社会黑暗面的揭露和批判”。

三、求红索绿译红楼

伊藤漱平译《红楼梦》，1996年至1997年，由平凡社出版平凡社丛书全12卷，旧版是1958年至1960年，平凡社出版的《中国古典文学大系》中第44、45、46卷。

译者伊藤漱平（1925—2009），出生于爱知县，毕业于东京帝国大学中国文学科，历任岛根大学讲师，大阪市立大学副教授，北海道大学中国文学科教授，东京大学中国文学科教授，退休后任二松学舍大学教授。

伊藤漱平被称为日本《红楼梦》研究的第一人，他所译的这套12卷本《红楼梦》是在前译基础上的全面改译，伊藤漱平的初译本昭和30年代由平凡社出版《中国古典文学全集》，其中第44卷、第45卷、第46卷为《红楼梦》译本，平凡社又出版了《奇书系列》，昭和40年代，出版《中国古典文学大系》，又出版《奇书系列》新版，解说增补版。经过了以上翻译过程，终于出版了全面改订的12卷新译版《红楼梦》，翻译的底本是俞平伯校订的《红楼梦八十回校本》。

伊藤漱平的《红楼梦》译本有个突出的特点，在小说每回的后边都附有非常翔实的注解。在中国白话小说中，《红楼梦》算是最难读懂的一部，除了北方官话，还有大量的诗词等。对于中国读者也是很有难度的，为了让日本读者可以

1　曹雪芹著，松枝茂夫译，《红楼梦》（一），东京：岩波书店，2007年10月第22次印刷，第337-338页。

读懂和理解，加入注释就非常有必要。伊藤采取了以下方式进行注释，首先，对于原文中难懂的词汇进行解释，包括成语、俗语、俏皮话等；其次，对于原文中的言外之意进行深入挖掘，让读者可以理解其趣味所在；最后，由于《红楼梦》版本众多，在注释中详尽地说明了所依据的版本情况，顺便关注各个版本的差异性。以最后一种注释为例：

そのわれの　花埋むるを　癡と笑え
いつの日か　われを葬るはそも誰ぞ（注三）[1]
（奴今葬花人笑痴，他年葬奴知是谁）

这句诗词出自《红楼梦》上卷第三十五回，伊藤漱平在本回的末尾进行了详尽的注释，注三就是对这首诗词的说明：

> 三　第二十七回回末可见黛玉“葬花吟”一节。“庚辰本”和“戚本”等，还有后续四句，直到《葬花吟》的末句，而“校本”随“程甲本”略去了后四句。只让鹦哥唱到此处确有不自然之感。只是后边紫鹃边笑边说道：“这都是姑娘平日随口说的诗……”感叹对方倒是记得清楚。如此一来，之后的四句有没有倒都无所谓了，现依“校本”翻译。[2]

从这一个小小的注释，可见伊藤漱平对于底本的选择真是反复斟酌，而且所参考的底本众多，包括“程甲本”“庚辰本”“戚本”等。

作为日本红学界的领军人物，伊藤漱平在《红楼梦》研究中投入了毕生的精力，人称“红楼梦主”。他的著作收录《伊藤漱平著作集》全五卷，前三卷都与《红楼梦》相关，第一卷专注《红楼梦》版本研究，涉及写本和刊本等内容；第二卷是作家论和作品论，除了翔实论述《红楼梦》的作者曹雪芹以外，对作品的成立、登场人物等也进行了缜密的研究；第三卷则是读者论、比较文学和比较文化的研究，介绍了中日红学家的研究成果和观点。这些研究成果不仅数量上日本

1　曹雪芹著，伊藤漱平译，《红楼梦》（上），东京：平凡社，1963年2月28日，第382页。
2　曹雪芹著，伊藤漱平译，《红楼梦》（上），东京：平凡社，1963年2月28日，第395页。

红学界没有能与之比肩者，质量上也具有非常高的学术水准。伊藤漱平在退休要离开东京大学之时，曾作诗一首《华甲有感》，感慨其一生投身红学：

求红索绿费精神，
梦幻恍迎华甲春。
未解曹公虚实意，
有基楼阁假与真。

伊藤漱平不仅为读者奉上了《红楼梦》的日文译本，还在《红楼梦》研究上硕果累累，为两国的红学研究助力，为《红楼梦》在日本的广泛传播助力。

四、大刀阔斧译红楼

1968年8月，河出书房出版的彩色版《世界文学全集》，其中第3卷是由富士正晴和武部利男节译的《红楼梦》。前八十回采取节译的形式，后四十回高鹗的续文则以概要的形式，对每一回进行了简短的介绍。因为是彩色版，书中共十一幅插画，都由译者富士正晴亲自操刀完成，插画出自以下各回：

第三回 黛玉和贾雨村共至荣国府。（第16—17页）

第十六回 元春省亲，营造大观园。（第80—81页）

第二十二回 宝钗祝寿宴。（第112—113页）

第二十七回 黛玉咏《葬花吟》。（第144—145页）

第三十六回 西凤治家掌权。（第176—177页）

第三十八回 史太君召集咏菊诗会。（第192—193页）

第四十一回 刘姥姥进大观园。（第208—209页）

第五十二回 晴雯病补雀金裘。（第256—257页）

第五十六回 宝钗代西凤治家。（第272—273页）

第七十八回 侍女服侍宝玉更衣。（第368—369页）

第百二十回 僧侣、道士、宝玉三人飘然。（第384—385页）

富士正晴和武部利男节译的《红楼梦》，还有另外一个特点，以往大家公认的白话小说以言语表达为中心，而这部译本偏偏省掉了所有对话。西方小说重心理描写来表现人物性格，中国的白话小说则在对话语言上更胜一筹，通过语言感受人物性格。富士正晴的译本并没有拘泥于此，放开手脚，大刀阔斧地砍掉对话，倒是保留了表现情景的诗词。

五、字斟句酌译红楼

饭塚朗（1907—1989），出生于日本横滨，毕业于东京帝国大学文学部中国哲学中国文学专业，毕业后在北京生活了六年之久。日本著名的翻译家、中国文学研究家。历任北海道大学、关西大学教授。译有《红楼梦》《老残游记》老舍的《骆驼祥子》，巴金的《家》《灭亡》等，翻译了大量的中国文学作品。

饭塚朗译《红楼梦》翻译的底本是1972年人民文学出版社的程乙本四册版《红楼梦》全译本一百二十回。另外依据俞平伯校订的1974年版《红楼梦八十回校本》进行改订，并参照俞平伯辑刊1975年版《脂砚斋红楼梦辑评》进行补订。

饭塚朗在推出全译本之前，曾在昭和二十三年（1948），在《国际新闻》上连载过加入自己新解释的自由译《红楼梦》，后来以《私版红楼梦》为题出了单行本。此次全译本《红楼梦》由集英社在1979年至1980年，作为《世界文学全集》的其中三册刊行。饭塚朗译《红楼梦》每册前有出场人物介绍，每册后有后记和注解，他的译本最独特的地方有二，一是书中随处可见的词语解释，二是在于会话中敬语的运用。

首先，译文中出现的很多名词、人名等，为了让读者了解其内在意义，或者提示不是很清晰的人物名称等，都会在其后所附括号中加以解释，这样虽然整体看来有些杂乱，但是省去读者再翻到书后去翻看解释的费力，能够更加快速顺畅地阅读小说，不会造成理解上的困难。

ちょうど士隠がそんなことを考えているとき、隣の葫蘆廟に寄寓している貧しい学者——姓名は賈化（中国音で「化」はホアで「話」に通じる。前出のように「賈」は「仮」で、したがって「仮話」は虚言の意）、字は時飛（中国音でシーフェイ、「実非」に通じて、「まっかな嘘」の意）、号は雨村という男が近づいてきた。賈雨村は湖州（今の浙江省呉興の地だが、中国音でチーチョウ、「胡謅」と音通、でたらめをいう意）のうまれで、やはり文官の家柄だ。[1]

（士隐正左思右想的当儿，一个男人走过来，他正是借住旁边胡芦庙的穷学者，——名叫贾化，字时飞，号雨村。贾雨村是湖州人氏，果然做了文官。）

这段内容很短，解释却很密集，尤其对于人物的姓名中所隐含的意思，用后附括号的形式解释出来，比如解释贾化这个名字，与“假话”谐音，意为说谎。贾雨村字时飞，解释时飞一词，因与“是非”同音，意为谎言、谎话。贾雨村是湖州人氏，解释湖州，因与“胡诌”谐音，意为其满口谎言。不这样解释，恐怕不懂中文的日本读者是没有办法理解其中的含义的，那就失去了很多阅读趣味。

另外，饭塚朗在译文中对于对话的处理，特别注意运用敬语来表达。

賈芸は宝玉が病気のとき、二日ほど奥に寝泊りしたので、そこで名の知れた人たちの半分ほどは記憶している。彼はこの侍女を見て、襲人とわかった。彼女は宝玉の部屋ではほかの者とは違う。今お茶を運んでくれ、宝玉もそばにいるので、あわてて立ちあがると「お姐さん、どうしてわたしなどにお茶を注いでくださるのですか。叔父さまのところへうかがったのは、べつに客というわけではないんで、自分で注がせてください」。すると宝玉が「いいからそのまま掛けていてくださいよ。女中たちの前ではそのままで結構」「そうおっしゃっても、叔父さまのお部屋のお姐さん方に、どうして無作法ができましょう」そういいながら、腰をおろしてお茶を啜った。[2]

这段对话中，对于人称的敬语“お姐さん”“叔父さま”的运用，敬语接头词“お茶”“お部屋”等的多用，敬语词“おっしゃる”以及敬语句“てくださ

1　曹雪芹、高鹗著，饭塚朗译《红楼梦Ⅰ》，集英社版《世界文学全集11》，东京：综合社，1980年1月25日，第17页。

2　曹雪芹、高鹗著，饭塚朗译《红楼梦Ⅰ》，集英社版《世界文学全集11》，东京：综合社，1980年1月25日，第285页。

る”“てください”的反复使用，都可以看到译者的用心，希望借此语言表达方式彰显《红楼梦》的故事背景和北京话的特质。

六、新鲜出炉新译本

井波陵一译《新译红楼梦》是一百二十回《红楼梦》的全译本。2013年至2014年，由岩波书店出版，全七册。井波陵一1953年出生，毕业于京都大学大学院文学研究科，京都大学人文科学研究所教授，专攻中国文学，著作《知的坐标》（白帝社，2003年），《红楼梦和王国维》（朋友书店，2008年），译著《宋元戏曲考》（平凡社，1997年）。

井波陵一最早接触《红楼梦》还要追溯到他的中学时代，那个时候曾经通宵达旦地读《红楼梦》，尽情享受其中，过着单纯普通生活的中学生，却被异次元中过着顶级生活的书中人物所吸引，不禁思考起“文学到底是什么？”这个根本性的问题。因为想读懂《红楼梦》的原文，井波陵一选择专攻中国文学专业，之后一直在大学从事相关教职，最后接手了《红楼梦》全译的机会，他与《红楼梦》之间的因缘实在深厚。一百二十回的译本分七册出版。

第一册，第一回到第十六回，岩波书店，2013年9月25日。

第二册，第十七回到第三十一回，岩波书店，2013年10月25日。

第三册，第三十二回到第四十五回，岩波书店，2013年11月26日。

第四册，第四十六回到第六十一回，岩波书店，2013年12月25日。

第五册，第六十二回到第八十回，岩波书店，2014年1月28日。

第六册，第八十一回到第一百回，岩波书店，2014年2月25日。

第七册，第一百一回到第一百二十回，岩波书店，2014年3月25日。

译者翻译《红楼梦》的初衷是看重这部作品的文学价值，他在第一册后文解说中强调：

> 《红楼梦》是中国古典小说的金字塔。可以说对中国作家而言，能够创作出超越《红楼梦》的小说乃最高梦想，也是最大的困难。虽然作品发生的舞台和小说理论等都会随着时代发生变化，但是在深入思考人与人之间关系

性的问题上，所表现出的卓越意识和手法，以及《红楼梦》所具备的冲击读者心灵的强大魄力，再无能与之争锋的作品。[1]

井波陵一的《红楼梦》译本，每册开头都有这册书的读书重点，引导读者顺利阅读该册书的内容，还有本册书中登场的主要人物的介绍，因为书中人物众多，这样也能很好地帮助读者理解整个故事；另外还配有要登场人物的系谱图，纷繁复杂的人物关系，通过系谱图便可一目了然。书中插图都是借用《红楼梦》插图最有影响的改琦的画作。总之，为了使读者更加方便阅读，做了各种功夫。

（一）翻译底本

1. 前八十回

庚辰本《脂砚斋重评石头记》，中华书局香港分局，1977年。（影印本）

2. 后四十回

程甲本《红楼梦》，书目文献出版社，1992年。（影印本）

（二）参照诸本

甲戌本《脂砚斋重评石头记》，上海古籍出版社，1985年。（影印本）

甲戌本《脂砚斋重评石头记》，作家出版社，2000年。（排印本）

己卯本《脂砚斋重评石头记》，上海古籍出版社，1981年。（影印本）

《红楼梦》，人民文学出版社，1982年北京第一版。（排印本）

《红楼梦》，人民文学出版社，1996年北京第二版。（排印本）

《脂砚斋重评石头记庚辰校本》，作家出版社，2006年。（排印本）

《红楼梦八十回校本》，人民文学出版社，1958年。（排印本）

《脂砚斋重评石头记汇校》，文化艺术出版社，1989年。（影印本）

《红楼梦校注本》，北京师范大学出版社，1987年。（排印本）

《八家评批红楼梦》，文化艺术出版社，1991年。（排印本）

（三） 参照辞典

《红楼梦大辞典》，文化艺术出版社，1990年。

《红楼梦语言词典》，商务印书馆，1995年。

---

1 井波陵一译，《新译红楼梦》，东京：岩波书店，2013年9月25日，第一刷，第283页。

《红楼梦鉴赏辞典》，汉语大词典出版社，2005年。

（四）其他

陈庆好《新编石头记脂砚斋评语辑校（增订本）》，中国友谊出版社，1987年。

冯其庸《脂砚斋重评石头记汇校汇评》，北京图书馆出版社，2008年。

蔡义江《红楼梦诗词曲赋评注》，团结出版社，1991年。

（五）参照翻译

国译汉文大成《红楼梦》，国民文库刊行会，1922年。

松枝茂夫译《红楼梦》，岩波文库（全十二册），1972—1985年。

伊藤漱平译《红楼梦》，中国古典文学大系44-46，平凡社，1969—1970年。

杨宪益·戴乃迭译“A Dream of Red Mansions”，外文出版社，1978年。

井波陵一译《新译红楼梦》才刚问世不久，他的译文优劣还有待读者评判，影响力也要多年后才可见分晓。翻译《红楼梦》，不只需要强大的中文能力，还要中国文学的积淀，更需要对《红楼梦》发自心底的热爱。译者的苦心也自然会传达给读者，透过译者的重新解析，跨国文化的重重迷雾，异国他乡的日本读者也一定对《红楼梦》有着自己的认知和理解。

第六章

日本大众文学第一人的三国和水浒

吉川英治（1892—1962），生于日本神奈川县，本名英次。因为他在文学创作上的贡献，被人们赞誉为“国民作家”或“日本大众文学第一人”。虽然自幼生活多有坎坷，做过很多辛苦的营生，但他对写作一直抱有很高的热情，很小就热衷给杂志投稿。7岁接触《十八史略》等汉籍，后因家道中落辍学，他也没有放弃自学。34岁时在《大阪每日新闻》上连载《鸣门秘帖》，一举成名，评论家、小说家木村毅（1894—1979）甚至认为他“超过法国的大仲马”。吉川英治的主要著作有《江户三国志》《亲鸾》《宫本武藏》《新书太阁记》《三国英雄传》《新·平家物语》《私本太平记》等多部巨作，作品均备受推崇。《宫本武藏》是他的代表作之一，凭借此书奠定了他“日本大众小说第一人”的地位。

日本大众文学是相对于纯文学而言的概念，他以通俗易懂，接近和适合大众口味为其特点，是伴随着“二战”后日本经济的飞速发展而成长起来的新文学。虽然在吉川的时代还不受重视，被看作肤浅的取悦读者的俗文学，但是经过长期的发展，时至今日它与纯文学的地位已经不分上下了。从读者数量来看，早已超越了纯文学。进入20世纪，随着报纸、广播、电视等大众传媒的迅猛发展，传统的纯文学面临着前所未有的挑战，大众文学应运而生，蓬勃发展，通俗小说、推理小说、冒险小说、幽默小说、传奇小说、科学幻想小说等悄然兴起。江户川乱步、松本清张，这些家喻户晓、耳熟能详的推理小说作家，都为读者呈上了非常优秀的作品。而对大众文学做出最大贡献的非吉川英治莫属，甚至有人说能与他比肩的日本作家只有纯文学的泰斗夏目漱石。

第一节　吉川版《三国志》的诞生

小说《三国演义》自从登陆日本，就给予日本文学极大的影响，在被接受的过程中，也经历了日本文化和文学的过滤。自江户时期至昭和时代，日本社会发生了很大转变，而经过洗礼的《三国演义》无论从内容到形式，从表象到内涵，都增添了日本文化的印记。随着日本侵华战争的开始，对大陆的渴望，对悠久的中国历史的向往，对那片土地上生活着的人民的好奇，都成为当时日本人关注的焦点，迫切需要最新鲜的消息来填补这些欲望。作为随军记者两次来到中国大陆的吉川英治，正好满足了日本人的这个愿望，将他在中国的见闻融入他的现代小说《三国志》的创作中，在战争期间提供了一个了解中国的窗口。作为日本现代《三国演义》再创作的龙头，这部小说意义深远，影响更是无法小视，是中国古典小说《三国演义》向日本现代小说《三国演义》华丽转身的开篇之作。

说到《三国志》，吉川时常回忆起小时候的一段经历，因为嗜读久保天随翻译的小说《新译演义三国志》，常常废寝忘食，秉烛夜读，直到三更四更，经常被爸爸发现后大声训斥，可见中国的这部小说是多么吸引少年吉川的心。吉川甚至将在1927年报纸上连载的小说定名为《江户三国志》，当然这与《三国志》本来的内容完全没有关系，是一部传奇小说，模拟三国，讲述江户城内三方势力的夺宝斗争，题目的设定表现了吉川对《三国志》的痴迷。吉川英治的《三国志》于1939年开始在《中外商业新报》等报纸上连载，直至1943年才连载完毕，历时5年之久。从连载的那天开始，就受到日本读者的追捧，因此还在连载中，单行本已开始发行。因为太受欢迎，连载完成后，出版了很多版本的单行本和文库本，至今在日本的书店里仍然有它的一席之地，可谓长盛不衰。创作这部作品所依据的主要为《三国演义》的初译本《通俗三国志》的校订本。

> 原始文献有《通俗三国志》《三国志演义》等几种，但我不依据其中任何一个直译，而是随时选其所长，按我的风格来写……本来，要体味三国志的真意就要读原著，而对于今日的读者来说不免艰涩难懂。[1]

在版本的选择上，他所参考的版本有两个，一是初译本湖南文山的《通俗三国志》，一是久保天随的《新译演义三国志》。选择这两个版本的最主要原因在于作者不懂汉文，虽然可能某种程度上限制了作者了解真实的《三国演义》，就像作者自己也稍显遗憾地表示，“要体味三国志的真意就要读原著”，但从另一个角度来说，吉川可以在创作他的《三国志》时少了很多来自原著的束缚，可以更加自由，毕竟不管是对吉川还是当时的日本普通读者来说，原著都太艰涩难懂了。

> 若硬要将三国志进行简译或抄译的话，就会失去最为重要的诗味，甚至会失去扣动心弦的重要东西。
>
> 因此，我不用简译或抄译的方法，而是在执笔这个长篇的时候尝试适当的报纸连载小说的写法。[2]

为了适合大众读者的阅读口味，吉川采取了现代小说的形式来创作《三国志》，他表示要按照自己的风格来写，所谓自己的风格就是他所擅长的大众文学

1　吉川英治，《三国志》（一），东京：讲谈社，1995年，序，第5页。
2　吉川英治，《三国志》（一），东京：讲谈社，1995年，序，第3-4页。

的形式，具体到《三国志》应该属于现代小说的历史小说范畴。摆脱了传统的简译或抄译，在现代小说的框架内，加入作者的思想和创意，赋予中国古典小说《三国演义》新生，日本文学史上第一部真正意义的再创作《三国演义》诞生了，它被称为"日本版"的《三国演义》。

另外，利用报纸连载，采取现代小说的形式来阐释《三国演义》，这在日本是第一次。由于经济的迅猛发展，当时的报刊等大众传媒得到空前发展，报纸等刊物成为作家发表作品，特别是大众文学作品的重镇之一。采取报纸连载的好处在于，它可以像说书一样，在读者正兴味盎然时戛然而止，不得不焦急、兴奋地期待下次连载的到来，更加激起读者的兴趣和想象，从而提高读者对作品的期待和关注。报纸连载的确收效甚好，从此书的发行量可知，他的这一改变获得了巨大的成功。就如同《通俗三国志》让不懂汉文的江户日本人了解了《三国演义》，吉川《三国志》让现代日本人更加痴迷《三国演义》。

> 三国志虽是距今约一千八百年前的古典，但我感觉三国志中活跃着的登场人物，依旧遍布在现在的中国大陆。——去到中国大陆，与那里杂多的百姓和要人接触，特别是亲密接触后，总觉得像是三国志里出来的人物似的。或者说，经常感觉哪里似曾相识。
>
> 所以，在现代的中国大陆，三国志时代的治乱兴亡仍然不断上演，作品中的人物只是文化、风姿有所改变，但仍然活在今天，这样说也不为过。[1]

此言源于吉川英治两次跟随部队来中国的体验。1937年7月7日，卢沟桥事件，日本开始全面侵华，抗日战争爆发。吉川英治就在这一年的8月，以《每日新闻报》特派员的身份来到中国。第二年9月，又作为战地记者的一员，第二次访问中国。大陆的风土和悠久的历史深深打动着他。他甚至在《三国志》的开头就提到了黄河。

> 创造中国大地的，和使黄河之水发黄的，都是沙子的微粒。这些沙子是

1　吉川英治，《三国志》（一），东京：讲谈社，1995年，序，第3页。

从中亚沙漠吹来的。在人类生活尚未开始的几万年以前开始——不断吹送、堆积而成的大地。这片广阔的黄土和黄河流域。[1]

中国的壮丽河山往往给日本作家以很强烈的冲击，也很容易让他们产生对三国雄壮的战争场面的遐想。一方水土养育着各自的文化和文学，在日本文学作品中就很难看到如此规模宏大的描写，“所谓规模宏大，也就是空间壮阔……如果空间不壮阔，不管构思怎么宏伟，也不能给人宏大规模的感觉……对岛国的日本人来说，大陆空间是近乎渴望的对象”[2]，正是因为在空间感觉上的成功描写，吉川英治的《三国志》才吸引了众多日本读者。在中日战争正在进行中，这样一个特殊的历史时期，又有亲赴中国的体会，吉川英治的《三国志》被尾崎秀树评论为“日本版的《三国演义》”，很多日本读者都希望透过这部《三国志》，了解战中中国的情形和中国人。而吉川的《三国志》也的确做到了这点：

《三国志》也可以称作一部民俗小说。《三国志》中所见人物的爱欲、道德、宗教、生活，还有作为主题的战争行为、群雄割据的状况等，仿佛一幅多彩的民俗画卷，其生生不息地流转之状，以天地之间为舞台，伴随着雄壮的音乐，上演了一出人间大戏。[3]

尾崎秀树还说他的《三国志》中看得到中日战争的悲惨，看得到中国民众的素颜，因此能够直接感受到抗日中中国的真实面貌。虽然这种看法在他的《三国志》描写里没有确实的证据，但他的确超越了当时一般随军记者的狭隘，没有以歌颂战争为主题，而是深入文化深层，研究和观察中国。

1 吉川英治，《三国志》（一），东京：讲谈社，1995年，第13页。

2 转引自王晓平：《梅红樱粉——日本作家与中国文化》，银川：宁夏人民出版社，2002年，第304—305页。

3 尾崎秀树，《吉川英治》，东京：讲谈社，1970年。

第二节　吉川版《三国志》的创意

在吉川英治《三国志》问世之前，对《三国演义》进行翻译、翻案、仿作、再创作等的作品，都还不属于现代小书的范畴。日本的小说在进入近代以前，特别是江户时期的黄表纸、洒落本、读本等，多是以滑稽戏谑为主，以娱乐大众为目的的浅显读物，没有发挥其反映社会生活的功能。明治维新后，引进西方文学观念，经过文学改革，日本小说才向着真正的近现代小说转化。在《三国演义》的再创作上，吉川英治的《三国志》是以现代小说形式创作《三国演义》的肇始，不论从创作技巧到所表现的中心思想，都不同于原作白话小说《三国演义》，也不同于所依据的底本初译本《通俗三国志》，吉川《三国志》是一部真正意义上的现代小说，它的意义非比寻常。

一、从白话小说到现代小说的转换

白话小说《三国演义》，经历了整体布局的改变、语言的转换、增加解释注释、增加对话和心理描写、融入作者的创作个性，最后形成吉川英治现代小说《三国志》，这个转换过程意义深远。

罗贯中《三国演义》从东汉末年黄巾起义，各路英雄乘剿黄之机发展势力的历史开始写起，后曹操挟天子以令诸侯，实力最强。连年混战，弱肉强食。官渡之战，曹操灭袁绍，统一北方。赤壁之战，吴国大将周瑜大败曹操，使曹操暂无力侵犯长江以南，形成魏蜀吴三足鼎立之势，曹操死后，曹丕称帝。大将司马昭统一全国，结束了三足鼎立之局面，夺魏为晋，建立晋朝，将这段纷争的历史画上了句号。吉川的《三国志》却只写到孔明之死就结束了，他认为后面的那些内容是在讲史，加上去会破坏故事的完整性，更像史书而不是小说，为了保证故事的完整性，他毅然决然地删掉了后面的内容。写到孔明死来结束《三国演义》，这个改变影响了很多日后对《三国演义》进行再创作的作家，是吉川英治的创意，使得吉川版的《三国演义》更符合现代小说的形式。

除了结尾发生变化，开头也较之原著有很大改变。

后汉建宁元年。

距今约一千七百八十年前。

有一路人。

腰带佩剑，衣衫褴褛，眉目清秀，唇色红润，明眸善睐，面容挺阔，常常面带微笑，毫无卑贱之感。

年方二十四五。

一人抱膝孤坐草丛中。

悠悠流水——

微风拂鬓。

正是八月秋凉。

那是黄河畔一座低矮断崖上。[1]

以刘备的出场作为开头，对中国的《三国演义》读者来说非常陌生，但相较于忠实原著的翻译“话说天下大势，分久必合，合久必分……”宛若散文诗般的开头，对很多现代的日本读者来说，既亲切又自然，这是吉川《三国志》的又一创意点。

从整体框架布局来看，除了上述结尾部分的大胆删除以外，中间的内容还是基本保留原本，以常见的讲谈社文库版的八卷本《三国志》为例，每卷内容如下：

第一卷 序 桃园卷 群星卷

第二卷 群星卷（续） 草莽卷

第三卷 草莽卷（续） 臣道卷

第四卷 孔明卷 赤壁卷

第五卷 赤壁卷（续） 望蜀卷

第六卷 望蜀卷（续） 图南卷

第七卷 图南卷（续） 出师卷

第八卷 五丈原卷 篇外余录

1 吉川英治，《三国志》（一），东京：讲谈社，1995年，第11-12页。

按照完整的卷加以整理，即为“桃园卷”“群星卷”“草莽卷”“臣道卷”“孔明卷”“赤壁卷”“望蜀卷”“图南卷”“出师卷”“五丈原卷”，共十卷，虽然吉川是将《三国志》作为现代小说进行创作的，所以叙述故事时与原著有很多不同和增补删减，但大体的内容框架没有改变，与《三国演义》是同步的。细心观察卷名，发现从第四卷开始都是围绕孔明展开的，这也是吉川的创意，他将《三国志》以主角的不同分为前后两部，前半以曹操为主角展开，后半则是孔明的主场。

另外，在具体写作过程中，从古雅的文体向现代日语转换，也有很多需要解决的问题。所有翻译《三国演义》的译者或再创作作家，都会遇到的一个问题，就是书中庞杂的地名、人名、官名等，吉川采取以下方法：现在的地名和原来的地名，由于时代的关系当然会有差异，知道的地方加了注解，但不知道的旧地名还有不少。关于书中人物的爵位、官职等都原封不动地照搬，因为一旦翻成现代日语，其文字所带有的特殊色彩和感觉就会丢失。吉川会对所了解的地名进行解释：

> 巴蜀，即四川省。
>
> 在千里长江的上流，扬子江水也被山峡之险变窄，碧水蓝天疾驰而过，又连续数日在风光明媚的峡谷下行舟，眼前豁然呈现一大高原地带。
>
> 亚细亚的屋脊，发源于帕米尔高原的昆仑山系起伏的山脉，进入中国西部，分成岷江、金沱江、涪江、嘉陵江等，再汇集后注入扬子江的大动脉。
>
> 四川因此得名。河川流域的盆地，米、麦、桐油、木材等天然物产丰富，气候温暖，人种上从汉代初期已经有很多汉民族移入，带来了巴蜀文化的繁盛。都城设在成都。只是此处的交通不便简直无法用语言形容。北方，到陕西省必须越过有名的剑阁险路，南边有巴山山脉阻隔，到关中的四条路，经由巴蜀的三条路都有险峻巍峨的峡谷，桥梁就架设在峡谷中长满藤蔓的巨大岩石上，因仅能容人马通过，故世称“蜀栈道”。[1]

这样的解释说明，不只对不了解中国地理历史的日本读者非常有帮助，就是

1　吉川英治，《三国志》（六），东京：讲谈社，1993年，第81页。

对中国读者也是很好的深入学习。

虽然《三国演义》是白话小说，但毕竟是元末明初时代的俗语，离现在十分久远，将之翻译成日语时，采取何种翻译态度，决定了翻译所用的语言和作品的形式。吉川认为：

> 三国志是首诗。
>
> 不单单是记述庞大的治乱兴亡的战记军谈类作品，还有流淌着东洋人血液的协调、音乐和色彩。
>
> 如果剔除三国志中的诗，那么所谓的世界性巨制作品的价值也就干瘪无味了。
>
> 故此，若硬要将三国志进行简略或抄译的话，就会失去最为重要的诗味，甚至会失去扣动心弦的重要东西。……于是，刘玄德、曹操、关羽、张飞等主要人物，我都加上了自己的解释和创意。随处可见的原本没有的词句、对话，都是我的点描。[1]

罗贯中的《三国演义》源于说书的底稿，故有章回体的形式，每章末尾还加上“且听下回分解”的字样，内容上也是以场面描写为主，大大小小的战斗场面充斥着全文，但这些都与现代小说很有距离。吉川英治作了大胆改变，比如加入大量人物的对话和心理描写，甚至直接对人物的心理进行分析，摆脱说书的感觉，更加贴近现代小说的形式。

首先，所谓加入大量的人物对话，此言不虚，甚至可以说吉川《三国志》是对话版的《三国演义》，翻开书的每一页几乎都是人物对话，这绝不是夸大其词，通过语言来表现人物性格、叙述事情原委，是吉川采取的小说叙述方式，引领读者自然进入角色，进入人物的内心世界，使读者置身其中，亲身感受刘关张、曹操、孔明等人物的感情世界。人物对话给读者带来的亲切感和贴合感是最直接有效的。同时，人物还反过来替作者说话，作者所要表达的思想和认识，也可以通过人物之口自然流出。

1　吉川英治，《三国志》（一），东京：讲谈社，1995年，序，第3页。

通过《三国演义》的描写，刘备作为汉室之后，一直不忘匡扶汉室的大业，但其雄心壮志总是被谦虚过头的假面具掩盖其中，在吉川版《三国志》中，通过刘备自己之口，所图宏图大业一览无遗：

风有耳，水有眼，大事不该议于道傍。但我刘备无可隐瞒者，乃汉中山靖王刘胜之后，景帝玄孙。岂能只顾织席贩履，而对黄巾之乱视若无睹呢。

说话间虽话音不高如自言自语，但却凛凛间带着坚定。[1]

这样的坚定信念再一次通过其母之口表达出来：

各方豪杰蜂起，趁着乱世都可得一州一郡，而汝不应只有此小望，你乃汉室宗孙，中山靖王之后，应为万民拔剑而起。[2]

言语间汉室后裔的皇家胸襟尽显，母子同心，将雄心大业表白得清清楚楚。

对于心理描写的加入也是吉川《三国志》的亮点，相较于以往的场面描写，心理描写的增加更对现代读者的口味，是从说书式样的历史小说到现代小说的华丽转变。以下是一段关羽的心理描写：

被张世平这么一说，关羽发现自己的伙伴的确存在很大的缺陷。

那就是关于经营这回事。

别说是我，就是张飞、刘玄德也都没有什么经济头脑。武将不爱财的思想自古以来就根深蒂固。向来是鄙视什么经济的，更视钱财如粪土，清廉之风盛行。在一个人的人格来说，这也要算做高风亮节备受敬仰的。但从国家大计来看却意味着缺失。

手握一军必须思索经营之事，单单以武力扩充起来的军队很容易成为暴军。自古以来，虽有理想，却终沦为暴军乱贼者史上不在少数。[3]

从罗贯中《三国演义》中恐怕很难走出这样形象的关羽，想必是吉川要借关

1　吉川英治，《三国志》（一），东京：讲谈社，1995年，第98页。

2　吉川英治，《三国志》（一），东京：讲谈社，1995年，第249页。

3　吉川英治，《三国志》（一），东京：讲谈社，1995年，第143页。

羽之口表达自己对战争、对经营部队的看法和思索。

> 见到真正的勇士、真正的良将，甚至忘了对方是敌人，也要将之招至帐下，这是曹操一贯的天性，甚至可以说是他的“病”。
>
> 在他来说，与其说爱士，不如说恋士。他的热情是极端自我主义的，也是非常盲目的。刚刚还倾倒于关羽，过后又极度后悔，当天又听说了常山赵子龙，就立刻抑制不住地燃起了天生的人才收集欲。[1]

这段对曹操心理的分析入木三分，将多面曹操的爱才一面刻画得深刻透彻。同时，加入了作者自己的分析。

吉川《三国志》中作者的解释和创意俯拾即是。

> “长夜宴”“酒国长春”等词都来自中国。如同这个民族的历史就是以宴乐开始，以宴乐终了一样，这样编纂历史的民族确实不多见。别说平日，就是战时也经常设宴。别离欢迎、仪式葬祭、权谋术策、生活兵法，全部都在宴会和饭桌间进行。[2]

这是吉川英治在中国生活的体验和所得，不论这样的观点是否准确，毕竟是他的亲身体会，是吉川眼中的中国形象。

吉川还会以“致读者”的形式来阐述自己的观点和议论：

> 致读者：
>
> 请允许我作为作家破例在这插入一句话。刘安将妻子之肉煮来款待玄德一事，以日本人自古以来的情爱和道德是很难理解的。莫如说，我们的情爱和洁癖，决定了这是个让我们感到不快的话题。
>
> 因此，虽然这是原著中存在的内容我也想要删除它，原著中是将刘安的行为作为美德称颂的。由于从中可以窥见中古时期中国的道义观和民情，也

1　吉川英治，《三国志》（五），东京：讲谈社，1991年，第41页。
2　吉川英治，《三国志》（五），东京：讲谈社，1991年，第115页。

可以读懂彼我的差异，这也是三国志的意义所在，故此我还是特意原封不动地保留下来了。[1]

也会不时将三国中事拿来和日本的做比较：

这个“烽火台”的制度，好像日本战国时代也使用过。在一部关于川中岛之战[2]中武田家的军事题材戏剧中，为了防备连年不断的越后上杉的进攻，从善光寺平原到甲府之间，根据这个烽火电报，就可以在短时间内得到加急情报。这算是一个例子吧。[3]

吉川的《三国志》还会经常体现出强烈的现实味道。比如对于吉川来说，与其说黄巾军是农民起义，倒不如将黄巾军比作现代日本的新兴宗教团体更贴切。于是吉川版《三国志》中的黄巾军用秘药治病来俘获民心，服从的农民就可以安享太平，暗地里鼓励掠夺，不服从的就找借口惩戒之。反正干着杀人掠财的勾当。那句“苍天已死，黄天当立，岁在甲子，天下大吉”的口号，像童谣一样挂在黄巾军的嘴边，一下子传播开来。

吉川版《三国志》之所以被称作现代小说《三国演义》，就源于以上作者对原著的种种改变，使之符合现代小说的形式，符合现代读者的阅读习惯，吉川《三国志》从语言、结构、内容、描写等各个层面，都与原著有所背离，开创了现代小说《三国演义》再创作的历史，使《三国演义》更加深入人心，也更加日本化，深刻影响其后作者对这部小说进行的再创作。

二、中心人物的重塑

在吉川版《三国志》中，曹操和孔明是小说的中心人物，是绝对的主角，一

1　吉川英治，《三国志》（三），东京：讲谈社，1989年，第81页。

2　川中岛之战，发生在日本战国时代（1467—1615），甲斐国（现日本山梨县）的战国大名武田信玄和越后国（现日本新潟县）战国大名上杉谦信之间，为争夺北信浓川中岛地区的支配权而进行的多次战争的总称。

3　吉川英治，《三国志》（七），东京：讲谈社，1959年，第15页。

个在小说的前半部分叱咤风云，一个在小说后半部分呼风唤雨。对于这两大日本读者最喜爱的人物，吉川给予了他们新的生命和形象。

对于三国人物的认识，吉川有着自己独到的见解。一向在中国人眼中的奸雄曹操，在吉川英治的《三国志》中有了另外的面貌，他是诗人，他是恋人。吉川英治塑造的曹操形象，不但深入日本普通读者的心中，对之后日本作家再创作《三国演义》时，曹操形象的塑造都会有所影响，甚至波及评论界对曹操的历史评价。

> 古今武将之中，论战没有像他赢得那么痛快的，论败也鲜有如他那么惨烈的。
>
> 曹操之战即为曹诗。与做诗一样，他也热衷作战。
>
> 他的热情，如同得了金玉良言，心中奏出撞击心灵的乐章的诗人般的心情，被战斗支配着，这就是曹操的战斗。
>
> 所以曹操之战就是曹操的创作。——有非常优秀之杰作，亦有大大的败笔。[1]

这个人物分析令人眼前一亮，狡诈的白面曹操消失不见，充满热情的诗人曹操取而代之。从诗人气质入手来分析曹操的确是一个非常新鲜又深入的切入点，诗性的一面有利于从人物内心去理解和剖析人物的行为和个性，不会流于表面，透彻清晰的心理分析带来了另一个全新真实的曹操像。

> 果敢，是曹操所有天性特质中最大的优点。作为兵家之将要有绝对必要的直觉之敏锐，对他人来说是不可预知后果的冒险，对他来说，可以凭借他敏锐的直觉一瞬间就悟出最终的结果，是成是败。[2]

爱才，这一点倒是中日读者和作家学者对曹操的共识，而吉川的描写还是让人有深入骨髓的感觉。“病”“与其说爱士，不如说恋士”“天生的人才收集欲”等，道出了曹操爱才的癫狂程度，甚至达到了自私和盲目的程度。在《三国

1　吉川英治，《三国志》（三），东京：讲谈社，1989年，第42-43页。

2　吉川英治，《三国志》（四），东京：讲谈社，1993年，第120页。

演义》中，曹操因慕关羽之才，对关羽之不敬屡屡不予追究，表现出为将的包容性，为揽天下贤能不惜屈尊忍辱。在吉川的笔下，这种爱才之心被异化为爱恋之心。臣道卷有一节名为“曹操之恋”，题目有些骇人听闻，讲的就是曹操对关羽之恋。刘备败走，徐州和小沛二城落入曹操之手。攻打关羽所守下邳城时，曹操不想杀死一代英雄关羽，但又想不出对策让关羽归降，就派张辽劝降，并且全数接受了关羽提出的三个无理条件。吉川描写曹操见关羽时“快快迎接关羽前来，像等待恋人般期盼他的到来”。将曹操对关羽的感情描写成少女般的爱恋，应是史无前例的，乍看让人咋舌，但细细品味起来又不是全无道理，总之这是吉川对曹操爱才之心的另一种理解。杂喉润在《三国志和日本人》中评论吉川，说他也像曹操爱慕关羽、赵云之才一样爱慕着曹操。

吉川对曹操的重新塑造意义深远，在他看来，以刘备、关羽、张飞的桃园结义开篇的《三国演义》，其真正的意义和兴趣无论如何都应以曹操的出现开始，曹操本身就具有主动性。因此，他的小说《三国志》就清晰坚决地以曹操为前半部的主角。

在吉川笔下，孔明和曹操两个形象可谓相辅相成，一介布衣青年孔明以新人姿态的出场，标志着曹操的有力对手的出现。曹操当时正是春风得意之时，吴尚可以倚长江来守住邦国，流亡中的玄德还有什么好说的呢？就在此时，孔明如彗星般横空出世，给了曹操突如其来的打击。若说曹操是《三国演义》的真正意义所在，那么孔明的出现就是一个分水岭，标志着曹操全盛时期的终结。那么，《三国演义》中呼风唤雨的诸葛孔明在吉川笔下又会有什么新突破呢？

吉川在“篇后余录”中这样评价两人：“这二人就文学来看，曹操是诗人，而孔明则是文豪。曹操作为英雄，具备近于痴、愚、狂的性格缺陷，所以在人性的丰富上远在孔明之上。而在被后人敬仰方面，到底不及孔明。”简短的评述和比较，给孔明定了位，准确的评价也是经得起时间证明的，时至今日，喜欢孔明的读者毕竟还是多于曹操。但是吉川对《三国演义》中近于神的“智绝”孔明的真实性格也有所疑问，到底哪一面才是真的孔明，这是个缥缈难以捕捉的问题。吉川在诸葛亮的诸多面貌中，比如思想家、政治家、军事家等层面上思索的结果，得出了这样的结论：

> 将他看作战略家、武将，那的确是真实的孔明，将他想作政治家，也确实见其神髓。
>
> 还可以说他是思想家、道德家。就算说他是文豪也没有什么不可以。
>
> 当然，他既然是人便也能举出性格上的缺点——但是，他那八面玲珑的多种才能，即玄德所敬爱的他的大才，古今东西罕有能与之比肩者。
>
> ……
>
> 话虽如此，他也绝非所谓的圣人，而是以孔孟之道为其根本的，其真实面目就是一个极尽忠诚的平凡人。[1]

恢复诸葛孔明的人性，是吉川在作品中想要表达的内容。原作中孔明的种种神机妙算，在吉川笔下都变成了缜密分析和理性思考的产物。将一直高高在上，掐指一算尽知天下大事的神，转换为虽然八面玲珑却也不无缺点的人，摆脱了《三国演义》为了追求人物的某个性格特点，而不惜夸大其词的写法，转而贴近现代小说的写实手法，更能了解“真实”的凡人孔明，或者日本作家心中的孔明像。

另外，刘备、关羽等人物形象也都有吉川自己的理解。比如为了增加英雄人物的丰富性，为刘备增补了一位爱人白芙蓉，可能因为原著《三国演义》中太缺乏浪漫的男女爱情，而爱情这个永远的主题在日本文学中又是极受重视的，为了满足现代读者的感受，英雄刘备与白芙蓉之间演绎了一段美丽的爱情故事。又比如关羽在吉川《三国志》中成了私塾先生，虽然《三国演义》中的关羽也经常手捧《春秋》，秉烛夜读，但是与私塾先生的形象相去甚远。儒将关羽被吉川赋予了智慧和冷静。

> 胜败乃兵家常事，人之胜败皆有时。……时候到了自然迎刃而解，时候未到焦急也无济于事，对待漫漫人生，得意时不骄傲，身临绝望边缘也不气馁，——不为所动，进进退退，悠然自得，这是最难之事吧。[2]

这段话是关羽劝说打了败仗的刘备的，紧接这段大道理之后，关羽又将逆遇来比喻人生，劝导刘备不要因一时失意而丧气，字字富于哲理，句句娓娓道来，

1 吉川英治，《三国志》（篇后余录），东京：讲谈社，1989年，第332–333页。

2 吉川英治，《三国志》（四），东京：讲谈社，1993年，第152页。

恐怕不只是刘备，就是读者也会有所体悟。

虽然貌似人物的形象、性格跟我们所熟知的三国人物有所出入，但细想来，这些改变不单单只是吉川在进行再创作时的大胆自创，其实很多都是作者以一个日本人的眼光发现了我们没有发现，或没有注意到的人物的另一面而已。常说换个角度看世界，也可以换个角度看三国，其实一部《三国演义》隐藏着很多等待我们去开启的秘密。另外，吉川英治《三国志》中人物形象的种种改变、重新评价、多角度考察等，都为后来的日本作家和研究者提供了范例和先导作用。

第三节　吉川版《三国志》的价值

吉川《三国志》在日本文学史上，在日本《三国演义》的再创作上，在读者群中，都造成了很大的影响。

首先，开启了现代版《三国志》的序幕。自江户时代开始到吉川之前，对《三国演义》都是采取翻译的态度，虽然有编译本等，但都相对忠实原著，以翻译为主，所用语言也都比较古朴，读者群可能不是懂得汉文的人，但也要多少有些文学素养。吉川是第一位将其改写成现代文的小说作家，并且加入了很多自己的创作，杂喉润在其《三国志和日本人》中评价他的《三国志》是吉川版的《三国演义》。现代小说《三国志》的诞生具有划时代的意义。吉川之前的《三国志》，不论是直译还是编译，没有对原作进行改变的意图，翻译的目的是要让日本人读到一部中国的历史小说，了解三国时代的人物、时代、战争场面等。吉川英治《三国志》已不单纯是一部中国古典作品的日译本，虽然故事情节、人物设定都和原著出入不大，但这是第一部真正意义上的《三国演义》再创作，是日本现代小说《三国演义》，是日本作家、日本人对《三国演义》这部小说，对三国时代、三国人物、三国故事的理解和阐释，融入了太多日人情怀。经典也是可以重塑的，对一部中国古典精品的跨文化、跨地域、跨时空的现代阐释，有利于对原作的深入理解和多层次鉴别，也可以通过该作品探究异域文化接受中国文化影响时所做的种种改变，分析其背后的时代和文化原因。同时，也为日本之后的《三国演义》再创作开启了序幕，树立了榜样。因此，吉川版《三国志》的诞生，在中日文学、文化比较研究领域、在研究日本文学领域、在日本文学史上，都具有深远意义。

其次，吉川《三国志》培养了现代日本人的三国阅读兴趣，从战中到今天，这种影响不曾间断，甚至有读者以为吉川《三国志》就是忠实于罗贯中《三国演义》的，是原著的日文版。而真正的忠实译本出现的时候，读者感到大为不满，《三国志》的译者立间祥介就曾收到过读者的投诉，说他的翻译“号称译自原著，却和吉川《三国志》完全不同，很没意思，请一定忠实原著”。这一方面反映出日本普通读者混淆了原著《三国志》《三国演义》和吉川《三国志》的关系；另一方面，也从一个侧面反映出吉川《三国志》在日本受欢迎的程度，以及他的影响力之深远，吉川的《三国志》俨然成了日本版的《三国演义》。驹田信二曾评价此书，如果将其翻译成中文，也会有很多中国读者爱读的。日本人读过吉川《三国志》的难以计数，但从它庞大的发行量来看，这一定是一个不小的数字。另外，这些忠实的读者中，还产生了一批日后《三国演义》翻译和再创作的生力军，带来了日本的三国热潮，日本“三国热”的助推剂非吉川莫属。

最后，众所周知，吉川《三国志》在日本的影响力非常大，之后的作家在写《三国志》小说时，多多少少都会意识到吉川作品的存在，这也是吉川版《三国志》的重要性所在。影响主要表现在以下几个方面：

对曹操进行重新评价，为其平反。《三国演义》中的恶人曹操，经吉川英治之手，成为有血有肉的英雄，他虽有各种性格缺点，却不能掩盖他作为英雄的光芒，他果敢、爱才，是少有的具备英雄气质的人物。同时，吉川还发现了他诗人气质的一面，文武双全、才智过人的英雄曹操像，应该是从吉川的《三国志》开始的。吉川为曹操平反，一方面契合了20世纪50年代中国大陆掀起的曹操再评价热潮，另一方面影响到很多日本的三国学者的研究和作家的再创作。中国文学研究的泰斗吉川幸次郎就在1962年以正史《三国志》为基础，发表了论著《三国志实录》，进一步对曹操进行重新评价，剔除《三国演义》中的虚构成分，为曹氏父子的事迹和文学正名。他的创作动机有中国鲁迅为首的曹操再评的影响，也有吉川英治《三国志》中曹操形象的启发。其后，守野直祯等学者也都对曹操进行再评，皆是从历史中找出证据，为“恶人”曹操平反的。对于吉川之后很多重新创作《三国演义》的作家而言，这种影响就更加根深蒂固。除了直译《三国演义》的作品，大部分都是将曹操作为英雄人物来描写的，更有作者以“诗言志”作为启发，将曹操诗人的一面扩展开来，诗文中探索曹操的精神世界，如陈舜臣的《曹操》等。陈氏另一力作《秘本三国志》也以史为证，为曹操洗刷冤屈。陈氏作品又对后来三好彻有明显影响，三好彻就以曹操的诗文才华作为切入点，将曹操设定为他的小说《兴亡三国志》的中心。

以孔明之死作为全书的结束，这种整体结构布局的改变也意义深远。吉川将小说的结束设定为到孔明死为止，符合现代小说的结构布局，符合故事的完整性，更符合读者的欣赏习惯，因此这种改变获得了成功，也被后来者效仿。柴田炼三郎的小说《三国志》，虽然不是写到孔明之死，但是也按照自己的理解，只写到孔明向后主呈上出师表，从成都出发的情节，结束了整个故事。陈舜臣的《秘本三国志》也以孔明之死结束全文。另外，受到吉川这种按照现代小说和现代日本人的理解来删增情节的方式影响，柴田还放弃“桃园结义”的情节，因为初次见面的三人就结成情谊深厚的兄弟关系，普通日本人是无法理解的。北方谦三在创作小说《三国志》时做了同样的处理。既然可以以孔明为中心，那么以曹操为中心也是可以尝试的，这就是三好彻的小说《兴亡三国志》，以曹操死结束全文。同样的道理，伴野朗也尝试以吴开头以吴结束，以吴国为中心创作了《吴·三国志》。这些作品所尝试的改变都获得了相应的成功，反映了日本作家的理解和偏好。

加入虚构人物为再创作出力。吉川的另一个创意，就是为刘备身边增加了白芙蓉这个人物，她是刘备的恋人，二人上演了英雄美人的凄美爱情故事，弥补了《三国演义》阳刚气过重的缺憾。这样的增补很符合日本文学的传统美，所以后来者多有借鉴。柴田《三国志·英雄在此》完全按照吉川的设定增加了白芙蓉，同样将关羽的身份设定为私塾先生。增加人物的目的无非满足作者的创作需要，需要添加爱情描写就加入白芙蓉般的人物，需要贯穿故事情节的，就像陈舜臣加入少容，需要借人物之口表达作者和作中人物思想的，就如三好彻加入郑钦，这倒是非常便宜的方法，吉川的确给大家提供了一个好创意。

报纸连载的全新形式。日本经济的发展，大众传媒的发达，带动了大众小说的兴起，采用报纸、刊物连载小说，成为一种新形式。作者可以边创作边发表，读者可以边欣赏边评论，是作家与读者之间在创作过程中互动的绝佳方式。吉川英治就开启了《三国志》连载的新时代，效法的有柴田炼三郎《英雄在此》（1966—1968）、《英雄：生还是死》（1974—1976），后将两部作品合并为《英雄三国志》、陈舜臣《秘本三国志》（1974—1977）、宫城谷昌光《三国志》（2001—2013）。

吉川《三国志》除了对日本的《三国志》《三国演义》的研究和再创作影响深远以外，他的最大贡献在于掀起了日本的三国热潮，这股热潮不仅仅停留在纸面上，还波及视觉系的各个方面。著名漫画家横山光辉的60卷本漫画《三国志》就是以吉川《三国志》为底本的，横山光辉从中学时代就开始阅读吉川版《三国志》，后来看到准备高考的弟弟都不舍得放下手中的《三国志》，发现了《三国志》的巨大魅力，并以此契机，开始了漫画版《三国志》的连载，从开头的白芙蓉出场始，基本是吉川《三国志》的漫画化。如果说吉川《三国志》是面向成人的成功作品，那么横山光辉的漫画《三国志》就建起了孩子们的三国世界，他们共同加速了日本的“三国热”。除了漫画，孩子们还会沉浸在游戏的世界，日本游戏制造公司光荣社的系列三国游戏中，1989年的《三国志Ⅱ》也会见到芙蓉姬这个人物，看来吉川的影响不论在广度和深度上，都不是一般三国作品可以匹敌的。说到视觉系三国，日本NHK电视台的《人形剧·三国志》也不得不提，1982年开始在电视上播放的这部人偶剧，虽然不能找到直接接受吉川影响的证据，但是全剧以孔明之死终结，应该也是源于吉川版《三国志》的创意。

自吉川版《三国志》问世，标志着围绕中国古典名著《三国演义》展开的个性创作时代的到来，首着先鞭的吉川英治为后人贡献了一部日本版的《三国演义》，同样的三国故事、同样的三国人物，因作者的不同理解和阐释，因创作的时代和社会环境的不同，与原作又有天壤之别。在《三国演义》这个作为日本人常识性存在的平台上，演绎着日本人的理解和变化。不同的时代，对《三国演义》的理解不同，或者说对《三国演义》的需要不同，就会产生不同风格的《三国演义》再创作作品。在熟悉的场景和人物上，赋予那个时代的改变和气质，创作出既熟悉又陌生的一版版日本人的《三国演义》。在之后的三章中，将深入讨论不同时代的各个版本的《三国演义》所体现的时代特色和作者的创作共性与个性。

第四节　吉川版《新水浒传》

在吉川英治五十年的作家生涯中，《新水浒传》是他的封笔之作。昭和三十一年（1956），讲谈社企画了一本创刊志《日本》，恳请吉川英治在创刊号上发表小说《新水浒传》，因为当时正在《每日新闻》连载《私本太平记》，查找资料就已经非常劳心费神了，本想拒绝这次连载的请求，怎奈讲谈社的一再恳请，也因为读者的强烈愿望，在极其艰难的情况下，最后毅然开始连载《新水浒传》。可惜因为作者的离世，《新水浒传》并未完结。

吉川版《新水浒传》相较于原著《水浒传》，有节录也有舍弃，但是总体的故事情节没有改变，更近似于简单翻译，与吉川版《三国志》大刀阔斧的改变和重构截然不同。吉川保持了原作一百二十回的结构，只是由于作者的离世，最后只写到一百零四回，虽然遗憾，并不影响这部小说的魅力。一经出版，在日本畅销七十余年，而且在中国已经有了中文译本，足以说明它的长盛不衰和强大的影响力。

虽然吉川对原作的章节顺序，着墨多少都有所调整，但总体没有离开原著的主要结构和故事。例如原著第一回“张天师祈禳瘟疫 洪太尉误走妖魔”，吉川《新水浒传》第一回也同样是“伏魔一百单八星 宿命人间下凡来”；原著第三回“史大郎夜走华阴县 鲁提辖拳打镇关西”，出现在吉川小说的第五回“史进弃家奔渭水 路遇鲁提辖之事”；原著第四回“赵员外重修文殊院 鲁智深大闹五台山”，吉川小说相应的回目是第七回“兰花粉面恩情泪 剃度出家五台山”；再如中国读者最熟悉的第二十三回“横海郡柴进留宾 景阳冈武松打虎”，对应吉川小说以“武松醉上景阳冈 拳打猛虎好英雄”为题的第三十四回。以开头的楔子进行比较，吉川英治《新水浒传》第一回“伏魔一百单八星 宿命人间下凡来”：

时当距今九百年前，中华的黄土大陆唤作大宋国，定都于东京汴梁，宋朝历代的皇业，正由四代仁宗皇帝所继承。

事在嘉祐三年（1058）三月三日。

这一天，天子驾幸紫宸殿，受公卿百官之朝贺。然后，仪式便在乐府的仙乐声和满庭的万岁声中结束了。此刻，正是人们望见身披衮龙锦衣的龙体，同侍座的玉簪，侍从的花冠一道从龙椅上站立起来的时候。

"啊，陛下，请稍等片刻！"宰相赵哲和参知政事文彦博慌忙出列，伏阙上奏："臣等有愿请奏，古来今日之上巳节，乃是以桃花流水为祓，官民无别，和乐与共之喜庆佳节。臣等谨愿值此吉日，圣明若示下民以仁政之实，则皇宋宝祚之荣，定可万世相传。"

仁宗皇帝听罢，突然露出了疑惑的神色。

"爱卿这是为何？当此良辰美时，百姓尚有何不悦？"

"事出有因……"二人更九拜覆奏："此数年之间，五谷不登，且今春天下流行恶疾，江南江北，东西两京皆没于病臭之中，家家面有菜色，病死之尸弃之道边，目不忍睹。入夜则惧群盗横行，夜不能寐，天下之势，一至于此。"

"哦，事体危殆情状，竟到这般地步？"

"虽有如开封府尹包待制者，督励施药院之医吏治病救人，又散自家俸给，拼命救济灾民。但实在无可奈何，疫疠猖獗不休，如此下去世上一半丁口，恐有划入鬼籍之忧！"

"兹事体大！速令天下诸寺须行祈祷法事以为禳解之术！"

不管是国土之患，还是一身之灾，无论发生了什么大事，都要依靠寺观的加持祈祷这点，汉土和吾朝藤原时代权门的风习倒是完全相同。不，这只是尚在一步一步接近文明社会，但又距文明如此之远的当时人智之局限。

去江西的旅途是那般遥远。不过，倒也是适合旅行的仲春时节。守御禁门的大将军洪信，带领大票部下车骑，离开了东京都门，日转月移，到达江西信州的县城。[1]

《水浒传》第一回"张天师祈禳瘟疫 洪太尉误走妖魔"

1 吉川英治著，潘越 褚以伟 肖燕译，《新水浒传》（上），时代文艺出版社，2016年6月，第1页。

话说大宋仁宗天子在位，嘉祐三年三月三日五更三点，天子驾坐紫宸殿，受百官朝贺。但见：

祥云迷凤阁，瑞气罩龙楼。含烟御柳拂旌旗，带露宫花迎剑戟。天香影里，玉簪朱履聚丹墀；仙乐声中，绣袄锦衣扶御驾。珍珠帘卷，黄金殿上现金舆，凤羽扇开，白玉阶前停宝辇。隐隐净鞭三下响，层层文武两班齐。

当有殿头官喝道："有事出班早奏，无事卷帘退朝。"只见班部丛中，宰相赵哲、参政文彦博出班奏曰："目今京师瘟疫盛行，伤损军民甚多。伏望陛下释罪宽恩，省刑薄税，祈禳天灾，救济万民。"天子听奏，急敕翰林院随即草诏，一面降赦天下罪囚，应有民间税赋，悉皆赦免；一面命在京宫观寺院，修设好事禳灾。不料其年瘟疫转盛，仁宗天子闻知，龙体不安，复会百官计议。向那班部中，有一大臣，越班启奏。天子看时，乃是参知政事范仲淹，拜罢起居，奏曰："目今天灾盛行，军民涂炭，日夕不能聊生。以臣愚意，要禳此灾，可宣嗣汉天师星夜临朝，就京师禁院，修设三千六百分罗天大醮，奏闻上帝，可以禳保民间瘟疫。"仁宗天子准奏，急令翰林学士草诏一道，天子御笔亲书，并降御香一炷，钦差内外提点殿前太尉洪信为天使，前往江西信州龙虎山，宣请嗣汉天师张真人星夜来朝，祈禳瘟疫。就金殿上焚起御香，亲将丹诏付与洪太尉，即便登程前去。

洪信领了圣敕，辞别天子，背了诏书，盛了御香，带了数十人，上了铺马，一行部队，离了东京，取路径投信州贵溪县来。但见：

遥山叠翠，远水澄清。奇花绽锦绣铺林，嫩柳舞金丝拂地。风和日暖，时过野店山村；路直沙平，夜宿邮亭驿馆。罗衣荡漾红尘内，骏马驰驱紫陌中。

且说太尉洪信赍擎御诏，一行人从，上了路途，不止一日，来到江西信州。[1]

吉川英治的《新水浒传》与原著相比，首先基本的故事梗概是一致的，不同

1　施耐庵 罗贯中著，《水浒传》（上），人民文学出版社，2016年2月，第5–6页。

的地方表现在以下几个方面。首先，吉川《新水浒传》将原著中皇帝出场的辉煌场面描写简化翻译，一笔带过，迅速交代了这个场景。其次，增加了原著中没有的对白部分，原著中只是单方面的大臣禀奏，皇帝只是准奏，并且布置安排，吉川小说中增加了禀奏的大臣与皇帝之间的对话，这样不仅生动有趣，也使人物更加真实具体。最后，吉川小说中还植入作者自身的议论，并且对中日文化的异同进行了比较，这样不仅帮助读者理解小说的内容，更加拉近了古代小说与现代读者的距离。

相较于原著，对白的增加俯拾即是，这源于现代小说的特质，同时，精彩的对白更可凸显人物性格。而对于故事情节的增删，也是吉川版《新水浒传》的一大特色，增加和删减都是以自身文化为前提，适合本国读者口味为基础，作者进行的有个性的尝试。以鲁智深的故事为例，吉川小说第十回"菜园看守治虫类 柳荫喜遇禁军客"，相应原著的第七回"花和尚倒拔垂杨柳，豹子头误入白虎堂"。鲁智深落难五台山，寺院的僧侣让他看菜园，正如同《西游记》中让孙悟空到天上做了个弼马温的小吏。鲁智深看菜园，有一群泼皮前来捣乱，于是被鲁智深踢入菜园的粪池里，吉川小说中关于粪池的相关描写："这群泼皮没有察觉鲁智深已经识破了他们的计谋，更没有发现身后有个畜粪池子，定睛一眼，畜粪池表面一层苍蝇罗着苍蝇，简直像铺了一层厚厚的黑大豆，密密层层，既看不见粪色，也闻不到粪臭。"这段描写是原作中没有的，吉川生活的年代经常可以看见他所描述的畜粪池，借用来放在《新水浒传》中，形象而具体，又可以引起当时读者的共鸣。原著中的重点倒不在畜粪池上，着眼描写的是两个被鲁智深踢进粪池的家伙的窘态，"两个一身臭屎，头发上蛆虫盘满"。原著中还叙述了两个落入粪池的家伙是如何被救起，吉川小说中则完全省略掉这部分内容。他认为救起落入粪池的两人的描写纯属画蛇添足，这部分叙述不能增加故事的生动或有趣，只能让人觉得奇怪和不解，因此吉川毫无犹豫地舍弃了他认为不自然的地方。

增加对白，增删内容，每一次改变都使这部现代小说《新水浒传》更加符合日本大众读者的口味，更加远离中国古代白话小说，更加贴近日本现代大众小说。

关于景物的描写，与吉川的另一部现代小说《三国志》如出一辙，表现了对大陆空间的渴望，在那个特殊的年代，大陆的空间是近乎渴望的存在。关于这一点在前述吉川《三国志》中已经详细阐释，在此不再赘述。

《新水浒传》是日本国民作家吉川英治根据中国古典名著《水浒传》全新演绎的版本，一经推出深受广大日本读者的喜爱。吉川对水浒故事的改编兼具古典与现代韵味，对人物性格的刻画、情节的推进，以及景物的描写，尽显大师风范。在忠于原著的基础上，增加了精彩的对白，众好汉的性格更加饱满，故事情节更加生动，取得了巨大成功，将三十六天罡与七十二地煞一同啸聚梁山的故事演绎得淋漓尽致。

第七章

中国历史题材小说的三巨匠

战后日本文学的显著特点是从纯文学走向大众文学，大众文学更适合普通人的喜好，大众文学的发展得益于日本经济发展。1968年，日本的国民生产总值仅次于美国，已经跃居世界第二的位置。经济发展带来文艺和出版业的繁荣，报刊、广播、电视、出版等得到全面推进。由于出版业的产业化，各种周刊杂志如雨后春笋般迅猛增长，再借助报纸广播电视等的宣传，大众文学空前繁荣。通过报纸期刊连载的方式创作小说，吉川英治是开先河之人，他成就了日本的第一次三国热潮，给后世《三国演义》的翻译和再创造带来不可磨灭的深远影响。同样采取期刊连载的形式进行小说创作的，还有柴田炼三郎和陈舜臣，他们都是大众文学的重要代表作家。对《三国演义》重新进行了现代阐释。稍晚一些登上文坛的巨匠当属北方谦三，这位高产作家创作了13卷的《三国志》、48卷的《大水浒传》。

第一节　柴田炼三郎的借古喻今

“二战”后，作为战败国的日本，民生凋敝，百废待兴，经过20多年的努力，日本一跃成为世界经济大国，表面看来已经忘记了战争的创伤，但战后六七十年代弥漫整个日本的虚无主义甚嚣尘上，从这个时期的文学作品中可窥见一斑。支撑柴田炼三郎文学的一大特色便是强烈的虚无感，而这种虚无感也体现在他对《三国演义》的再创作中。另外，作为现代小说版的《三国演义》，从结构、技巧到中心思想，都与原著相去甚远，体现了作者的强烈创作个性。

一、柴田炼三郎《三国志》

柴田炼三郎（1917—1978），日本冈山县人。从冈山旧制中学毕业后，进入庆应义塾大学预科，专攻中国文学，他的大学毕业论文题目是《鲁迅论》。他爱读唐宋诗人的诗文，同时也被法国象征派诗人的现代主义所吸引，他宽泛的读书体验使东方的虚无主义和法国的现代主义集于一身。除专攻中国文学外，他与中国还有一个渊源，他大学毕业后不久应征入伍，1945年曾经作为卫生兵被派往中国，在台湾南部巴士海峡所乘船只遇险沉没，他在海上漂流了七个小时后获救，这是他二十八岁时的一次生死经历。就像这次历险一样，在他的作品中冒险故事和传奇人物俯拾即是，这种题材的时代小说，如《狂眠四郎》等连载十多年，至今仍被人们津津乐道。据说中国著名的武侠小说作者古龙就深受柴田的影响。

虽然柴田大学时专攻中国文学，但他的作品中以中国为题材的倒不是很多，只有《三国演义》和《水浒传》的再创作，影响远不如他的时代小说，但他对中国文学的造诣很深，文学评论家尾崎秀树曾这样评价柴田的作品：“柴田炼三郎的文学，能让人感到有中国文学所培养出来的造型感和支撑这种感觉的法国风的现代主义。”[1]1970年，因“旺盛的作家活动”获吉川英治文学奖。

1　转引自王向远，《源头活水 日本当代历史小说与中国历史文化》，银川：宁夏人民出版社，2006年，第26页。

柴田炼三郎《三国志》被亲切地称为柴炼《三国志》，即《英雄在此》，从昭和四十一年（1966）一月一日开始在《周刊现代》杂志上连载，一直到昭和四十三年（1968）十二月二十六日连载完成，是继吉川英治的《三国志》之后，日本第二位再创作长篇小说《三国演义》的作家。柴炼《三国志》在很多方面受到吉川的影响，如关羽是私塾先生，刘备身边增加了一个叫白芙蓉的女子，这些都和吉川《三国志》异曲同工。同时，虽然创作所依据的底本是《三国演义》，但它也有自己突出的特点，如开头没有“桃园结义”的情节，结尾到诸葛亮向后主刘禅呈上“出师表”，决定北伐处搁笔。为何会在此处结束，柴田在最终章“余章补笔”中这样回答：

> 在“拟出师表，出成都”处搁笔，看似那么地任意而为。
>
> 但实际上，在我要写《三国志》的时候，就已经想好最后的场景，决定在此搁笔了。
>
> 夸张点儿说，我就是为了想写孔明呈上出师表，决定和魏决战，而从成都出发的场面，才开始写《三国志》的。[1]

柴田很早就决定要写自己风格的《三国志》，文艺评论家尾崎秀树曾这样写道：

> 丰臣秀吉和德川家康的“窃国”，和《三国志》中刘备和曹操的“窃国”比起来，规模上简直不值一提。
>
> 孔明的神算鬼谋，在世界历史上也无人能及，光就他的策略也极有价值。
>
> 刘备死后，虽知后主刘禅凡庸，孔明还毅然呈上出师表，以必死的信念决定出征，这个内容是最具戏剧性的，而这一点就足以让作者（柴田炼三郎）充满热忱地去创作。[2]

通观柴田对《三国演义》的再创作，能充分体会到一点，那就是作者竭力写

1　柴田炼三郎，《英雄三国志》（三），东京：集英社，2004年，第599页。
2　杂喉润，《三国志和日本人》，东京：讲谈社，2002年，第196-197页。

出自己的《三国演义》，不只有作者对中国文学的深深学识，更有他对战后日本社会的凝视和对人类的关注，体现了特殊历史时期的文化审视。《英雄在此》后集结成单行本出版，分上中下三卷。柴田后来对放弃《三国演义》后面的诸多精彩内容也觉得可惜，于是从昭和四十九年（1974）五月十七日开始，在《周刊小说》上继续连载《三国演义》的后续故事，取名《英雄：生还是死》，一直到昭和五十一年（1976）九月六日，连载完结。后将这两部作品合成《英雄三国志》，出版文库本。这两部作品耗费了柴田近十年的光阴，意义深远，而在连载完成两年后的1978年6月30日，柴田在东京庆应医院病逝，享年六十一岁。

二、时代小说的投影

柴田炼三郎的时代正值日本大众小说风行，他的作品也属于大众小说的范畴，主要是以日本历史为题材的时代小说，如《眠狂四郎》《荒城浪人》等都是脍炙人口的佳作。他擅长描写惊险的场面和曲折的情节，人物也都是武士、剑客等充满力量感和速度感的豪杰，所以特别吸引读者的眼球。作家一贯坚持"骇人听闻""有名有实的杜撰"，这种创作风格也不经意间表现在柴炼《三国志》中。

> 真是骇人听闻的事情。
> 竟然有人从天而降。
> ……
> 悉数落地后，……却原来是身背弓手持剑的兵卒。
> 若眼前发生如此怪事，多半会大吃一惊吧。[1]

小说的开头惊险悬疑，让读者浮想联翩，很有推理、悬疑小说的影子，激起现代读者的阅读兴趣。而且删掉了"桃园结义"的内容，更符合一般日本读者的理解范畴，因为初次相见就结拜成兄弟，还信誓旦旦地要同年同月同日死，这对于普通日本读者来说是无法想象的。

1　柴田炼三郎，《英雄三国志》（一），东京：集英社，2004年，第11页。

另外，作为大众小说作家，他在创作《三国志》的过程中，巧妙地运用了大众小说的写作技巧。利用伏笔，使文章结构更加严密、紧凑，不会产生突兀怀疑之感，这也是推理小说特有的写作技巧之一。如在第一卷“伏龙儿”一章中，出现了一个十四五岁的少年，牵着七只山羊进入董卓死后大乱的长安，他就是后来成为刘备军师的诸葛亮。同是第一卷“义军立”一章中，刘备几度受挫，在描写他的挫折的同时，总能隐隐感到诸葛亮的存在。刘备越来越觉得屡受挫折正源于身边没有一位得力的军师，这为第二卷中诸葛亮出山埋下了伏笔。另外，赤壁之战中孔明不费吹灰之力，草船借箭，仅三日就从曹操手中得来十万支箭，这段插曲常常被津津乐道，足见孔明的神算鬼谋。当被问及为何能预见实施此策的当天会下雾，孔明如此回答：“为将者，理当通天文，识地理，知奇门，晓阴阳，看阵图，明兵力。”与第二卷末尾处，已然成为刘备军师的诸葛亮，决意联孙抗曹，并开始备战的情节交相辉映。单就诸葛亮的一系列行为，作者都会为后边的行为做好伏笔，使读者跟随着作者的脚步，一步步深入故事情节，前后衔接顺畅自然，完全没有突兀之感。

柴炼《三国志》不再是白话小说，从内容、结构到创作手法，都融入现代小说的技巧，没有原著的晦涩难懂，自然转身为大众小说。从这一层面来说，柴田对《三国演义》的再创作保持了其大众化的特点，扩大《三国演义》在日本的受众范围，虽然不及他的其他作品受关注，但在《三国演义》的再创作史上做出了突出贡献。

三、战后虚无主义

“二战”后，作为战败国的日本很快从废墟中走出来，恢复经济，改善民生，人们似乎很快忘记了战争带来的巨大痛苦。但这只是表面现象，经济越是迅猛发展，人们的虚无感就越是强烈，日本文学在战后的表现足以证明这一点。这一时期的作家流派很多，但都有一个基本特征，即对现实不满，反对现行体制，可是又不相信人民群众的力量，对人民群众持怀疑的态度，于是进行着绝望的抵抗。柴田炼三郎在创作《三国志》的时候，正好处在这样的历史时期，从他的描述中也能感受到时代的虚无感。

从前述“余章补笔”中阐述的理由，可以充分窥见柴田对诸葛孔明这个人物的热爱，纵观柴炼《三国志》全文，这一点就更确定无疑。在柴炼《三国志》中，对诸葛亮有这样一句描写："孔明的一生，腰不佩剑，身不披甲。正因此，我们才能明白他是何等的潇洒"，柴田一向喜好描写有些阴暗和孤独的人物，他的小说中的主人公都是极其孤独的既成道德的反叛者，如他最受欢迎的时代小说《狂眠四郎》，主人公是一位游侠，行走江湖，屡破大案，却因为混血儿的身份感到自卑，内心孤独的反叛者形象跃然纸上，大受读者好评。支撑柴田这一特色的正是柴田文学的原点：虚无感。有人评论柴田的文学特色是"杀的美学""幻灭的美学""虚无的美学""自虐的精神""宿命的哲学"。那种奇特的生死观所带来的就是虚无感，这是战后很多人的体会，尤其对于有特殊海上生死经历、有亲历战争体验的柴田来说，这种强烈的虚无感便成了柴田文学的支撑，而孔明明知不可为而为之的表现恰好符合柴田文学的这一特色。

另外，这种虚无感也来自人世的荣枯盛衰。"人就是看着终点来决定如何度过自己的人生的。"柴田给孙权之父孙坚配上了这样的台词："人类创造之物不会永远存在，古旧之物就让它幻灭吧，新事物应由新人类来创造。""人类社会自始至终都在经历着基本相同的战争，如波涛拍岸般地反复中创造着历史。"经隋入唐，必经过长年的战乱，子弑父，臣幽君，只为些微的利益而一族相残，瞬息万变的荣枯盛衰循环往复。按照柴田的说法，战争是多么可笑的事情，以国家、民族的名义进行的战争，其实不过为了一己之利，却给人类带来精神和肉体的巨大伤害，而且这种伤害还在历史的长河中一再上演，这种虚无感也体现在柴炼《三国志》的创作中。一部柴田炼三郎版的《三国演义》跃然纸上，故事看似熟悉，却因讲述人的立场和思想，《三国演义》真正带有了世界意味，从中发现了世界格局正在发生和可能会实现的变化，足见人类社会只是在循环往复以前的历史，无常和虚无才是人类历史的真相。

对于民众的力量，由于当时的时代大环境的影响，在柴田看来民众是弱小的，同时也是不可靠的。他借用三国人物之口，道出了他的民众观。刘备命张飞巡视被黄巾贼袭击过的村庄，以确认村里的人是否都被杀害，刘备感叹："不要忘记，所谓民众，是如此之弱小。"柴田炼三郎窥见了民众的不安，他认为"民众与其说是慕刘备之德，不如说是害怕新统治者的苛酷"。

1973年3月，柴田炼三郎在《文艺春秋》杂志的临时增刊上发表文章，题目为“象征现代的三国志的世界”，他评论道：“《三国志》是距今约一千八百年前的故事，可是这么久远的故事，与清朝的自然消亡，中华民国——中华人民共和国的成立经纬是如此相似，大概人类的行为就是几千年来不断重复吧。”在这篇随笔中，还有一段话：

> 这么说来，魏蜀吴三国鼎立之势，和今天美国、苏联、中国的对立状况极其相似呢。不论如何，孔明主张应将中国大陆三分，各自建立国家，西蜀五十四郡纳入刘备手中。孔明的天下三分之计，一千八百年后，在地球上得以实现。[1]

我们知道《英雄：生还是死》的连载时间是1974年到1976年，正是美苏争霸最酣的时期，当时中国的国际地位也开始发生巨大变化，1972年美国总统尼克松访华，同年日本首相田中角荣访华，实现中日邦交正常化。正如魏蜀吴的三国战争，在某个时期是同盟关系，可能在下次战争中就成了对峙的敌对关系。在这样的世界环境下，结合柴田的上述文章，可见柴田在执笔《英雄：生还是死》的创作时，是加入了他对时代的敏锐认识的，所以柴田的这部小说的的确确带有强烈的个人特色，这就是柴田炼三郎的《三国演义》。

第二节　陈舜臣的历史推理

一、华裔小说家陈舜臣

陈舜臣（1924—），活跃在日本文坛的华裔作家，祖籍福建泉州，祖上后移居台湾，又旅居日本，陈舜臣就出生在日本神户，毕业于现在的大阪外国语大学

1　柴田炼三郎，《象征现代三国志的世界》，《文艺春秋》（临时增刊号），1973年3月。

印度语系。他从小爱读推理小说，如柯南道尔的《福尔摩斯》，江户川乱步的作品等，这对他后来成为著名的推理小说作家影响深刻。陈舜臣是一位丰产作家，著作等身，各类著作160多部，其中长篇30多部，63岁时讲谈社出版了二十七卷本的《陈舜臣全集》，他至今仍笔耕不辍，曾获得很多奖项，如江户川乱步奖、直木奖、日本推理作家协会奖、每日出版文化奖、大佛次郎奖、翻译文化奖、读卖文化奖、吉川英治文学奖、日本艺术院奖、井上靖文化奖等，如此众多的文学大奖，即便日本本土作家也极为罕见，更不用说一位华裔作家了，可见其在日本文坛的地位。

陈舜臣以推理小说登上日本文坛，长篇推理小说《枯草之根》就是他的处女作，并以此作获得江户川乱步奖，一举成名。《重见玉岭》《北京悠悠馆》《青玉狮子香炉》等都是他推理小说的优秀作品，并形成了自己独特的推理小说风格。从推理小说转向历史小说的创作过程是水到渠成的自然转换。由于陈舜臣的特殊文化背景，他在创作中国题材历史小说时的优越性，是纯粹的日本作家所不能比的。在他的众多作品中，以中国题材书写的历史小说也最具特色，他被称为“日本中国题材历史小说第一人”，除了他的创作天分以外，还得益于他得天独厚的双重身份。这类作品有《任侠传》《中国町人传》《中国人杰传》《耶律楚材》《郑成功—致旋风》《鸦片战争》等。

陈舜臣虽然生在日本，但从小随祖父学习汉语，诵读《三字经》等，受中国文化的熏陶，祖父书架上的《三国演义》和《水浒传》深深吸引着他，成为之后创作《秘本三国志》和《新西游记》等作品的源泉。

二、历史和神话交织的现代游记《新西游记》

昭和四十九年（1974）1月5日至第二年的1月4日，陈舜臣的小说《新西游记》在《周刊读卖》连载。1978年6月，讲谈社出版了上下册文库版《新西游记》，这部小说借用了《西游记》的素材，在历史和自然之间自由穿梭，将陈舜臣1973年的新疆之旅融入其中，堪称一部新游记。

对于《西游记》，陈舜臣有自己的见解，他认为小说本身只是借用了玄奘去印度拜佛求经，经过西域的行程，其实人物是谁并不重要，即使把玄奘换成日本的和尚也完全没有违和感，甚至随便换成一个虚构的人物也丝毫没有关系。因为小说《西游记》并不看重史实，着墨点在于奇想天外的妖怪故事。既然如此，陈舜臣也就毫无负担地借用了《三藏求经》中的游记似的描写手法，融入了自己的新疆、敦煌之旅，史实、现实与虚构相互交织。在2008年11月讲谈社再次编辑出版了文库版新装版的《新西游记》，明治大学教授加藤徹就在书尾的解说中将《新西游记》的所谓旅程分为三类，一是史实的玄奘之旅；二是虚构的《西游记》之旅；三是陈舜臣先生1973年的中国之旅，称其是独特的游记。

陈舜臣祖籍台湾，出生在日本神户，他是在两种文化的孕育下出生成长的，小时候印象深刻的事情是：在家里和在外边说不一样的话，这就是他的两种文化背景，家人那里得到的是中华传统文化的熏陶，外边是神户这个多元文化聚集的港口城市的文化，因此他擅长用多元文化共存的眼光来看待世界，日本和中国都是他的故乡，是他的两种文化故乡。对于陈舜臣来说，中国之旅就是他的一个故乡的文化之旅，寻根之旅。

小说的开头以“我”1973年8月后半，滞留北京两周，等待去新疆维吾尔自治区行程申请的批复，闲来无事，决定去北京西南郊区的周口店一日游览。

> 北京猿人，日本称“原人”，中国称“猿人”。
>
> 石灰岩中发现了猿人！
>
> 难不成和《西游记》有什么关系？
>
> 孙悟空是从哪儿出生的呢？
>
> 东胜神州傲来国花果山山顶的仙石里蹦出个猴子，正是《西游记》中的英雄孙悟空无疑。
>
> 石灰岩里的猿人，石头里的猴子。——这种联系让我兴奋，心中暗想这是个好兆头。[1]

开篇极其自然地从现实带入虚构世界，开启了这段亦真亦幻的旅程。陈舜臣在1973年的8月到9月，从北京到了新疆自治区的乌鲁木齐，又从乌鲁木齐前往敦

1　陈舜臣，《新西游记》（上），东京：讲谈社，2008年11月初版，第12-13页。

煌，这场真实旅行中的所见所闻，拿来与《西游记》的虚幻旅程进行了对比，这就是小说《新西游记》的中心。小说《西游记》以史实为依托，三分实七分虚，幻化了一个师徒四人西天取经的怪奇故事。陈舜臣的《新西游记》在讲述这个虚构的故事之间，穿插了历史真实和旅程中的见闻，实在是新鲜有趣。三个旅程，历史、现实与虚构，三者完美交织在一部作品中，不得不佩服陈舜臣的创作力和丰厚的底蕴。

中国的四大奇书，陈舜臣写过《水浒传》，执笔《秘本三国志》，再加之《新西游记》，就只欠一部《金瓶梅》了。《新西游记》是充满幽默感的新讲谈，是不知愁滋味的孙悟空的降妖传，只有像陈舜臣这样，深谙中日两个文化的学者才可以写出这样的长篇。

三、历史题材推理小说《秘本三国志》

作为活跃于日本文坛的华裔作家，陈舜臣面对两个文化故乡，他以中国历史题材为基础创作的推理小说备受推崇，推理与史实相结合，使作品既有历史的厚重感，又具备推理的可读性。陈舜臣的历史推理小说《秘本三国志》就将上述思想与写作特色完美结合在一起。

昭和四十九年（1974）一月的新年号到昭和五十二年（1977）三月，《秘本三国志》在《ALL读物》连载，连载时间和柴田炼三郎连载《英雄：生还是死》基本重合。1977年文艺春秋社出版单行本，1982年该社出版了文库本《秘本三国志》全六册。和柴田炼三郎一样，陈舜臣在写《三国志》的时候，也强调了自己的创作个性。他在《秘本三国志》的“后记”中写道：

> ……三国志的基本史料就是上述三种（指正史《三国志》《后汉书》《资治通鉴》——引者注），当我是以生活在20世纪后半期的人的眼光，来描写一千七百年前的那个时代的。罗贯中的原文我是很久以前读过的，在本书执笔的时候，我故意不再重读。当然以前的记忆还有一些，但我尽量想从那里摆脱出来。
>
> 总之，对共同的基本史料，我根据自己的判断并加以自己的解释，然

后加以推理来构架故事。这样就尽量使这个作品成为"我的三国志故事"。题目《秘本三国志》，是在《ALL读物》连载的时候由编辑部想出来的。对"秘"字的理解不可过于拘泥。这个作品写得好坏又当别论，但这是陈舜臣写的三国故事——我希望能这样来理解。[1]

看来"秘"字的意思有很多层，最重要的一层就是带有强烈的作者的创作个性。题目上体现出来的个性只是开始，《秘本三国志》的内容也表现出陈舜臣的独特之处，尤其作为历史小说作家，在创作陈氏《三国志》的时候，充分发挥了作者在这方面的特长。

作者曰——

中国史书中登场的女性，只说她是某某之女、某某之妻，名字不详的情况很多。

关于"五斗米道"的张衡的妻子，只是说她是"张鲁"之母，不记名字，这里称她"少容"，是作者给起的名。

《三国志》中的《蜀书》，说她"又少有容"，所以我采用了"少容"这个名字。

《后汉书》中有云"沛人张鲁，母有姿色"，那就是说她很漂亮了。

关于"少容"这个词，还有"用仙术返老还童"的意思。在曹操的儿子曹植的文章中，就将"少容"一词用作"返老还童"之意。

《三国志》中到处都是拥有奇特才能的人物，而不把张鲁的母亲这个人物放进去，可以说是迄今为止作家的一个失误。[2]

陈舜臣的《三国志》里增加了一位贯穿整个故事的人物——少容，她是汉中五

1　转引自王向远，《源头活水 日本当代历史小说与中国历史文化》，银川：宁夏人民出版社，2006年，第29页。原文见，陈舜臣，《秘本三国志》（后记），东京：文艺春秋社，2001年，第283页。

2　转引自王向远，《源头活水 日本当代历史小说与中国历史文化》，银川：宁夏人民出版社，2006年，第30页。原文见，陈舜臣，《秘本三国志》，东京：文艺春秋社，2001年，第53-54页。

斗米道首领张鲁的母亲，作家将她设定为一个长相漂亮的少妇，据上述“作者曰”的考证，这也不都是作者的任意虚构。如果说太平道的信徒是武装革命的追随者，那么五斗米道则是追求和平的，她们为寻求实现天下和平的英雄而四处奔走。

这个人物虽然不是《秘本三国志》的主要人物，但她的作用非常重要，是贯穿全书的红线，对于故事的完整性和合理性来说不可或缺。以她为首的一群人，对三国英雄曹操、刘备、孙坚进行全面考察，最后锁定曹操为未来实现和平的英雄。其间还协调于各种关系和战争中，以实现最后和平的目标。这个人物的设定，正体现了陈舜臣在战争年代及战后的思考，他渴望和平，厌恶战争，希望经历了战争伤痛的世界可以真正迎来和平年代，希望真正有少容这样的人物存在，为了世界的安宁而奔走。陈舜臣经历过第二次世界大战，深知战争给人们带来的痛苦。战后日本虽很快恢复经济，人们的生活得到很大改善，但是战争所遗留下来的精神和肉体的创伤却不会消失殆尽。陈舜臣要通过他的文学创作，提醒生活在和平年代的人们，勿忘历史，要对战争进行反思，这样才能真正永保和平。

四、《秘本三国志》的推理与史实相结合

在创作历史小说《秘本三国志》时，陈舜臣采取推理与史实相结合的写作方式。陈舜臣擅长在历史的空间中自由遨游，用推理和虚构来填补历史的空白，关于历史小说的本质，陈舜臣有着自己独到的见解：

> 我认为“历史”本身就是“小说”。夸张点儿说，是创作出来的。特别是《史记》更是如此。若说为何会知道这一点
>
> ……
>
> 比如，相传伯夷、叔齐对当时的王朝暴政不满而进山，采薇而食，最后饿死。
>
> 饿死之说又有谁亲眼所见呢？说不定吃的还更好呢！
>
> 但是，这个说法的根底在于，百姓想要那样，于是就有了那样的说法。事实上那样的人也许真的有。
>
> 捕获历史上的种种正是写历史小说的关键。正所谓眼透纸背。……[《陈

舜臣中国文库》（十八史略·自作周边）]

《三国演义》也是以史实为基础，经过若干时代百姓思想的洗礼蓄积起来的，所以罗贯中的《三国演义》历来都有“七实三虚”的评价。陈舜臣把他一贯的创作理念也毫不犹豫地用在三国志小说的再创作上，包括《秘本三国志》《诸葛孔明》《曹操——魏曹一族》《曹操残梦》。这四部作品皆以《后汉书》《三国志》《资治通鉴》等正统史书为参考，再加上小说特有的想象力，在史实与推理间游走。

在读《三国演义》时，很多人都会有一些疑问，如“青梅煮酒论英雄”一节曹操为何无端说“天下英雄唯足下和我”，而刘备却大惊失色的原因？白马寺一战关羽怎能如此轻易地一刀斩落袁绍手下的猛将彦良？许都暗杀曹操的一干人被一网打尽，为何唯有刘备得以逃脱？孔明和司马懿之间虚虚实实的战争也总是有很多疑点，尤其是“死孔明走生仲达”更是无法理解，而擅长推理的陈舜臣就给了我们既合理又有趣的答案。

曹操向刘备提议，现在天下英雄众多，我二人应合力先消灭其他，再二分天下，故让刘备先打入敌人内部，以做内应，从内部瓦解敌人，这就是“青梅煮酒论英雄”的真实内幕。白马寺一战也是刘备说关羽会投降，彦良才放松警惕，大意被斩，否则如此猛将怎会这么轻易地被一刀斩落呢？即使对手是手持青龙偃月刀的关羽，也绝不可能这么简单。有了陈舜臣的推理，一切就顺理成章了。暗杀曹操的人中唯有刘备得脱，这也就在情理之中了。曹操和刘备相继去世，吴孙权称帝，三足鼎立之势成。孔明出师北伐时，五斗米道的张鲁作为司马懿的密使来见孔明，此时如司马懿大胜蜀军，则其地位就岌岌可危，而蜀军取胜，攻打长安和洛阳就要耗费倾国之力，故与孔明密谋不进不退，才有了双方的持久战，“空城计”“死孔明走生仲达”等也就自然能够理解。

利用作者擅长的推理小说写法，依据大量的史实，进行合理的推理，揭开读者心中的若干疑问和心结，这就是陈舜臣《秘本三国志》的最大特色，也是最吸引眼球的地方，是“秘”字的最好体现，虽然这个书名是出版社的编辑起的，却的确是画龙点睛之笔。

“作者曰”的史评式点评也是陈氏《三国志》的又一亮点。受《史记》中

“太史公曰”的影响，陈舜臣在每一章的最后都写了“作者曰”，是作者的评价和解释。如前述少容的出处来历，通过陈舜臣曰，觉得这个人物一是必不可少，二是并非完全虚构，合理而自然，并无牵强之感。再如，《三国演义》中有如下情节，曹操反抗董卓不成后逃到吕伯奢处，只因为疑心就误杀了其全家，每每读到此处不觉毛骨悚然，惊讶于曹操的残忍暴虐和忘恩负义。对此情节，裴松之在注释里有诸多解说，而在陈寿著正史《三国志》中完全没有这个情节。陈舜臣并没有人云亦云地妄加判断，而是以“作者曰”的形式，通过对《魏书》《世说新语》《杂记》《三国演义》和正史《三国志》中对这段历史的不同记载，进行深入浅出的比较和研究，最终得出自己的合理推断。

作者曰——

关于曹操的逃亡在《魏书》中有如下插曲

太祖（曹操），从数骑过故人成皋吕伯奢；伯奢不在，其子与宾客共劫太祖，取马及物，太祖手刃击杀数人。

果真如此就是正当防卫。

而《世说新语》中，太祖过伯奢。伯奢出行，五子皆在，备宾主礼。太祖自以背卓命，疑其图己，手剑夜杀八人而去。

只是因为神经质，就将款待自己的人杀掉，必须说这是不可原谅的行为。

孙盛《杂记》的记载：

太祖闻其食器声，以为图己，遂夜杀之。既而凄怆曰：“宁我负人，毋人负我！”遂行。

《三国演义》中，曹操杀吕伯奢之子后急忙赶路，途中遇吕伯奢，走过之后曹操又返回去，连吕伯奢也杀了。因为就这样让吕伯奢返家后必然发现儿子们的尸骨，必会对曹操深深怨恨，所以如今之际杀之以绝后患。

正史《三国志》记载：

太祖变异姓名，间行东归。

在中牟县被疑时，遇熟人相救确有记载，而路过吕伯奢家的事情一行记载都没有。

正史《三国志》的作者陈寿，是和曹操的魏相对抗的蜀国的遗臣。编史的时代魏王朝已不复存在，司马家的晋取而代之。就是说，作者完全没有必要忌惮曹操，不只这样，某种层面上，更可能是对其恶行大书特书。这样仍然没对这段忘恩的杀戮进行叙述，应该不是省笔，而是就没有这段事实。

从同情弱者（这里指同情蜀汉）的立场出发，把曹操当成反派，将莫须有的罪行硬加在他身上的吧。这就是其中一例吧。[1]

陈舜臣以史料作为依托，对历史人物和事件做出了自己的判断，没有随波逐流，也没有妄下断言，让读者在阅读小说的同时，对历史有了更深一层的理解，腾挪出更多的空间思索历史给人类的启示，也对一贯以为的历史真实有了新的认识。当然，也从中窥见陈舜臣对曹操这个人物的感情，他是喜欢曹操的，通过他的作品《曹操》便一目了然。陈舜臣认为《三国演义》等对曹操的评价过于偏激了，他要在《曹操》一书中还原作为一个人的真实曹操。常说“文如其人”，通过曹操的大量诗文来了解曹操是再好不过的方法了。另外，描写曹操的家庭生活，通过曹操与家人子女的相处来展现作为真实的人的曹操。史实与虚构的完美结合，造就了陈舜臣历史小说的鲜明特色。杂喉润在他的《三国志和日本人》一书中感叹：“地下的曹操，在后世能得此知己，也会惬意微笑也未可知。”[2]

第三节　北方谦三的写实主义

北方谦三在进行《三国演义》再创作时，将焦点集中在人物上，尤其关注人物的真实性格，努力在历史中挖掘出三国人物的真实形象，使其符合现代小说的写实主义风格，同时表现现代社会日本人的真实感受。

1　陈舜臣，《秘本三国志》（一），东京：中央公论社，2009年，第147页。

2　杂喉润，《三国志和日本人》，东京：讲谈社，2002年，第199页。

一、北方《三国志》的写实主义

北方谦三（1947—）生于日本佐贺县唐津市。毕业于中央大学法学系。1981年出版了长篇小说《遥远吊钟》而受到瞩目，1983年以《不眠之夜》获吉川英治文学新人奖，1985年以《饥渴的街》获第38回日本推理作家协会奖（长篇部），1991年《破军星》获柴田炼三郎奖。他以推理小说出道，被誉为“日本冷硬小说的旗手”，作品确立了其冷硬派推理小说[1]的风格。近年专注于时代历史小说领域，2004年《杨家将》获第38回吉川英治文学奖，2006年《水浒传》获第9回司马辽太郎奖。代表作有《逃跑的街》《槛》《武王之门》等。

北方《三国志》，从1996年11月到1998年10月，两年的时间由角川书店陆续出齐全13卷，2001年到2002年由角川春树事务所出版13卷（另有别卷2册）时代小说文库本。6500页的鸿篇巨制将北方的视野扩大到了中国历史小说的广阔天地，1999年开始（至2005年），在杂志《小説すばる》上连载《水浒传》，这次更是一发不可收，9500页19卷的超长巨著，超过了《三国志》的篇幅，被赞为“日本大众小说的最高峰”。

出身法律专业的北方谦三并不懂中文，也没有专门研究过中国的历史文化。他对《三国志》的了解主要来自日本的译本。但他在创作《三国志》的时候有自己独特的想法，要尽量发挥自己的创作个性，这首先体现在他从正史中汲取情节进行构思上。他认为《三国演义》脱离了史实，对人物和事件的描写有时失之偏颇，比如对于“桃园三结义”的情节，很多日本人都是不能理解的，毕竟是初次见面的三个人，互相并不了解，只是几句话，就要约定“不能同年同月同日生，就要同年同月同日死”，离普通日本人的理解相去甚远，一般读者不能接受，况且史书中也没有对此内容的记载，所以北方也和柴田炼三郎一样，没有选择“桃园结义”的情节，而是让三人于北方贩马的途中相遇、相识、相知，最后成为生死之交。这样的描写更加符合写实主义的原则，更符合日本读者的阅读审美心理。从另一个层面来说，

1　作为推理小说的一大流派，冷硬小说中塑造的侦探形象大多有着坚毅的外表、冷酷的性格，他们行动多于思考，使得作品的演进方式有别于传统推理小说思索型的特点，更多依靠带有暴力性的情节来加以推动。不过，因人物形象显得过于符号化，眼下冷硬小说在日本已不像过去那么受追捧。

这个时期对读者需求的满足，也是非常重要的促使作者进行再创作的动机之一。90年代以来，日本再次掀起"三国热"，对于不懂汉文的北方谦三来说，花费两年时间创作他的《三国志》，是对这股三国热潮的最好回应。

同时，他希望从陈寿的正史《三国志》出发，探索历史的真实，这也是众多日本作家在创作小说《三国志》的时候，力图追求的目标。他决心既不看《三国演义》，也不参考其他作家再创作的《三国志》，只看陈寿的正史《三国志》，从而创作出属于自己风格和特色的北方版《三国志》，这也是所有日本的《三国演义》再创作时，作家们的一致目标。

二、对人物性格的大胆改变

说到北方《三国志》的最大特色，应该是对人物性格和形象等的大胆改变。另外，也是作者长期创作推理小说的缘故，更加纠结于历史的真实性与小说的创作之间的关系，在人物塑造上也充分体现出来。颠覆形象的刘备、亦刚亦柔的张飞、走下圣坛的诸葛亮，三国人物在作者笔下极度逆转和颠覆，是历史的真实，是作者的推理，还是天马行空的假想，在北方谦三的小说《三国志》中都可以找到答案。

（一）亦伪亦真的刘备

罗贯中在《三国演义》中将刘备极力塑造和刻画为理想的封建君主的化身，正如鲁迅《中国小说史略》中"欲显刘备之长厚而近伪"的评价，精辟独到、入木三分。也正是对于"近伪"的刘备像的这层认知，北方谦三要以史为证，推理出合乎情理的真实刘备，充分发挥其写实主义的原则。因此，在他笔下的刘备虽然伪善狡猾，却义字当头；虽然凶狠残暴，却因人善用，做足笼络人心的能事。

"兄弟如手足，妻子如衣服。衣服破，尚可缝；手足断，安可续？"从刘备的这句名言可见，他的的确确是非常重义气、亲兄弟之人。也正因为如此，关羽、张飞等人才会死心塌地为其赴汤蹈火。在《三国演义》中的张飞脾气暴躁，对士兵非常严厉，这是众所周知的。刘备时常劝张飞："卿刑杀既过差，又日鞭挞健儿，而令在左右，此取祸之道也"，但张飞不听。果然张飞最后为其部下所害。而在北方谦三的《三国志》中，他运用史书和推理，认定刘备才是对士兵极尽苛责，稍有不满便会鞭打甚至当场杀死，只不过张飞等人为了维护刘备的形象，代替他惩罚士兵，为了义气，甘愿代之受此恶名。人们熟悉的温厚善良的刘备荡然无存，原来视为懦弱的哭泣，在北方的笔下，成了他演示伪善的生动画面。遇到危险就会抛弃妻子，只求独活的刘备，其伟岸形象一下子矮了半截。也因为刘备具备这样的性格特征，才能以一个织席贩履的无名小卒一跃成为蜀国的君王。在北方谦三《三国志》中，仿若一位生活在现代社会的刘备，为了自己的理想忍辱负重，要想达到成功的彼岸，暂时的伪善和邪恶也是必需的，这就是现实社会的残酷，只有现代版的刘备才能在激烈的社会竞争中存活下来，活下来才是硬道理，才有可能实现自己的理想，创造辉煌。

还原了真实的刘备，作者的写实主义得以实现的同时，也领悟到《三国演义》中的善恶对比只是原作者的一厢情愿，现实中不会有那么极恶或极善的强烈对比和存在，那是不真实的，将《三国演义》中对于人物的艺术夸张，通过写实和符合逻辑的推理，还原为有血有肉、活生生的人，正是北方谦三的目的所在。为曹操平反和正名，中日学者都做了很多工作，而挖掘真实的刘备形象，北方谦三开了个好头，由此，大家就不会因为刘备的近伪只是一味地厌恶，或者对这个形象毫不关心，可以更进一步深入人物的内心，探究历史上蜀汉之王刘备的真实形象。

（二）亦刚亦柔的张飞

《三国演义》中的张飞，一方面性烈如火，疾恶如仇，豪爽勇武，正如“长坂坡头杀气生，横枪立马眼圆睁。一声好似轰雷震，独退曹家百万兵”[1]诗中的描写，是位真英雄；而另一方面，也是由于性格使然，他性急、暴虐、嗜酒，最后不得善终。《三国志》作者陈寿评曰：“关羽、张飞皆称万人之敌，为世虎臣。羽报效曹公，飞义释严颜，并有国士之风。然羽刚而自矜，飞暴而无恩，以短取败，理数之常也。”张飞暴而无恩的性格被定格了。北方谦三却另辟蹊径，在战场上的张飞还是为人们所熟知的叱咤风云的猛将张飞，可以在长坂坡上一声吼，喝退曹操百万军的五虎上将张飞，而在生活中表现出来的是对家人温柔体贴，对身边人和蔼可亲的迥然不同的另一面。为了体现他不为人知的另一面性格，北方谦三还特意虚构了张飞的爱妻董香的角色。

1　罗贯中，《三国演义》，北京：人民文学出版社，2009年，第349页。

不论是小说《三国演义》，还是《三国志》的史书，也不是完全看不到张飞非暴力的一面。如史书上记载张飞其人爱好书法，擅画美人，据说至今仍有其墨宝传世。另外，张飞对有学问的人很礼遇，如刘巴初降，张飞立即到其家拜访，虽遭刘巴冷遇，张飞非常气愤，但没有抱怨一句。张飞也惜英雄重英雄，如捉到老将严颜时，严颜宁死不屈，张飞敬重其为人，将严颜待为宾客。

（三）走下神坛的孔明

呼风唤雨、能掐会算、无所不能的天才军师，这是中日大多数读者对诸葛亮形象的认识，难怪鲁迅说他“近妖”。“三顾频烦天下计，两朝开济老臣心。出师未捷身先死，长使英雄泪满襟。”唐朝杜甫的这首诗，使其忠诚不渝的形象深入人心，忠心耿耿是诸葛孔明形象在中日读者心目中占据很高位置的重要原因。而这些来自《三国演义》的诸葛亮像多多少少会有不真实的感觉，总让人感到他被置于高高圣坛之上，是神，而非人。北方谦三就是要将诸葛孔明拉下神坛，还原为作为人的诸葛孔明。人无完人，皆非圣贤，作为人，自然就有缺点，有过失，有烦恼，所以北方笔下的孔明也是这样失误着，烦恼着度过人生的，他也会像常人一样有自身的优缺点。

比如，北方认为孔明是非常优秀的管理者，“民政人才”的同时，也直接指出其不具备军事才能，所以经常会出现失误。但出于他对汉室的忠心，又不得不做自己不擅长的军事指挥，所以注定其最后“出师未捷身先死” 的失败命运。原来诸葛孔明也不是无所不能的神，也是真实的人，中国的史评也早已指出了这一点。

陈寿《三国志》：“诸葛亮之为相国也，抚百姓，示仪轨，约官职，从权制，开诚心，布公道；尽忠益时者虽仇必赏，犯法怠慢者虽亲必罚，服罪输情者虽重必释，游辞巧饰者虽轻必戮；善无微而不赏，恶无纤而不贬；庶事精练，物理其本，循名责实，虚伪不齿；终于邦域之内，咸畏而爱之，刑政虽峻而无怨者，以其用心平而劝戒明也。可谓识治之良才，管、萧之亚匹矣。”《袁子》：“行法严而国人悦服，用民尽其力而下不怨。”走下神坛的诸葛孔明更加真实、更加亲切，完全不会影响中日读者对他的喜爱。

北方谦三以写实主义为原则，以史为据进行合理的推理和判断，使三国故事更加真实，使三国人物的性格更加人性，使他的小说《三国志》更符合当时日本读者的喜好，使小说的内容更能体现当代社会人们的心声。

第四节　北方谦三的虚实结合

北方谦三《水浒传》全十九卷，共9500页，从1999年在《小说Subaru》上开始连载，历时五年十个月，倍受读者欢迎。北方《水浒传》被日本学界誉为“为世界文学史又添一部不灭的经典，描写英雄斗争的《叙事诗》”。最后的别卷内容非常丰富，包括人物事典、对谈以及编者给作者的信等贵重资料。可谓水浒传粉丝的必备书。

北方谦三《大水浒传》包括三部作品，除了上述《水浒传》以外，另有一部《杨令传》（2006年10月开始连载，2010年6月连载完结）和一部《岳飞传》（2011年11月开始连载，2016年1月连载完结），《杨令传》全书共15卷，《岳飞传》全书共14卷。

《水浒传》	《杨令传》	《岳飞传》
一卷 曙光之章	一卷 玄旗之章	一卷 三灵之章
二卷 替天之章	二卷 边烽之章	二卷 飞流之章
三卷 轮舞之章	三卷 盘纡之章	三卷 嘶鸣之章
四卷 道蛇之章	四卷 雷霆之章	四卷 日晕之章
五卷 玄武之章	五卷 猩红之章	五卷 红星之章
六卷 风尘之章	六卷 徂征之章	六卷 转远之章
七卷 烈火之章	七卷 骁腾之章	七卷 悬军之章
八卷 青龙之章	八卷 箭激之章	八卷 龙蟠之章
九卷 岚翠之章	九卷 遥光之章	九卷 晓角之章
十卷 浊流之章	十卷 坡陀之章	十卷 天雷之章
十一卷 天地之章	十一卷 倾晖之章	十一卷 烽燧之章
十二卷 炳乎之章	十二卷 九天之章	十二卷 飘风之章
十三卷 白虎之章	十三卷 青冥之章	十三卷 苍波之章
十四卷 爪牙之章	十四卷 星岁之章	十四卷 击撞之章
十五卷 折戟之章	十五卷 天穹之章	
十六卷 驰骤之章		
十七卷 朱雀之章		
十八卷 乾坤之章		
十九卷 旌旗之章		
别卷 替天行道		

北方谦三《水浒传》的故事设定在12世纪的中国，北宋末年，重税和暴政下，国之将亡，民不聊生。为了打倒腐败的政府，有人揭竿而起，他们胸怀改变天下的强烈志向，要与强大的官军决一死战。他们舍弃权势地位，舍弃爱人，全力以赴地拼命抗争。这部刻画这群热血生命的壮大物语，拉开了帷幕。

故事梗概看似没有跳脱原作《水浒传》的框架，但是仔细读来，这部小说妙趣横生，与原作有很大不同。之前改写《水浒传》的吉川英治和柴田炼三郎都保持原作故事梗概不变，在此基础上进行一些调整和改编，比如人物性格、对话内容等。北方对原作的改变随处可见，甚至连结构都进行了巨大的调整。重新构建自己的《水浒传》，主要是因为作者觉得原作中有很多不自然的地方，如果照抄照搬，读者还是无法理解，另外也有很多不符合日本读者审美的地方，比如过于残虐的场景等。正是由于这些原因，让北方对《水浒传》动了大手术。

一、对于人物的重新设定

对于人物的刻画，北方认为原作中有很多不自然的奇怪之处，人物的性格、出场的平衡性等方面，都有不合理的地方。有些人物只是一个名字，并没有真正登场，还有像九纹龙史进，只是在开篇出现，也没有对他的故事加以进一步描写。最大的谜团就是宋江，这个男人为什么成为梁山泊的领袖，完全搞不懂，宋江本身是一个毫无魅力的角色。对于这样的问题，北方采取的手段就是对人物设定进行颠覆性的改变。

在北方《水浒传》中，宋江不再是那个像柔弱女性一样动不动就大哭的形象，而被设定为好色之徒，与之前不近女色的形象截然相反，估计这样的改变会让原作者震惊不已，但是北方的改编却得到了日本读者的认同，觉得这样对宋江的不能理解之处就全部解释得通了，宋江之所以能够成为领袖的疑问也迎刃而解。另外一个人物王进也进行了与原作不同的改写，因为这个人物出现在第一卷，这是让读者最先感受到北方对人物重构的写作意图，让读者吃惊之余，更加期待接下来的变化。原作中的王进在离开都城的旅途中偶遇九纹龙史进，就这样又悄无声息地退场，再没出现在《水浒传》当中，他的作用只是引出史进这个人物。北方版中的王进不但没有就此退出舞台，还被赋予了重要的作用。王进归于山林，从事农耕，梁山泊的众勇士在各处遇到粗野之人，就送到王进这里，由王进教他们武功，王进的母亲教他们礼数，也就是进行再教育，然后再输送回梁山泊。显然，王进之所成了重要的教育机构，这个人物也一直活跃在北方《水浒传》中。还有中国读者很喜欢的鲁智深，倒拔垂杨柳的场景一定是深深刻在心中的画面，这是一位充满阳刚气的勇武之人，而北方版的鲁智深却一改粗鲁彪悍的形象，变成深思熟虑的领导者。

二、对于背景的重新改写

众所周知，梁山泊聚集了众多英雄好汉，吃穿用度也不可小觑，原作中设定了梁山泊暗通盐路，做起了贩私盐的生意。但是这段叙述只寥寥几行带过，并未详述。北方特意将这条讯息扩大描写，甚至设定了详细的贩盐路径。也就是说，把经济问题作为小说的明确的背景进行翔实的阐述。同时，政治背景也不得不提，那就是青莲寺问题。青莲寺在原作中并不存在，北方将其设定为谍报机构，青莲寺的掌权者李富和闻焕章等与梁山泊针锋相对，这样的设定使整个故事产生了政治上的紧张感。政治背景和经济背景的重新设定，能够更加凸显梁山好汉的理想和现实政治的对立，使这种对立更鲜明、更清晰。

三、对于结构的重新组成

北方《水浒传》增加了大量原作中没有的人物、组织等。北方通过改变人物形象，重新改变故事背景，试图消解日本读者觉得不自然或不理解的地方，但这还远远不够，他进一步增加新人物，增加逸闻趣话，以至于最后对原作进行彻底的解体和重构。这一点也是让北方《水浒传》与之前的任何一部改编《水浒传》的小说都完全不同，是属于北方谦三的独创，也是让北方《水浒传》屹立于大众小说之林的法宝。

以杨令这个人物的设定为例，这是原作中没有的人物，北方设定其为杨志捡来的少年，还让这个少年在小说的后半担起了重任。杨志是《水浒传》中的人物，绰号青面兽，是杨家将后人，武举出身，因失陷花石纲丢官，之后穷困潦倒，甚至卖刀为生，好容易谋得个管军提辖使，护送生辰纲，结果又被劫，只得上山落草为寇，之后加入梁山，排位第十七。杨志捡来的这位少年的造型是北方版《水浒传》中人物设计的白眉，有了这个人物的出场，《水浒传》才不会落下帷幕，下一代人的登场也让战争仍有希望，由这个人物也引出了北方谦三《大水浒传》的第二部《杨令传》的出场。

四、对于战斗的大书特书

原作中对于大型战斗场面的描写，对北方谦三来说还不够过瘾，或者说读者还看不过瘾，因此北方将最后两卷，即十八卷和十九卷，全部用来描写梁山泊好汉与禁军之间的战斗，只有这样才足以满足读者的胃口和喜好。

北方《水浒传》还没有中文译本，日后中国读者如果读到这部小说，一定会大跌眼镜，惊叹于没有名著包袱的日本小说家能够如此奇思妙想，对《水浒传》可以自由地大刀阔斧地进行改编，抑或无法接受这种改变的中国读者也一定是存在的。日本读者也不禁感叹：“我们想读的《水浒传》终于诞生了。”小说一经出版反响强烈，荣获第九届司马辽太郎奖。日本《每日新闻》盛赞这部小说，称其为日本大众小说史上又一高峰，描绘了撼动历史的英雄们的史诗般的人间戏剧。日本大众读者也都高度评价该小说，认为他对原著的大胆改编赋予了梁山好汉新的生命，自始至终保持着紧张感，这是长篇巨著中少见的。

五、续篇的精彩延续

2006年，北方谦三开始连载《水浒传》的续篇《杨令传》，共十五卷。《杨令传》写梁山泊陷落后三年，以北方《水浒传》中出现的杨志养子杨令为首，梁山泊的第二代开始活跃起来，和劫后余生的梁山泊好汉们一起，东山再起，为了一直以来的梁山泊精神和理想继续战斗的故事。史进、呼延灼、张清等继续展开局部战争，李俊在太湖周围组织船队彰显威力，燕青继续贩卖私盐，戴宗所率通信机构依然活跃，加之吴用将埋在梁山泊下的银块挖出来充作军费。另一方面，青莲寺为剿灭梁山泊残党也不遗余力。在这生死存亡之际，梁山泊的希望之星，青面兽杨志的遗孤杨令归来，带领众英雄豪杰展开了壮怀激烈的斗争。

北方谦三在《杨令传》中，将方腊起义、金朝建国和北宋灭亡等诸多史实编织在一起，与前作《水浒传》有着本质上的不同，如果说北方《水浒传》的主题是反对权力的斗争，那么《杨令传》就是要追问更为深层的权力到底为何物的问题。

2011年《杨令传》获得第六十五届每日出版文华奖，第二年出版了全套十五卷本的集英社文库本。

北方谦三《大水浒传》系列作品的最后一部是《岳飞传》，这是一部冒险小说，自2011年开始连载，至2016年连载完成。2016年出版了全十七卷的集英社文库版《岳飞传》。继《大水浒传》第二部《杨令传》之后，作为完结的第三部《岳飞传》讲杨令被杀后，梁山泊也被大洪水毁灭，金国南进，岳飞所在的南宋欲剿灭梁山泊。

北方谦三有“日本版中国历史小说”代表作家之称。《大水浒传》洋洋洒洒共51卷，包括19卷的《水浒传》、15卷的《杨令传》和17卷的《岳飞传》。这部小说以中国宋代为故事背景，讲述了梁山泊英雄群集，立志变革，挣扎着在世间生存下去的故事。整个系列于2016年完成，创作共历时17年。近日，日本著名作家北方谦三的著作《大水浒传》发行量突破1000万册，成为日本文学史上一大盛事。日本文学界、各大主流媒体对此纷纷发表评论给予盛赞。对于自己的作品总发行量突破1000万册，北方谦三表示，自己会一直写作，感谢一直支持他作品的人。

日本作家写自家“时代精神”，却都要借三国水浒之风云，原因无外乎以下几点：描写的“英雄征战的区域，几倍于日本的国土；豪俊并起，猛士如云，这是日本军事故事望尘莫及的。而书中展现的给日本人以‘奇想天外’之感的权谋术数，令读者心惊胆寒。描写的方法又多夸张之笔，写来笔墨纵横而又融贯缜密，其战况之壮快雄大，读者不能不为之‘血涌肉跃’，拍案三叹”。[1]因此，无论谈及日本社会还是分析国际局势，将其置于规模恢宏、空间巨大的中国舞台上，才能淋漓尽致地抒发议论，才能没有局促之感。日本作家借中国历史小说书写时代精神，对所处的时代和社会进行着缜密而精确的把握和分析；借助中国历史小说纵论今日社会，这就要求作家对包括《三国演义》《水浒传》在内的中国

1　王晓平：《日本中国学述闻》，北京：中华书局，2008年，第78页。

文学和文化的熟悉，即中国文学文化的深厚修养是必备条件；时代造就时代文学，当时的社会文化发展决定了他们的创作必然受到当时日本文学发展的影响，如大众文学的影响等；每位作家又都是不同的创作个体，因此每位作家的作品中又都表现出鲜明而强烈的创作个性。通过大众文学的形式，传达给日本民众，中国古典名著再一次在日本得以普及。

第八章

多视角下的日本版《三国演义》

进入20世纪八九十年代，随着世界经济全球化和文化多元化成为趋势，在全球旋涡中徘徊的日本，进入经济衰退期，被称为失去的十年。这个时期虽然经济发展陷入停顿，但是文化事业却蒸蒸日上，大众文化蓬勃发展，日本也再次掀起三国热潮。与以往的三国热有所不同，日本人不再是想通过《三国演义》来了解中国和中国人，而是透过发生在大陆的古代战争和人物性格，来审视日本现代社会，抒发日人情怀。将关注的焦点集中在日本人文和社会上，因此，这一时期的《三国演义》再创作反倒成为中国人了解日本人和日本社会的渠道。在《三国演义》基本故事框架和人物设定的基础上，尽量发挥每位作家的创作个性，这是日本作家在进行再创作《三国演义》时一再强调而且一直坚持的不二准

则。另外，史实和虚构也是一直萦绕作家创作的不可回避的问题。林田慎之助以人物分类为基础的《人间三国志》，三好彻以曹操为中心创作的《兴亡三国志》，都是这个时代日本再创作《三国演义》的力作。这些作品俨然成了日本版的《三国演义》，离原作越来越远，而离日本人、日本文学、日本文化却越来越近，还是那些熟悉的故事，却渗透着日本人的情感，让人觉得既熟悉又陌生。借用三好彻的话说：《三国演义》已经成为两国人民的共同精神财富。

从20世纪末进入21世纪，《三国演义》的再创作已经相当成熟，如何才能求新求变，成为各位作家绞尽脑汁思考的问题。从《三国演义》在日本的译介史和创作史可知，日本作家总是可以从时代的发展中寻求到灵感。宫城谷昌光《三国志》、伴野朗《吴·三国志》等，在进行再创作时，各位作者都在如何能写出新意上做足功课。然而，现代版的各种《三国演义》虽然看似是对原作的颠覆与重构，实则都是现代人各种情绪的宣泄，看似平静的现代生活其实就是一场没有硝烟的三国战争，充满了尔虞我诈。现代人则从古代战场上得到学习、得到慰藉。虽然彼三国不是此三国，读过作品后，现代的中国人和日本人应该会有相同的感受。新世纪的《三国演义》再创作，一个重要特性就是追求个性，追求与众不同。另外，更加趋向大众化，站在读者需求立场上重构《三国演义》，史实与虚构相结合，在重构中表现出创造性叛逆，也都是这个时期再创作《三国演义》的特点。

第一节　以人物为中心的《人间三国志》

20世纪末，经济全球化和文化多元化大背景下，和平年代表象下的种种暗战和冲突，尤其不同价值观并存所带来的社会问题，都将人们的视线集中到人类本身。林田慎之助恰恰切中要害地以人物为中心，剖析日本社会现象和人生百态，成就了他的《人间三国志》。

一、林田慎之助《人间三国志》

林田慎之助（1932—）生于日本福冈，1963年九州大学大学院文学研究科博士课程毕业，专攻中国古典文学，以中国文学思想史研究获得文学博士学位。曾任福冈教育大学副教授，九州大学文学部副教授，现任神户女子大学文学部教授。任东京大学中国学会评议员，从属日中文化交流协会。著作有《中国中世文学评论史》《鲁迅心中的古典》《柳宗元》《司马迁》《诸葛孔明》《北京物语》等。

林田慎之助的《人间三国志》共发行了六卷，分别是《霸者的条件》《军师的指挥》《豪勇的咆哮》《民众的反乱》《诗人的忧郁》和《隐者的抵抗》。1990年由集英社出版单行本，1992年由该社又出版了文库本。

之所以选择创作《三国志》，他觉得首先是因为《三国志》（包括小说《三国演义》和史书《三国志》）非常有意思，这点毫无异议。但这不是选择创作《三国志》的全部理由。他在《人间三国志》的前言中阐述了自己的理由：

> 在学校和职场，被编入早已准备好的管理网中，倍感沉闷窒息，从现在这样的社会状况来看，《三国志》中的登场人物各个生气勃勃、个性鲜明、痛快淋漓。并且在乱世的人间葛藤中，追问着智慧和武力的质差，可以说是人间学的宝库。
>
> ……
>
> 围绕天下霸权，三国纷乱中拼命活着又死去的男人们，上演了一出让人无比感动的戏剧。[1]

生活在20世纪末的人们，虽然好像在享受着和平带来的稳定和经济发展带来的生活便利，但同时也被各种框架束缚着，就像林田所言，不管是在学校还是在职场，都有很多条条框框和无形的压力捆绑着人们的内心和思想，压得人喘不过气来。从出生开始，孩子就身不由己地被要求上好的幼儿园、小学、中学，然后进入好的大学，这样才能进入好的公司，有好的工作和前程。好像这是唯一的出

1　林田慎之助，《人间三国志 霸者的条件》，东京：集英社，1992年，第7–8页。

路和被社会认可的形式。人们内心的自由被放置在最无关紧要的位置。每个人都像社会这个大机器上的一个小小齿轮，不敢松懈，不能停歇，否则就会被飞速运转的社会抛得远远的，跟不上社会的发展将是很可怕的，尤其像在日本这样特别注重集团观念的国家。享受着现代化带来的诸多便利的同时，被束缚的感觉也会愈加强烈。而《三国志》中鲜活的人物，个性十足的性格，痛快淋漓的斗争，都让现在的都市人艳羡不已。

林田创作《人间三国志》的原动力更多的是对他所生活的这个社会的感叹和唏嘘。冷战结束后，随着全球化的发展，多元文化的碰撞，思想领域越来越活跃，迎来了不同价值观并存的时代，注重个性的时代。而现实生活又是非常残酷的，往往需要人们泯灭个性，遵从集体和集团的利益，压抑着每颗躁动的心。有压迫就会有反抗，武力的压迫用武力来反抗，精神的压迫自然要用精神来反抗，看看林田慎之助《人间三国志》，就会明白这一点，现代日本人从三国故事和人物身上找到了发泄的端口，一声声呐喊震聋发聩。

无论霸者还是隐者、豪杰或是诗人、军师或是方士，都弥漫着人情，血液沸腾。不以别人的标准，而是以自己的标准在波涛动荡中生存，这是个不如此便无法生存下来的时代。在《三国志》的历史舞台上，多种价值观同时存在，相互角逐，构成了丰富多彩的人生和世界，那种一个人绝对权力的时代已然不复存在了。多元文化并存的大前提下，不论你身处社会的哪个阶层，不论你属于哪个人群范畴，都应该发挥自己的个性，正如活跃在三国的各色英雄人物一般。

20世纪末的日本也经历着全球巨变所带来的价值观的转换、多样化的变化，以及由此而引发的新思想和新文学的冲击。林田正是要通过他的《人间三国志》，借中国历史来抒发作者的情怀，在一个个鲜活的历史人物身上发现活在当下的日本人的影子，找到生活在转换期旋涡中的人们的出路。在创作《人间三国志》时，林田一方面以正史为底本，进行现代审视；另一方面以人物分类为基础构架作品结构。

二、以正史为底本的现代审视

林田在写作《人间三国志》时，就明确了他所依据和参考的是史书，而不是小说《三国演义》。在第一卷《霸者的条件》的前言中写道：

> 拙著要远离小说《三国志演义》，而基于《三国志》《后汉书》《资治通鉴》等史书，选出三国时代典型的人物形象，描画出其各个风姿，尽最大努力透射出筑起乱世的真实世界的那些人的力学。[1]

之所以要依据正史《三国志》来进行写作，是因为《三国志》的著者陈寿在写作时并没有受到任何权力的掣肘，完全根据自己的意志来书写的，这一点与司马迁写《史记》是相同的。另外，现存陈寿《三国志》都是经过六朝宋时期的史学家裴松之加上注解的注释本，裴松之搜集到当时关于三国时代的所有史书、传闻等，补足陈寿的《三国志》，并增加了很多异说，对《三国志》进行绵密的考证，使其成为一部内含多角度、多视点和多种价值观的史书。这也符合20世纪末人们的普遍认识，即认同多种价值观的同时并存，对待事物尽可能地从多个方面进行考察，以避免偏颇或以一概全。裴松之所注陈寿《三国志》给现代人，尤其是思想领域的多元并存做出了榜样。就像我们常听到的那句话“所有的史书都是当代史”，对于历史的认识，不同的时代，不同的书写者，书写者的不同立场等，都会影响到历史的真实性。裴注《三国志》给了我们一个全方位、多角度审视历史的空间，也给了林田慎之助创作《人间三国志》的很多启示，在林田手中，一部既参考正史，以正史为底本的《三国志》，同时又是作者以生活在日本的现代人的眼光，对现代社会进行的审视。另外，他还分析并阐述了小说《三国演义》的源流等。他认为小说《三国演义》源于说书和戏剧，反映的是民众的三国史观，所以歪曲了史实，因此决定脱离小说，以史书为依托，加以自己的分析整理，写出自己风格的三国“实貌”。虽然历史的真实是不能还原的，但体现了作者的明确写作意图。

作者将他的《三国志》定名为《人间三国志》也体现了作者的上述意图，《三国演义》是一部人类学的宝典，不只适用于中国，也可以放置于日本，因为人类的思想应该是相通的。

1　林田慎之助，《人间三国志 霸者的条件》，东京：集英社，1992年，第14页。

三、以人物分类为写作基础

虽然林田慎之助一再强调自己要远离《三国演义》，以正史为参考，但他也说，不管是小说还是正史，三国的登场人物各个个性十足，痛快淋漓，并且在乱世的人间葛藤中，追问着智慧和武力的质差，可以说都是人间学的宝库，《三国志》大受欢迎的原因也在于此。他觉得三国纷乱中拼命活着又死去的男人们，上演了一出让人无比感动的戏剧，令人回味无穷。他把三国人物作了分类整理，有霸者、隐者、豪杰、诗人、军师，当然还有民众。这样的分类非常新鲜，在《三国志》的历史舞台上，多种价值观同时存在，相互角逐，构成了丰富多彩的人生和世界。林田从《三国志》中发现了当时社会（他写作的那个时代）的发展实际，和三国时代有很多相似之处，他希望从创作《人间三国志》出发，探索乱世（虽然没有战争，但思想意识领域的战争已经打响）的人间万象，不再只停留于战争场面的描写，趣味无穷的故事的改写等，而是把目光深入人类的内心深处，探索经济高度发达的当今社会，人类该如何面对自己的内心。

三国时代达成霸业的霸者有魏之曹操、蜀之刘备、吴之孙权，形成三足鼎立之势，摆脱了乱世的混沌，但是能够成为胜利者所付出的也并非一般的辛劳。他们也曾一次次站在绝望深渊的边缘，然后置之死地而后生，重新投入战斗，三人呈现出三样的魅力人生。作为霸者的军师，诸葛孔明、司马仲达，还有荀彧、周瑜、鲁肃、吕蒙、陆逊等人，对良机的决断力、行动力，纵横的智略，在那样的一个历史背景下，上演了一幕幕令人感动的戏剧。关羽、张飞、赵云、马超，这些生于乱世却拼尽全力的豪杰，听听他们的咆哮，看看他们超群的胆量和武力，便能探索那个时代产生如此能量的源泉所在。不论是太平道的暴力反抗，还是五斗米道的民众救济，这都是来自民众的反抗，不要以为民众的力量是弱小的，星星之火可以燎原，一点一滴的力量汇聚起来，就有倾覆世间一切压迫的巨大力量……这是三国时代的霸者、军师、豪杰、民众、诗人、隐者，同时这也是20世纪末生活在日本土地上的人类，他们是鲜活的，充满力量，不管你身处严酷现实社会的哪个阶层，你都有自己的方法对抗黑暗，表达自己的思想，发挥自己的个性，实现自己的价值。

在这个时代，“霸者要具备作为霸者的条件，军师要出色地施展自己的指挥才华，豪杰要像豪杰般咆哮着蔑视敌人，隐者就通过隐者的理念来抵抗，诗人要把诗人的忧郁注入诗心，方士就要用道术捕获民心。这就是《三国志》世界的趣味所在，魅力所在”。

借三国人物表述20世纪末日本人的种种生活状态，寄托日本人对不同价值观共存的渴望和追求，以人为本是林田慎之助《人间三国志》的最大亮点，体现这个时期《三国演义》再创作的新动向。

第二节 以曹操为中心的《兴亡三国志》

这一时期以关注人物为中心的《三国演义》再创作，发展到三好彻则是集中展现曹操的人性。

一、三好彻《兴亡三国志》

三好彻（1931—），原名河上雄三，生于日本东京。旧制横滨高商（现横滨国立大学）毕业，1950年进入《读卖新闻》担任记者工作，1959年以笔名三好彻创作《远声》获第八届“文学界”新人奖，之后开始相继发表注重现实感的作品如1960年的《光与影》、1961年的《火之街》等，而1963年开始创作推理小说《风向着故乡》等作品。1966年的《风尘地带》获得了第二十届日本推理作家协会奖，同年辞职转为职业作家，1968年的《圣少女》获得了第五十八届直木奖。此外还创作了如1967年的《闪光的遗产》和《圆型的赌博》，1980年的悬疑类作品《电脑的财产金》，及1986年的日本历史题材小说《兴亡与梦》等。三好彻曾于1979年继佐野洋之后担任两年日本推理作家协会理事长。

三好彻在担任记者和作家期间，曾多次访问中国，对中国的历史和文化非常感兴趣。1997年，开始创作小说《兴亡三国志》，全5卷，由集英社出版，2000年出版了文库本，全书共4500页。据三好彻说加上前期准备，写就此书花费了他十二年的时间，其间还两次专门到中国取材。

三号彻从十几岁就开始读吉川英治的《三国志》，如醉如痴，虽然当时还和大部分日本人一样，分不清陈寿的正史《三国志》和罗贯中的小说《三国演义》，但那波澜壮阔的场面和魅力无穷的各路英雄豪杰却深深吸引着少年三好彻的心。他认为“《三国志》虽然讲述的是发生在一千八百多年前的事，但其中的经验教训对于现代人来说也是通用的”。

三好彻也像北方谦三一样，从创作之初就决定写自己特色的《三国志》，在读了曹操的那首诗“老骥伏枥，志在千里，烈士暮年，壮心不已”之后，决定写以曹操为中心的《三国志》，因为他觉得能写出这样诗文的人，不应该是一个反面人物。日本作家创作《三国志》时，对曹操的评价一向与我们的传统认识相悖，第一个为曹操平反的当属吉川英治，后来的作者也都很少将曹操视为恶人，如北方谦三的曹操描写等，都不像《三国演义》中善恶绝对对立，人物描写更注重真实的人性。但是以曹操为中心来创作《三国志》，三好彻的确是开先河之人，他要向读者展现一部英雄兴亡的叙事诗。

说到三好彻为何以曹操为中心进行再创作，他反复提及曹操的那首诗，中国一向有诗言志之说，那么能写出这等好诗的诗人绝不是世评的恶人，一定是拥有伟大理想和抱负的人。同时，他认为有理想志向的人未必都能以诗言志，像刘备、孙权就没有传世之作，这更证明了曹操的与众不同。从政治的角度看，曹操是“治世能臣、乱世奸雄”，从文学的角度挖掘，他又是一位伟大的浪漫诗人，从史实看也是曹操创建的魏最后统一了三国，总之以曹操为中心再合适不过。因此，三好彻再创作了第一部以曹操为中心的《三国演义》，全书以曹操开始以曹操结束，以曹操为主线。

第一卷开头，虚构了一幕曹操和刘备初次相遇的场景，在押送太平道马元义赴刑场的途中，曹操救了无意被抓的刘备，其中对两个人的出场样貌描写如下：

> 比常人耳朵大一倍的长耳。[1]（刘备——作者注）
>
> 三十岁左右的小个子男人。戴头巾，着绢服，一眼就能看出是隐藏了身

1　三好彻，《兴亡三国志》（一），东京：集英社，2000年，第16页。

份的旁观者，长着一副从哪看都不够漂亮的脸。但是细长的眼睛却泛着伶俐的光芒。[1]（曹操——作者注）

简单的出场，立刻可以判断孰重孰轻，对曹操的描写细致深入，开场就确立了曹操的中心地位。

三好彻不只要以曹操开始，也要以曹操结束，虽然最后一章是“秋风五丈原”，即以诸葛孔明的死结束全书，但实际上后四章是后来加上的，最初的版本是1987年到1997年连续十年在杂志上连载，最后的内容是“超世之杰”，即以曹操和刘备的死作为结束，他认为双雄死后，历史也不再那么跃动，人物也失去了光辉，正所谓人创造历史，历史也只是由某些人创造的，那么创造历史的人已经不在了，故事也该结束了。不仅一头一尾，整个《兴亡三国志》也是以曹操为轴展开的，每一卷都贯穿着曹操的诗文、思想、谋略等。着意刻画出作者心中认定的曹操像。

二、史实和创作的考量

历史小说的创作一直要面对这样的问题：是写史还是虚构，比例又是多少等。对于这个问题，三好彻有自己的思考。他感言在创作《三国志》时得益于温斯顿·丘吉尔的一句话：“学习历史就是学习未来。”丘吉尔是政治家，曾以《第二次世界大战回忆录》获诺贝尔文学奖，他的这一观点深深影响着三好彻。三好彻认为历史小说的难点同时也是有趣之处就在于，如何将史实和创作融合在一起，如果只是将登场人物的所说所做再现和解说的话，便成了历史教科书，不能称其为小说，歪曲历史事实进行再创作，也不能叫历史小说。

三好彻对于某些内容采取了绝对尊重史实的方针，如刘备鞭打督邮、曹操写给孙权的书信、周瑜的遗书等，都以“史书说”“据史书记载”等形式，原原本本地引用了陈寿《三国志》的原文，他觉得这些史实没有创作的余地。但同时，对于某些情节又进行了艺术加工和再创作。如赋予了美女貂蝉不同的命运。

1　三好彻，《兴亡三国志》（一），东京：集英社，2000年，第16-17页。

此时关羽正在帷帐中与貂蝉享受只有两个人的时光，吕布设宴时，与刘备和张飞一起第一次见到（貂蝉），貂蝉与那时一样美丽婀娜。只不过那时美得像丢了魂儿的人偶，而如今在关羽身边的貂蝉鲜活得光芒四射。

“貂婵，貂蝉。”

关羽低声唤着她的名字。

“关羽大人，貂蝉现在好幸福。以多耻之身苟活至今也算值得了，这样被关羽大人揽在怀中，已经没有什么遗憾。”

“不要以什么多耻之身而自卑，那不是你的错，都是因为乱世所致。可是（乱世）不久就将结束，不，即便不会结束，也不会离开你的。”

“啊，好开心。”

貂蝉恍惚地闭上眼睛，在关羽健硕的臂弯里，沉浸在成就初次恋情的喜悦中。[1]

在三好彻的《兴亡三国志》中，貂蝉唯一付出真心并为之献上生命的人不是吕布，而是关羽，这对于中国读者来说肯定是个不小的冲击。三好彻的这种改写虽然特异，却也不是空穴来风，他是根据《三国志》中的《关羽传》《明帝纪》《献帝传》等的记载，推理出来的。在他看来，这样的改写无损史实，反而有趣，所以可以尝试。另外上述卷首曹操和刘备的相遇等，也都是作者再创作的结晶。

《三国演义》是章回体小说，以说书的形式写就的，所以现代小说中的心理描写很少能在《三国演义》中觅到踪影。因此，三好彻在他的现代小说《兴亡三国志》中，处处都加入了曹操的心理描写，还加入虚构人物为再创作出力，这就是郑钦。郑钦，字士元，陈宫的内弟，性格怪僻，曹操的武将皆不喜欢他，但智谋过人。陈宫逃到吕布处之后，他就留在曹操手下。他在文中的作用就如同曹操的代言人，很多曹操的心理和所思所想都是由郑钦推测出来的，这也弥补了《三国演义》缺乏心理描写的缺憾。而由郑钦之口所推测出的曹操，推翻了传统的奸

1　三好彻，《兴亡三国志》（二），东京：集英社，2001年，第458页。

雄形象，更加贴近人的本质，正如郑钦所言，曹操的是非功过不能以传言和推测来评价。

三、独特的历史观和时代感

展现曹操卓越的政治才能和革新才能的同时，不忘描绘其浪漫诗人的一面，全书五卷每卷都不忘提及曹操的诗文。作者认为像曹操能写出这么优秀的诗文，其诗心可见，所以不应该将其刻画成反面人物。另有一段有趣的插曲耐人寻味，第二卷第二十三章“蛟龙之渊”：

> 轻手轻脚地走过来一个人。
>
> “是荀彧吗？”
>
> 曹操没有回头，问道。
>
> “是。”
>
> “快看，漫天的繁星，应该赞它美丽还是壮观呢？……眺望星空便诗兴大发，却又作不出诗来。比起天空之宏大，地上的人类何其渺小。”
>
> “虽未作出诗文，但您的心境已然成诗。”
>
> “也许吧。”
>
> 可是，诗人又不得不从所游仙境回归现实。钦差从冀州归来了，说袁绍拒绝赴任太尉之职，甚至对陛下出言不逊。
>
> “是吗？”
>
> 曹操再次仰望天空后回到屋内。[1]

残酷斗争中的强势和诗心的柔美完美结合在曹操身上，对于曹操这个人物的刻画，不是简单的正面人物或者反面人物，而是深入内心，深挖作为人的曹操的人性，三好彻向读者传达了他心中的曹操形象。时代需要像曹操这样充满智慧而且果敢的政治家、军事家和诗人。

1　三好彻，《兴亡三国志》（二），东京：集英社，2001年，第203页。

纵观三好彻的所有历史小说，都有这样的特点，不是通过历史事件，而是通过人，通过人的志向来评价历史。三好彻的历史小说的主人公没有一个是顺应大势的，都是不顾个人利害得失，敢于向权力和权威挑战，来开拓自己命运的反抗性人物，所以其人生更富于戏剧性，因此三好彻的作品带有文明批评的性质。选择曹操而不是刘备来担当主角，应该也是出于曹操具备上述性格特征。自己的父亲是宦官养子，因而处处遭人白眼，外貌也绝对不值得炫耀，但是评价一个人不应该看这些出身和外貌，而是应该凭其能力作出判断。身处乱世，曹操有将乱世统一的雄心，而且自信且果敢，自幼就不会在任何事情上服输。虽然有时也做一些无赖的事情，但不影响他作为时代英雄的品性，他就是能够推动历史车轮向前进的英雄，这一点毋庸置疑。文明批评的精神在他的其他作品中也有所体现，如《六月的红蔷薇》中的主人公冲田总司，就是生在乱世的青年，他的短暂一生被描写成年轻的剑客形象，超越了政治，赋予了新的时代感觉。另外，以日本现代史为题材的时代小说《兴亡与梦》，将在战火激荡的昭和时代，推动历史车轮的宰相形象，刻画得入木三分，且能找到曹操的影子。这些人物像折射出作家独特的历史观，也反映日本和世界的大变革。时代呼唤像曹操那样的英雄，那样的领袖，来引领世人看清未来的方向。

第三节　以历史为中心的《三国志》

宫城谷昌光是继陈舜臣后，日本中国历史小说的代表作家，创作了大量关于中国历史题材的小说，他创作的《三国志》从2001年至2013年，历时12年终于连载完成。这部小说从问世起就褒贬不一，但不管怎样，是对《三国演义》再创作的新探索。进入新世纪，作家们都致力于怎样把《三国演义》写出新意，宫城谷昌光给出了他的答案。

一、中国历史小说大师

宫城谷昌光（1945—），生于日本爱知县，毕业于早稻田大学第一文学部英文系。是当代日本著名的历史小说家，文学家。他爱读中国典籍，也爱读日本中国学的学者著作，如白川静就是他非常喜欢的中国学学者之一。他是日本文坛公认的具有“国民作家”气质的“中国历史小说大师”。大学毕业后，宫城谷昌光曾任职于出版社，同时师从立原正秋，开始学习写作。28岁时毅然辞职，回到老家爱知县专心写作，但作品一直得不到肯定，直到十八年后，以代表作《箕子》（原名《干家风日》）跨入文坛，终于得到读者认同，从此一发不可收。宫城谷昌光的历史小说多以中国上古时期夏、商、周三代为背景，从中国史书中获取素材，重现历史现场，重生古人，文笔细腻优美，富视觉动感。他的中国历史题材小说主要有：

《天空之舟》（海越出版社，1991，商）
《孟夏的太阳》（文艺春秋，1991，春秋）
《夏姬春秋》（海越出版社，1991，春秋）
《侠骨记》（讲谈社，1991，上古至秦）
《王家的风日》（海越出版社，1991，商）
《沉默之王》（文艺春秋，1992，商、上古、西周、春秋）
《花的岁月》（讲谈社，1992，西汉）
《重耳》（讲谈社，1993，春秋）
《晏子》（新潮社，1994，春秋）
《介子推》（讲谈社，1995，春秋）
《孟尝君》（讲谈社，1995，战国）
《长城之阴》（文艺春秋，1996年，秦末）
《玉人》（新潮社，1996）
《乐毅》（海越出版社，1996，战国）
《春秋名君》（讲谈社，1996，春秋）
《史记风景》（新潮社，1997，夏至汉）
《奇货可居》（中央公论社，1997-2001，秦）

《青云扶摇》（集英社，1997，秦）
《天空之舟——伊尹伝》（文艺春秋，2000，商）
《子产》（讲谈社，2000，春秋）
《华荣之丘》（文艺春秋，2000，春秋）
《沙中的回廊》（朝日新闻社，2001，春秋）
《管仲》（角川书店，2003，春秋）
《香乱记》（每日新闻社，2004，秦末）
《三国志》（文艺春秋，2004）
《春秋名臣列伝》（文艺春秋，2005）
《战国名臣列伝》（文艺春秋，2005）
《楚汉名臣列伝》（文艺春秋，2010）
《吴越春秋 湖底之城》（讲谈社，2010，春秋）

虽然宫城谷昌光成名很晚，但却是丰产作家，可谓厚积薄发。他从中国历史文化的宝库中汲取营养，将中国古代历史画面还原，将历史人物复活，展现给日本读者一幅幅中国历史的优美画卷。王向远评价他的以上古为背景创作的大量中国历史小说时说：

> 宫城谷昌光用中国历史题材的十几部长篇小说和若干短篇小说集，以寻求日本人精神故乡的心情进行创作，以古汉字为切入点，把中国历史文化作为日本文化的源头，将取材的重点集中在古老的殷商、西周、春秋战国时代，向当代日本读者讲述中国历史，描述中国古代人物，其中包含着丰富的中国文化信息，蕴含着大量的中国历史知识，也有不悖历史逻辑及事物情理的高度的想象力，趣味醇正，雅俗共赏，自成风格，是日本继陈舜臣之后中国题材历史小说的新旗手。[1]

1990年以《天空之舟》荣获日本第10回新田次郎文学奖。1991年以《夏姬春秋》获日本第105回直木奖。1993年 《重耳》日本第44回艺术选文部大臣奖。

1 王向远，《中国题材日本文学史》，上海：上海古籍出版社，2007年，第313页。

1996年获日本第49回中日文化奖，2000年荣获日本第3回司马辽太郎奖。2001年以《子产》获第35回吉川英治文学奖。2004年获第52回菊池宽奖。这些荣誉都是他辛勤创作的回报和证明。

二、独树一帜的《三国志》开卷

在宫城谷昌光众多以中国历史为素材创作的小说中，《三国志》虽独树一帜却备受争议。他的小说《三国志》自2001年5月开始在《文艺春秋》上连载，每月一回，到2013年已连载12年，并由文艺春秋社出了单行本和文库本，共12卷。宫城谷昌光的中国历史题材小说一向好评如潮，读者众多，再加上《三国演义》在日本极受关注，这部宫城谷版《三国演义》一问世，便吸引了众多读者的目光，其中很多都是一直关注他作品的忠实读者。而对于宫城谷版的《三国志》大家却众说纷纭，意见不再像以前统一，褒贬不一。是对《三国志》再创作的作品的挑剔（因为前人的作品太多，难免拿来比较），导致众口难调，还是宫城谷在创作时的确有不妥之处？其实问题的焦点在于，宫城谷一改前人创作《三国志》时以刘备、曹操或孙权等三国的重要人物的出场为开端，而是将时间退回到进入三国时代以前的后汉王朝，以斜阳王朝的政治和人物开始了他的《三国志》。

小说以“四知”开头，“四知”即“天知，地知，你知，我知”。这句名言流传古今，成为百姓间广为流传的处世格言。而“四知”名言就来自后汉位居九卿高位的清官杨震。当时安帝在位，而掌握实权的却是邓太后，即所谓的外戚专权政治。邓太后死后，权力又转到了安帝之妻阎皇后手中。一向直言上谏的杨震反复多次向安帝请求剿除倾覆王朝秩序的奸臣，但安帝却优柔寡断，不仅没有治罪于奸臣，反倒听信奸臣的恶意中伤，罢免了清廉的杨震。皇帝周围再无清官贤臣，后汉王朝迎来了斜阳期。安帝没后，曹操的祖父（系谱上的）宦官曹腾登场，服侍新皇帝顺帝左右。曹腾与顺帝自幼交好，很快便成了顺帝身边最值得信任的中常侍。外戚、宦官专权，后汉王朝走向衰微，各地豪族纷纷独立，抢占地盘，而三国时代即将到来。

以上是宫城谷版《三国志》第一卷的主要内容，读完全卷，很多读者感叹：《三国志》还完全没有开始呢！唯一能和三国扯上关系的就是曹操祖父的登场。

对于三国时代之前的后汉王朝有了详尽的认识，与以往一笔带过后汉的状况，直接进入三国纷争的时代相比较，让读者对三国时代的乱又有了更深一层的了解，一种源头式的发掘。

这样的写作手法对于看惯了各种版本《三国志》的日本读者来说，还是非常陌生且新鲜的，当然也就褒贬不一了。宫城谷之所以会这样来开始他的《三国志》，应该源于他对中国历史文化一贯的学习和研究态度。例如，他对甲骨文和金文的痴迷，他本人并不懂汉文，却因为对甲骨文和金文的浓厚兴趣，开始了他对中国历史文化的研究。他为了学习甲骨文，开始看日本中国学者白川静的著作，跑各个图书馆，搜集珍贵资料，那种对事物一探究竟，一定要找到根源的研究精神促成了他日后创作小说的独特风格。也正因此，他才独辟蹊径地用整整一卷的篇幅，来向读者讲述那个三国时代前的后汉王朝，这样三国时代的乱世背景才能很容易被读者理解，不会摸不着头脑，不会存在很多疑问，这种向读者娓娓道来，使读者跟随作者一起进入作品，可以平等地进行对话特色，这是宫城谷追求的目标。他自己也说：“在写作的时候，不是站在讲台上对着听众演讲，而是将说者和听者置于同等位置，使二者都享受说话的乐趣，这或许不失为一种好的方法。”[1]宫城谷是这么说的，也是这么做的，而且一贯如此。

三、对中国历史背景描写的致密性

宫城谷版的《三国志》引起争议的另一个原因，是他在行文中对厚重历史背景描写的致密性，让很多读者感觉并不像一部小说，倒更像是史传。对于这样的《三国志》，读者的反应也是迥异的。一方面，有读者认为拂去无聊的创作，从中感受到了历史事实的魄力和厚重，同时还有描写的纯粹感。细碎的历史娓娓道来，感受到从历史中学到了什么，对历史渐渐感兴趣，这种感受和宫城谷的感受一致。

> 面对中国历史，我从一无所知开始，渐渐尝到了有所知的喜悦，那时便产生了一种不自量力的念头，想写取材于中国历史的小说。[2]

1　转引自王向远，《中国题材日本文学史》，上海：上海古籍出版社，2007年，第314页。
2　转引自王向远，《中国题材日本文学史》，上海：上海古籍出版社，2007年，第314页。

也是这股原动力，支撑着作者无限的创作欲望，在中国历史文化的宝库中徜徉，吸取养分，转化成一部部中国历史题材的小说，奉献给众多日本读者，并和这些读者一起，在中国漫长悠久的历史文化中，探寻日本文化的源头。历史的车轮总是循环往复，那么在中国历史中选取最混乱的三国时代，从它的起起伏伏，从其中人物的命运转变，生活在现代的人们是否可以学到一些什么呢？

对于宫城谷创作《三国志》时对历史的绵密细致的阐述，很多读者是表示理解的，而且有读者还以大佛次郎和海音寺潮五郎为例，推断宫城谷可能借《三国志》创作，由历史小说家向史传作家转换。另一种声音是批评的，认为宫城谷的《三国志》离小说越来越远，也没有伏线之类小说应有的特征，倒像是一部历史书。同时觉得宫城谷在书中对历史知识进行罗列和堆砌，只是在将自己的知识和考察放进来，认为宫城谷的作品开始走下坡了。

不得不承认，宫城谷版《三国志》的确有史传的倾向，对历史进行了太多细致而周密的讲解，比如出现了很多系谱图，来说明一个家族、一个权力的传承过程；比如那个通往三国志的巨细且周到的序曲；再比如，对三国周边人物的考证等。但以他的话来说："我写以中国古代为舞台的小说，并非要向现在的日本读者炫耀自己得到的知识。而是有一个强烈的念头，想弄明白日本究竟是什么，所以才写。"正如王向远的评价：

> 他的成功，除了中国历史文化本身的魅力外，更得益于站在现代人的高度，站在日本人、日本作家的立场上，不是将中国的历史文化作为纯粹的异国文化，而是将中国历史文化作为日本文化的源头，以寻求日本人精神故乡的心情进行创作。[1]

作为"中国历史小说大师"，作为日本继陈舜臣之后中国题材历史小说的新旗手，他的《三国志》在争议中继续连载，作品的好坏要在全部完成之后，经过历史的沉淀，留给后人评判，正如同三国中的各色人物，到底是英雄还是奸臣，

1　王向远，《中国题材日本文学史》，上海：上海古籍出版社，2007年，第333页。

在不同的时代，在不同的审视者心中，都会有不同的认识和评判，这也应了中国那句话，是非功过留待后人评说。

第四节　以吴国为中心的《三国志》

伴野朗（1936—2004），生于日本爱媛县，毕业于东京外国语大学。毕业后曾担任朝日新闻社的记者，作过国内分部记者，后调到外报部，经历了"文化大革命"时代的中国，战火中的越南和柬埔寨。1989年辞掉记者工作，转向专业作家。1976年凭借《五十万年的死角》获江户川乱步奖，1984年以《受伤的野兽》获日本推理作家协会奖。作品风格是将冒险、推理和历史结合在一起。主要作品有《大航海》《三国志·孔明未死》《吴·三国志》等。伴野朗自幼爱读吉川英治《三国志》，因为对这部作品的喜爱，创作了《吴·三国志》全十卷，2001年由集英社出版，2003年又由该社出版文库本，因独特的创作特色，广受好评。

一、以吴国为中心的《吴·三国志》

决定以吴国为中心改写《三国志》，源于伴野朗的个人经历，他在做记者期间，曾被派到中国上海工作了三年（1986—1989），这三年中有机会欣赏长江的壮丽。

> 客船从黄浦江吴淞口驶向长江中洲、崇明岛，我站在船的甲板上。
>
> 视线所及，除了水还是水，简直像大海一样。
>
> 崇明岛比佐渡岛（位于日本新潟县——作者注）小一圈，岛上住着约100万人，现在连个岛影还没看见。左手边可以望见宝山制铁所。从这里到东海还要两个小时。

这就是长江。

……

全长六千三百公里，流域面积一百八十一万平方公里，这是日本面积的五倍，占中国面积的五分之一。上流是通天河、金沙江。从源头到江口落差有500公里，年间总流量有一兆吨，占中国全境水利发电的40%。“江”就是指长江，与黄河的“河”对应。

有压倒性的水量和魅力。中国的河川具有在日本没法想象的活力。[1]

这就是伴野朗对长江的印象，在游历长江的时候，他想到了三国时代，想到了吴国。

吴，占有地利之便。有长江的天然要害，有“南船北马”的船，即无敌水军。

更有人和之便。以孙坚、孙策、孙权为中心的英明君主，周瑜、鲁肃、吕蒙、陆逊等前仆后继的英杰。曹魏压制三国，后司马氏取而代之，建立了晋，吴却一直存在的事实是众所周知的。

——能否通过吴来窥视三国志的世界呢？[2]

既然要以吴国为中心，就要以其开头，以其结束，还要以吴国人为主人公，背景也应该以吴所在的长江作为支柱。

伴野朗《三国志》的前三卷分别是《孙坚之卷》《孙策之卷》《孙权之卷》，明显将吴国的发展脉络作为主线。第一卷是以孙坚的出场开头，较之常见的“桃园结义”或“黄巾之乱”的开场，独特而新鲜。

远处轰轰雷鸣。

与季节不相称的雷声。少年昂然伫立。毫无畏惧雷鸣之状。

年方十二三岁。比旁边的孩子体格健壮。脸上棱角分明，表情坚毅。

---

1 伴野朗，《吴·三国志》（一），东京：集英社，2003年，第3–4页。

2 伴野朗，《吴·三国志》（一），东京：集英社，2003年，第5页。

名孙坚，字文台，代代为吴国官吏。[1]

再创作《三国演义》的作者多以孔明死作为结束，吉川英治就在自述中说：“恐怕读者诸君和译者一样，孔明死后，顿觉没了兴趣和力气再提笔写下去，不论读者还是笔者，这就是对待三国志自古以来的一般看法。”这一观念也影响到后来的作者，如柴田炼三郎《三国志》、陈舜臣《秘本三国志》、北方谦三《三国志》，都是以孔明的死作为结束。而伴野朗的《三国志》却要以吴国的灭亡作为结束，他认为这才是真正的《三国志》，因为孔明死后，蜀如何灭亡，魏如何被司马氏篡权，吴又如何被晋所灭，只有将这些都一一道清，才是完整真实的《三国志》。见证吴国的灭亡，这是《三国志》的真正结束，承担起这个任务的便是“浙江耳”的首领孙朗。

因为要以吴国为中心，就涉及主人公的设定，伴野朗最初想以孙权为其主人公，但又觉这样的长篇会索然无味，又思索是否可以虚构一个主人公。正在踌躇间，他有了新发现，在读到裴松之注释的《三国志》时，《吴书·孙坚传》中有这样的注释：“志林曰：坚有五子，策、权、栩、匡，吴氏所生，少子朗，庶生也，一名仁。”这句话让伴野朗眼前一亮，立即决定以少子孙朗作为主人公。之所以这么快下定决心，是因为孙朗除了名字以外，不见任何记载，既不知道他是怎样的人，也不知道他有何经历，对作家来说，这是再理想不过的人物，可以充分发挥想象，给予作者以很大的自由度和进行再创作的空间。与孙朗的邂逅，伴野朗认为是命运的安排，而这个发现也的确造就了伴野《三国志》的成功。中间还有个趣事，因为关于孙朗的记录几乎为零，所以知之者甚少，出版社的编辑还以为伴野朗是用自己的名字虚构的人物呢。伴野朗和孙朗同名，这可能也是命运的安排吧，甚至定夺主人公的伴野朗自己都没有发现。

伴野朗在上海生活的三年，使他对长江抱有特殊的感情，不知是壮丽的长江美景吸引了他，还是发生在长江两岸的故事引导着他，书写长江的热情在他胸中澎湃。他觉得吴国和长江有割也割不断的联系，本来要以《长江燃烧》为题的，后编辑说“没有三国志几个字，绝对卖不掉”，伴野朗才忍痛割爱，以《吴·三

1 伴野朗，《吴·三国志》（一），东京：集英社，2003年，第20页。

国志》为题，将原来的题目作为副标题。他的这部三国志通篇也都围绕长江展开，其中对长江的描写数不胜数，长江作为整个小说的支柱。

二、《吴·三国志》中的情报战

伴野朗《三国志》有两大支柱。第一是情报战，第二是长江。从“说曹操曹操到”这句谚语出发，伴野朗窥见其中隐藏的情报活动，即情报战。像荀彧、郭嘉这些谋臣的主要使命，不就是对重要情报进行分析吗？当然，不只是魏，吴蜀也都在进行情报活动。于是伴野朗虚构了各国的情报机构，即魏“青州眼”，吴“浙江耳”，蜀“卧龙耳”，“浙江耳”就是直属于主人公孙朗的。伴野朗以“情报”为关键词，重新架构的《三国志》趣味盎然。最后曹操能够钳制吴和蜀，也得益于他的情报量之多。以曹操将徐庶收至帐下的故事为例，本是刘备先发现了谋臣徐庶，并厚待之，以期其为己效力，曹操欲夺人所爱，便展开情报攻势，在他的情报中，徐庶为人极其孝顺，曹操利用这个情报，将徐庶老母招至许昌，并让其写信给徐庶，称死前想见上一面。孝子徐庶不能无视老母的请求，只得告别刘备，投曹操去了。在伴野朗看来，这就是曹操情报战的胜利。

说到这部《吴·三国志》中出现的谍报机构，不得不提及他的另外一部作品——《三国志·孔明未死》。伴野朗自幼爱读吉川英治《三国志》，跟其他读者一样，每每读到五丈原，星落秋风，英雄辞世，痛苦悲愤油然而生。为了舒展心中积年的怨气，1992年他创作了小说《孔明未死》，这部作品收录在《歴史ifノベルズ》（《历史如果长篇小说》）系列中，假设孔明没有死，在此基础上重新构架故事，还增添了“浙江耳”“卧龙耳”等谍报机构，让读者能够展开遐想，跟随着伴野朗探索另一个历史的可能性。《吴·三国志》就是在这部作品的构思基础上进行创作的又一部新《三国演义》。

吴孙坚创建了谍报组织“浙江耳”，第一任长官是曾开，曾开死后的继任者就是孙坚的庶子孙朗，虽然只是出现在《三国志》的注释中，确是实际存在的人物。其母设定为虚构的蒋娘娘，她是个会使法术的女人。曹操的“青州眼”（初出第二卷）是专门培养“死士”（不顾生死的刺客）的部门，他的头领叫曹弃，是伴野朗虚构的人物，设定为曹操的庶子，因天生残疾被弃，因此他自己取名曹弃，以示忘掉过去。在第四卷中，又一个谍报机构——诸葛孔明的“卧龙耳”登台，它的领导设定更有新意，是距三国时代往前500多年的墨家后裔，墨家的第75代孙——孙历。至此，三国的情报组织终于聚首，要开始上演一场情报大战。

三、虚实结合的写作手法

虚实结合这是日本作家在改写《三国演义》时常用的手段，既参考《三国志》等正史，又不偏离《三国演义》的主线，另外再加上自己的虚构，虚虚实实，演绎出别样的三国。日本作家吉川英治的《三国志》中奇想随处可见。不只日本作家，《三国演义》本身就是虚实结合的小说作品。伴野朗要将潜在正史《三国志》中，尚未被发现的“真实”挖掘出来，貌似虚构的世界，读者却有强烈的实感，为了达到这样的效果，他在一边书写表面的历史《三国志》的同时，虚构了一个内部的世界。在整部作品中，随处可见实中有虚、虚中带实的表现手法。

不论是正史《三国志》，还是小说《三国演义》，都有关羽和孙权之间的一段求亲内容，孙权为联合刘备，希望关羽的女儿关艳能够嫁给自己的儿子孙骏，一句“虎女怎能配犬子”，关羽断然拒绝了孙权的请求，于是矛盾激化，孙权才与曹操联手攻打荆州。至于“大意失荆州”一节也说得明白，关羽是因为自己的失策，而打了败仗，还丢了性命。伴野朗却在这段历史中探寻到了另一种可能。“孙权的意图非常明朗，提出把关羽之女嫁给自己的不肖儿子，就是要激怒关羽，让他被愤怒遮蔽双眼，无法做出理性的判断，这便是孙权的目的。”这一段是作者给出的解释，合情合理，更凸显谋略的重要性，实中有虚。

情报战是本书的最大看点，处处都有情报。“青州眼”的领导曹弃有个女儿，名曰曹妙，她发起了一个暗杀孙权的计划。据她得到的情报，孙权喜好猎虎，她便来到渤海的蓬莱岛，那里是训练“青州眼”敢死队员的中心，她在那里开始养虎，而这只虎就是暗杀孙权的工具。这个构思真是异想天开，不得不佩服作者的思维活跃。但同时，刺杀孙权的确是史书《三国志》中记载过的史实。虚构描写中又带有真实的成分。

伴野朗在进行虚构的时候，经常会利用史书中只言片语的记载大做文章。孙朗当然是这个写作实验的第一人，但绝不是最后一个，出现在最后一卷的日本人——阿牙比都——就是其中之一。在阅读《三国志·魏书》中“东夷传·倭人条”时，有如下记录：提及日本邪马台国卑弥呼给明帝的供品“男奴隶四人，女奴隶六人，斑布二匹二丈”，于是伴野朗就从四个男奴隶下手，让其中一人获得重生，取名阿牙比都。阿牙比都是四个男奴中最年少者，本来应在魏国做奴隶终其一生，他却逃到吴国，跟随孙朗，后成长为孙朗的左膀右臂，最终成为孙朗的继任者，统率吴的谍报机构“浙江耳”。在《三国志》的舞台上竟然活跃着一个日本人，是至今为止《三国演义》再创作中最离谱的一个，但通读全文，完全没有生搬硬塞的感觉，可见作者的功力。让喜爱《三国演义》的日本人在三国中找到自己的影子，这也是作者的小小愿望吧。

伴野朗《吴·三国志》的虚实相得益彰，一方面他强调自己参考的是正史《三国志》，这一点可以在他的每卷末尾的后记中得到证实，他意图努力摆脱《三国演义》的影响。另一方面，《三国演义》中的虚构写法也影响着伴野的创作，他甚至有过之而无不及，虚构人物、虚构事件、虚构现代的谍报结构等，占到全书的一半。

《三国演义》在日本的再创作前赴后继，让读者（日本的，也包括中国的）进入了另外一个三国世界，即日本作家创作的三国世界。在林田慎之助笔下不同价值观的三国人物，都发挥着各自的作用，给与现代人解决所遇到各种社会问题的途径和方法，阐述不同价值观的相处之道。三好彻对曹操人性的深入剖析，拓展了我们对奸臣曹操的固化印象，深入思考风起云涌的现代社会需要怎样的领导才能。宫城古昌光以历史为中心，对中国历史题材小说进行近乎考古挖掘般的深度研究和细密书写。伴野朗发觉到书写三国的新视角，破天荒地以吴国为中心，不得不感叹日本作家在创作三国小说时的殚精竭虑。

《三国演义》再创作继承和发展了之前的传统，比如与日本文学相结合，以现代小说的形式重新阐释《三国演义》；再如，再创作时注重历史史实和小说方法的结合，使新作品既有历史的厚重感，又不失现代小说的阅读趣味。其中所包含的异民族的信息、符号等使我们看到了文学再创作中的文化特质。也许中国读者会因为其中的某些改变而不能马上接受这种再创作，但是透过这些改变，却能更深入地读懂日本作家、日本读者、日本文学和日本文化中的日本味儿，了解日本的民族心理和审美特色，使这部作品更加日本化和大众化。同时，为我们提供了从异域重新审视本国文学特色的一个角度。并且通过对《三国演义》在日本的另类译介和再创作，可以探索中日文学交流中，日本文学在接受中国文学影响时常见的一条轨迹。通过这些作家的再创作，《三国演义》的的确确成为两国人民共有的财富。这些在日本很受欢迎的另类“三国”中，能够感受到异域文化是如何投影于中国的古典名著上，而使其焕发出异彩纷呈的现代感。

第九章
精彩纷呈的日本版奇书

日本现代小说版的中国古典白话小说，对原作进行了大胆的改变，而这些改变更加符合日本人的民族心理和审美特色。对于中国读者来说，经典有着不可撼动的地位，对它的任意改变不太容易被接受，而这种束缚却不会影响到日本作家的创作，他们会为了故事的完整性，或者达到自我的创作目的，抑或是为了迎合读者的阅读口味，而对整体布局、故事情节、人物塑造进行大胆的改变。充满个性和创新的形形色色的现代小说《三国演义》，充分发挥了作者的想象力；《西游记》被用来展示战争阴云笼罩下的自我思考，用来言说现代生活，甚至用来叙述充满爱与美的世界；《金瓶梅》可以是写实主义小说，可以是时代小说，更可以是推理小说。以上种种创造性叛逆延伸了作品的生命力，扩大了阅读的范围，探讨对经典的重塑方式、手段等，亦可追寻日本接受外来文化时的规律和特质。

第一节 《三国演义》与现代小说

世纪之交，日本新一波“三国热”再次来袭，除了忠实原著的翻译外，各种极具个性的再创作《三国演义》映入眼帘，求新求异成为新世纪的主旋律。光从书名看，就都很吸引眼球，如渡边精一译周大荒的《反三国志》（1991）、今户荣一据《反三国志》编译《超三国志》（1991）、志茂田井树《大三国志》（1992）、桐野作人《破三国志》（1993—1994）、童门冬二《新释三国志》（1999）、仲路悟《叛三国志》（2004）和《异三国志》（2006）。对于书名中没有出现《三国演义》而是《三国志》，在绪论中已经解释清楚，因此这些以“三国志”字眼出现的作品，都是以《三国演义》为底本，有的参考《三国志》而进行的再创作。“三国志”前冠以“反”“超”“大”“破”“新释”“叛”“异”，这些都是很冲击性的词语，一下子引起读者的注意和兴趣，到底它们与《三国演义》以及之前日本作家创作的《三国志》有何不同，只是用这些词语作卖点标榜自己，还是真的有很大改变？以下一一解开谜底。

周大荒（1886—1951）的《反三国志》是中国《三国演义》翻案小说中最著名的一部，作于民国初年。周大荒自称要“为一干英雄代造完成一统时局，为马超、赵云一时名将打抱不平，令其吐气”，而将《三国演义》改写为《反三国志》。故事从徐庶收母信而归曹操之后的情节完全翻案。马超、赵云两人成为全书主角，两人一从北路、一从南路，分别扫荡魏吴，最后一统天下。赵云成为扭转历史发展的关键人物，不但救出徐母留下徐庶，还识破吕蒙白衣渡江之计，并与关羽一起夹击许昌，会同蜀汉诸虎将击败司马、东吴联军，改变了历史走向。精彩的三国评论与颠覆性的故事情节浑然一体，与《三国演义》相映成趣。《反三国志》在日本也颇有影响，渡边精一（1953—）翻译了此书并由讲谈社出版。译者渡边精一，还是《三国志人物事典》的著者，深谙《三国志》个中奥妙的权威型人物。他所翻译的《反三国志》底本为1987年5月河北人民出版社刊行的版本。在他的眼里，《反三国志》不但使《三国演义》中的人物更加鲜活，还让死于非命的人物复活，让恶人有恶报，同时整个故事又很流畅，没有不合理的牵强之处。所以，什么类型的读者都能从中得到乐趣，不管是不关心历史只注重故事情节的，还是一边看故事一边思索历史的，甚至完全没读过《三国演义》的读者，都会乐在其中的。所以，渡边精一不但乐于翻译此书，还很诚恳地推荐给广大读者。

另外，今户荣一（1932—）据《反三国志》编译《超三国志》，这也算是《三国演义》翻案的翻案吧。据作者回忆，他是在游览了山西省运城的关帝庙后，去洛阳的途中，在三门峡的一个自由市场的露天书店上淘来《反三国志》的。当时觉得书名奇怪，就买下来了。今户荣一非常喜欢中国，一年要来三次进行体验调查和资料搜集，他还自学了中文。《超三国志》分上、中、下三卷，1991年由光荣社出版发行，收于《歴史ifノベルズ》（《历史如果长篇小说》）系列中。这个系列提出假设"历史如果……"，在此假设基础上创作新的历史剧，让广大读者充分玩味壮大的历史长篇小说。因此，《超三国志》除了翻译以外，还有如此重任，就是让广大读者能够遐想另外一个《三国志》，体会改写历史的乐趣所在。此书最大的改动在于，一是对原作中地理位置的错误加以更正，还经常辅以自己实地考察的见闻，读来生动有趣；二是有别于原著以三国鼎立开篇，而是以诸葛孔明的登场开始，还经常附加各地传说和地名来历等趣闻。此书也深受读者的喜爱。

志茂田井树（1940—）《大三国志》，1992年先由讲谈社发行上、中、下三卷本，1995年又由该社发行了上下两卷本的文库本。志茂田井树的作品风格跨度很大，他本人也是一个性格很跳跃的人，生活阅历极其丰富，除了写小说，还办事务所，出演电视、电影、广告。出现在大众面前的形象也经常让人咋舌，服装怪异、发型多变，甚至染成彩色头发示人。这样的志茂田井树认为，至今为止日本版的《三国志》缺少很多东西，如没有让人热血沸腾的壮观场面，很多有趣的插曲被埋没，充满魅力的角色精华也没有得到充分书写。所以，他要写前无古人、后无来者的《三国志》，这听起来有些夸张，却吊足了读者的胃口，也符合作者的风格。这么让人遐想的开场白，到底会呈现怎样非同凡响的《三国志》呢？他举例说，有一种武器叫"元戎"，据说是孔明发明的当时最新锐、最恐怖的武器。该武器的形状、使用方法，以及发射元戎后，会有怎样的声响，会给敌营造成多大的混乱，都将在他的《大三国志》中一一呈现，详见《大三国志》第22章"大型攻城兵器的登场”。生动的描写和刻画，目的是让读者能够身临其境，亲自体会甚至参与、扮演其中的角色，像玩游戏一样进行阅读。另外，他认为在五丈原“死孔明走生仲达”一幕不免让人心生悲怨，扼腕惋惜，故在《大三国志》里，志茂田在孔明身上埋下了惊天秘密。原来，孔明利用法术延长本已战死的赵云的寿命，赵云大战司马懿，最后将司马懿杀死在战场上，失去司马懿的魏军溃败，最后姜维掌管军权，决意为实现和平，也为了完成诸葛亮的遗愿，攻打吴国。真是惊世逆转的结局，带领读者探索三国风云突变后的另外一种可能性。

很多三国迷每每读到孔明憾死五丈原时，都不觉感叹果然孔明胜不了司马懿。怎样才能让广大粉丝消除不满，心情舒畅起来呢？为了回应这种心情，桐野作人（1954—）创作了《破三国志》。根据史实，由于关羽被魏和吴所骗，失了街亭，自己也战死沙场，孔明“天下三分”的计策因而逆转，实际上已然崩溃。桐野作人假想如果关羽未死，那么孔明之计便可逆转，那么后边的发展将会更加精彩。据此，桐野做出大胆的假设，并在此基础上展开想象，进行再创作。毕竟历史的进程是无数偶然促成的必然结果，那么某一个环节偶然发生了什么变化，历史也会随之变化也未可知。《破三国志》的作者桐野作人是新锐历史小说作家，著有《战国的艺能群团》《信长谋杀之谜》《战国大逆转战记》等，擅长以锐利的目光挖掘出深埋历史中的真实。吕蒙施计设计关羽，关羽险些上当，被孔明看破，与赵云合力救出关羽，却没有进攻吴国，而是向吕蒙提议同盟，吕蒙郁闷而死。孔明转而开始进行中原围攻作战，与拥兵30万的曹操在许昌决战，孙权与之呼应，围攻合肥。孔明破魏10万大军，却未给曹操造成致命伤。在接下来的战斗中，长坂坡上吓退敌军的还是张飞，而上演空城计的不再是《三国演义》里的诸葛亮，而是根据史实记载的赵云。孔明最后也没有星落五丈原，而是有这样一段记述：“孔明将一切交给马良后辞去官职，飘然而去，行踪无人知晓。民间倒是一直盛传：襄阳附近，古隆中，当地的老人见有貌似孔明之人，一边耕作一边高吟”[1]，至此全文结束，却还意犹未尽。

童门冬二（1927—）《新释三国志》的“新释”二字，他说是因为对《三国志》有很多疑问，于是按照自己的想法和理解来解释，并将日本发生的同类事

1 桐野作人，《破三国志》（3），东京：学习研究社，1994年，第224页。

件，或同一类型的英雄拿来比较，故称“新释”。作者在寻找共同点、类似点的过程中，更清晰地发现了中日之间的差异性，使《三国志》世界的独特性更加显露出来。另外，《新释三国志》的独特之处还在于，试图探索《三国志》的英雄们是如何把“民众的幸福”和“后汉王朝的复兴”，这两个层次不同的目标结合在一起的，视角独特的分析也是本书的一大特色。作者不懂汉语，他的三国知识主要来自前人的译本、创作和研究，所依据的底本是《三国演义》。

仲路悟（1959—）著有13卷本《异三国志》，最大的改变是加入一个倭（日本）奴，他被带到中国大陆，受到陈宫保护，取名“倭少”，隐藏其身份，跟随刘备，登上三国的舞台，成为故事的主人公。仲路悟另著4卷本《叛三国志》。与《三国演义》出入最大的是吕布的命运。三国中最强悍的武将吕布在被处刑的时候逃脱，来到北方边境成为那里的王，并向汉朝复仇。另一个在《三国演义》中绝不会出现的场景是关羽和张飞的一对一决战。两部作品都有些耸人听闻，但又新鲜有趣。

以上形形色色的日本版《三国演义》，均创作于20世纪90年代到21世纪初的世纪之交，让中国读者觉得既熟悉又陌生。熟悉当然是其中鲜活的人物，诸葛亮、刘关张、曹操、吕布等，他们的故事、形象，都是中国读者再熟悉不过的了。而陌生感来自异域作家对这部作品的改变。人物命运的改变，故事情节的改变，甚至有日本人物的加入和比较，觉得这又不是大家熟悉的《三国演义》，不禁感叹彼三国非此三国。《三国演义》在日本不但有忠实原著的译本，还有仿作、再创作、改写等琳琅满目的日本版《三国演义》。

第二节　《西游记》与现代小说

一、中岛敦《我的西游记》——战争阴云笼罩下的自我思考

中岛敦（1909—1942），生于日本东京，小说家。曾任日本私立横滨女子高中教师，任职期间创作了很多优秀的作品，1934年在《中央公论》新人号上发

表小说《虎狩》。1941年到帕劳赴任，这期间发表《古谭》，包括《山月记》和《文字祸》两篇小说，之后又在《文学界》上发表《风、光和梦》，还作为芥川奖的候补作品。1942年辞去工作专事写作，却因为哮喘发作并持续恶化住进医院，33岁的年纪就与世长辞了。名篇《李陵》在他去世后才得以发表，这是一部格调高雅的汉文调文体的小说，语言风格幽默诙谐。1948年，全三卷的《中岛敦全集》问世，由筑摩书房刊行，获得每日出版文化奖。

《我的西游记》是中岛敦未完成的小说连载，中岛敦只完成了其中的两部短篇小说，一部《悟净出世》，一部《悟净叹异》。以中国古典名著《西游记》为题材，以沙悟净为主角，中岛敦决心要写一部“我的浮士德”。《悟净叹异》最早见于1942年11月今日问题社发行的《新锐文学全集》中。这两部作品的成立时期诸说不一，从内容分析，应该先有《悟净出世》，再有《悟净叹异》，但是从中岛敦的笔记记录分析，至少《悟净叹异》的草稿要先于《悟净出世》。先后无关紧要，可以确定的是这两部作品创作于“二战”期间。战争年代，太多的文学家奔赴战场，让文学为战争所用，同样作为作家的中岛敦应该是在深刻思考自己要如何是好。

从作品结构分析，《悟净叹异》其实是由悟净眼中的《西游记》登场人物来构成的，分为五个部分，第一部分“孙悟空”，第二部分“三藏法师”，第三部分“悟空、八戒、悟净”，第四部分“八戒”，第五部分“悟净、三藏”，小说中悟净以旁观者观察几个登场人物时，赞美悟空的同时就要贬低八戒，赞叹三藏的时候就要责难悟空，夸奖八戒的章节就要非难悟空，总之都是从出场人物正负两方面的性格来论述的。通观《悟净叹异》全篇，沙悟净可以看到周围人身上的优点，带着羡慕的同时，一边赞赏其他几位登场人物，一边进行自我否定。想要学习孙悟空的强大行动力，最后却只是以“一声叹息”告终，人物周身环绕着阴霾的气氛。

《悟净出世》没有留下任何草稿和原稿，推测应该在1942年初夏完稿。《悟净出世》开篇倒是行云流水：

寒蝉敗柳に鳴き大火西に向かいて流れる秋のはじめになりければ心細くも三蔵は二人の弟子にいざなわれ険難を凌ぎ道を急ぎたもうに、たちまち前面に一条の大河あり、大波湧返りて河の広さそのいくばくという限りを知らず。岸に上りて望み見るときがたわらに一つの石碑あり。流砂河の三字を篆字彫付け、表に四行の小楷字あり。

八百流沙河
三千弱水深
鵝毛飄不起
蘆花定底沈[1]

寒蝉鸣败柳，大火向西流，立夏经秋。三藏师徒三众脱难前来，心中惴惴不安间，正行处，只见一道大水波澜，浑波涌浪，水势宽阔不知限。忽见岸上有一通石碑，见上有三个篆字，乃“流沙河”，面上还有四行小楷：

八百流沙界
三千弱水深
鹅毛飘不起
芦花定底沉

《悟净出世》这段引子直接把主角指向沙悟净，依然没有脱离悟净的自我怀疑，甚至达到了病态的偏执，不仅怀疑自己，更怀疑周边的一切，以及所生存的世界，囿于过剩的自我意识中不能自拔。悟净与唐僧一行的艰苦行程，正是悟净努力从自我怀疑中解脱出来的努力和尝试，唯有行动才可以走出自我怀疑的迷宫。在《悟净出世》临近尾声的时候，悟净开始体会到了不思考所带来的从未有过的轻松和愉悦，于是他决定继续以行动代替思考，以达到自我救赎。

二、邱永汉《西游记》——借古典小说语现代生活

邱永汉（1924—2012），台湾省台南市出生，1945年毕业于日本东京大学经济学部后，回到台湾。1954年再次回到日本，开始了文学创作活动，小说《香港》一举获得第三十四回直木奖，之后创作便一发不可收，可谓著作等身，主要

1　中岛敦，《悟净出世》，东京：ゴマブックス株式会社，2016年3月，第3页。

作品有《浊水溪》《秘密入国者手记》《棘竹》《惜别亭》等十几部。邱永汉是作家、小说家，但同时他还是著名的实业家、经济评论家，他被称为“赚钱之神”，名下企业遍布日本、中国香港、中国台湾和中国大陆等地。

邱永汉的小说《西游记》，共八卷，最初在《中央公论》上作为连载小说，从1959年3月开始第一卷，直到1963年6月连载最后一卷，历时四年多连载完成。在报纸上连载《西游记》的起因，与冷战有关。1958年，苏联发射了人类第一颗人造卫星“伴侣号”，美国的人造卫星追着苏联的脚步冲上云霄，两大阵营的对立和斗争波及政治、经济和军事等各个层面。当时任《中央公论》主编的竹森清，邀请邱永汉写《西游记》小说的连载，他觉得现在人类实现了冲向天空的梦想的第一步，但其实这个梦想最早是书写在小说《西游记》中的，主编希望作者能将飞天梦想在小说中再现。

相较于日本的作家和文学家，邱永汉可以直接阅读原文，这是他的巨大优势，即便如此，在进行小说创作之前，他还是从头至尾地再次通读明刊本金陵世德堂《新刻出像官板大字西游记》。日本读者虽然对《西游记》耳熟能详，儿童读者也都非常熟悉这部小说，但实际上他们所熟知的《西游记》是被省略掉很多内容的简版。因为读者感兴趣的就是那些奇想天外的部分，如果是忠实于原文的再现，恐怕会打消很多读者的阅读兴趣。至少对于现代日本读者来说，有两件事不能接受，一是贯穿原著全文的劝善惩恶思想，对于现代读者来说无法理解；另一个现代读者不能理解的问题，就是不自然的上下级关系。所谓不自然的上下关系，就是唐僧和他的几个徒弟，一个二十岁出头的年轻和尚，何以让浑身本事的几个“妖怪”对他唯唯诺诺，俯首称臣，完全无法用现代人的思维理解这种关系。正是理解现代读者的困惑，邱永汉才只是浮于表面地写写劝善惩恶，而描写到唐三藏的几个徒弟时，他们也会背地里说唐僧的坏话，说他是“不懂世道的同性恋……”以此来缓解压力，就像现代社会社员们也会在背后一起数落社长的不是，简直如出一辙。四百年前的原著作者吴承恩，在进行小说创作时，又何尝不是借着“妖怪”来针砭时弊，抨击当时的社会体制呢！世界格局发生巨大变化的时代，各色英雄人物都得以在世界舞台上大显身手，现实版实力狂“孙悟空”、创建丰功伟业的“三藏法师”等齐刷刷登上了邱永汉的小说舞台，在这里见证时代的悸动，跟随发展的脉搏。

第二卷“三藏创业的卷”，收了大徒弟孙悟空之后，八戒、沙僧，还有白龙马都归于唐僧身边，师徒一行要踏上千难万险的旅程，去求取真经，创建一番丰功伟业。这何尝不是现代社会的翻版，邱永汉自己也是从台湾来到日本求学，后来白手起家，创立了自己的金钱帝国。只有真正经历，才知道创业的艰难险阻，“这一个当胸乱刺，那一个劈面来吞，闪过的再生人道，撞着的定见阎君。”[1]机遇与风险共存的《西游记》的世界与现代社会无差，要在殊死搏斗后留得生机。

邱永汉版的《西游记》有着现代人的诙谐幽默，在第三卷中，与金角银角斗智斗勇的一段最为印象深刻。

> 伶俐虫说：“我的兵器虽小，可能装下一千个人。”
>
> “啊哈哈……”孙悟空狂笑，“你们这些格局小，自然说的事儿也小。填了东京湾能容下五百万人吧，填了濑户内海三个岛就能连接起来了吧，这些都还小，都还小，我的葫芦别说人，就是天也装得下。”[2]

一个时代造就这个时代的文学，邱永汉的小说《西游记》在昭和五十二年（1977），由中央公论社出版文库本，后经多次再版。时隔十几年，这部小说读来依然可以感受到当时的社会和人情。

文库本出版于日本经济高度发展的70年代末期，20世纪七八十年代，日本经济高速发展，成为世界第二号经济大国，仅次于美国，国民经济发展的同时，人民的购买也大幅增加，甚至美国都担心日本要买下美国，到80年代，人均国民生产总值一度跃居世界之首。不可遏制的发展速度最终也带来泡沫经济。这个时期也是美苏对抗的顶峰阶段，给世界和平带来极大威胁。政治、经济、军事，来自各个方面的对抗和竞争，让这个时期无法归于平静，必定是风起云涌、惊涛骇浪的时代。

> 于是军国的根基渐稳，强兵尚武之风日盛，大臣也兼做元帅大将，没有

1 邱永汉，《西游记》（二）“三藏创业的卷”，东京：中央公论社，1985年5月第四版印刷，第15页。

2 邱永汉，《西游记》（三）“出入的卷”，东京：中央公论社，1985年5月第四版印刷，第208页。

> 军队的一官半职，简直无法在社会立足。于是，这个猴王完全放下心来，整日腾云驾雾，专心忙于全世界的外交攻势，结识他国的头面人物牛魔王、蛟魔王、鹏魔王、狮驼王、弥猴王、禺狨王，七人结拜为兄弟。现如今，万里之外宛如自家后院，点头行礼的工夫就三千里之外了，弯个腰的空儿就飞出八百里地，就是这样的时代。[1]

虽然十几年世事变迁，世界发生了巨大的变化，但是生活依旧，人情依旧，难怪邱永汉在文库本出版的后记中直言，时隔十几年后，对于当初写这部小说的感情依然没变，妖怪社会的人情味就是邱永汉版的《西游记》。现代版《西游记》以古喻今，借《西游记》抒发今人情怀。同时，创作风格诙谐幽默，引起读者的共鸣，得到阅读的乐趣，同时得以放松身心。三藏和徒弟们的描写，看似荒诞不羁，过于偏离原著，实则魅力四射。这部小说受到读者大众的喜爱也是情理之中，反复印刷出版就是最好的证明。

三、平岩弓枝《西游记》——充满爱与美的《西游记》

平岩弓枝1932年生于东京，是代代木八幡神社的独生女，1955年毕业于日本女子大学国文科，立志成为小说家，师从户川幸夫。1959年以小说《鳌师》一举获得第41回直木奖，1991年《花影之花》获第25回吉川英治文学奖，1998年获第46回菊池宽奖，2004年获得文化功劳者的荣誉。除小说外，还创作了为数众多的电视剧剧本和戏剧剧本。

平岩弓枝的《西游记》最初在《每日新闻》连载，从2005年12月14日一直连载到2007年7月10日，单行本由每日新闻社刊行，2007年3月出版上卷，2007年9月出版下卷。平岩弓枝的《西游记》被称为至今为止最美的《西游记》，这种美有翻译语言的晓畅之美，更有故事情节所表达的感情之美。

首先，通观全篇，这部小说语言非常简洁流畅，没有任何晦涩难懂之处，尤其是对话的部分，也全部采用现代口语译出。如果说原作《西游记》是江户时代

1　邱永汉，《西游记》（一）“实力狂时代的卷”，东京：中央公论社，1979年6月第三版印刷，第62-63页。

日本人学习唐话的教材，那么平岩弓枝的《西游记》可以作为现代中国人学习日语口语的教课书，这样说也毫不夸张。书中的对话比例要占到全书的二分之一还多，甚至觉得这部小说就是由对话构成的。出场人物之间的感情变化，除了一些简单的叙述外，基本都是靠语言表达出来。

悟空大叫一声，

“师父。”

三藏从老虎变回人形，双手伸向悟空，两眼泪光闪闪，

“悟空。”

悟空扑向三藏怀中，三藏用力抱住悟空，

“师父，请你原谅我，都是我不好。”

悟空抽泣着，三藏兀地跪在悟空面前，

“该请求原谅的是我，不知道你的真心，却把你赶出师门，这是我一生的错误，请原谅愚蠢的我吧。”

“师父……”

悟空扶起三藏，又靠在三藏怀里，泪如雨下。[1]

语言的简洁晓畅，即使识字不多的小读者应该也可以顺畅地阅读。同时，言语间充满了师徒之情、伙伴之爱。

“不管发生什么，俺老孙都要跟着师父去天竺”，悟空的话语痛快且温暖，师徒之间充满了爱；“不管身在何方，俺也绝不会忘记师父”，历经艰难险阻的磨难，师徒之间结下了深深的羁绊；“为师者，就是要同弟子一起学习，共同精进、共同成长”，经历的千难万险，让师徒四人共同成长，生死与共，感情也得到了进一步升华。那些要么凶恶要么狡诈的妖怪，那些披荆斩棘、蜿蜒泥泞的道路，都被师徒之爱、成长的羁绊所克服、所消除。这是一部充满爱、充满美的《西游记》，不同于以往的任何一部日本作家创作的《西游记》小说。

1　平岩弓枝的,《西游记》（2），东京：文艺春秋（文春文库），2009年4月第二刷，第163−164页。

第三节 《金瓶梅》与现代小说

一、推理小说《妖异金瓶梅》

山田风太郎（1922—2001），出生于日本兵库县，毕业于东京大学医学科。1947年以作品《达磨峠事件》出道，1949年，以作品《眼中的恶魔》和《虚像淫乐》获得侦探作家俱乐部奖。之后又在1958年发表了《甲贺忍法帖》，带动了忍法热，后来又创作了《柳生忍法帖》《伊贺忍法帖》和《女忍法帖》等。另外还有《警视厅草纸》《幻灯辻马车》《魔界转生》《站中派不战日记》《人间临终图卷》等优秀作品。

山田风太郎一向以短篇专长，在长期创作短篇小说的过程中，也慢慢开始摸索长篇小说的创作手法，系列作品《妖异金瓶梅》正是山田风太郎最初的长篇小说，他的这部小说通篇充斥着妖美的气氛，被认为是推理小说史无前例的划时代作品，甚至还有人评价它是日本推理小说的最高杰作。

在众多的明代白话小说中，《金瓶梅》对明代社会的黑暗和颓废进行了深刻绵密的描写，书中人物性格的描写也异彩纷呈，这种写实主义的写作技法对后代作家影响深远。小说的主人公西门庆可谓集恶于一身，对于物欲、性欲都毫不掩饰地极尽追逐。女性角色风格各异，美艳不同。另外还有一个特别的存在，依附于西门庆的应伯爵。这些人物给予作者山田风太郎以灵感，对事件展开合理推理，进行大胆尝试，开始创作山田风太郎版的《金瓶梅》。第一话“红鞋”发表于1953年8月的《讲坛俱乐部》增刊上。之后，按照发表的顺序排列，“美女和美童”（1954年4月，《面白俱乐部》）、“钱鬼”（1954年4月至6月，《宝石》）、“变化牡丹”（1954年6月，《王》增刊）、“阎魔天女”（1954年8月，《小说俱乐部》）、“漆绘美女”（1954年9月，《王》）、“麝香姬”（1954年10月，《王》增刊）、“西门家的谢肉祭”（1954年12月，《小说公园》），总计八篇合成《妖异金瓶梅》刊行。

之后，陆续发表了“妖瞳计”（1954年11月，《宝石》别册），“邪淫烙印”（1956年5月，《完载小说》）、“黑色乳房”（1957年4月，《讲谈俱乐部》）、“冰冻欢喜仏”（1957年8月，《讲谈俱乐部》）、“女人大魔王”（1957年11月，《讲谈俱乐部》）、“莲华往生”（1959年1月，《讲谈俱乐部》）、“死潘金莲”（1959年4月，《讲谈俱乐部》），集合成册出版《秘钞金瓶梅》。

（一）人物的设定

西门庆对于色欲、物欲、名誉欲都有着强烈的欲望，千方百计地实现自己的欲望。原作中的应伯爵，依附于西门庆，对西门庆极尽逢迎，讨得西门庆的欢心。应伯爵对西门庆的性格、爱好、生活习性、家庭状况、经济来往等事情，无一不知无一不晓。正因为这个人物的特殊性，选取他作为《妖异金瓶梅》中破案的侦探角色再适合不过了，因为这个人物对于西门庆一家人之间的葛藤最为清楚，深谙这个家庭内部的各种关系。应伯爵有着非凡的洞察力，透过理性的分析，他对于潘金莲因嫉妒而犯下的恶行逐一识破，能够捕捉到潘金莲微妙的心理变化，越是临近破案，越对潘金莲生出赞叹和憧憬，于是犹豫是否要道出真相。潘金莲在山田风太郎笔下是位绝代淫妇，书中反复描写了这个人物的嫉妒、爱情和聪明，尤其是因嫉妒而生的罪恶。以小脚为美的宋惠莲，因美臀而被看重的琴童、画童，声音美艳的香兰，浑身散发麝香香气的歌妓李桂姐，这些美都引起了潘金莲的嫉妒，并因嫉生恨，做出了残忍的事情。另一方面，也可以通过一系列的案件，透析这个人物对于西门庆专一爱情的渴望，也是位可怜的女性。

（二）推理的设计

众所周知，西门庆在历史上简直就是好色之徒的代名词，山田风太郎抓住这个人物的色欲及与之密切相关的人物和环境，从原作中抽离出来，创作出一部真正意义的现代推理小说。

这部推理小说的侦探是西门庆的帮闲应伯爵，这是由应伯爵的特殊地位决定的。而这部推理小说的重要推理线索就是潘金莲的“嫉妒”，是所有惨案发生的源头。抓住这两点，就可以顺利摸索到整部小说的线索和脉络。

以其中一篇“变化牡丹”为例，西门庆请来画师给自己的几房太太画像，潘金莲与新纳的七房太太杨艳芳都要争着第一个被画，两人相持不下，让人联想到白雪公主中的魔镜，仿佛画师先画的才是最美的。结果画师决定先为杨艳芳画像，潘金莲摘了一捧花给杨艳芳，谁知花束里飞出一只蜜蜂，蜇得杨艳芳第二天脸部肿胀，无法入画。气愤之余，杨艳芳找潘金莲出气，将潘金莲的头发剪得一塌糊涂，也无法入画了。一日，大家围坐在一起喝酒解闷，肿着脸的杨艳芳也来了，刚喝了几口酒，就一口血喷出来，往外跑了几步便倒地身亡了。完全不明就里的西门庆也只好当作天罚，草草了事。本以为只是偶发事件，但是侦探应伯爵出场，抓住蛛丝马迹，抽丝剥茧，找出了整个案件的真凶。原来整个故事都是潘金莲一人自导自演，被蜜蜂蜇脸的不是别人，正是潘金莲自己，这样才能掩人耳目，继续表演后面的戏分，剪掉头发其实是为了掩盖自己脸肿，为自己不出来见人找到合理的理由，其实这时杨艳芳已经被潘金莲所害。应伯爵的推理精彩纷呈，让人瞠目结舌，他发现这一切的线索源自潘金莲的宠猫“雪狮子”，突然有一天跟在肿脸的杨艳芳身边，这个设计实在巧妙。发生这一切的理由只有一个，潘金莲出于对杨艳芳的嫉妒，并不是嫉妒对方的美貌，而是在西门庆心中的地位。

不止“变化牡丹”一个故事，整个小说的元凶只有一个，所有的案件幕后黑手都是潘金莲，即便知道答案，应伯爵的推理过程还是让读者兴味盎然，每一次的推理如同看日本著名动漫《名侦探柯南》，太出人意料，又在情理之中，推理技巧缜密。另外，书中应伯爵的心理描写也非常出彩，以括号的形式标注出心理活动的部分，一目了然，又与整个故事相得益彰，心理描写增加了现代小说的阅读体验。

这样的推理设定完全超脱了原作，让读者眼前一亮，也大吃一惊，完全没有想到故事的进展会如此出神入化。也正是出乎意料的设定，让山田版《妖异金瓶梅》久盛不衰。巧妙的推理，对原作大胆地重新解读，山田风太郎不仅为日本读者奉上一部优秀的现代推理小说，也打开了中国读者对中国古典的想象空间。

二、写实主义小说《私本金瓶梅》

驹田信二《私本金瓶梅》，1972年12月由二见书房刊行。这部小说只有原作《金瓶梅》的二十分之一，短小精悍，便于阅读，却不失原作的本质。主人公西门庆笃信金钱、权力和性欲，阅女无数。这部小说不同于其他明清白话小说，尤其不同于四大名著或四大奇书的其他几部，登场人物既没有才子佳人，也没有英雄豪杰，悉数为普通百姓，饮食男女。透过小说，可管窥明代万历年间的市井生活和人间万象，甚至政治社会和时代走向。

驹田信二的《私本金瓶梅》之所以被称作划时代的作品，在于对禁忌的挑战，即对性自由观念的支持。

三、时代小说《本朝金瓶梅》

林真理子（1954—）生于日本山梨县，毕业于日本大学艺术学部，广告撰稿人。1982年创作的随笔集《买个好心情回家》成为畅销书，1986年以作品《如果能赶上末班车》《到京都》获得第94回直木奖。1995年以作品《白莲恋恋》获得第8回柴田炼三郎奖，1998年以《大家的秘密》获得第32回吉田英治文学奖。除此以外，还有《女文士》《美女入门》等多部小说。林真理子是当今文坛最具人气的女作家，她以细腻描写现代人的恋爱心理见长，作品中多以现代都市女性的情爱为主题，被称为“女渡边淳一”。

2006年7月文艺春秋刊行林真理子《本朝金瓶梅》。《本朝金瓶梅》的题目就暗示这是一部翻案作品，江户时代的日本文坛，翻案中国小说的作品层出不穷，尤其以“本朝”为题的，大多是把中国的小说移植到日本，故称“本朝”，《本朝水浒传》就是中国白话小说《水浒传》的日本翻案作品。

《本朝金瓶梅》与《金瓶梅》的人物对应关系：

《金瓶梅》	西门庆	潘金莲	吴月娘
《本朝金瓶梅》	西门屋庆左卫门	阿金	阿月

《本朝金瓶梅》有三部作品，第一部“江户篇”，第二部“伊势篇”，第三部“西国漫游篇”。

第一部《本朝金瓶梅》，2006年7月由文艺春秋出版社出版，将中国明朝赤裸裸描写性事的小说《金瓶梅》，移植到日本江户时代。男主角由西门庆换成日本的禄米商人[1]西门屋庆左卫门，多金的美男子，世人皆知的好色之徒。女主角则由

1　禄米商人：日本江户时代的商人。受旗本和御家人之托，领取幕府的禄米进行转售，不仅收取手续费，而且以禄米作抵押向武士贷款，从中牟取暴利。在江户浅草、藏前设店，时称藏宿。

专门擅长哄骗男性为生的阿金代替了潘金莲。阿金认为能成为庆左卫门的妾才是真正的幸福，为达到目的，竟对自己的丈夫下毒。夙愿以偿，却不承想庆左卫门对各色女性都神魂颠倒，并不专情于她，之后展开了一连串的感情纠葛。这是擅长恋爱小说的林真理子奉献给读者的豪华版时代小说，第一部《本朝金瓶梅》。

第二部“伊势篇”依然由文艺春秋社，2010年7月出版。继淫妇阿金之后，西门屋庆左卫门又娶了富裕包子铺的寡妇和人妻阿六为妾。堪称江户第一色男的庆左卫门一时间竟然失去性功能，这可不得了，为了得到传说中四国达官贵人爱用的大补药，借口到伊势参拜，带着两位小妾踏上旅程。一路上可谓色欲全开，庆左卫门与少年男妓翻云覆雨，甚而还出现了男童破处的淫邪桥段。从江户到伊势，林真理子的时代小说《本朝金瓶梅》的第二弹依然势头强劲。

第三部“西国漫游篇”，2013年依然是文艺春秋社出版发行。人称江户第一色男的西门屋庆左卫门，经过伊势参拜，终于恢复了性功能，带着两位娇妻阿金和阿六再次踏上旅程。这一次在京都、大阪和香川，与关西地区的美女上演了一出色与欲的豪华盛宴，让现代读者感到震颤，当下社会正是“性欲衰退”的时代。林真理子以痛快的性欲描写为特色，为中国四大奇书之一的《金瓶梅》再次注入新的生命，“西国漫游篇”是林真理子时代小说《本朝金瓶梅》的第三弹。

《本朝金瓶梅》中人物不仅都换成日本人，他们的思考方式、行动方式等也完全是日本人，读者在阅读此书时，即便不了解原著《金瓶梅》的故事和背景，也不会产生任何违和感，可以充分享受这部作品带来的阅读乐趣。这种日本式的转换，不仅停留在人物性格上，甚至整个故事也充满了日本风。《本朝金瓶梅》小说设定的时代为日本江户时代，十一代将军德川家齐在位的1787年至1837年间，家齐将军据说十分好色，他的子女加起来有53人之多。其实，不管在哪个朝代，《金瓶梅》的主旨都是好色，抓住这个关键点，将时代和场所随意进行转换，都不会影响小说的主题。

第四节　《红楼梦》与时代变迁

一、江户时代

《红楼梦》最初在日本并未受到重视，文献记录也非常稀少。最早的与之相关的记录是文人画家田能村竹田。田能村竹田（1777—1835），风后竹田人，出身于藩医家庭，文人画家，画作风格独特。他的随笔《屠赤琐琐录》卷三中，记录了《红楼梦》中出现的两种建筑模式，“穿堂”和“影壁”。据说这是竹田在第二次去长崎的时候，受教于来日中国商船的江艺阁，那是1826年秋天，之后竹田滞留长崎数月，一边鉴赏随船而来的中国书画，一边学习唐话。学习用的教材包括《三国演义》《水浒传》《西厢记》等。从他的随笔推断，在这个阶段他也接触到了《红楼梦》。

另一位言说《红楼梦》的江户作家就是龙泽马琴，又名曲亭马琴，是江户时期最著名的读本作者。曲亭马琴的《曲亭藏书目录》（东洋文库藏写本）中记录有“红楼梦 四帙 廿四卷”，虽然版本种类并未详细记载，但至少知道文化初年马琴已经入手《红楼梦》。因为对白话小说的热衷，马琴也开始学习唐话。当时由于幕府采取锁国政策，能和日本进行海上贸易往来的只有明清和荷兰的船只，主要的港口就是长崎。因为当时中国的商船基本来自江浙一带，因此以长崎为中心的唐话学习，也主要是学习中国江南的官话。《红楼梦》的会话以北京话为主，所以《三国演义》《水浒传》等多用于唐话学习的教材，而《红楼梦》则是用来自学的书籍，也可作为了解中国社会人情和玩味小说故事情节的阅读对象。马琴手中的《红楼梦》有没有深入阅读，还要看和他作品的关联性。

1840年，马琴的题为《宿世结弥生雏草》的作品，其结构一看便是从《红楼梦》中得到的启发，从当时的出版预告可知，启发来自神瑛侍者和绛珠草的转世故事，也就是贾宝玉和林黛玉的姻缘传说。这样看来，马琴不只是有《红楼梦》在手，还反复深读，从中得到启发，创作了这部作品。

马琴的代表作，也是最有影响力的作品莫过于《南总里见八犬传》，《八犬传》对白话小说《三国演义》和《水浒传》都有明显的借鉴，其实这部作品中也不乏《红楼梦》的影子，比如八犬士这八位义士，各自有一块代表“仁”“义”“礼”“智”“忠”“信”“孝”“悌”的通灵宝珠，这恐怕来自宝玉含玉而生的典故。马琴的另一部小说《朝夷巡岛记》出版后，马琴的友人写了一部《犬夷评判记》，站在作者的立场上一一回答读者的各种疑问和意见，其中一张插画的画赞为：“满纸荒唐言，一把辛酸泪，都云作者痴，谁解其中味。”《南总里见八犬传》最初是以连载的方式问世的，初次刊载于1814年，一直到1842年，耗时28年之久才完成。在这部作品撰写中间马琴还不幸失明，最后是以口述，他人代笔的方式才最后完成了这部作品。全书共98卷，106册，这是日本古典文学史上少有的长篇巨著，写作的艰难只有作者知道，写作的个中滋味也只有作者才能体会。

二、明治时代

明治维新以后，特别是1873年，清朝政府与日本政府建立了国交，签订通商友好条约，这样一来，唐话由以前的南京话为中心变成北京话为中心，而以北京话为主要对话内容的《红楼梦》自然成为学习唐话的重要教材，也由此《红楼梦》得到更大程度的推广和普及。

1892年6月，在森槐南的《红楼梦序词》翻译公开发表两个月后，岛崎藤村（1872—1943）也发表了他的《红楼梦》节译，所译内容为第十二回末的一节。岛崎藤村毕业于明治学院，之后曾师从莲舟学习《红楼梦》，莲舟是旧幕府的大臣，曾作为日本公使馆的临时代理公使赴北京任职，谙熟清朝的北京话。岛崎藤村最早就是受到莲舟所讲解的《红楼梦》的影响，开始关注这部白话小说，还翻译了第十二回“王熙凤毒设相思局，贾天祥正照风月鉴”的一节，题为《红楼梦的一节——风月宝鉴辞》，发表在《女学杂志》上。翻译的一节主要讲贾瑞爱恋有夫之妇王熙凤，相思成疾，道士赠了他镜子驱邪，但贾瑞没有按照道士教他的方法使用镜子，一味地只看镜中的王熙凤，却避开“风月宝鉴”里面的骷髅，结果失心疯掉，最后还丢了性命。

北村透谷是岛崎藤村的好友，看到藤村的译文《风月宝鉴》，将其小说化，以《宿魂镜》为题发表在《国民之友》上。《宿魂镜》的故事梗概：青年山名芳三来到东京游学，寄宿在一位男爵家中，爱上了男爵家的大小姐，却被小姐的继母生生拆散，灰心丧气回到家乡。当时为表留念获赠古镜一面，回到山间寒舍的芳三，难以忘怀男爵家的弓子小姐，就看着镜中小姐的面影聊以慰藉度日。精神恍惚间，墙上出现了像骷髅的怪物，又幻化作弓子的样子……最后芳三意识混乱而亡。家人发现芳三尸体的时候，正收到了弓子死于结核病的电报。想来二人应该是死后才得以结合在一起。从故事梗概分析，北村透谷并未完全翻案藤村的译文，但是从中得到了启发，才作了这篇小说《宿魂镜》。

三、昭和时代

永井荷风（1879—1959），1879年生于日本东京，笔名断肠亭主人，石南居士等，日本小说家、散文家，代表作《地狱之花》，晚年曾获得日本文化勋章奖。说起永井荷风与《红楼梦》的渊源，还要从他的一次上海游玩说起。1897年，永井荷风到上海探望父亲，并游玩了一段时间，这次中国之行回国后，他就进入东京外国语学校清语科学习北京官话。大概就是这段时间，永井荷风第一次接触到《红楼梦》，并在日记中记载了自己对《红楼梦》的阅读和评论。另外在其创作的俳句中也出现了“红楼梦”的字样。

昭和十二年（1937），永井荷风在《朝日新闻》连载小说《濹东绮谭》，这部小说的主人公名林黛玉，然而与《红楼梦》中的林黛玉完全没有关联性，性情和境遇完全不同。小说中有一段描写，一入晚秋，自己总能想起《红楼梦》中的一首诗《秋窗风雨夕》，虽然知道不容易，可还是想尝试把这首诗译出来。于是努力译出了前六行：

秋花惨淡秋草黄，耿耿秋灯秋夜长。
已觉秋窗秋不尽，哪堪风雨助凄凉。
助秋风雨何来速，惊破秋窗秋梦绿。
……

《秋窗风雨夕》是《红楼梦》第四十五回“金兰契互剖金兰语，风雨夕闷制风雨词”中林黛玉所作的一首古诗，黛玉病卧潇湘馆，秋夜听雨声淅沥，灯下看《乐府杂稿》，其中有《别离怨》《秋闺怨》等词，“不觉心有所感，亦不禁发于章句，遂成《代别离》一首，拟《春江花月夜》之格，乃名其词曰《秋窗风雨夕》。”永井荷风在小说中引用了这六行诗句的翻译，这首诗的全部译文在战后荷风的《偏奇馆吟草》中终于得以问世，也算实现了永井荷风一直以来的夙愿。

永井荷风虽然与《红楼梦》有各种交织在一起的羁绊，但他不是《红楼梦》研究的专家，文学作品也并没有围绕《红楼梦》展开，原因在于昭和时代的文学流向，他们更关心西欧文学的发展和动向，更热衷于向西方学习和吸收文学营养，对于东方文学和文化的关心显然不如前代那么积极和渴求。

同一时期的另一位作家谷崎润一郎（1886—1965），生于日本东京，就读于东京帝国大学国文学部，日本文化勋章的获得者。他是日本近代小说家，唯美派文学主要代表人物，将《源氏物语》译为现代文，代表作《刺青》《春琴抄》《细雪》等。

谷崎润一郎曾两度访问中国，第一次1918年，游历了中国的东北、北京、天津、汉口、九江以及江浙等地，回国后写了《苏州纪行》《秦淮之夜》《西游之月》等游记；第二次在1926年，他不只再度拜访中国，还结识了中国的很多文人，如郭沫若、田汉、欧阳予倩等，此次回国发表了《上海交游记》。

谷崎润一郎的长篇小说《细雪》，以大阪船厂富裕商人家的四姐妹的故事为中心展开描写，这部作品经常拿来与《红楼梦》进行比较。首先，《细雪》中两位待嫁的妹妹三姑娘和四姑娘是整个小说的主角。三姑娘雪子温柔善良，内心有主见，却在门第婚姻的世俗压力下不得不低头顺从，最后在门当户对的传统观念的重压下，违心地嫁给自己不喜欢的人为继室。四姑娘妙子勇于冲破传统观念和礼法，与自己相爱的底层男子同居，却遭到家庭的严厉反对，被逐出家门。与《源氏物语》和《红楼梦》里的女性一样，无论反抗还是顺从，都是封建时代和观念的牺牲品和奴隶。

这部作品中对于女性的描写，一个突出的特点就是不遗余力地礼赞女性的美丽，反复强调了几个姐妹的年轻和美貌。虽然看起来年轻美貌，但是岁月流逝无法改变，那种对时光飞逝的感叹和忧伤随处可见。小说中描写母亲临终的画面，不禁让人联想《源氏物语》中紫姬之死。可能源于对《源氏物语》的翻译，在《细雪》中从人物描写到故事寓意，都可以看到来自《源氏物语》的影响，也正是因为与《源氏物语》的这种纠葛，才在后来被拿来与《红楼梦》进行比较。

众所周知，谷崎润一郎被誉为艺术至上主义的代表作家，他的作品多以大胆礼赞女性之美为题，表现出对女性的崇拜，反对压抑人本性的所谓伦理道德，他尤其赞赏平安时代文学中所反映的女性崇拜精神，所以深深喜爱《源氏物语》，并将其翻译成现代口语，让更多读者阅读和了解这部作品。在女性崇拜这点上，让我们联想到《源氏物语》中的光源氏和《红楼梦》里的贾宝玉。光源氏对身边的女性都充满爱意，并能从每一个女性身上发觉她们的闪光点，甚至病中的女性他也能看到其病态美，容颜丑陋的女性他也能发掘出她美的一面。贾宝玉更是认为女子都是水做的，冰清玉洁，最是美好，男子却都是泥做的俗物，唯女子为美好。从这一点来看，谷崎润一郎有着与这两位奇男子共同的认知，也是一段奇妙的渊源。

第十章

搬上日本舞台的中国古典小说

中国古典小说与日本文化的交流是多方位的，除了翻译、再创作、评论、研究以外，为其在日本广泛推广和实现大众化做出巨大贡献的，还有漫画、戏剧、电视、甚至游戏为媒介的视觉系《三国演义》。相较于文字读本的耗时耗力，图片、图像、舞台表演、电视电影等更加直观的方式接受起来更轻松，适合现代社会中快节奏生活着的人们的口味。搬上舞台的人偶剧、净琉璃、歌舞伎版本的《三国演义》《西游记》等，也充分发挥各自的优势，吸引日本观众的注意力，使中国古典小说的接受群进一步扩大，与传统文字系统相呼应，实现更广层面上的推广和普及。

第一节　《三国演义》与舞台戏剧

《三国演义》自江户时期输入日本，就在日本文学舞台上站稳了脚跟，受到广大读者和学者的爱戴。名为湖南文山的译者第一次将其译为日文，让普通百姓也可以读到这部小说，开启了日本的“三国热”。《三国演义》与日本戏剧也结下了不解之缘，在日本学者和表演艺术家的共同努力下，将这部中国小说融入日本文化，搬上日本的戏剧舞台，使其焕发新生。

一、《三国演义》与江户戏剧

随着《三国演义》初译本的问世，越来越多与《三国演义》相关的读物相继出现，扩大了读者群，形成日本第一次“三国热”，这股潮流不只停留在小说上，与日本戏剧也碰撞出火花。

歌舞伎是日本传统艺能之一，产生于日本近世，即江户时代。最初由出云（现日本岛根县东部）地方名叫阿国的女子创立，后又经历了“游女歌舞伎”（演员为女性）、“弱众歌舞伎”（演员为青年男子）、“野郎歌舞伎”（演员为成年男子）等不同发展阶段，逐渐形成了今天的成熟歌舞伎形式，并且保留了所有演员为男性的独特表演特色。现在，歌舞伎表演艺术作为日本重要的无形文化财产，它的继承和发展在日本国内受到极大重视。与此同时，因为在年轻人中不能得到共鸣，它的传承也像中国的京剧一样，面临极大的挑战。

《三国演义》在当时随着歌舞伎表演形式登上了舞台。据记载，宝永六年（1709），大阪的岚三十郎演出了和《三国演义》相关的剧目，虽然没有具体的记载，无从知道上演的是什么故事，但从主要登场人物孔明和仲达的搭配来看，应该是刘备死后，“死诸葛走生仲达”的精彩一幕。

江户时代深受欢迎的演剧除了歌舞伎以外，还有净琉璃。净琉璃名称来自16世纪室町时代中期的《净琉璃姬十二段草子（净琉璃姬物语）》，是一种说唱形式。17世纪初净琉璃开始以三弦伴奏，并配以偶人表演，这就是人偶净琉璃，在江户、京都、大阪三都流行开来。元禄年间，三国故事已译成日语，被人们所熟悉，因此为净琉璃提供了素材，跟三国故事有关的净琉璃在江户、大阪等重要城市上演。关于这方面的详细研究，见于鸟居文子的论文《中国素材的日本演剧化——〈三国志演义〉和净琉璃》[1]。据该论文的考证，进入元禄时代，江户的土佐净琉璃和大阪的近松净琉璃，都有意识地利用《三国演义》的角色。享宝年（1716—1736）间开始，净琉璃的世界里也渐渐引入了三国故事。她进一步考察了土佐净琉璃的剧目《通俗倾城三国志》《续三国志》和《末广昌源氏》，以及近松净琉璃剧目《国姓爷后日合战》和《信州川中岛合战》，虽然二者在趣旨上有些差异，但从所有剧目中的登场人物身上，都能强烈感觉到《三国演义》的存在，只不过将舞台和情节换成日本的而已。鸟居认为，当时的观众能充分理解这些剧目就是《三国演义》的翻案。

江户时代初期传到日本的《三国演义》，经过了怎样的历程，在日本被接受的过程中，《三国演义》又发生了怎样的变化，如何反过来反映江户时代百姓的感觉和生活，从上述介绍可以窥见一斑。日本在吸收外来文化的时候，比如《三国演义》，翻译成日文出版后，被以各种形式吸收到日本传统的艺能中去，而登场人物从容貌、服装到性格，都发生了变形，进行日本化的改变，这个过程确实一目了然。

二、超级歌舞伎《新·三国志》

1986年，歌舞伎表演艺术家、第三代市川猿之助创立了超级歌舞伎，它吸收了西方戏剧、中国京剧等多种戏剧表演的不同特色，为这种古老的表演艺术带来了新风和发展的机遇。到目前为止，上演的剧目有九种，其中三个都和中国的《三国演义》有关，分别是1999年上演的《新·三国志Ⅰ 关羽篇》，2001年的《新·三国志Ⅱ 孔明篇》，2003年的《新·三国志Ⅲ 完结篇》。三部演剧反响强烈，好评如潮，观众也不再局限于传统歌舞伎表演的人群，即相对老龄化的观众群体，这部歌舞伎将更多的年轻观众吸引到了剧场，掀起一浪高过一浪的歌舞伎观赏狂潮。据说当时虽然票价很高，但还是一票难求。

1　鸟居文子，《中国素材的日本演剧化——〈三国志演义〉和净琉璃》，《东京女子大学比较文化研究所纪要》第59卷，1998年。

翻译《三国演义》的村上知行曾在中国生活多年，他说在北京的大街小巷，总能听到京剧《空城计》的戏文“我本是卧龙岗散淡的人”；听京韵大鼓的演奏，伴随着“三国纷纷乱滚滚”的唱词；除此外还有相声、快书等种类繁多的民间艺术，都会有关于《三国演义》的内容。他还发现，京剧剧目取材于《三国演义》的实在多得超乎想象。的确，《三国演义》在中国早已被搬上舞台，京剧剧目中与三国相关的至少有一百多部，《华容道》《空城计》《战长沙》等都是我们耳熟能详的。

歌舞伎表演与中国京剧表演有很多相似之处，同属于东方戏剧系统，都是重视表演更胜于内容，注重视听觉的审美欣赏。超级歌舞伎《新・三国志》对传统做了很大的改变，这个改变是全方位的，不只有外在形式的改变，还有人物和剧情，甚至中心思想的巨大改变。

《新・三国志Ⅰ 关羽篇》，以“黄巾起义”“火烧赤壁”“夷陵之战”为主线展开剧情。剧中最大的卖点是把刘备设定为女性，关羽和刘备之间产生了一段离奇而浪漫的爱情。第二部是《新・三国志Ⅱ 孔明篇》，以“七擒孟获”“空城计”“五丈原升天”为主线展开剧情。当然其中也少不了孔明的爱情戏，并给他找了两个恋人，翠兰和祝融。第三部是《新・三国志Ⅲ 完结篇》，主要内容围绕孔明死后为实现和平、终止战乱而奋战的年青一代的故事展开剧情。

《三国演义》讲述的是男人的世界，所涉及的女性一是数量稀少，二是着墨不多。而超级歌舞伎《新・三国志》对此做了180度的逆转，在第一部和第二部中都加入了原作《三国演义》中没有的爱情故事。尤其第一部中将刘备设定为女性，与关羽之间发生了凄美的爱情故事，据说这一奇想天外的创意源泉来自京都大学的金文京所著《三国演义的世界》一书的观点：“刘备身上具有女性要素，他和《西游记》中的唐僧、《水浒传》中的宋江三人看似文弱无能，其实却各自都具备着一种女神般的领导素质。”这一观点给了市川猿之助灵感，他干脆就将刘备设计为真正的女性。这样大胆的改变就连出演刘备的市川笑也起初也难以接受。不过，猿之助始终坚持戏是演给普通大众的，戏好看才是最重要的，戏剧允许有虚构的成分。

观众对此还是能够接受的，一方面对中国古典小说的改编，日本观众不同于中国观众，他们没有心理上的接受障碍；另一方面，受日本传统文学影响，小说中植入爱情故事更能够得到读者和观众的喜爱。因此，在第一部超级歌舞伎大获成功后，第二部中也为孔明加上了爱情戏，为这位冷峻的“智绝”孔明增添了一抹人情味儿。

《三国演义》讲述了汉末动乱，群雄并起，战乱纷繁，后经三国鼎立，由魏到晋，权力更迭，时代变迁，是一部时代大剧。与《三国演义》通过战争反映时代更替不同，超级歌舞伎《新·三国志》的中心思想是和平主义。在《新·三国志》中，建立一个没有战争的国家，这是全剧的中心，是剧中人物为之奋斗和献身的目标。就如同第三部的主题曲“为了爱和未来”，战争不是目的，它只是通向和平的手段，孔明死后，年青一代也都是为了实现和平而战。另外，第一、二部中加入的爱情故事也表现了爱的主题。总之，市川猿之助以戏剧的形式深化了“爱”“和平”这一主题。在世纪之交，全球冲突不断的时代大背景下，这样的主题会带给人们很多思考，看着中国历史题材的日本歌舞伎，思考着世界的前途和人类的未来，人类可能就是在不断重复上演着历史。

三、日本戏剧《三国演义》受欢迎的原因

日本戏剧版的《三国演义》从登上舞台的那一刻起，就受到日本观众的广泛好评，分析其原因也是多方位、多层次的。下面以超级歌舞伎《新·三国志》为例，管中窥豹。

首先，超级歌舞伎从创建的那一天开始，就由于其求新求变受到广泛好评，吸引了大量以前不关心歌舞伎表演的新观众群，这其中新的脚本创作功不可没。第一部超级歌舞伎《日本武尊》于1986年在东京新桥演剧场上演，脚本由日本著名文人梅原猛执笔，他是国际日本文化研究中心的原所长，因为独特的视野，他的日本学研究被称为“梅原日本学”。这样一位脚本作者给我们带来的，是与以往完全不同的歌舞伎表演内容。《新·三国志》的脚本作者横内谦介毕业于早稻田大学第一文学部，从小酷爱剧本创作和表演艺术，他的优秀剧本也广受好评。比起脚本的创作，超级歌舞伎的创始人——第三代市川猿之助的创新意识，就更加重要，没有他的创新，也就没有了超级歌舞伎。市川猿之助在继承前人优秀传统的基础上推陈出新，借助现代舞台技术手段，突出歌舞伎表演的娱乐性和观赏性，赢得了社会各阶层观众的赞誉，迎来了歌舞伎表演的又一个春天。超级歌舞伎的丰硕成果之一，就是这部脍炙人口的《新·三国志》。

其次，《新·三国志》内容涉及中国《三国演义》（当然也包括《三国

志》）中风起云涌的英雄故事，而这些故事在日本早已家喻户晓，尽人皆知。日本江户时代，从1689年到1692年，已经有署名湖南文山的译者将《三国演义》翻译成日语，这是《三国演义》在日本的初译本。之后编译、翻译《三国演义》，甚至是仿作、再创作的版本不计其数，今天我们在日本的书店里漫步，也随处可以看到这些译本中的名作，可见其受欢迎的程度从未减弱。除了文学作品以外，漫画、电视、电影，甚至是游戏，也都在不同层面催生了“三国热”，使日本人对中国三国故事和人物的了解从广度和深度上都有了巨大的提高。这也为超级歌舞伎《新・三国志》在日本打下了很好的观众基础，吸引了很多年轻人的关注。

最后，世纪之交，人们的欣赏要求有了很大变化，传统需要保持和继承，但创新是必不可少的，所谓《新・三国志》的新就体现在对传统的改变甚至颠覆上，具体到舞台表演上，《新・三国志》除了在传统歌舞伎基础上进行自身的改革和提升以外，还吸收和借鉴了中国京剧中的表演形式和特色，并且在人物塑造、剧情设定和中心思想等方面都有大胆的革新，让日本观众觉得耳目一新。歌舞伎这一戏剧艺术本身，从它诞生之日起，就一直致力于发展更新，努力为观众奉上精彩的舞台表演是它的宗旨。

从明清小说到日本戏剧，从文学名著到舞台艺术，《三国演义》经历了跨文化、跨国界、跨学科的巨大转换。在这个过程中，不仅能够考察《三国演义》对异域日本的文学艺术产生了哪些影响，还可以从另一侧面重新审视本国文学。通观日本戏剧与《三国演义》的关系，可以探究日本在接受外来文化影响时，站在本国文化立场上进行选择和取舍的特质。

第二节　人偶剧《三国志》

一、日本人偶剧

日语里的“人形”就是木偶的意思，所以人偶剧简单理解就是木偶剧。常见的种类有布袋类、杖头类，还有提线类，即直接用手操控的、用木棒支撑的，还有提线操控的木偶三大类。日本的传统木偶剧叫“人形净琉璃”或文乐，兴起于江户时代初期，在三弦的伴奏下，配以义太夫节[1]，操控木偶进行表演的形式。经过作家近松门左卫门等的努力，成为戏剧的一种形式被一直传承至今，对日本的歌舞伎表演也有很深刻的影响。

现在在日本仍然活跃的人偶剧团有很多，形态各异，有30年以上历史的大概有15个，还有很多人偶剧团组织，如全国专门人偶剧团协会，日本人偶剧人协会等专业团体。另外，日本还有专门的人偶剧图书馆，位于日本滋贺县大津市，以现代人偶剧为中心，为人偶剧研究提供丰富的图书和资料。和人偶剧有关的资料还有很多收藏在国立剧场、国立文乐剧场的图书资料室以及早稻田大学演剧博物馆。

二、人偶剧《三国志》

人偶剧《三国志》是日本NHK电视台自1982年10月2日至1984年3月24日，每周六晚6点至6点45分，连续播放一年半之久的木偶剧，以中国古典名著《三国演义》为底本，描写了魏、蜀、吴三国的兴亡。播放后的反响非常强烈，受到观众的喜爱和欢迎，NHK之后又重播了很多次，时代剧专门频道也播放过该剧。2011年5月中旬开始，NHK开始发售播放权给地方电视台。

日本著名的相声大师岛田绅助和松本龙介也参加了该剧的演出。人偶由著名的美术家川本喜八郎制作，他以制作唯美的人偶著称。故事情节和展开非常容易理解，即便是小孩子也很喜欢看，比《三国演义》更加强调其中荒唐无稽和劝善惩恶的要素。比如为了凸显善恶的强烈对比，光从声音就可以做出判断了。

人偶剧《三国志》的故事围绕刘备为中心展开，还增加了原作中没有的人物和故事，比如吕布的弟弟，以海贼首领的角色登场，都非常富于创意。描写从“桃园结义”到“五丈原之战”的情节，是日本搬上屏幕的三国作品中，为数不多以诸葛亮的死作为结束的。故事情节不只局限于《三国演义》，还参考正史《三国志》和民间传说，甚至还借鉴了《水浒传》中的情节。桃园结义一节，增

1　义太夫节：日本江户时代前期，由大阪的竹本义太夫创建的净琉璃的一种。

加了张飞与关羽发生争执的插话。民间流传着曹操让关羽娶貂蝉为妻的传说，本剧中也搬来两人的悲情爱恋，将貂蝉置于吕布和关羽之间，左右为难的貂蝉最后选择追随吕布而自杀。另外还借鉴横山光辉漫画中香兰（相当于刘备甘夫人的角色）的角色设定，替换为叫淑玲的人物，描写她托付阿斗给赵云后的悲惨下场。还原了正史中刘备鞭督邮的场景（《三国演义》中为张飞鞭督邮）

作为人偶剧，这部《三国志》的放映时间是史无前例的，一集45分钟，相当于日本大河剧[1]的长度，可以说是人偶剧版的大河剧。这部作品没有选择专门的配音演员，而是启用了实力派演员为角色配音，所以并不像一般以少年儿童为对象的人偶剧，而是一部给人以厚重感的大戏。采用的是先录音，再配以偶人表演的方法，还在赤壁之战等战争场面上，首次使用真火，使画面达到逼真的效果。另外，河川、水池等处的水也是真实的。特别值得一提的场景是刘备托孤的画面，孔明受托后在雨中恸哭，雨水不是特效，而是真实的水，孔明全身湿透伫立雨中，这可是冒着人偶头部被水溶掉的危险的。这次冒险给观众带来了强烈的真实感的震撼和刺激，收效甚好。

为了强调登场人物和劝善惩恶的主题，一部分人物的性格和言行较之《三国演义》有很大的变化，最显著的例子就是吴将吕蒙。在《三国演义》中，吕蒙是极其刚正不阿的，即便对待敌国的民众也都很公正。而在人偶剧《三国志》中，吕蒙被刻画成狡猾、无情的将军，残害荆州百姓，还设计欺骗为了保护民众而投降的关羽，这么强烈的反差也遭来很多质疑的声音。

另一位主要人物张飞，给他加上了怕蛇的场景，增添了该剧的喜剧效果。类似的场景还有董卓，闲来无事的董卓也会玩一玩“智慧之环”（类似于中国的九连环），这些都是剧组的大胆创意。

该剧还有一个有趣的创意，就是在各回的间隙，插入绅助和龙介的解说，如同新闻节目一样，主持人绅助看着实况图像与龙介进行讨论，还时不时将剧中人

1　大河剧：大河剧是日本放送协会（NHK）电视台自1963年起每年制作一档的连续剧的系列名称。大河剧于每周日晚间七点播出四十五分钟，一年制作约五十集；不过在1993年到1994年这两年，则一共拍了三出戏。主要是以历史人物或是一个时代为主题，并且有所考证，属于较严谨的戏剧，直到现在已经有五十部作品问世。主要题材多是大家爱看的战国时代故事，其次则是幕末故事，改编自历史小说的也不在少数。在选角方面多以实力派演员为主。

偶拽到台上，像采访现代的政治人物一样，对其发问，真是妙趣横生，可见制作者在该剧的制作过程中着实下了一番功夫。

该剧的配乐也不得不说，由专业的交响乐团演奏的乐曲，为整个剧情增加了生动感，成为打动观众的重要利器。全剧共68集，从长度来看也是大部头的大河剧式的人偶剧，从内容上考察，基本涵盖了《三国演义》从桃园结义到孔明死的主要情节，孔明死后的故事被省略掉了，这是翻案原著的日本作家经常采取的手段，因为大部分作家和读者都认为，作为重要主角的孔明死后，三国故事的精彩就到此为止，对后边的内容失去了兴趣。另外，原作以史为鉴的意图对大部分日本读者来说并不重要，他们更看重故事情节的引人入胜，所以写到孔明死最合情合理。人偶剧《三国志》也继承了这个传统，至此搁笔。

第三节　人偶剧《西游记》

1977年至1979年，日本TBS电视台连续播放了人偶剧《飞翔吧！孙悟空》，2013年10月开播的人偶剧《西游记外传》，这是两部以《西游记》为背景创作的人偶剧。

主要配音演员：

播放时间	孙悟空	三藏法师	猪八戒	沙悟净	玉龙（白马）
1977年	志村健	碇谷长介	高木ブー	仲本工事	诹访亲治
2013年	大泉洋	森崎博之	音尾琢真	户次重幸	安田显

一、《飞翔吧！孙悟空》

《飞翔吧！孙悟空》自1977年10月开始至1979年3月为止，每周二晚七点在TBS电视台播放，共74集。本来是播放动画片的时间段，因为收视率低迷而策划了这档节目，结果收视率得到提高，但还是连同ドリフ[1]的其他节目一起，被日本PTA全国协会评为“最差电视节目”。

这部人偶剧《西游记》还是师徒四人一行西天取经的故事，配音由当时著名的ドリフ的五个成员担任，甚至人偶都做成和五个人一模一样的人偶。其中有四人分别给唐僧师徒四人配音，为了让五个人都登场，还增加了一个加藤茶的角色，是一个整天醉醺醺的秃头老爹的形象。这部人偶剧《西游记》的魅力就在于，虽然主要故事情节依然延续原著，但是登场人物又都是以当红艺人为原型，不仅形象是艺人的形象，甚至性格、语言风格等也都跟艺人一样，这就形成了原有角色和艺人角色之间的闹剧，喜剧效果凸显。人偶剧中还穿插了日本传统特色的狂言、短歌等。当时正流行将面向孩子的电视作品进行漫画化，这部人偶剧也出版了漫画化的作品，作者山根青鬼。只是故事的结局不是指向天竺，而是每回大家都被加藤茶的假货买卖欺骗。

《飞翔吧！孙悟空》最大的特点就是它的幽默感。剧中孙悟空乘着筋斗云，挥着金箍棒，口里喊着咒文，就可以随心所欲地进行千变万化，与敌人展开战斗。据说悟空口里的咒文其实是英语的人称代词的几个变格“I・MY・ME”，出自《八点啦！全员集合》的一档学校节目，这样的编排增加了这部人偶剧的趣味性、幽默感。三藏法师长着一副大猩猩一样的脸，还左右不对称，还有一张像香肠一样的厚嘴唇。沙悟净戴着眼镜，眼镜射出的光线和头顶的飞碟是他战斗的武器。总是睡眼惺忪的猪八戒能够从鼻孔喷出疾风，这是它的必杀技。这部剧独有的加藤一角，秃头、胡子拉碴、醉醺醺，也不知为何跟在三藏一行周围，还一度殒命被埋葬了，又从天国跌落复活。

二、《西游记外传》

人偶剧《西游记外传》由多个电视频道共同制作，从2013年10月开始播放，到

1　ドリフ：漂流者，原为日本乐队，后成为以演出短篇喜剧闻名的组合，简称取日语名字「ドリフターズ」的头三个字「ドリフ」。1970年至1980年期间为组合的事业高峰期，代表作为TBS的现场长寿综合节目《八点！全员集合》和富士电视台的综合节目《漂流者大爆笑》。

12月播放完第一季，2014年4月到6月播放第二季，2015年7月到9月播放第三季。

这次的人偶剧《西游记外传》沿袭《飞翔吧！孙悟空》的套路，由人气演剧组合TEAM NACS出演，一集剧的内容大体由三个部分组成，节目的开头悟空兀自一个人叨念，然后客人出现；第二部分发现来客原是妖怪，便逼迫妖怪改邪归正；第三部分是释迦牟尼或三藏法师的经典话语概括；最后一部分悟空哼着歌儿，陈述着这一集的主题。

第一季，在天竺求得真经，正准备踏上归途的师徒一行，因为筋斗云发生了故障停摆了，为了取得新能量而必须得到“德”，于是从天竺步行15分钟来到释迦牟尼所经营的咖啡馆“ゴー・ダイ・ゴー”打工。为了让筋斗云再次运行起来就必须储备“德”，于是师徒一行在咖啡馆打败假扮客人的妖怪，从而从释迦牟尼那里收获“德”，只是每次能收获什么样的“德”要由释迦来定夺。第二季，师徒一行又从咖啡馆徒步三个月，来到“ゴー・ダイ・ゴー”2号店工作。可是小白龙却误将经书当成厕纸用掉了。不知真相的妖怪们还跑来抢夺经书。第三季，师徒一行来到从天竺徒步要大概一年的中华料理店“ゴー・ダイ・ゴー”开始工作，其中三藏法师给出的课题是，要将这家店主的独生女引上正路。而妖怪们正看准了女孩儿的烦恼开始出击，不知孙悟空他们能否将女孩儿引上正路。

大泉洋配音的孙悟空是本剧的主人公，是个和三藏法师一起历尽艰难旅程的，一头自来卷发的猴妖。那些来咖啡馆的妖怪，每每都会因孙悟空的能言善辩，使其得道成佛。最对付不来的是各种动物，其中尤以猫为最甚。打败妖怪的时候，口里也是念念有词。孙悟空在这部剧里的人物设定是既能干又能说的形象。森崎博之配音的三藏法师是到天竺取经的僧人，悟空口中“又色又了不起”的人，脸比别的人偶大一圈，方言控，声音特别大。头巾上有一根妖怪天线，只要店里来了疑似妖怪的客人，天线就会伸出来，然后再让悟空去确认到底是不是妖怪。三藏法师在这部剧中的人物设定是“只有声音和脸出奇的大”的领导者。户次重幸配音的沙悟净是与三藏法师同行的河童妖怪，人偶的脸部有直线线条的设计，左肩上斜挎着机动战士中zaku一样的铆钉装饰，双马尾控。音尾琢真配音的猪八戒是与三藏法师同行的猪妖，作为炊事员，他做的咖喱一绝，在第二季中还开发出绝品拉面，锁骨控。安田显配音的玉龙是三藏法师的爱马，但并非白马，而是一匹茶色老马，总是一副无精打采的样子，声音也低沉阴郁，时不时地还叼根烟，喜欢女性光脚踩在泥泞路上的样子。玉龙在这部剧中的人物设定是“老糊涂”。

净琉璃、歌舞伎、人偶剧，这些被搬上舞台的《三国演义》《西游记》，构筑了另外一个日本的三国的世界、西游记的世界，与原著若即若离。无论如何改变，都会意识到原著的存在，否则也无所谓改变。相较于文字文学，舞台艺术有受众广、易接受、易发挥等优势，借助这些特性，将中国经典的大众化进行到底。同时，以日本的戏剧形式、舞台模式等，重新演绎中国古典名著，也是中日文学交流的结晶，是两国人民的共有财富。

第十一章
《西游记》题材的日本影视剧

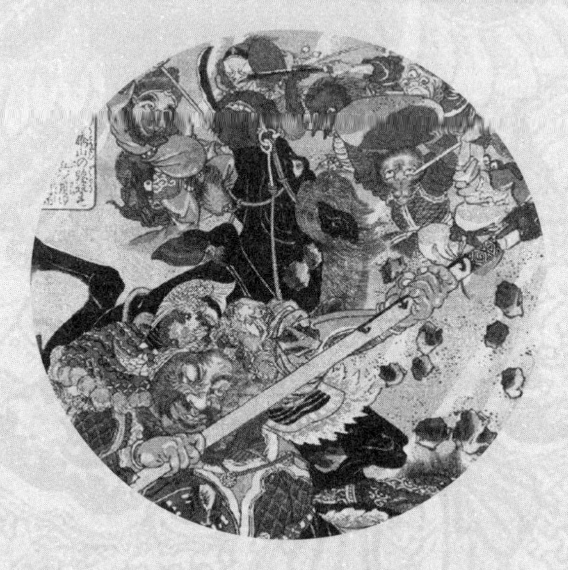

影视剧是大众文化的重要表现形式之一，也是反映社会变迁和文化发展的重要载体。四大奇书传入日本以后，自江户时代始，就与日本文化不断交织碰撞，重新创作出以四大奇书为基础的翻案、绘本、戏剧等，奉献给读者无数融合日本大众文化的脍炙人口的新作品。各种“三国热”“水浒热”“西游热”更是久盛不衰，一直延续到现在。进入大众传媒发达的新时代，《西游记》多次被改编为电影、电视剧。《西游记》的影视改编历史折射出日本社会和大众文化的变化发展历史和现状。

第一节 《西游记》电视剧

日本电视剧版《西游记》，既不同于原著《西游记》，也不同于国内的《西游记》电视剧，有其独特之处。简单概括为三个方面：一是从第一部改编的《西游记》电视剧开始，唐僧都由女性演员饰演；二是在对作品内容进行改编的时候，没有对中国古典原著的束缚感，可以任意创新；三是特别注重抓住人物的内在个性和心理描写。

日本电视剧版《西游记》情况如下表。

年代	剧名	电视台	饰演 三藏法师	饰演 孙悟空	饰演 猪八戒	饰演 沙悟净	饰演 白龙马
1978 — 1980	西游记 Ⅰ Ⅱ	日本 电视台	夏目雅子 （女性）	堺正章	西田敏行 左とん平	岸部四郎	藤村俊二 （Ⅱ）
1993	西游记	日本 电视台	宫泽りえ （女性）	本木雅弘	河原さぶ	鸠田久作	无
1994	新西游 记	日本 电视台	牧濑理穗 （女性）	唐沢寿明	小仓久宽	柄本明	柳泽慎吾
2006	西游记	富士 电视台	深津绘里 （女性）	香取慎吾	伊藤淳史	内村光良	无

一、1978—1980版《西游记》

（一）《西游记Ⅰ》

1978年，日本电视台开播25周年，又正值中日双方签订“中日和平友好条约”，作为纪念，日本电视剧《西游记》搬上了电视舞台。1978年10月1日至

1979年4月1日，播放了第一部《西游记Ⅰ》，共26集，主要内容：石头缝儿里蹦出来的猴子，也就是孙悟空，开始了他的一生。被天界放逐了500年以后，与三藏法师、猪八戒、沙悟净相遇，到天竺求取真经的冒险之旅。在旅途中遭遇各种险阻，师徒一行也建立了不可割裂的羁绊，并逐渐成长和成熟。人物性格的设定与原著《西游记》比较接近。脾气猴急却充满人情味儿的孙悟空，心地善良引领三个弟子的唐三藏，超然物外的沙悟净，食量巨大贪恋美色的猪八戒。最后一回播放的第26集，故事的展开非常有趣，说是师徒几人经历千难万险，到的却是个假天竺，结果只好再次踏上去往天竺的征程。其实这个结局完全是为了拍摄下一部《西游记》做准备。

为了这部电视剧的制作，投入也是相当可观的，当时的投资金额达到了10亿日元，在黄金时段晚8点播放。《西游记》的拍摄煞费苦心，开头“石猴诞生”的场面只有短短的60秒，拍摄耗时2个月，耗资1500万日元。主演孙悟空的演员堺正章，单单为了拍个5秒钟的脸部特效，往脸上粘毛的特殊化妆就要花三个小时。夏目雅子的化妆时间是2小时，扮演猪八戒的西田敏行，因为要粘猪耳朵，化妆要40分钟，扮演孙悟空的堺正章化妆要30分钟，沙僧的妆容较简单，也要15分钟。白龙马也制作了不同尺寸的模型，最大的30米，还有3米、90厘米和30厘米不同大小，制作费用合计850万日元。拍摄时的服装，孙悟空的一身行头200万日元。由中国古典小说《西游记》改编的日本版电视剧，并没有在中国进行拍摄，主要的外景地是栃木县、静冈县，以及东京世田谷国际摄影所。

这部电视剧最新颖的地方在于，原本是男性的三藏法师，却由女演员夏目雅子出演，演绎了一位高贵且充满中性风的三藏法师。结果，对于当时的低年龄层观众来说，误以为三藏法师就是女性，或者误以为原作中的三藏法师就是女性。之后的电视剧版《西游记》也都沿袭了这个特色，三藏法师都是由女演员来扮演。

其实在电视剧《西游记》播放之前，1977年10月TBS电视台已经开始播放木偶剧《飞翔吧！孙悟空》，1978年4月富士电视台也开始播放动画《SF西游记》，《西游记》吸引了当时青少年的关注。在这样的氛围下，真人版的电视剧《西游记》自然会吸引观众的眼球，收视率最能说明问题。平均收视率达到19.5%，最高收视率出现在最终回，高达27.4%，超出了当时超高人气的NHK大河剧的收视率，创造了民营电视台收视率的新纪录。

这部精心制作的电视剧《西游记》，不仅在日本国内掀起了“西游热”，影响也远播日本以外。1979年英国BBC播放了英语配音版的《西游记》，之后这部英语版的《西游记》先后在澳大利亚、新西兰和香港地区播放，甚至在中国中央电视台播放，英语版的《西游记》题名《Monkey》，在英语圈大获成功，甚至先于日本出了DVD版。据说演员岸部四郎在国外接受采访时，突然被对方认出是沙悟净的扮演者，采访者和同事都激动兴奋得不得了。但是在中国的反响一般，主要是由于中国观众不能接受对古典名著的改编，尤其把三藏法师设定为女性，这种改变更是中国观众完全不能接受的。日本电视台在播放电视剧《西游记》之前，曾经于五年前，即日本电视台成立20年的时候，制作了纪念节目《水浒传》，这次也继承这一传统，继续中国古典《西游记》的电视剧化。

（二）《西游记Ⅱ》

《西游记Ⅱ》，1979年11月11日至1980年5月4日在日本电视台播放，共26集。因为《西游记Ⅰ》大受好评，超出了预想，第一部播出半年后，就开始启动第二部的制作。基本沿袭第一部的风格和创作班底，只有猪八戒的扮演者由西田敏行换成了左とん平，增加了小白龙的角色，第二部算是有了新意。最后一集师徒仍未到达天竺，应该是打算制作第三部，为此留下了线索。

电视剧拍摄时用到的孙悟空的金箍棒道具就有大大小小六种之多，从10厘米到2.5米不等，悟空通常所拿的金箍棒长约1.8米。为特殊拍摄而制造的角色人偶从9厘米到30厘米四种。就连筋斗云也制作了10种之多，有红光筋斗云，空中战斗带有机关枪的筋斗云，各种配合拍摄场景的筋斗云，材料也都有所差异。

中国的外景拍摄于第一部结束后，第二部还在准备阶段，这是日本电视台首次在中国取景，当时还没有剧本，也没有收录音声的情况下，拍摄了几个电影场景，这些场景的一部分用在了第二部《西游记》的开头画面，三藏法师的背影并不是夏目雅子本人，她当时因为一些原因并没有到中国进行拍摄。除了开篇的场景用到在中国拍摄的画面，剧中并没有用到这些拍摄的内容，电视剧的拍摄外景地全部在日本境内，和第一部一样，场景包括栃木县、静冈县，以及东京世田谷。

《西游记Ⅱ》的收视率是16.5%，最高收视率出现在第13集，达到21.1%。2007年1月出了“西遊記II DVD－BOX 1”，同年3月出了“同 DVD－BOX 2”。

制作方为了求新求变，力求在第一部的基础上更加多样化，内容更丰富，一方面在孙悟空和妖怪的巨大化上下功夫，一方面引入京剧表演的特色。第二部《西游记》的开篇就是中国京剧演员的出场，内容上引入了原作中没有的妖怪登场，还有原作中没有的创作元素，甚至增加了《平妖传》、日本童谣和电影的主题。

二、1993年版《西游记》

1993年3月，为了纪念日本电视台成立40周年，播放电视剧《西游记》，制作单位由原来的日本电视台变成了松竹电影，摄影也不再是胶片摄影，代之以录像机。

这部单集电视剧《西游记》时长2小时30分，三藏法师依然沿续了由女演员出演，这次出演的女演员是宫泽理惠。三藏法师不同于以往印象中的美男子形象，设定为具有女性美的男性，并且与悟空的初恋少女形似。故事主要情节设定为：悟空、八戒和沙僧原本都是凡人，后潦倒沦落为妖怪，孙悟空神通广大、傲慢无礼，因而变成了猴子，猪八戒本是一村之长，因为受到妖怪的诱惑变成了猪，沙僧原本是失意的秀才，受妖怪诱惑而杀人，进而幻化为河童。他们最大的敌人是金角大王。原作中除了有悔改之意的妖怪，其他都被杀死了，而这部作品强调三藏法师不杀生的信条，将金角大王和他的儿子银角大王封印在葫芦里，其他妖怪也就都逃之夭夭了。

此剧一出，好评如潮，收视率一路攀升，达到了26.9%的新高，瞬间最高收视率甚至达到33.9%，这也为1994年制作的《新・西游记》的热潮打下基础。严格来说这部《西游记》并不能列入所谓的《西游记》系列。另外，本剧饰演释迦如来的是女演员，而饰演观音菩萨的是男演员，与一般大众的印象相悖，虽然佛教里讲佛是没有性别的存在，但这样的设定更能引起观众的关注。

三、1994年版《新・西游记》

1994年4月到9月，每周五晚上8：00开始，在日本电视台的日本电视系列的“金8”黄金时段播出《新・西游记》，主演唐泽寿明和牧濑里穗。被誉为1978

年到1980年放映的堺正章版本的电视剧《西游记》的平成版。

1993年由本木雅弘和宫泽理惠主演的电视特别节目《西游记》受到好评，1994年开始播放连续剧《新・西游记》，为了与堺正章版《西游记》相区别，角色设定等有很大的改变，所以不能说是以前《西游记》的续编。登场的妖怪中，除了一小部分以外，其他都是隶属于妖怪之王提婆达多支配下的妖怪罗刹女，唐僧师徒一行就是与罗刹女率领的有组织的妖怪军团之间进行各种斗争。这版《西游记》中也有白龙马的出现，他本是和沙悟净、猪八戒一样，都是提婆达多手下的妖怪，后洗心革面跟随三藏法师。他们都以人的样貌跟随三藏法师，一旦遇到紧急情况，沙悟净变身河童，猪八戒变身猪妖。之前的版本没有涉及天竺的情景，这一版终于到了天竺。

主演唐泽寿明过去曾有过动作演员的经历，因此出演孙悟空的角色如鱼得水，几乎没用替身，亲自完成了大部分动作镜头。剧中中国村庄的风景，其实拍摄地都在日本北海道的登别，选取了中国风的庭院“天华园”进行拍摄。播放期间由于职业棒球赛的直播，原本22集的电视剧最后只播放了17集。

四、2006年版《西游记》

2006年1月到3月，每周一晚上9点开始播放富士电视台的“月九”剧《西游记》，主演是当时的日本人气组合SMAP的香取慎吾，高清画面拍摄制作，全剧共11集。在富士电视台开播一周以后，宫崎电视台每周六下午4点半开播，大分电视台每周一下午4点55开播，青森电视台每周六下午1点开播，2007年1月富士电视台还进行了重播。

这部电视剧《西游记》对原作进行了大胆的改编，虽然主要人物还是原作中的人物，但是人物设定、性格等进行了巨大变更，简直就是另外一部《西游记》，与原作相去甚远。一直以来三藏法师的三位弟子都是有排位顺序的，大师兄孙悟空，二师兄猪八戒，沙和尚是沙师弟，这也是读者观众心目中的排位。新版电视剧《西游记》中，弱化了这种排位，第一个成为三藏法师弟子的是沙僧，最后一个是悟空，就是希望对等地对待三个弟子的地位。三藏法师继承传统，由女演员深津绘里出演，衣着装扮也与之前的三藏扮演者夏目极其相似。孙悟空的筋斗云不是云彩形状，平时就是一根小羽毛的形状，用的时候从怀里掏出来，三藏法师的爱马在这部剧中也没有登场，师徒四人徒步前行，以此凸显三藏法师克服重重困难，亲自走到了心中的圣地天竺，求得真经。

主要拍摄外景地是日本东乡湖畔的日本最大的中国庭院“燕赵园”。本来预计要在日本鸟取的沙丘拍摄沙漠的画面，结果因为鸟取沙丘属于国立公园的管辖范围，取得拍摄许可太花时间，就转战澳大利亚的沙漠地带进行拍摄。

最后一集初代《西游记》中孙悟空的扮演者堺正章饰演释迦牟尼，新旧主人公齐聚一剧，让人印象深刻。最后一集中，师徒四人终于到达天竺，这是至此为止的电视剧版《西游记》第一次出现最后的大结局，即求得了真经。全剧播出之后，很快就决定要制作续集和拍摄电影。2007年7月14日，公布电影版开始投入拍摄，演员和电视剧版一样，没有变化，内容上偏重于电视剧版中金角银角的斗争，耗资10亿日元，并决定到中国拍摄外景。

该版《西游记》收视率超出工作人员的预想，第一集就达到了29%，全剧的平均收视率为20%，是2006年播放的所有电视剧当中收视率最高的，这也得益于儿童层对该剧的喜爱，这个年龄层的收视率一直维持在30%左右。

将《西游记》制作成连续剧的形式，继1978年开始播出的堺正章主演的《西游记》两部，之后1994年唐泽寿明主演的《新・西游记》，至2006年香取慎吾主演的《西游记》已经是第三部了。其中还有1993年本木雅弘主演的单集剧。2007年7月推出了2006年版《西游记》的剧场版。电视剧《西游记》系列在日本大众文化生活中影响深远。

第二节　《西游记》电影

《西游记》改编的电影与日本的电影发展有密切关系。迄今为止，日本人改编的《西游记》题材电影如下表。

上映时间	电影公司	电影名	主演
1911	吉泽商店	无声电影《西游记》	五味国太郎
1940	东宝映画	榎本健一的孙悟空（日文名：エンケンの孫悟空）	榎本健一
1952	大映株式会社	西游记	坂东好太郎
1952	大映株式会社	大闹吧孙悟空（日文名：大あばれ孫悟空）	坂东好太郎
1954	大映株式会社	出击吧孙悟空（日文名：殴り込み孫悟空）	坂东好太郎
1959	东宝映画	孙悟空	三木纪平
2007	东宝映画	西游记	香取慎吾

其中1940年由山本嘉次郎、黑泽明导演的《榎本健一的孙悟空》广受好评，是日本西游记题材电影史上“最有影响力”的一部。关于这一电影，陈爱华在论文《战时日本的西游记热》[1]做了非常详细、全面的考察。陈爱华研究指出，该影片不仅在上映后迅速占领票房榜首位，单日观众人数更创下日剧剧场开馆以来的最高纪录，并且，2003年该影片又被复刻出版发行。从电影研究的角度而言，其特技拍摄非常成功。特技拍摄的负责人是圆谷英二，圆谷英二后来创立了圆谷株式会社，制作出了包括《奥特曼》在内的一系列特摄经典片。

50年代，日本掀起了《西游记》热。这要归功于1952年至1954年大映株式会社公司推出的《西游记》题材的系列电影共三部，分别是《西游记》《大闹吧孙悟空》《出击吧孙悟空》。

1959年，东宝株式会社再次拍摄了《西游记》电影。导演仍由山本嘉次郎担任，当时著名的喜剧演员三木纪平扮演孙悟空。在山本嘉次郎的两部西游电影中，唐僧的扮演者都是男性。影片带有幻想的色彩。

日本富士电视台于2006年推出了11集电视剧《西游记》，邀请了日本偶像影星香取慎吾出演孙悟空，实力派女星深津绘里扮演唐僧，SMAP成员著名演员木村拓哉则客串出演幻翼大王。为了取得最佳效果，摄制组还远赴中国、蒙古、澳大利亚等地取景。该电视剧平均收视率超过20%，最高收视率则高达29.2%，超过一直称霸的NHK大河剧，成为2006年度日本最受观众欢迎的电视剧。借助电

1　陈爱华，《战时日本的西游记热》，《日语教学与研究》，2016年第5期。

视剧《西游记》热播影响力，富士电视台泽田镰作导演了由香取慎吾、深津绘里等电视剧原班人马出演的电影版《西游记》，于2007年7月上映。电影版《西游记》仍以恶搞为主，走的是喜剧路线，该影片成为2007年度日本票房第八高的电影。

一、电影《榎本健一的孙悟空》

（一）电影内容

1938年，由日本“喜剧之王”榎本健一主演的轻歌剧《榎本的西游记》在浅草上演。由于该剧深受好评，东映公司于1940年制作电影《孙悟空》，同样由榎本健一主演。影片大获成功，成为日本轻歌剧电影的一大经典。该电影采用的是喜剧路线，除了榎本健一，其他演员也都是当红的一线演员。主要演员是榎本健一饰演孙悟空，柳田真一饰演唐僧，岸井明饰演猪八戒，金井俊夫饰演沙僧。还有女星三益爱子，著名女演员、当时的国民少女偶像的高峰秀子，童星中村MEIKO，笑星高势实乘，著名歌手服部富子等。

电影分为上下篇。上篇的主要情节是：玄奘受唐太宗支托前往西天竺取大胜经。在途中收服了孙悟空、猪八戒、沙僧为徒。路遇珍珠国大王把猪八戒掠去要做炸猪排，孙悟空与沙僧救出了猪八戒。之后依据《西游记》“女儿国”的故事，讲述唐僧师徒来到烦恼国，烦恼国女王向唐僧求婚，唐僧坚决不同意，国王恼羞成怒要吃掉唐僧。悟空施展法术欲救师父，却发现自己的法术对女性失效，只得求助于观音菩萨。菩萨赶来，把烦恼国国王打回原形，原来是一条金鱼精。

下篇讲述的是师徒四人智斗金角、银角。师徒四人路过童话国，童话国的公主被金角、银角兄弟施展法术变成了狗。公主请师徒四人解救自己。金角、银角其实是一对科学迷，研制了众多尖端科学武器，如隐形摄像头、Z光线、歌剧瓦斯、头脑改造机等。孙悟空费尽心思驾着螺旋桨式战斗机终于打败了金角大王和银角大王。

1937年日本全面侵华，1938年日本公布了《国家总动员法》，要动员一切力量进行侵略战争，电影也成为日本进行舆论控制的工具。1939年日本开始实施《电影法》，规定电影的制作、供给必须取得政府许可，从事电影制作的人员如导演、演员、摄影师都必须进行登记，电影的脚本必须经过检阅，限制外国电影的上映数量。不仅如此，日本还在伪满洲国建立了满洲电影协会公司，在南京建立了中华电影公司，在北京成立了华北电影公司。目的是宣传日本的“国策”。

陈爱华指出“电影《孙悟空》在制作阶段就有意识地加入了‘时局’色彩、主动迎合‘国策’。首先，观看《孙悟空》的日本国民，很容易从战斗机、机关枪等直白的反映当下的元素中，将借助先进的现代武器降妖伏魔的悟空等人的形象与日本军队联系起来。其次，剧中出现的东洋女子由李香兰饰演，以及由公司上层安排空降片场的汪伪政权下的女星汪洋，无疑都增加了影片的‘大东亚共荣圈’色彩。电影片头在进入演职员表之前，对李、汪二人的突出提示，也无非是为了凸显所谓‘中日亲善’的宣传目的。”[1]的确，日本在对外侵略战争中亟须树立英雄形象，以孙悟空为代表的变身英雄形象，迎合了民众渴望以乐观的精神战胜一切困难的心理需求。

（二）电影特点

下面重点考察这一电影的特色，分析该电影如何对《西游记》题材进行解构和重构。该片沿袭了《西游记》的人物性格设定，沿袭了师徒勇闯异国、战胜妖魔鬼怪、求取真经的基本故事结构，在具体的情节上也基本沿用了《西游记》中女儿国、金角银角等部分的情节。

第一，采用唱歌、舞蹈等在内的音乐剧形式，充满了喜剧色彩，富有娱乐性。这种娱乐性是后来的西游记题材都重点突出的方面。该部电影选取了《西游记》原著中比较幽默有趣的故事情节，加上了热烈欢快的歌舞，而且模仿了美国迪士尼，虽然主题是勇斗妖魔，但是因为充满了各种恶搞，影片洋溢着一种愉悦和轻松的气氛。

第二，该电影继承了从1921年日本开始流行的变身英雄话题。1921年日本的第一部特技拍摄的电影《豪杰儿雷也》开创了变身英雄的题材，1940年《榎本健一的孙悟空》继承了这一变身英雄的题材。如金箍棒变成了飞机、机关枪，孙悟空变成小蜜蜂、新选组，珍珠国大王变成了桃太郎等。

第三，融入了日本文化中的传统故事角色和历史人物。如猪八戒做成了炸猪

1 陈爱华，《战时日本的西游记热》，《日语教学与研究》，2016年第5期。

排，珍珠国大王变成桃太郎，孙悟空变成新选组，沙僧的外形是日本传说中的水中妖怪河童。孙悟空在智斗珍珠国妖怪时变成了新选组，新选组则是江户末期拥戴将军幕府的重要历史团体，日本历史上备受尊敬的人物。

第四，采用了较为明显的特效技术。为之后日本电影的特效技术应用开创了先河。圆谷英二是日本的特殊效果摄影导演，电影中具有震撼效果的爆炸场面、筋斗云战斗机等，都是借助当时最先进的特效才能实现的。

第五，充满了穿越色彩，出现了战斗机、子弹等现代化武器。还出现了手镜（类似监控器）、头脑改造机、机器人等富有科幻色彩的工具。将《西游记》与现代科技结合等恶搞手法在日本和中国的电影中都得到了继承。如手冢治虫的漫画、周星驰演绎的《大话西游》中无厘头的穿越时代的演绎方式等，都与这部电影有相似之处。

第六，陈爱华指出，影片中大量植入了美国流行文化元素。“片中出现了多首美国电影主题曲或插曲，例如，八戒演唱了迪士尼动画片《三只小猪》的插曲，片中还出现了同年美国刚上映的新片《匹诺曹》的主题曲《向星星许愿》，反映出创作团队对美国流行文化的高度敏感。影片在情节上也明显套用了美国电影中的一些经典桥段，例如，悟空被头脑交换机夺取记忆而陷入虚脱状态时，靠吃菠菜恢复元气，这是来自动画片《大力水手》的创意。另外片中还出现了明显模仿美国的一部动画长片《白雪公主》的画面。”[1]

二、大映公司版《西游记》三部曲

1952年拍摄的第一部电影《西游记》基本上遵循了原著的故事情节。大唐盛世时期，唐僧受太宗之命前往西天求取真经，在观音菩萨的保护之下，得到了法力通天的孙悟空、猪八戒和沙僧这三个徒弟。途中师徒四人被金角、银角关进了宝葫芦里，孙悟空发挥其神通之力战败了金角、银角。唐僧因为孙悟空杀生就把他赶出了师门，孙悟空回到了水帘洞。在经过火焰山时，唐僧和八戒被困，孙悟空赶到，战胜了牛魔王，师徒四人再次踏上征途。

1 陈爱华，《战时日本的西游记热》，《日语教学与研究》，2016年第5期。

第二部《大闹吧孙悟空》，这一部电影的故事情节也基本上取自原著。唐僧师徒西天取经，路阻通天河，得知通天河有妖怪每年吃一对童男童女。为了惩治妖怪，悟空和八戒变成了童男童女，打败了妖怪。妖怪施法力冰冻通天河，唐僧从冰上过河，结果被妖怪施法术落入河底。悟空请来观音菩萨，用竹篮收了妖怪，妖怪原来是观音南海莲花池中的金鱼变化而来。后路过宝藏国，唐僧被宝藏国的公主选为女婿。结婚当天发现公主是假的，公主劫持唐僧逃跑。悟空化成飞虫进入酒中，被女妖怪喝进肚子里，从而救了唐僧，女妖怪的原形是蜘蛛精。在车迟国，车迟国来了三个道人，号称虎力、鹿力、羊力，自称擅能呼风唤雨，解救车迟国的百姓。国王大喜，把三个道人尊为国师，要求全国唯道教独尊，驱使众佛教徒为道家做苦役，导致众多佛教徒受虐而死。孙悟空要求国师与唐僧比赛祈雨，在风神、雨神、雷神的帮助下，唐僧获胜。孙悟空被国王留下任太子的老师。唐僧三个人继续前行。虎力、鹿力、羊力三仙人向其师叔阻力大仙求救。阻力大仙借此机会设计报复，迫使唐僧把孙悟空逐出师门。唐僧被三仙人囚禁在三清观，八戒和沙僧向孙悟空求救，孙悟空赶到，阻力大仙变成孙悟空，真假孙悟空混战。观音菩萨赶来救援，阻力大仙现出原形，三仙人也被打败。这一部电影在特技摄影和故事情节上都比前一部有较大提高。饰演蜘蛛精的女演员是当时的一线影星清川虹子。结婚仪式上女妖怪穿的婚纱，给观众一种时代错位的感觉，令人捧腹。

第三部《出击吧孙悟空》。这一部里面故事情节基本上与原著没有关系，围绕孙悟空的爱情故事展开。大闹天宫的孙悟空被观音菩萨收服，赶下天宫，如果不能给人间带来幸福，就不能回天宫。孙悟空碰到了美少女小青，小青因为向臭名昭著的九虎王的手下独角借钱，而被掠去抵债，孙悟空化身为美男子救了小青。小青把孙悟空请到家里款待，倾心于孙悟空的神通广大和美貌，决定与其共度良宵。孙悟空在沐浴时法术失灵，现出猴子的原形，仓皇逃走。后来孙悟空变身为一个相貌普通的男子，在路上碰到了带着众多孩子的王信和翠玉。王信和翠玉开设保育堂，收养孤儿。但是九虎王为了给小妾修造新家，把他们赶了出去。孙悟空立刻帮助他们赶跑了独角。翠玉的妹妹对孙悟空动心。孙悟空看出来九虎王是地狱魔王红孩儿。红孩儿为了告诉孙悟空人类是禁不住诱惑的，没有资格变得幸福，于是先引诱小青，又要引诱红玉。孙悟空因此失去了自信，使用了一切法力都无法战胜红孩儿，在观音菩萨的帮助下才打败了红孩儿。悟空被允许返回天宫，他没有去见红玉，怀着无限的不舍之情返回了天宫。

因为这一部电影主要是围绕孙悟空的恋爱故事展开，演员扮相基本是人，没有猴子的扮相。尽管与原著中孙悟空的性格特点大相径庭，但是却开启了后来围绕孙悟空的爱恋故事改编影视剧的先河。

整体而言，这三部电影与《榎本健一的孙悟空》不同，《榎本健一的孙悟空》整个影片没有打斗元素，唱唱跳跳，歌舞贯穿其中，而这三部电影基本上以打斗为主。

三、东宝映画版《孙悟空》

该电影基本采用了原著的故事情节，增加了一个人物铜角，其原形是白骨精。主要的故事情节如下：

两千年之前，唐的首都长安由于连年的饥荒和瘟疫，日益荒废。皇帝想派人去天竺国求取三藏经来赈灾驱邪，一个名叫玄奘的少年被选中，皇帝赐名为三藏法师。因为出了唐朝国境，盗匪不断，就派王祥护送三藏。王祥为了保护三藏，被盗匪杀害。观音菩萨把三藏指引到了五指山，三藏救了被岩石压了500年的孙悟空，收为徒弟。后来又收了八戒、沙僧为徒。

师徒四人渡过冰川，来到恶魔国。恶魔听说吃了唐僧肉能够活一万年。金角把洞窟变成寺院，骗了师徒四人。孙悟空变成蜜蜂救了唐僧。在沙漠里，银角使出法术，用黑色的旋风把唐僧卷走，并把唐僧变成蜘蛛，藏在地下室。孙悟空救出了唐僧。铜角变成小姑娘，拿着伪装成花环的铁环想把唐僧套住。孙悟空三番两次把铜角变成的女孩打死，唐僧很生气，认为即使对方是恶魔也不应该杀生，孙悟空一怒之下回了花果山。恶魔大王变成市长，邀请三人来访，并把三人捆在椅子上。观音菩萨的使者向孙悟空报信，孙悟空救出了马上就要被扔进锅里的唐僧。但是孙悟空为了对付恶魔大王的毒气，把所有的猴毛都拔光了，体力不支，倒地身亡。这时候八戒把洞口挖开，阳光射进来，恶魔大王融化了。看到孙悟空倒地而亡，唐僧痛惜不已。观音菩萨派使者送来神药，孙悟空死而复生，变成了凡人。这时师徒四人发现他们已经来到了天竺。

四、东宝映画版《西游记》

日本富士电视台2006年1月9日推出11集电视剧《西游记》，平均收视率超过20%，最高收视率则高达29.2%，成为2006年度日本最受欢迎的电视剧。借助电视剧《西游记》热播影响力，富士电视台泽田镰作导演了由香取慎吾、深津绘里等电视剧原班人马出演的电影版《西游记》，于2007年7月上映。

主要的故事情节是师徒四人来到虎诚国。虎诚国原来是一个富饶美丽的国度。然而妖怪金角大王和银角大王突然出现，将绿洲化作沙漠，还把国王和王后变成了乌龟。玲美请求三藏一行打倒妖怪，拯救虎诚国。故事情节围绕孙悟空与金角、银角的战斗展开。

公主玲美带着师徒四人前往妖怪的巢穴卧龙山，路遇各种机关和险象。凛凛跑来告诉师徒四人妖怪并不在这座山上，金角和银角在王宫。三藏和悟净、八戒于是下山，只有孙悟空坚持继续和玲美一同登山去降妖。三藏等人返回虎诚国之后，非常担心悟空，于是悟净和八戒把师父一人留在虎诚国，再度返回卧龙山寻找悟空。然而没有徒弟的护卫，三藏被禁卫军抓进王宫，带到已经支配了虎诚国的金角和银角面前。银角叫了一声三藏的名字，三藏随口答应后，就被吸进了宝葫芦里。另一方面，悟空和玲美来到一座山间小屋前，这里住着隐士刘星。原来玲美为了救父王和母后，答应帮助金角、银角夺取流星的宝物"无玉"。"无玉"可以解开魔兽的封印，形成遮蔽太阳的乌云。悟空力劝玲美不可助纣为虐。这时候银角突然闯进来，夺走了"无玉"。悟空和银角一场大战，终于救出了三藏。金角和银角一起夺走了"无玉"，两个人企图用"无玉"唤醒被封印在地下的龙。天空阴暗，龙苏醒了。全国的百姓都非常恐慌。通过一场恶战，孙悟空终于打败了金角、银角，把龙关进了葫芦里。国王和王妃身上的妖术解开，重新变回了人的样子。师徒四人重新踏上了取经之路。

这一部电影中有两个方面凸显了日本在演绎《西游记》时的特色。一是唐僧由女性饰演，这一角色设定主要是受到1978年日本电视台播出的26集电视剧《西游记》的影响，在这部电视剧中，唐僧是由女演员夏目雅子饰演的。以往的电影和电视剧的唐僧饰演者都是男性，但是形象设计时比较偏向中性。但是在1978年的电视剧中直接采用了以当红女影星夏目雅子来饰演，这部电视剧不但在日本而且在海外都被不断重播，深受日本国民的喜爱，从而确立了唐僧在观众心目中的女性形象，以至于之后日本拍摄电视剧和电影中都采用了女性来饰演唐僧。在这一部电影中唐僧由女演员深津绘里出演，片中还让孙悟空对于唐僧表现出爱恋之情。第二个特色是故事情节均与原著没有太大关系，人物性格的设定也已经脱离了原著。

日本电影在对于《西游记》的演绎中加入了较多日本文化的因素，这是跨文化传播中的重要现象，对于中国后来的电影对《西游记》题材的演绎也产生了较大的启示作用。

第三节　《西游记》影视作品与日本大众文化

一、《西游记》与日本大众文化

思考日本对《西游记》题材的影视改编，首先离不开日本的大众文化这一语境。20世纪初期日本与欧美国家一样，“伴随着城市的繁荣、大众媒介的兴起和技术的革新，以批量生产和机械复制为特点的电影、音乐、流行小说等大众文化商品在社会生活中的地位越发重要，20世纪初大众文化的风潮已然不可阻挡”。[1]那么到底什么是“大众文化”呢？“大众文化是在工业化时代、市场经济的导向下产生的，以文化产业为特征，以现代科技传媒为手段，通过各种文化形式反映社会大众日常生活，适应社会大众品位，并在社会大众中广泛流行，为社会大众所接受和参与的意义的生产和流通的精神创造性活动和成果。具体来说，广告艺术、影视文化、流行歌曲、网络文化、时尚文化、消费文化、服饰饮食文化、街头艺术等，都属于大众文化，并且随着科学技术的发展和社会生活的复杂

1　隋岩，《大众文化观与大众传播观的并行应和》，《社会科学》，2015年第9期。

多样，大众文化的形式还将不断衍生。”[1]

伯明翰学派主张，“大众文化既不是纯消遣性的庸俗文化，也不是纯政治性的革命文化，对大众文化的正确认识不能离开它产生和发展的社会土壤。”[2]因此我们在思考日本改编的《西游记》题材的电影时，不应该只停留在文本本身，而应该思考其产生的社会和文化背景，并且考察它如何融入文本生产系统，以及各种不同的文本怎样成为某一类型或风格的文化产品的一部分。

（一）《西游记》蕴含的娱乐性元素被放大

电影作为大众文化的重要文化形式之一，其特征是通俗性、娱乐性、商品性、快餐性。休闲娱乐性是大众文化的中心。西方著名社会学家洛文塔尔称大众文化“是一种取悦消费者的商品”。

无论是中国还是日本，甚至包括欧美在内，在中国四大古典文学名著中，《西游记》最具有吸引现代影视媒介的亲和力，近百年来，它被影视改编的频率，远远超过《红楼梦》《三国演义》和《水浒传》。之所以有这么高的改编频率，重要的原因之一就是《西游记》蕴含着强大的娱乐元素。《西游记》本身没有一个宏大的主题，每一回篇幅也不长，各成一章，因此比较容易改编成通俗浅显、雅俗共赏的电影。

对于西游记题材影视中的娱乐性元素的重视程度，日本的改编者要远远超过中国。从《西游记》改编的电视剧到电影，都渗透着娱乐、幽默的元素。这些影视作品往往通过一些搞笑甚至不惜恶搞的故事情节来娱乐观众。

（二）拓展和继承了《西游记》的变身元素

变身是《西游记》中的关键因素之一。除了凡人之外，孙悟空、猪八戒、沙僧、魔怪、神仙都具有变身的本领。日本改编的影视作品把这种变身的范围进行了扩充和继承。其中，出现的变身行为五花八门，融进了更多的日本文化因素。如妖怪变为日本传说中的桃太郎，孙悟空变为江户末期的浪人组织新选组，金箍棒能够变为飞机、机关枪之类。

---

1 赵文荟，《大众文化和大众传播的崛起——当代意识形态面临的特殊文化景观》，《南京社会科学》，2009年第8期。

2 陈慧平，《伯明翰学派“大众文化”的三大特征及其借鉴意义》，《国外社会科学》2014年 第3期。

在日本影视界，继1921年日本的第一部特摄《豪杰儿雷也》之后，《榎本健一的孙悟空》开创了变身英雄影视作品的先河。1950年《黄金骷髅侠摩天楼的怪人》，1957年开始拍摄的《钢铁之巨人》，1958年开播的《月光假面》，以外星人为主角的《行星王子》，再到《梦幻侦探》《七色假面》等，1966年负责拍摄《榎本健一的孙悟空》的圆谷英二，创作了著名的特摄动画片《奥特曼》。《奥特曼》的诞生开创了日本动画界“巨大英雄与怪兽对战”的模式，也同时开创了日本变身动画的先河。因此《西游记》中的变身不仅仅影响了日本的影视作品，而且影响了日本动画界，对整个日本的影视文化都产生了深远影响。

（三）西游记影视作品与原著关系的时代变迁

大众文化是社会存在与社会意识的产物，是不断变动的。旧的文化观念会随着社会的变化被新的文化观念所取代。通过前述影视作品的故事情节可以看出，在初期，日本改编的影视作品基本上都遵循了原著的故事情节。随着观众的审美和文化意识的变迁，到了后期改编者对故事情节进行了大胆的解构和重构。特别是2007年的电影，把《西游记》演绎成了日本的封印神的故事。该版本对原著的改编非常大，是一部注重改编作品融合社会现实的讽刺喜剧，适应了当下日本观众的欣赏口味。

二、孙悟空形象的解构和重构

孙悟空是《西游记》中最重要的人物，日本的影视作品对其进行彻底的解构，并在日本大众文化的语境下进行了重构。

（一）《西游记》原著和中国影视作品中的孙悟空形象

参照江苏古籍出版社1994年出版的小说《西游记》版本可以发现，原著对孙悟空的形象描写有十多处，从最初的“运两道金光，射冲斗府”，到“身不满四尺，年不过三旬”，再到具体的“尖嘴缩腮，金睛火眼。头上堆苔藓，耳中生薜萝。鬓边少发多青草，颔下无须有绿莎。眉间土，鼻凹泥，十分狼狈；指头粗，手掌厚，尘垢余多。还喜得眼睛转动，喉舌声和。”身上的服饰有“金冠”“金甲”“云履”，“把一幅（虎皮）围在腰间，路旁揪了一条葛藤，紧紧束定，遮了下体。”帽子是“定心真言”，即“紧箍儿咒”，手拿“如意棒”。总体而言是以猴为主的带有人形的形象，并不是我们目前所见到的美猴王的形象，而是“圆眼睛、查耳朵、满脸毛、雷公嘴”。

中国的影视作品中的典型孙悟空形象有两个，一是《大闹天宫》中，张光宇设计、严定宪、万赖鸣定稿的孙悟空，桃形脸，身体线条由圆线勾勒，容貌是中国戏曲脸谱，色彩是具有民族风格的明黄和朱红。另一个是央视1986年版电视剧《西游记》中，由六小龄童出演的孙悟空，剧中的孙悟空英俊潇洒，已经不是原著中的毛脸雷公嘴的形象。

（二）日本影视作品中的孙悟空形象建构

《西游记》的成功就在于它生动而形象地描述了神仙、凡人、魔怪之间千丝万缕，错综复杂的关系。这种关系表现为三者相生相克。在这三元社会里，神仙、凡人、魔怪之间是相互依存，互相联系，互相作用的关系。

整体而言，日本在改编时将故事叙述的重心移向了凡人，强调了唐僧师徒四人作为普通人的一面，特别是对孙悟空的形象进行了彻底的解构。因此日本的影视作品中，孙悟空上山需要靠双手爬，还可以谈情说爱。正如圆谷英二提出的，“我们需要一个英雄”，影视作品都更多地从一个普通英雄的角度去建构孙悟空的形象，因此为观众塑造了一个英雄、强者的孙悟空形象。所以说日本改编的西游记题材影视作品也是一种英雄题材的影视。

首先，对孙悟空外表形象的建构。

日本的影视作品中的孙悟空并不是中国观众所期待的英雄式的美猴王形象，而是随着时代的变化和作品的需要各不相同。1940年上映的电视剧《榎本健一的孙悟空》，孙悟空是带有某些粗俗气质的毛脸形象。手冢治虫1967年推出的动画片《悟空的大冒险》中，孙悟空是“两头身”，头部与头部以下身体的比例是1:1，形状如婴儿，非常可爱。2006年富士电视台的电视剧《西游记》中的孙悟空则是留着时尚的黄头发，性格率直，言行举止异常滑稽。

其次，对孙悟空人物性格的重塑。

中国的影视作品中比较凸显孙悟空的叛逆形象和英雄形象。但是日本的影视作品在创作时，往往是以大众文化为着眼点，解构了原著中的英雄形象，力求男女老少喜闻乐见，注重让观众感受人物的苦恼和奋斗精神，因此孙悟空更加贴近普通人的性格。在鸟山明创作的《七龙珠》中的孙悟空，是以拯救宇宙为己任的热血少年。在2007年电影版《西游记》中，刻画了孙悟空温柔细腻的一面和渴望母爱的一面。师徒四人的关系也不是原著中的上下等级关系，而是强调一种团队合作的关系。

日本佛教轻视清规戒律，僧人可以喝酒吃肉、结婚生子，日本民众也习以为常。因此日本的影视作品解构了这一原著中唐僧反复强调的出家人的戒律，构建了谈情说爱的孙悟空形象。1960年东映动画出品的《西游记》，植入了孙悟空与凛凛的爱情故事，作品具有了更多的浪漫色彩。

日本的影视作品中比较注重孙悟空性格中的滑稽性、可笑性，打破了原著中的神圣性，这满足了受众所期待的娱乐作用、宣泄作用。例如1940年《榎本健一的孙悟空》，采用唱歌、舞蹈等在内的音乐剧的形式，充满了喜剧色彩。

最后，对孙悟空能力的多样化建构。

原著中孙悟空的主要能力体现在筋斗云、如意棒和七十二变。日本的影视作品则加入了更多无厘头的色彩。如1940年上映的《榎本健一的孙悟空》中，孙悟空在智斗珍珠国妖怪时变成了新选组，新选组是日本幕末时期一个亲幕府的浪人武装团体。孙悟空也不再是法力无边的英雄人物，在2007年的电影版《西游记》中，孙悟空的筋斗云变成了一块会飞的滑板。路遇悬崖陡壁，孙悟空不是飞而是和普通人一样双手攀爬。这也体现了日本影视中把孙悟空的形象力图趋向于普通人的建构初衷。

孙悟空人物形象的多重性是跨文化传播语境下的异域想象，也是影视作品在创作过程中的视觉重构，更是大众文化下受众心理在影视作品中的反映。

三、佛教元素的解构和建构

大众文化完全跟从大众的需求走，把满足大众的需求视为其首要任务。大众文化和市场紧密结合，赚钱成为大众文化产生发展的首要动机。按照接受美学的观点，任何接受者在接受任何一部作品之前，都会自觉或不自觉地对该作品产生一种期待视野，这种期待视野不仅影响着观众对作品的接受，而且影响着改编者的创作。也就是说，创作者在创作之初以至整个创作过程中，都会与隐在的接受者进行对话，揣摩他们的欣赏趣味，甚至调查他们的审美需求，从而尽可能地适应和迎合他们的心理期待，满足他们的审美需求。大众文化的盈利性本质也深深反映在影视作品改编上。如何获得高收视率、高票房是改编者、导演始终关心的问题。

宗教因素在《西游记》原著中处处可见。中国学界的西游记研究极其重视其中的宗教元素，所以胡适先生才说："《西游记》被这三四百年来的无数道士、和尚、秀才弄坏了。道士说，这部书是一部金丹妙诀；和尚说，这部书是禅门心法；秀才说，这部书是一部正心诚意的理学书。这些解说都是《西游记》的大仇敌。……这几百年来读《西游记》的人都太聪明了，都不肯领略那极浅极明白的滑稽意味和玩世精神，都要妄想透过纸背去寻那'微言大义'，遂把一部《西游记》罩上了释、道、儒三教的袍子。"[1]

但是，日本改编西游记题材的影视作品，没有按照原著，更没有按照中国观众和读者的理解去处理其中的宗教因素。而是按照日本的普通民众的宗教观念去处理。日本主要的两大宗教是佛教和神道。对于其中的道教日本人基本没有太多的切身体会。因此改编者在处理其中的佛教元素时，按照普通日本人的佛教意识进行了改编。因此出现了令中国观众难以接受的设定，唐僧由女性饰演，孙悟空恋慕唐僧等情节，这种改编思维与日本的佛教历史和现状有密切关系。

佛教在6世纪左右传入日本，当时传入的是南北朝时期流行的成实宗和三论宗。成实和三论都属于空宗，虽然重视戒律，但是并没有放在首位。奈良时代，日本出现了南部六宗，包括成实宗、三论宗、法相宗、俱舍宗、华严宗、律宗。律宗是由鉴真东渡日本之后逐渐兴起的，非常重视戒律。平安时代，空海创立的真言宗，最澄创立的天台宗是最为盛行的。平安时代末期，世道纷乱，向往死后极乐世界的净土信仰开始在日本上层社会流行，由天台宗分化而来的净土宗逐渐兴起。到了镰仓时代，日本佛教逐渐入世，在上层社会禅宗开始流行，喜欢坐禅论道和谈论公案的临济宗，以及只管打坐的曹洞宗传入；而中下层阶级则多信以念"南无阿弥陀佛"为主的净土宗和念诵"南无妙法莲华经"的日莲宗。基本上镰仓新佛教的诸派都是以最澄的一乘戒为主。相反，净土宗认为念佛本身才是最重要的，高于遵守戒律。到了室町时代，从禅入玄的临济宗逐渐在上层社会一

1 胡适，《中国章回小说考证》，中国社会科学出版社，2013年11月，第99页。

枝独秀，曹洞宗则为平民广泛接受。此外净土真宗的信徒也非常多。到了江户时期，幕府设立了寺请制度，最不重视戒律的净土真宗成为日本最大佛教流派。净土真宗的创立者亲鸾认为，提倡“十不净肉和三净肉”，并认为提倡素食的提婆达多是佛教叛徒，素食没有道理。并且也主张僧人可以娶妻。亲鸾的妻子就是比丘尼。亲鸾提倡的教义就是绝对他力，亦即自己本身不需要做任何事情，只要信仰加上念佛，由佛力本身来超度自身。

通过梳理日本的佛教历史可以看出，目前日本的大部分佛教都是亲鸾的净土真宗流派。净土真宗承认寺族制度和继承制。真言宗、曹洞宗和禅宗则各有不同的守戒要求。尽管世袭制的行为也发生在民间的末寺里面，但是大部分民众对于佛教中复杂的宗派并不熟悉，能够看到的基本上是民间末寺中的住持过着正常的世俗生活。

伯明翰学派向来主张把受众还原于社会环境中，考察受众的社会背景对文化产品的接受是非常重要的。因此，在电影中按照观众普遍的文化背景，去拍摄唐僧师徒吃肉的场面，也就不足为怪。唐僧由女性饰演，也是因为观众已经习惯于一个外表俊美、具有阴柔气质的人物形象了。影视导演也是按照观众的视角和期待心理进行改编的。而改编者本身也不会有太大的违和感，因为在大多数日本民众的文化背景下，僧人是过世俗生活的，也会谈情说爱。

四、主旨的变化

影视改编是一种新的创作。从文学名著《西游记》到各种改编的电影、电视剧，艺术形式、语言的变化并不是一种简单的置换过程，也不是编者对原著作者意图的复原。改编者通过电影、电视剧的改编并不是力图洞见原著的“原旨”，而是力图揭示出新的主旨。关于《西游记》的主旨和寓意，鲁迅先生曾在《中国小说史略》中指出，《西游记》“讽刺揶揄则取当时世态，加以铺张描写”。又说：“作者禀性，‘复善谐剧’，故虽述变幻恍忽之事，亦每杂解颐之言，使神魔皆有人情，精魅亦通世故。”通过《西游记》中虚幻的神魔世界，我们处处可以看到当时封建现实社会的投影，昏庸的皇帝正是当时封建统治阶级的缩影，佛祖手下人收取贿赂，一路上妖魔鬼怪多与神佛有瓜葛，反映了社会上黑暗势力的官官相护。孙悟空是《西游记》中第一主人公，有无穷的本领，天不怕地不怕，具有不屈的反抗精神。对于唐僧这个人物，作者包含着讽刺和嘲讽，尽管给予了肯定，更多的是批评，批判他恪守宗教信条和封建礼仪，迂腐顽固，不分是非。作者正是通过书中不同人物的不同描写，歌颂了正义、无畏和勇敢的斗争精神，鞭挞了黑暗、邪恶势力。

原著作者创作时的意义是难以复制的，因为后代的读者所处的语境和原著作者所处的语境完全不同。尽管电影改编有可能洞见原著的“原旨”，但是在改编时电影作者必须按照当下观众的欣赏口味来归纳概括“主题”。

通过分析前述影视作品可以看出，日本改编的《西游记》题材电影、电视剧的主旨完全脱离了原著。大部分作品首先力求好看，并不在意文化内涵，打造一部将男女老少各类观众一网打尽的娱乐杰作。

上述影视作品的主旨尽管各不相同，但是整体而言有以下特点。

第一，塑造英雄人物，满足大众对渴望英雄的文化心理诉求。这在各个版本的电视剧和电影中都有非常明显的表现，影视剧中都树立了孙悟空作为一个百折不挠的英雄人物的形象。

第二，强调团队整体合作。在原著中，唐僧是去印度取经的中心人物，也是领导。虽然孙悟空、猪八戒、沙僧法术高强，但是既然唐僧是师父，就必须遵循师父的指示。这是“弟从师”“子从父”的中国思考方式。但是日本的影视作品中，更多地强调为了实现目标，师徒齐心协力共斗妖魔的一面。比如唐僧没有骑马，与三个徒弟一起步行的设定。而且，也不再是领导者或师父的姿态，而是与徒弟共同努力战胜苦难。在妖怪、魔王、自然灾害等形成的八十一难面前，师徒四人都没有动摇过这一信念。

第三，人物性格发生改变。原著中对于唐僧这个人物，作者批评他恪守宗教信条和封建礼仪，迂腐顽固，不分是非。但是日本的电影中已经完全没有了嘲讽的意味，而是强调唐僧虽然多次被妖怪掠走，处于险境，但是仍然能够保持冷静，坚持自己的信念，凸显了其意志坚定的一面。原著中，孙悟空是《西游记》中第一主人公，有无穷的本领，天不怕地不怕，具有不屈的反抗精神。而在上述改编的电影中，并没有强调孙悟空的反叛精神，而是凸显了其作为凡人的一面，认为孙悟空也具有七情六欲，有其自身的缺点和不足。

五、影视改编对著作传播的影响

大众文化的通俗性和愉悦性对大众产生了强烈的诱惑力，因而大众是自愿而主动地接受大众文化的。大众文化有着强大而持久的渗透力，不断强化其所含观念在大众当中的影响，所以强烈渗透性是大众文化的一大特点。可以说包括电影在内的影视传播，是古代小说当代传播的最主要方式。改编者首先是文本的接受者，对文本进行阐述；同时又是新作品的创作者，把小说的语言文字转化为直观的画面。尽管影视作品在改编之后会丢失小说蕴含的一些内容，但另一方面，直观的画面对受众的要求较低，男女老少都可以，因此受众更容易接受和理解，传播效果也更好。

日本民间有着大量关于妖怪的传说，具有接受《西游记》的文化土壤。例如用筛子在水中捞人来吃的妖精——豆子婆婆，为情投水自尽的女鬼——桥女，活跃于江河之中的妖怪——河童，被情人抛弃于雪山的女子变成的妖怪——雪女等。甚至在平安时代，出现了专门除妖的职位阴阳师。江户时代的《百鬼夜行绘卷》描画了琵琶、伞、木鱼、锅等各种旧物品，因为要被人们丢弃，一怒之下变成了各种各样的妖怪，半夜出来游行的场景。《西游记》中刻画的妖魔世界比较容易被日本民众接收，《西游记》题材的影视作品则又促进了西游记在民众中间的传播。

《西游记》作为一个开放的文本内容，蕴含着持续更新的文化基因和强大的艺术生命力，与现代电影产业对接，迸发出巨大的商业能量。日本改编的《西游记》题材电影，无论是在口碑上还是在票房上，都取得了不俗的成绩。对于原著《西游记》在日本民众中的传播，起到了较大促进作用。

日本文化中具有历史悠久且丰富的妖怪文化，佛教的传入和演变又与中国有着密不可分的联系，再加上鉴真七次东渡日本传播佛教的历史，都为日本接受《西游记》提供了适宜的文化土壤。因此，《西游记》在日本的传播程度和影响力远远超出欧美国家和其他亚洲国家。在影视这一媒介出现之前，日本已经有了众多《西游记》的刻本、译本、翻案小说、绘画和戏剧作品。

影视媒介的出现，使《西游记》内藏的强大艺术生命力得到进一步展现。日本的电影、电视剧改编者，遵循日本受众的审美要求和文化背景，创作的作品都是充满了愉悦、轻松氛围的《西游记》。故事情节方面，初期的电影基本上遵循了原著的情节，后期的电影则适应大众文化的发展变化，迎合观众的喜好，对故事情节进行了大幅度的改编和创作。电影的改编主旨、人物形象、人物关系中都融入了更多的日本文化的特色。

正如秦刚所指出的，“《西游记》以佛教的跨境题材和奇幻的神话色彩，成为中日共通的影视文化资源的宝库”[1]，日本的电影、电视剧充分挖掘了《西游记》这一题材，借助其强大的传播力量构建了具有日本文化特色的“西游记”。

1 秦刚，《穿越中日漫画的孙悟空》，《中国社会科学报》，2016年3月。

第十二章

中国古典白话小说与日本动漫

日本是当之无愧的动漫王国，是世界上最大的动漫制作和输出国，目前全球播放的动漫作品中有六成以上出自日本，其创作题材包罗万象，受众群体广泛，随着全球化的发展，日本动漫在世界上掀起风潮，成为日本文化输出的载体。现在，日本动漫几乎席卷了全球。据日本动画协会统计，2016年日本动画市场规模首次突破了2万亿日元（约合人民币1035亿），连续四年保持增长态势，其中海外市场的增长最为显著。

第一节　日本动漫改造中国古典小说的特质

日本动漫博采众长，风格多样，但是其强烈的民族风格却始终贯穿其中。中国古典小说是日本动漫中常见的创作题材，这类改编作品中仍然有着浓重的日本传统风格。立足于民族传统、结合时代的需求和现实生活，是日本动漫值得借鉴之处。回顾世界动漫发展史不难发现，在深厚的本土文化底蕴基础上表达出人类共同情感的作品总是能带给观众心灵的震撼与感动，实现市场效益与文化传播的双丰收。正如中国"功夫"在香港电影的大力推广之下成为海外市场追捧的中国文化元素那样，博大精深的中华文明为大众文化产品创作提供了取之不竭的文化源泉，丰富多彩的文化资源只有被以现代化再创造在文化领域激活，以轻松的方式吸引受众体会艺术魅力并领悟到其中意义，才能保持古典文学的旺盛生命力。

日本作为发达资本主义国家，第三产业成为支柱产业，文化产业又是第三产业的重要组成部分，文化产业带有典型的后现代文化的特征，表现出明显的去政治化和去历史化的倾向，各类文化和世界观都被并置在一起。

一、人物形象没有绝对的善恶

公认的"好人"也有自私的一面，可能会在私欲膨胀到一定程度的时候犯错误；"恶人"也会表现出其温情的一面，这种相对性的世界观在日本的动漫作品中处处可见。比如原著《西游记》中，玄奘法师和孙悟空是绝对的正面形象，他们一位是忠君爱国、一心向佛的高僧，一位是本领高强、机智勇敢的英雄。日本动画版的玄奘法师却变成了另一副模样，他（她）身披袈裟，要么手握手枪、满口粗话，要么美丽性感、风情万种，为达目的不择手段。孙悟空的形象在不同作品中有不同的定位，有时是睿智可爱的小男孩形象，有时是肌肉发达、意志坚强的猛男形象，还有时被还原成猿猴的形象。西游漫画中的妖怪不绝对是邪恶的化身，而是有好坏之分；神也不完全代表正义，也有各种野心，甚至邪恶至极。这种相对性与神道教的世界观不谋而合，神道教中没有善神和恶神的区别，凡是具有超能力的人或物都可以称为“神”，成为人们崇拜的对象。再比如，原著《金瓶梅》里潘金莲是阴险恶毒的施害者，而在动漫作品里除了诡计多端的狡黠，还能看到她对身边人充满人情味的一面。这些都是日本动漫中相对性世界观的体现。

二、大众化、平民化的英雄人物

日本动漫中的主角往往是平民化的人物，除了胆识过人、本领高强以外，也有和普通人一样的喜怒哀乐，也会需要他人的帮助，也要克服自身的弱点，争取胜利。这样的人物设定更容易引起读者的共鸣，激发阅读兴趣。比如，孙悟空常常被刻画成智力平庸、冲动莽撞，只关注一日三餐的少年，与中国观众心中那个神通广大、智勇双全、所向无敌的孙大圣形象相去甚远。正是这种“接地气”的人物设定，不仅拉近了和受众之间的距离，增强了阅读过程中的代入感，而且生活化、人性化的情节内容，充分迎合了人们放松、娱乐的需求。

三、引起观众的情感共鸣

日本动漫注重情感的表达，往往通过动作和神态的描写，把人物丰富的情感和内心世界表达出来，带领观众随情节的发展感受人物的心路历程。故事情节涉及成长、友情、亲情。中国古典名著有其创作的时代背景，有的突出劝善惩恶，有的宣扬反封建的人文主义精神，如果把这些宏大的精神原封不动地移植到现代的动漫作品中，一定会让读者觉得生硬刻板、索然无味。日本的动漫作品借鉴观众熟悉的中国古典小说故事原型，进行本土化的改编，融入读者熟悉的现代因素，刻画主人公的成长历程，宣扬不屈不挠的奋斗精神，让读者体会到，无论身处怎样的逆境，遭受了怎样的打击，都不能轻易放弃自己的梦想和信念，在潜移默化中对读者进行隐蔽式的说教，弘扬谦虚、忍耐、勇敢的精神，更容易让读者欣然接受。

四、女性形象的“泛消费化”

改编动画中，“潘金莲”被塑造成并非一个天生的坏女人，而是将其温柔贤惠、通达事理的品性放大。女权主义理论家苏珊·格巴和桑德拉·吉尔伯特认为："在男性文本中，女性形象有两种表现形式：天使和妖妇。天使是男性审美理想的体现，妖妇则表达了他们厌女症心理。" 潘金莲形象无论是恶女，还是天使，都是一个"被消费者"的形象，难以掩盖其女性消费和女性歧视的本质。约翰·费斯克认为，快感是大众文化最基本的内部驱动力量和根源，消费时代的大众文化是一种快感文化。流行文化是快感的载体，它的价值不在意义，而在快感。潘金莲的女性魅力成为消费社会中一种受读者肯定的价值，"淫"与"恶"的形象出现"泛消费化"的趋势，在动漫作品中成为满足欲望和制造快感的商业机器。西游系列漫画中经常出现女性形象的三藏法师，时而温柔可人，时而成熟性感，甚至还与徒弟谈起了恋爱。尽管女性三藏有智慧、有能力、有勇气，但也常处于困境，需要男性战士的保护。因此，可以说女性三藏形象，是为了烘托男性战士们的英勇而设置的，她的任务是给读者提供欣赏美女的快乐，依然没有摆脱男性视角的审美角度，处于"被消费"的地位。

有学者指出，四大名著在今天一再被重现，其直接原因并不是为了展现古典名著的文化意义及当代价值，不是因为公众社会对传统文化的渴望，而是因为资本对文化产品及其利润的渴望，是因为文化产品的生产需要源源不断的文化原料。这一观点对于理解日本动漫为何如此钟情于改编中国古典名著也同样适用。系列漫画通过改写呈现了通俗读物常见的情色、神秘、闹剧、血腥元素，通篇被"快乐至上"的消费文化价值观包裹，只为博读者一笑，而其背后是对商业利润的追求。制作者为了追求产业利益，故意夸张原著某一部分，并把颠覆它作为卖点。这种产业化四大名著的现象必然使四大名著的改编走向夸张和荒诞。如果只是简单地将故事舞台转移到现代，无法让当代人产生共鸣，就不能算成功的改编。改编得好，而不是和原著最相似，才是成功。因此，对动漫作品的评价不能一概而论，关键是能不能跟上各个时代的情感节奏，重新诞生的故事体系有没有艺术价值。日本的四大名著系列漫画中既有充满正能量的、有影响力的作品；也有不少单纯为了追求利润，将各种低俗元素拼凑在一起的粗制滥造之作。

中国古典文学名著为大众文化提供了源源不竭的创作源泉，是世界人民的宝贵精神财富，怎样对待商业化的大众文化，又怎样坚持民族的、科学的、大众的文化，建立真正的大众文化是我们共同面对的课题。只有当资本因素与积极的价值观因素共同融入文化消费产品时，对古典名著的改编才有积极意义。

第二节 《三国演义》与日本动漫

《三国演义》自江户时期（1603—1867）输入日本，由著名湖南文山的译者第一次将其译成日文以来，这部作品就在岛国生根发芽、开花结果。它与日本文化的交融是多方位的，除了翻译、改写、评论、研究以外，为其在日本广泛推广和实现大众化做出巨大贡献的，还有与《三国演义》相关的各种动漫作品，其中横山光辉的《三国志》影响力最大。

日本是世界第一大动漫强国，每年动漫及其周边产值可占到GDP的6%以上，可见其发展的强势地位，尤其20世纪六七十年代，伴随着电视走入普通百姓家，漫画开始大量转化为动画，动漫也迎来了它的黄金时代，产生了被誉为“日本动漫之父”的手冢治虫那样的大家，成为日本动画界的标志性人物。手冢治虫将“二战”后的日本现代漫画发展划分为六个阶段。第一阶段（“二战”后的头十年）：“玩具时代”，漫画只是供孩子娱乐的道具。第二阶段：“清除时代”，漫画被视为低俗浅薄的读物。第三阶段：“点心时代”，父母和教师勉强允许孩子可以在不妨碍学习的条件下看一点漫画。第四阶段：“主食时代”，1963年TV动画《铁臂阿童木》在电视上连续放映，许多家庭中的大人和孩子一起观看，漫画得到社会肯定。第五阶段（20世纪70—80年代中期）：“空气时代”，漫画已经成为青少年生活中不可分割的一部分。第六阶段（20世纪80年代中期以后）：“记号时代”，漫画成为青少年之间相互沟通的记号。

上述分段中可以窥见日本动漫发展的趋势，动漫已经和人们的日常生活密不可分，成为像空气一样的存在。在这庞大的动漫队伍中，跟三国故事相关的内容也占有一席之地，不但在日本产生了很大影响，还倒输入三国的原产地中国，受到从少年到成人的关注和喜爱。

一、漫画家横山光辉及其《三国志》

三国漫画在日本应该始于横山光辉。横山光辉（1934—2004），生于日本神户市，是著名的漫画家。他由爱好漫画而后专事漫画创作，一生作品颇丰，且影响深远，不但作品本身红得发紫，同时他的创作风格也影响了一代漫画家，甚至现在很多日本的卡通形象还能找到他作品的影子。横山光辉的漫画创作有两个特点，一是题材跨度大，一是创作产量大。关于他的作品题材，从机器人、赛车、忍者、侦探、少女漫画到中日历史漫画，无所不能，简直就是一位全才画家，其中与中国历史相关的就有《水浒传》《三国志》《项羽和刘邦》《殷周传说》等。说到高产，在他创作的高峰期，同时在几个漫画杂志上连载，每个月能画600页，意味着完全不休息的情况下，也要每天画20页，这个速度是非常惊人的。高产的回报之一就是获得很多奖项，其中包括于1991年因漫画《三国志》获得的漫画家协会奖。

横山光辉的漫画《三国志》，从1972年1月到1987年3月，在月刊《希望之友》、月刊《少年世界》、月刊《コミックトム》（日本潮出版社发行的月刊漫画杂志）上连载了15年之久，总页数达到12059页。虽题为《三国志》，但主要依据的还是《三国演义》的内容框架，因为日本人习惯将与三国相关的书籍统称为“三国物”，所以经常混淆《三国演义》和《三国志》的名称。1974年4月潮出版社出版了单行本第一卷，大受欢迎，后逐渐出齐60卷本。1997年，缩编的文库本30卷出版。除此以外还有简装本、爱藏本等。至今横山光辉的《三国志》发行超过了7000万册，其受欢迎的程度不言而喻。另外，1990年发行了这部漫画的韩国版，1994年开始发行台湾、香港版，1995年发行泰国版。

二、漫画《三国志》在日本的影响

杂喉润在他的《三国志和日本人》中评价，“战前，最受少年欢迎的中国读物是《西游记》，主要是孙悟空大闹天宫的部分……”[1]，而战后，随着横山的

1　杂喉润，《三国志和日本人》，东京：讲谈社，2002年，第208页。

漫画连载，“横山《三国志》以生于乱世的英雄豪杰，取代了中小学生头脑中的超能力动物”[1]。吉川英治创作的《三国志》在成人世界掀起三国热潮，让日本人了解了三国人物和故事，而横山光辉的漫画《三国志》让这股热潮涌向日本少年儿童的心中，在孩子们心里播下了种子，使得日本人对三国的热忱长盛不衰。同时，转换了一种方式来体验三国，不再只留于文字，带来了更大的视觉冲击。这也为以后《三国演义》多方位的视觉盛宴打下了基础。

横山光辉在中学时代已经很痴迷三国中的人物和故事。后来一次偶然的机会，他发现正在准备高考的弟弟也手不释卷地在读吉川英治的《三国志》，意识到这部作品有如此魅力，便以此为契机，开始了漫画版《三国志》的创作。横山的《三国志》主要依据的底本是吉川英治的《三国志》，是吉川《三国志》的漫画化，画风虽朴素保守，却能够捕获那么多少年的心，当然这里边也包括很多成人，从巨大的发行量可见其影响非同寻常。如此受欢迎的原因应该有这几个方面。首先，从湖南文山的初译本《通俗三国志》到吉川英治的近代编译本《三国志》，在漫长的岁月里，一般不懂汉文的日本读者，从这些译本中了解了三国，并且喜爱上了三国中的人物、故事、场景等，打下了非常坚实的读者基础。在这样的背景下，漫画版《三国志》的出现，无疑会在这些久已培养起来的读者群中掀起波澜。其次，随着社会的发展和进步，出版印刷等行业的技术进步等，漫画不只在青少年中，在日本的成人世界一样受到欢迎，这种形式深深扎根在日本人的生活中，和横山光辉同期在漫画杂志上连载，并受到好评的就有著名漫画家手冢治虫等，至今他们的漫画仍然广受爱戴。最后，日本经济增长迅猛，一跃成为世界强国，快速的生活节奏和巨大的生活压力，迫使人们既没有时间也没有兴趣，去慢慢阅读浩繁的长卷三国，通过漫画这种视觉冲击力极强的方式，来体味《三国演义》不是很便利吗？

漫画《三国志》大受追捧，结果又被搬上银屏，《三国志》动画版由日本德间书屋制作，横山光辉监督，1987年开始绘制，1991年制作完成，耗时四年有余。这部动画版《三国志》的背景和人物都画得比漫画精致了许多，故事也更加丰富充实，人物个性也得到了增强。多增加的细节，观来都令人感动不已。尤其

1 杂喉润，《三国志和日本人》，东京：讲谈社，2002年，第208页。

是在战役的刻画上有其独到之处，同样好评如潮。

相较于文字读本的耗时耗力，漫画更加直观，接受起来更加轻松，适合现代社会的快节奏生活，因此能够吸引日本读者的注意力，使《三国演义》的接受群进一步扩大，与传统文字系统相呼应，实现更广层面上的推广和普及。

三、横山光辉《三国志》以外的三国题材动漫

自第一部三国题材漫画横山光辉的《三国志》问世以来，基本上每年都会出现一部或多部三国题材的动漫，还有专门刊登三国漫画的月刊杂志，2005年创刊的《三国志Magazine》就是以三国题材的漫画和其他形式的读物为主的杂志。在日本，与三国相关的动画、漫画、游戏类的文化产品达三位数之多。

1994年至2005年连载于讲谈社《MORNING》杂志的漫画《苍天航路》，被誉为“画得最精彩的三国漫画”，由李学仁（韩）构思，王欣太（日）作画。全书出版了36卷单行本，总计发售1200万部。作品以曹操波澜壮阔的一生入手，讲述了东汉末年三国争霸的故事，加入了作者对人物的理解、重塑以及儒、道、法家等中国传统文化思想，受到海内外众多三国迷的追捧，2009年被改编成TV动画在日本播出，2011年又在台湾东森电视台以国语配音重播。《三国志》和《苍天航路》的故事情节和人物设定都是以原著为基础的，属于正史类漫画。

还有一类颠覆原著的演义类漫画，它们将故事背景移植到现代，在历史题材中加入穿越、幻想等要素，提出不同于原著的新的世界观，这类作品占了三国题材漫画的绝大部分。《龙狼传》就是一部以穿越题材为主的三国漫画。在一次毕业旅行的途中，初中生天地志狼与青梅竹马的玩伴泉真澄莫名其妙地穿越到了中国的三国时代。作品虽然借用了三国中的人物，但大部分剧情为原创，是一部奇幻风格的武侠漫画。《钢铁三国志》是讲述男男恋爱的BL漫画，内容完全脱离原著，是作者幻想出的另一个“三国世界”。漫画中陆逊与孔明之间产生了超越师徒的感情，孙权、刘备、凌统等以“伪娘”的形象出现，是一部女性受众定位下的漫画。《SD高达三国传》是机战题材的三国漫画，描述了刘备高达，为了追寻正义与结义兄弟关羽高达和张飞高达一起闯荡饱受战火摧残的武者之国“三璃纱”所遇到的一系列故事。片中所有建筑、武器和着装都加入了三国时期的元

素。《恋姬无双》《一骑当千》《三国志之眼花缭乱》则是把三国人物女性化来表现。《一骑当千》是一部美少女格斗类漫画，对原著进行了颠覆性改编，2000年开始连载于《COMIC GUM》杂志上，故事主角是一群具有超凡战斗能力的高中少男少女，他们继承了三国时代英雄们的命运，在关东私立高中之间上演了一场现代版的三国争霸。2003年改编成动漫在日本上映，同时发行了手游、网游及其他周边产品，还推出了舞台剧和广播剧，是一部人气极高的作品。

四、三国题材的动漫和游戏

《最强武将传·三国演义》应该是近年最受关注的一部中日合作完成的动漫作品。这部耗资七亿日元的大制作动漫阵容强大，由中国国际电视总公司辉煌动画公司、央视动画和日本映像企划制作企业Future Planet公司合作，耗时四年完成的52集巨制高清动漫。在中国中央电视台和日本大阪电视、东京电视、TXN网络电视台等播放。中央电视台先在少儿频道试播前七集，2009年8月开始在中央电视台电视剧频道正式开始播放。日本从2010年4月4日到2011年3月27日，在上述电视台播放。除中日两国，另有美国、韩国等很多国家也希望取得播放权。

这部动画片以罗贯中的《三国演义》为参照，故事一直讲到晋的统一。但由于只有52集的长度，而每集也只有25分钟，所以内容非常紧凑，除个别“赤壁之战”之类的经典场景用几集讲述外，进展速度很快，如从桃园结义到讨伐黄巾贼，再到张飞鞭督邮，都是一气呵成。也因此，很多情节都是靠解说而省略掉了画面。

该动画片还参加了2009年3月在日本东京举办的“东京国际动漫展2009”，当时播放的是配有日文字幕的中文版《最强武将传》，刘备、关羽、张飞等都悉数登场。而真正的日文版因为种种原因，在事隔一年之后才能跟日本的广大观众见面。它在日本的播放引起了巨大的反响，甚至使一个连续播放了13年之久的儿童节目终结，影响深远超出想象。

当时日本全国都在热播这部作品，下表就是当时播放该动漫的电视台，其受欢迎的程度非一般节目可比。

播放区域	大阪府	关东地区	爱知县	北海道	冈山县	福冈县	和歌山县	岐阜县	日本全国
电视台	大阪电视台	东京电视台	爱知电视台	北海道电视台	濑户内电视台	TVQ九州放送	和歌山电视	岐阜放送	KIDS STATION

这部动漫在中国的首映式是在人民大会堂召开的，可见其隆重程度。由中日两国联手制作的这部动画电视连续剧，以在中国、日本及欧美的动画市场的推广为目标，它在中国国内获得很多殊荣。

此外，《三国志》《苍天航路》《SD高达 BB战士三国传》《恋姬无双》《钢铁三国志》《一骑当千》等高人气漫画也相继推出了动画版和剧场版。

电脑游戏方面，有《三国志》系列、《三国志英雄传》系列、《三国无双》系列、《真・三国无双》等一大批网络游戏和P2P系列游戏。《三国志》系列游戏是日本光荣公司研发的一款历史模拟类游戏，首部发行于1985年，最新版本是《三国志13》，2018年初又推出了手游版《三国志：军团》。玩家要进行政治、经济、军事、外交等多方面的事件体验，操纵自己的阵营统一天下。该系列作品不仅受到学生的欢迎，也得到了工薪阶层的青睐。《真・三国无双》系列游戏同为光荣公司出品，是一款格斗游戏，目前共推出了8部，首部游戏于2001年问世。玩家任意操纵一位游戏中的三国人物，体验上阵杀敌的情境。人气游戏的问世再一次将日本的三国热推向了高潮。

在其他领域，以“三国”为原型的作品也屡见不鲜。1999年，歌舞伎表演艺术家市川猿之助主演的《新三国志》在全国巡演，该作品将中国京剧的武打元素融入日本歌舞伎表演中，令观众耳目一新。

“三国热”带动了旅游以及其他衍生产品的销售热潮。日本神户市长田区是横山光辉的故乡，出于借助漫画人物振兴街区的构想，长田区官方将这位老乡笔下的漫画人物“请”到了现实中，2009年在主商业区建立了一座“三国志”主题公园，街区内安放着三国人物曹操、关羽、赵云、孙权等雕像，还建有魏武帝庙、三国志美术馆、三国志花园，众多三国人物的展板和旗帜随处可见，还开发了明信片、“三国咖喱饭”、三国人物手办等众多商品。

五、三国题材动漫的变异

日本人对三国的钟情，从江户时代传入之时延续到现代社会，从文学作品延伸到动漫、影视、游戏等大众文化产品。同一题材在不同时代、不同的文艺形式中会产生各种变异，三国题材的动漫作品也不例外。

世界观的变异。日本动漫有一些经典的主题模式，在三国系列作品中也有所体现。比如歌颂团队协作、刻画主人公的成长历程和奋斗精神，拯救世界。漫画中刘备、曹操、孙权不再是统治阶级，他们和下级武将的关系被刻画得更为平等，结成互相鼓励、互相协作的关系，成为为了实现共同的理想而战斗的团队。《龙狼传》中的天地志狼、《苍天航路》中的曹操、《一骑当千》中的孙权，都是以一人作为故事的主角，随着情节的发展与队友一起成长，与命运抗争实现理想，这也是创作者们希望传达给读者的正能量。“拯救”主题在三国题材动漫中经常出现，如《钢铁三国志》中被设定为陆逊伯言是光明的代表，最终拯救了世人，而在《SD高达三国传》中，刘备、曹操、孙权、吕布化身“四神”，为驱散黑暗、拯救武士之国“三璃纱”、恢复大陆的和平而战斗。

强者崇拜和尚武情结。无论是奈良、平安时代对中国文化的学习，还是战后对美国的顶礼膜拜，都体现出日本传统文化中只崇拜强者的思想，这种意识也体现在动漫作品中。比如曹操这个人物，虽然拥有杰出的军事才能，但是为人心胸狭隘、奸诈多疑、残忍暴戾，所以在中国老百姓的心中只能称得上奸雄。在日本漫画《苍天航路》中，曹操的凶暴、狡诈被有意无意地刻画成了活得自在洒脱、不虚伪的优点，他为争夺天下的不择手段，也被视为实现“大治”之世而不可缺少的手段，曹操成了一代英豪，甚至带有神化的倾向。这些都与日本人崇拜强者的意识有关。尚武情结体现在动漫作品中过多的暴力场面，原作《三国演义》中有许多气势磅礴的战争场面，也有政治斗争和兵法韬略，武斗和战争场面是为了推动故事情节发展而设，并非为了武斗而武斗。然而，在日本动漫中，暴力、杀戮、血腥的场面往往成为整部作品的主旋律，武力成了解决问题最重要的方式，究其原因，除了满足读者阅读兴趣之外，还与日本人自古以来的尚武情结和军国主义“谋求霸权”的心理密不可分。

数量庞大的关于三国的动漫作品，也许内容上与原作《三国演义》有很大的出入，但是这不影响表达对三国题材的挚爱，甚至热情高涨过《三国演义》的原产国，一方面日本动漫的发达，成为这股三国热潮的强大动力，另一方面，《三国演义》这部不朽的伟大作品，不论从人物到故事，都对日本读者、观众有着巨大的吸引力，不管你是男女老少，身处社会的哪个范畴，你都会从中找到自己的乐趣，庞大的动漫三国世界囊括了太多人的热情和梦想。在动漫制作技术、网络技术日益发达的今天，三国文化在日本的传播也呈现出多样化的特征。大概众多的三国动漫迷们已然忘记了，或者说无所谓三国是中国的还是日本的，通过日本动漫三国世界的形成，《三国演义》已经成为两国人民的共同财富。

第三节　《水浒传》与日本动漫

一、文学巨匠与水浒动漫

20世纪下半叶，进入多媒体融合时代，《水浒传》的再创作在许多领域开花结果。小说家吉川英治和漫画家横山光辉这对黄金组合陆续发表了“水浒传”系列作品，1960—1963年讲谈社出版了吉川英治的遗作《新·水浒传》，成为脍炙人口、耳熟能详的佳作。吉川英治的历史小说兼具古典和现代的风味，以轻快的笔调鲜活、生动地刻画了原著中的主要人物，奠定了水浒故事在日本文学、日本文化中的地位。1967—1971年横山光辉在《希望生活》和《希望之友》杂志上推出了长篇漫画《水浒传》，成为日本最早的水浒传漫画作品，2002年潮出版社推出了文库本6卷。作品将原著的文学语言加入作者的想象，用漫画语言创作，内容基本忠实于原著，也有部分改编，例如删掉了原著中部分暴力、色情的场景，将悲剧结尾改成圆满的结局，梁山好汉最后得到了皇帝的奖励和人民的歌颂。1973年10月，日本电视台热播的电视剧《水浒传》（中村敦夫主演）就是根据横山光辉的漫画作品改编的。横山光辉之后，又出现了许多水浒题材的漫画作品。1979年真崎守制作了漫画版《水浒传》，2006年，三轮真雪创作了以“宋江”

为主人公的漫画《水边物语》，描写了宋国时期108名士兵的故事，原著中部分人物变成了女性，宋军部队博士晁盖不是手内隐藏兵器，而是在体内隐藏了“隐械”，从而体现出作品的幻想风格。

北方谦三改编的小说《水浒传》3册（集英社，1999—2005），作品以梁山好汉为原型，内容上进行了大幅度的改编，加入了作者本人喜爱和擅长描写的“革命战记”要素，作为日本学生运动“全共斗”的积极参与者，北方谦三热衷于革命运动，以至于他把梁山好汉写成了古代革命战士，在他的笔下，梁山好汉们大多是主动反抗反动统治，而不是被逼上梁山，不是收缩防守，而是主动出击，在外围建立了多个根据地，还制定了奇袭东京汴梁的计划。宋江成了革命理论家，写了一本名为《替天行道》的革命宣传手册，在社会上广为传播，成为整个革命运动的指导思想。鲁智深行走四方宣讲“革命道理”，以先进思想争取朝廷军官的支持。梁山108位好汉始终坚持着打倒腐朽王朝的信念，以建设新的国家为目标持续战斗，受到年轻读者的欢迎。北方谦三的小说在月刊上连载长达5年，由于读者反响热烈，集英社于2003年推出了漫画版，共3卷，由井上纪良配图。漫画版除了体现北方小说中对政治腐败和梁山核心成员心理历程的描述之外，井上的插图细腻而充满张力，凭借高超的绘画技巧将美与丑、善与恶表现得淋漓尽致。这对超一流的作家和画家的组合，将水浒传漫画的创作推上了新的高度。日本漫画的夸张成分，在水浒传漫画系列中也得到了充分的体现，作品延续了日本浮世绘夸张、自由想象的风格，相比中国连环画每一幅图都表达一个相对完整的情景，日本漫画更有镜头感和故事性，注重形式美感大于内容，往往将视觉冲击力和引起读者的兴趣放在第一位。

二、水浒动漫的变形

2009年天野洋一在《周刊少年Jump》（集英社）上连载了漫画《异闻水浒传》（全24集）。故事背景是公元112年的中国宋朝，政治腐败，国势动荡，山贼四出，民不聊生。有一群人，为了拯救民众于水生火热中，他们集结108条好汉，替天行道。漫画中新的人物和原著中的人物混合出现。主人公“戴宗”是“替天行道”中的一员，嫌麻烦的性格，自我中心、经常我行我素，旅途中让山贼背着自己，还常常做出让人意想不到的举动，口头禅是“一点也不好笑”。旅途中有一个与戴宗同行的女孩，叫金翠莲，她为了保护村民不受山贼和国家危害，戴上熊猫面具，与入侵者斗争，也是“替天行道”的一员。原著中的大部分角色也在漫画中登场，豹子头林冲还是担任八十万禁军的武术教官，他被描绘成束着长发的美男，既有勇敢威武、疾恶如仇的一面，又有喜爱小动物的可爱一面。一丈青扈三娘是戴宗在山里遇见的少女，这位外表看起来楚楚可怜的美少女，实际上是食量惊人、可以徒手捏碎岩壁的大力士，不过本人一直自称“柔弱”。及时雨宋江是“替天行道”的首领，是一位性格稳重、实力高深莫测的高手。花和尚鲁智深辅佐宋江，也具有非凡的战斗力。108位百姓眼中的“义贼”组成的“替天行道”，对宋朝发起革命。《异闻水浒传》保留了原著中的人物和故事背景，加入科幻色彩和搞笑情节，迎合了年轻读者的审美需求。

水浒系列漫画内容大致分为两类，一类对原著进行了较大的改动，如人物、背景、时间、地点等，但是可以明显看出原著的痕迹，比如横山光辉、井上纪良、天野洋一的改编漫画；另一类只是借用的个别人物的名称，完全颠覆原著的背景，故事情节基本看不出原著的影子。《车田水浒传》和《幻想水浒传》系列作品就属于第二类。《幻想水浒传》的主要情节是：海兰王国与迪南湖沿岸的琼斯顿都市同盟彼此对立，战争不断。主人公和义妹奈奈美居住在海兰王国边境小镇卡罗街。主人公和他最好的朋友乔伊告别亲友，成为独角兽少年军的一员。停战协议签订后，双方各自退军。正当少年军撤走的最后一夜，遭遇不明的袭击，全军覆没。王国声称这是都市同盟蓄意的行为，因而撕毁停战协议，展开报复。侥幸生存的二人返回故乡，却被指控为出卖国家的叛徒，幸好在处决前被救出，寄居于佣兵团中。随着王国大军的入侵，佣兵山寨失守沦陷，二人再度逃亡。途中获得了始之纹章的认同，被赋予改变命运的力量，各自被授予一半的始之纹章。主人公附宿了辉盾纹章，乔伊则附宿黑刃纹章。他们没有想到，获得力量的同时，也卷入纹章之间的争斗，各自走向不同的道路。《车田水浒传HERO OF HEROES》的作者是创作了《圣斗士星矢》等许多脍炙人口的作品的著名漫画家车田正美，故事描写了曾经在车田系列漫画中登场的人物也出现在了《车田水浒传》中，与各自的敌人展开斗争，可以说是一部车田作品英雄的大聚会，除了个别人物名称相同外，故事情节与人物设定与原著小说毫无关联。

日本水浒题材的漫画作品（1960—2015）

作品名	作者	出版年代	出版社
水浒传	横山光辉	1967-1971	潮出版社
水浒传	久保田千太郎、真崎守	1979-1980	学习研究社
魔兽水浒传KIZUNA	ビトウゴウ、夏野すいか	1996-1997	MediaWorks出版
漫画水浒传	さいとうたかを	2000	中央公论新社
水浒传	さいとうたかを	2003	LEED社
水边物语	三轮真雪	2004-2006	Mag-Garden
水浒传	夏秋のずみ、李志清	2005	Mediax
绘卷水浒传	森下翠、正子公也	2006-2007	魁星出版
ネリヤカナヤ水浒异闻	朱鱶マサムネ	2008	Media Factory
AKABOSHI异闻水浒传	天野洋一	2009	集英社
月之蛇水浒传异闻	中道裕大	2009-2012	小学馆
幻想水浒传系列	志水アキ等	2009	Media Factory
水浒传	诸星崇、榎本事务所	2011	综合科学出版
黑旗水浒传	竹中劳、川口开治	2012	皓星社
豪球水浒传	寺岛优、峰岸とおる	2015	トラスト・ツー
车田水浒传 HERO OF HEROES	高河弓、车田正美	2015	秋田书店

三、水浒题材的动漫和游戏

20世纪70年代在中国拥有众多粉丝的车田正美的动漫作品《圣斗士星矢》中，也出现了代表水浒传一百单八将系列的“冥斗士”。2013年推出的TV动画《天保水浒传NEO》，共五集，根据浪曲、讲谈剧本《天保水浒传》改编，以千叶县东庄町为舞台，描写笹川繁藏和饭冈助五郎两位侠客之间势力斗争的故事。

1999年日本推出了一部《绘图水浒传》，引起了绘画界和文学界的关注。作者正子公也是国际知名绘卷作家，该作品画风以写实为主，一百单八将中每位人物的造型、用色都有一定特色，既体现了中国传统的审美习惯，又加入了诸如浮世绘等日本画法，画册分为“伏魔降临”“红尘江湖”“绿林风云”“替天行道”四部分。

此外，以水浒传为题材的电子游戏也深受游戏爱好者的喜爱，日本游戏软件公司科乐美推出的幻想性角色扮演类游戏《幻想水浒传系列》，故事的背景是水之畔，描绘了东西方文化相互交融的独特世界观，该系列5个作品、4部外传中的登场人物相互关联，保持了游戏世界观的统一性，自1995年上市以来一直受到游戏爱好者的追捧。日本著名游戏公司光荣社在1989年也推出了战略模拟类系列游戏《水浒传·天命的誓言》。得益于漫画、游戏的普及，如今水浒文化依然在日本可见，水浒周边玩具、水浒书签、水浒邮票，水浒人物的招贴画等，不胜枚举。

值得一提的是，在众多与《水浒传》有关的漫画作品中，有两部中国作家的作品，在日本大受欢迎。中国台湾漫画家蔡志忠的《漫画三国志——水浒传的英雄们》被翻译成日语版，2001年由讲谈社在日本出版发行。2006年由SB Creative出版发行，陈维东编创、武侠漫画家梁小龙绘制的写实漫画《水浒传》在日本发售，日文版漫画《水浒传》共10册，每册320页，这是第一部成功打入日本市场的中国大陆原创漫画作品。用一种更轻松的方式让年轻人接受中国古典名著，是编创者陈维东和漫画家梁小龙的初衷。因为在作者看来，日本人创作的漫画虽然讲的是中国故事，但表情、语言都是日本人的形象，甚至有的完全脱离原著，已经被改得面目全非，所以这部作品秉承着忠实于原著的创作理念，漫画人物形象和剧情设计体现了108位梁山好汉多样的性格特点，每个英雄人物都充满了阳刚之气，栩栩如生。

四、消费社会下的动漫作品

中国的古典小说在日本流传很广，但是大部分日本人不是通过阅读翻译本，而是通过改编的小说、漫画来接受的，原著的翻译对于普通大众来说晦涩难懂，进行改编加工后的翻案作品更符合日本人的风俗习惯、审美情趣，比翻译文学更有影响力。水浒之所以成为日本漫画家热衷创作的题材，除了得益于吉川英治

《新水浒传》、北方谦三的《水浒传》等翻案小说在市民中的普及之外，还因为故事本身宣扬的忠义、友情和战斗精神与日本人的审美心理和接受视角相吻合。

随着传播媒介和传播方式的革新，古典文学作品与现代科技融合，促进了《水浒传》在日本的传播与普及。现在，在日文搜索引擎上输入“水浒传链接”就会出现许多水浒研究的中日文网站，读者能够在网上阅读中日文版的《水浒传》，可以在专门的论坛或博客上发表专题讨论，还能了解日本人研究《水浒传》的现状。今后，凭借网络的优势，中国的古典文学作品《水浒传》将会更加深入日本普通民众的生活。

中国古典小说《水浒传》在日本的传播，经历了从贵族武士知识阶层，经过日本读书人的翻译、演义，走向了日本的大众社会，从文学到漫画，到动画、影视剧，再到电子游戏，形式层出不穷，人气经久不衰。在当代日本社会，大众文化与其说是人们精神生活的追求和享受，毋宁说它们是用于满足生活在现代资本主义社会的群众心理慰藉的纯粹商品。实际上，现代日本大众文化具有一种“用过即扔”的一次性消费性质。许多人在浏览过杂志以后随手扔进电车的行李架上，大部分风靡一时的畅销书很快销售一空，但又在满足了一时的精神快意之后被人们遗忘得一干二净。大众文化的社会功能之一就是满足人们心理上的宣泄和代偿，所以我们常常可以在漫画中看到，无所不能、本领高强的英雄，他们疾恶如仇，杀富济贫，反抗当权者，惩治恶霸，为百姓伸冤，使读者拍手称快。

从20世纪60年代开始，日本的漫画动画制作进入了高速发展阶段，当时社会正处于高速经济增长期，已经完全进入了消费社会。消费社会的主要特征包括：社会的高度商品化，社会生活的高度娱乐化，社会思想的高度平面化等方面。在消费社会中，情感同样是可以消费的，人们需要消费情感来弥补现实生活中匮乏的情感体验，所以改编的水浒动漫作品中增加了很多言情描写。相对于物品的使用价值，人们更加注重它的符号意义，追求感官的刺激与享受。因此，大众文化商品会呈现一种视觉文化转向的潮流，比如，水浒系列动漫中的男性形象都是外形俊朗、身材健美，女性则是活泼可爱、美丽性感，与原著中的人物形象相去甚远。《水浒传》原著中女性角色都是笼罩在男权社会的阴影之下，只是客体，没有资格发出自己的声音，女性的苦闷和悲哀被男性的视角完全遮蔽，而改编的动漫作品重新彰显了女性的情感和欲望。

动漫作品将英雄从神坛打入凡间，狂欢化的艺术手段体现了大众文化时代个人思想的自由和对权威的反抗。娱乐化也是消费社会的一个重要特点，为了增加作品的喜剧效果，创作者会有意加入爆笑桥段，娱乐读者。虽然这种缺乏深度的幽默能博得读者一笑，但是有碍整部作品的节奏。这是动漫作品为了追求利益最大化的结果，也是对消费社会下大众审美心理的一种妥协。大众文化的崛起，导致高雅文化、经典文化被边缘化，或被大众文化所溶解和稀释。大众文化商品对名著的改编，在某种程度上可以促进名著在现代的普及，但是不加反思的改写，会破坏原著的精神，造成对原著的曲解，造成审美的疲乏和价值的虚无。

第四节　《西游记》与日本动漫

《西游记》虽然源于唐代高僧玄奘只身一人赴天竺取经的历史，但随着时代变迁，加入了神魔色彩和宗教色彩，经过了大量的艺术加工，其故事情节和人物形象衍生出了许多变体。除小说《西游记》之外，在民间传说和地方戏曲中也出现了多种不尽相同的取经故事。所以，《西游记》在由文学作品改编成漫画、影视作品的过程中，在是否忠实于原著这个问题上一直存在着较为宽松的环境，在中国《西游记》已被改编成戏剧、曲艺、电视、电影、漫画、动漫等几乎所有的艺术形式。《西游记》在日本长达几个世纪的流传过程中，被改编成读本、小说、儿童话剧、漫画、动画、电视剧、电影等多种形式，成为大众文化商品中经久不衰的创作主题。

一、《西游记》的动画作品

《西游记》最初改编成动画是在1926年大藤信郎创作的《孙悟空物语》，由自由映画研究所制作，虽然只有8分钟，但这是孙悟空的漫画形象在银幕上首次呈现。1933年，大藤信郎和政冈宪三共同制作了折纸片《西游记》。这一时期日本的动画制作还处于起步阶段。20世纪60年代，得益于国家对文化产业发展的鼓励和动画制作人才的培养，日本的动画制作进入了产业化阶段，1960年东映动画公司将《西游记》制作成剧场版，该作品是根据手冢治虫创作的漫画《我的孙悟空》改编的。手冢治虫的这部作品还被改编成儿童动画片《悟空的大冒险》（1967年），考虑到儿童观众的阅读特点，人物和内容都是现代风格，故事讲述了本领超强的石猴孙悟空、守财奴沙悟净、大胃王猪八戒、柔弱善良的三藏法师和开朗少女龙子，在前往天竺的旅途中一路降妖除魔的经历。在手冢的笔下，《西游记》有了很多新时代的创新：抽香烟的唐僧、总是饿肚子的猪八戒、爱挖宝藏的沙和尚……极大地增加了观众对角色的代入感和亲切感，可以说《悟空的大冒险》是那个时代的一个代表作，为之后兴起的改编热奠定了基础和雏形。

20世纪80年代是日本动画的繁荣期，这一时期，科幻题材、宇宙主题、魔法少女相继登场。《西游记》题材的动画出现了许多变体，比如《宇宙战舰大和号》，该系列自1974年公映以来，先后推出了电视动画《宇宙战舰大和号》（1974）、《宇宙战舰大和号2》（1978）、《宇宙战舰大和号3》（1980）和剧场版《宇宙战舰大和号》（1977）、《宇宙战舰大和号·爱的战士》（1978）、《永远的大和号》（1980）、《宇宙战舰大和号·完结篇》（1983）、《宇宙战舰大和号·复活篇》（2009），堪称日本动画的元祖级作品，影响十分深远。讲述了大和号乘务员为保护地球与入侵者展开战斗的故事。参与制作的作家丰田有恒表示，该作品是以《西游记》的故事为基础的。大和号的乘务员是三藏一行，守护地球的目的与取经的目的一致，旅途上与敌人的战斗和三藏一行与妖怪的打斗是相同的，故事总体构成和想法来自《西游记》。再比如，《SF西游记Starzinger》是1978年由东映动画出品的，该作品以石川英辅的《SF西游记》为原型，描写了银河系宇宙混乱，处于银河系宇宙中心的大王星喷出的银河能量变弱，使原本善良的宇宙生物成了宇宙怪物，变得凶恶、暴力。为了阻止事态发展，需要借助停留在太阳系惑星（地球）的欧若拉（AURORA）公主的力量。欧若拉公主与阻止银河系暴力的三个机器人骑士一起为守护宇宙的和平，与宇宙怪物等凶恶的外星人战斗，赶往大王星。虽然故事的目的不是求取真经而是保护地球和平，但是故事结构和人物角色与《西游记》有很多相似之处，欧若拉作为战斗领袖与三藏法师相似，三个骑士使人联想到三藏的三个徒弟，宇宙怪物就像

《西游记》里的妖怪。《爆裂战士》是日本东映动画公司制作的电视动画，于2000年在朝日电视台播放，根据《西游记》改编，讲述在遥远的未来，地球被变异生物支配，唯一的人类八云和保护她的三个变异人一起前往西方圣地“中央”的冒险之旅。2002年东京电视台播放的《阿波特战记五九》也是一部改编自《西游记》的科幻动画。2005年在CS广播电视台播放的《巴得利奥西游记》根据魔夜峰央的同名漫画改编，该作品中三藏师徒和新创作的人物混合出现，人物造型和情节设计延续了作者一贯的荒诞、搞笑的风格，虽然仍围绕着“取经”的故事主线，但对所有人物的性格进行了夸张的改造，受到了观众的欢迎。

20世纪80年代，胶片动画技术突飞猛进，日本动漫迎来了生产制作的繁荣期。随着经济的恢复，日本人重新审视社会文化价值，勇敢善良的精神内涵不再为大众所追求，大众更多地表现出对力量的崇拜，加上受到美国动画片《星球大战》的影响，这一时期的动漫主题也转向了世界与宇宙，大多数是太空探险。这一时期西游题材的漫画作品也多以现代社会和宇宙为背景，虽然在《西游记》故事的基本框架下，但是内容上有了很多创意改编。为了保卫地球，三藏一行开始旅行，原著的人物和新创作的人物混合出现，他们一路披荆斩棘、降妖除魔，与恶势力斗争，最终守护了世界和平。

在几部中国观众耳熟能详的动画作品中，也出现了孙悟空的形象，比如《哆啦A梦——大雄的平行西游记》是1988年上映的机器猫系列电影作品。为了在新生欢迎会上表演《西游记》，大雄全班举行话剧排练，本来想演孙悟空的大雄被安排了其他角色，大雄相信孙悟空的存在，乘坐时光机器去了7世纪的丝绸之路。在那里他遇到了真正的孙悟空，使用机器猫的工具变成孙悟空的大雄最终灰心地回到了现代。然而大雄的家人变成了妖怪，现代社会成了妖怪的世界。为了营救现代社会，大雄再次回到过去。动画电影中出现了三藏法师、孙悟空、猪八戒、妖怪、牛魔王等原著中的人物。1994年富士电视台出品的鸟山明创作的动漫《龙珠》中，外星武术高手孙悟空，是战斗民族赛亚人的后裔，同时也是一名武痴，在收集龙珠的大冒险旅程中，他为了保卫地球，更为追求武学而艰苦修行，不断与强敌战斗，最后成为拯救全宇宙的英雄。2003年富士电视台播放的岸本齐史创作的动画片《火影忍者》中，不仅出现了四尾孙悟空、金角忍者、银角忍者等形象，还有法器紫金葫芦、芭蕉扇，而且主人公鸣人最拿手的变身术、分身术都来源于《西游记》，表明作为武林高手、正义化身的孙悟空形象，已经深入年青一代观众的内心。2001年NHK电视台将漫画家峰仓和也的漫画《最游记》改编成电视动画搬上银幕，以另类演义的方式重新诠释了《西游记》的故事。《最游记》套用了原著的人物名称，是一部剧情与原著稍有关联的奇幻冒险动漫。故事发生在桃源乡，那里曾经是人类和妖怪和平共存的国度。牛魔王的侧室玉面公主企图通过被禁用的化学药品复活牛魔王，致使桃源乡的妖怪变得凶残暴力，开始袭击人类，三藏师徒收到观音的指令，踏上了前往西方阻止牛魔王复活实验的冒险之旅。故事取材于中国古典小说，但是出现了很多现代的物品，比如古普、啤酒、香烟、信用卡等，还出现了现代流行的话题。《最游记》系列派生出包括广播剧、主题歌、电视动画、剧场版动画、小说、游戏等大量衍生作品，凭借其鲜明的后现代风格，独特的叙述视角，在收视率和经济效益方面都取得了巨大成功。

二、《西游记》的漫画作品

漫画是日本大众文化的根底和资源，NTT 2012年调查（NTT调查公司通过谷歌调查引擎，于2012年5月15日—17日采用非公开网上调查的方式，收到有效问卷1939份，参与调查的网民为15—44岁，其中男性占39.1%，女性占60.9%）显示：在全体被调查者中喜欢看漫画的比例为75%，其中25—29岁的男性和20—24岁的女性是最大的漫画读者群。可见，漫画在日本民众中十分普及，20—30岁的年轻读者是漫画的主要消费群体。漫画杂志的大量生产和拥有深厚的读者群是日本大众文化产业发展的重要因素，催生了以漫画为原著的其他文化产品的发展，漫画与动画、游戏、电视剧、电影的制作紧密联系，成为大众文化产业发展的重要基础。

20世纪20年代，日本漫画家开始尝试改编《西游记》，儿童漫画的先驱者之一宫尾茂雄创作的《漫画孙悟空》（讲谈社，1925）成为一系列改编的开山之作。1939年，宫尾茂雄以原有改编为基础，重新绘制了全图版的《漫画物语孙悟空》，由讲谈社出版。《我的孙悟空》是手冢治虫的漫画作品，1953年到1957年由秋田书店出版，全集共三卷，1960年由光文社出版，1977年到1980年由讲谈社出版全八卷，2001年由秋田书店再次以全四卷出版，最新版由日本环球娱乐公司出版。

《西游记》的故事在日本家喻户晓，相关题材的漫画作品不胜枚举，改编题材大致分为两类：对原著进行了较大的改动，如人物、背景、时间、地点等，但是可以明显看出原著的痕迹，比如保留天竺取经的情节，加入现代的话题，刻画成或搞笑、或科幻、或传奇的故事，如寺田克也的《西游奇传·大猿王》、诸星大二郎的《西游妖猿传》等；另一类只保留部分人物名称，故事背景、情节和人物性格与原著毫无关联，如古贺亮一的《电击西游歪传》、魔夜峰央的《巴得利奥西游记》、鸟山明的《龙珠》等。

《少年西游记》是1956年推出的漫画，作品中三藏师徒和妖怪都以可爱的形象出现，深受儿童欢迎。《西游妖猿传》（1983—1987）以隋末唐初时期孤儿少年孙悟空为主人公，他为民除害与有权者展开斗争，中途遇到了英雄刘黑闼的部下红孩儿和美少女龙儿女，卷入金角和银角兄弟领导的山贼和唐朝李世民的斗争中，并在机缘巧合下结识了僧侣玄奘，被玄奘去西天取经的信念打动，追随玄奘一起取经的故事。诸星大二郎的这部作品将《大唐西域记》和《西游记》的故事结合在一起，加上作者超强的想象力，把神话人物穿插于历史事件中。

寺田克也的《西游奇传大猿王》（1958），故事是以大猿王——孙悟空的故事为主线，也出现了原著中三藏法师、沙悟净、八戒、牛魔王等人物，作品延续了寺田一贯的创作风格，通篇充满怪诞、暴虐的色彩。山口贵由的《悟空道》，该作品的世界观将宇宙分为三界，分别是神仙居住的“神界”、凡人居住的“人界”、妖魔居住的“狱界”。这与日本的本土宗教神道教将宇宙分为众神的世界“高天原”、人类的世界“苇原中国”、地下的世界“黄泉国”的观点相契合。狱界之王为了防御人界的进攻，女僧人三藏法师带领弟子沙悟净、猪八戒，奉人界之帝之命赴天竺求取救世的真经，师徒三人走到狱界和人界交界的“葬头国”。在横跨二界的灵峰五行山前，师徒三人被代表“自由”“平等”“博爱”的三个妖怪挡住去路，这时，三藏一行遇到了被如来佛祖压在五行山下的“人外大魔猿”孙悟空。悟空按照如来的授意，帮助三藏师徒打败了妖怪，顺利地渡过了五行山，也解除了自身的咒语。悟空诚心拜三藏为师，师徒四人再次踏上了西去取经之路。吾妻日出夫的《任性的悟空》（1997）故事设定依然是本领高强的猴王孙悟空受菩萨指点，与师弟八戒、沙悟净保护玄奘法师西去取经，师徒四人均以可爱的形象出现，一路降妖除魔的经历中加入了不少现代的话题，是一部搞笑题材的漫画。成川纪郎的《GOGO悟空》（1977），古贺亮一的《电击西游歪传》（2006—2010），三藏法师变身戴眼镜的成熟女性，八戒被刻画成傲娇少女，沙悟净变身帅酷河童，还出现了一无是处的三藏太郎，孙悟空则是由误入异世界的少年化身的，他们一行五人去天竺取经的故事。山本贵嗣的《西游少女队》，故事背景设在大唐国，大唐文化大学新增设了佛教学院，三藏法师奉命去天竺求取最新版的经书，并带上了三个差生——孙悟空、沙悟净和猪八戒一同前往，漫画讲述了取经路上师徒四人和各路前来索命的妖魔鬼怪斗争的故事。白井三二郎的《Dear Monkey西游记》故事发生在唐代，玄奘法师在取经路上被妖怪所杀，妹妹天天继承哥哥的遗志，只身一人踏上去往天竺的旅途，发现杀死玄奘法师的妖怪正是孙悟空。

大部分与《西游记》相关的作品首先制作成漫画，如果销路好、反响热烈，就会被陆续制作成动画、电影、游戏等，推动了日本大众文化产业的发展。《西游记》是日本人熟悉的题材，为了满足现代人的审美需求，漫画家发挥各自所长，在内容上作出了很多创意性的改编。可以说，大部分年青一代的观众是通过动漫了解西游记故事的。

三、《西游记》在日本漫画中的变容

中国古典名著《西游记》的故事在日本家喻户晓，小说以玄奘师徒取经路上降妖除魔的经历为主线，既有严肃性的一面，又充满了诙谐性和奇幻美。在日本当代漫画家的笔下，原著严肃性的一面被摒弃，趣味性和娱乐性被放大，又加入了年轻读者喜爱的科幻色彩和现代话题，使古典文学题材焕发出新的魅力。

在中国西游系列的改编作品中，唐僧师徒四人往往被设定成善良、正义、勇敢、机智的正面形象，妖魔鬼怪都是邪恶、残忍、诡计多端的反面形象，主角与配角形象的对立十分显著。观音菩萨、玉皇大帝等各路神仙作为中立形象出现，性格特征不明显。与中国不同，日本的西游题材改编作品中，玄奘和悟空等主要人物的形象并不是程式化的，他们或傲娇，或腹黑，或御宅，或正太，或兼而有之，既有可爱的一面又有明显缺点，让人又爱又恨。作为配角登场的妖怪也是个个性格鲜明，充满魅力。一方面创作者出于丰富故事情节、增强娱乐性、吸引观众的考量，毕竟只有具备完美的画风、好看的角色，才能在激烈的市场竞争中存在下来；

另一方面日本文化善于吸收、模仿和进行本土化改造的特点，也是西游作品多样性的重要原因。比如，在原著《西游记》小说中，神的形象是完美无缺的，而日本漫画中，主角的优点缺点都很明显。这一点与日本本土信仰神道教的观点不谋而合，神道教认为，只要具有超凡能力的人或物，都可以成为神，所以神道中既有善良的神，也有暴虐的神，都是人们崇拜的对象。所以带点小缺点的悟空、玄奘反倒让读者觉得亲切可爱。特别是在动漫类出版物中，体现出浓厚的娱乐性和商业倾向。

随着消费主义、享乐主义风潮的盛行，为了迎合大众的需求，文化商品中娱乐和消遣功能凸显。比如三藏的角色常常被设定为女性。从20世纪70年代起在日本的电视剧中就出现了女演员饰演的三藏角色，导致不少观众误认为三藏本来就是女性。女性化的三藏角色，大致可以分为两类，成熟美丽的女人和可爱活泼的女孩。比如1978年富士电视台出品的动画《太空西游记》中，三藏变身为欧若拉公主，她凭借智慧和勇气带领三个男骑士冲破重重难关，最终到达大王星，拯救了宇宙和平。2007年出版的漫画《悟空道》中，三藏完全变成充满魅力的女性，她一面坚守求经的决心和信念，成为徒弟们的精神支柱，同时又常常无所顾忌地展现自己的性感。《哆啦A梦——大雄的平行西游记》中，乘坐时光机回到唐朝的大雄为了打败妖怪、恢复历史，和朋友们假扮孙悟空等角色，他的女朋友静香扮演三藏法师，静香胆小怕事、爱惊慌哭泣，这一点与原著中柔弱、温和的三藏形象相似。小说《西游记》原著中三藏是虔诚、崇高、严肃、克己的形象，是取经路上的精神核心，但是角色设定上过于刻板僵硬，缺乏娱乐性。经过日本动漫改编的三藏角色，虽然与原著相比面目全非，近似于恶搞，但是人物自带的话题性符合现代日本社会大众文化的娱乐性和趣味性的审美要求，是文化产业开放的结果。改编作品中加入了原著没有的女性角色，并将她塑造成为有勇气、有智慧的形象，表明现代日本社会女性越来越受到重视，同时也不可忽略，整部作品中三藏还是取经路上被保护的对象，她的智慧、勇气与柔弱、无助常常交替出现，都是男性审美理想的体现，所以女性的三藏形象依然没有摆脱男权社会下“被消费者”的地位。

在现代社会中，大众阅读漫画、动画不是追求深奥的哲学或伦理思想，而是希望通过游戏性、娱乐性的轻松的文学主题，消除精神压力并得到快乐。如果能够通过跨越时代、跨域国界的改编使古典文学更接近大众，也不失为现代社会中古典文学与大众沟通的一种途径。

第五节　《金瓶梅》《红楼梦》与日本动漫

一、《金瓶梅》与日本动漫

《金瓶梅》自传入日本之初，就被认定为“淫书”“桌下读物”，所以其衍生作品远远不及“四大奇书”中的其他三种《西游记》《三国演义》《水浒传》。《金瓶梅》是中国小说史上一部里程碑式的名著，对后世的社会小说产生了深远影响，有人将它视为“淫书”，但同时也得到了一些学者的高度评价，他们肯定小说的文学价值和历史价值，主张正确评价书中性描写在小说整体上具有的意义。正如《金瓶梅词话》匿名序中的一段话：“读此书，持恻隐之心者是菩萨；持恐惧之心者是君子；感到高兴者是小人；模仿者是畜生！”

渡边正子创作的漫画《金瓶梅》（双叶社，1995——2007）共13册，内容贴近原著，讲述了绝世美女潘金莲与大商人西门庆私通，并杀害了自己的丈夫，而西门庆最终也得到了应有的报应。内容加入了作者的一些构想，作者笔下的西门庆贪婪、淫乱、残忍，潘金莲是一个无脑的野心家，通篇充斥着疾妒与复仇，以及对“性”的过激描写。插图以现代画风展现了中国明朝的服饰、住宅和社会风俗。

山上竜彦创作了《金瓶梅》，漫画于1986—1987年在秋田书店刊行的《Play Comic》杂志上连载，反响热烈，1988年秋田书店推出了单行本，2010年FREE STYLE公司再版发行了单行本，漫画将原著里主人公之一的春梅换成了秋菊，内容也进行了大幅改编，被称为一部“爆笑的香艳故事”。

此外，还有借用了原著人物名字的BL漫画（也称作耽美漫画，指男孩之间的恋爱漫画）《金瓶梅奇传・火焰之吻》（水上シン，BiBLOS出版，2004），作品中金莲变成了美男子，他出身贫寒，为了谋生沦为大富豪的性奴隶，同时还与青梅竹马的暴君、日君、武松保持着情人关系。内容与原著毫无关联。

系列漫画中流传最广的当属竹崎真实的《金瓶梅（漫画格林童话）》（文化社），该作品自2004年推出以来，受到读者的欢迎，目前已出版37册。登场人物虽然与原著基本相同，但是性格大不相同，内容也进行了大幅改编，增加了许多作者原创的情节，潘金莲被塑造成一个充满魅力的女人，既温柔美丽，又高冷狡猾。虽然也有不少色情场景和悲惨情节，但是每卷的情节设定都变化万千，引人入胜。

《金瓶梅》的译介史在日本经历了从排斥到逐渐接受的过程，与同时代传入日本的其他中国古典名著相比，其衍生作品的数量和传播范围都相当有限，系列漫画的受众主要是作者本人的忠实读者，也没有出现相关的动画或游戏产品。原因主要以下三方面，一是情欲场面不适合搬上银幕，二是由于长期的排斥，导致《金瓶梅》的故事在日本民众中的认知度较低，很难引起阅读兴趣。小说成书于中国明代万历年间，深刻把握当时的社会风俗和民众的生活风貌对理解作品的全貌至关重要，这对于日本读者来说无疑是困难的。三是《三国演义》《水浒传》都有脍炙人口的翻案作品，比如吉川英治的《三国志》《新・水浒传》、北方谦三的《水浒传》《三国志》，这些翻案小说丰富了原著的多样性和娱乐性，也使故事内容深入人心，而《金瓶梅》的翻案作品很少，传播范围有限。

系列改编漫画的特点之一，就是潘金莲形象的"泛消费化"。在消费时代下，大众文化的主要目的就是为受众提供感性愉悦。原著中潘金莲作为臭名昭著的"恶女"形象，除了红杏出墙的"淫"，还有弑杀亲夫的"恶"。而在改编作品中不仅淡化了她的"恶"，甚至把她描绘成并非一个天生的坏女人。相反，许多情节将其温柔贤惠、勤劳持家的品行放大，突出了她作为独立女性的主体性、地位和尊严，比如竹崎真实的《金瓶梅（漫画格林童话）》。这一改编既有追求娱乐性提升销量的考量，同时也体现了现代日本社会对女性形象的期待，希望女性既温柔美丽，又高冷狡黠。从"蛇蝎女人"变成了惹人怜爱的恶女形象，表面上看是女性地位提升的表现，但实际上作品仍然没有摆脱男性中心的话语体系，反映了男性对女性的一种"围观"或消费，将女性身体工具化、情欲化，难以掩盖其女性消费与女性歧视的本质。动漫里出现男孩之间的恋爱，也反映了女性消费者开始热衷于"消费"自己喜欢的男性角色。

二、《红楼梦》与日本动漫

1984年中央公论新社出版了《画本红楼梦》（全5册），译者是日本著名的中国文学研究家松枝茂夫，原作是上海人民美术出版社的连环画《红楼梦连环画》（全16册，1981—1982）。2001年，SOLEIL出版了《物语版：红楼梦-太虚幻境之卷》，作者王敏，故事根据曹雪芹原著小说改编。同年，SOLEIL出版社以王敏的物语版《红楼梦》为底本，又推出了漫画版《红楼梦——天上人间情未了》，由北本守正作画，是日本第一部红楼梦系列漫画。物语版和漫画版都只刊行了一卷，在读者中反响不大，后续故事记述在王敏的另一部作品《要译红楼梦——读中国的〈源氏物语〉》中，全一册的编译本于2008年由讲谈社出版发行。全书共24回，以贾府的兴衰和宝黛的爱情故事为主线，情节和人物均未脱离原著，对内容和篇幅进行了大幅的删减和节译。为了引起当代日本读者对中国古典小说的兴趣，作者除了在前言中介绍贾宝玉是像光源氏一样风流倜傥的美男子之外，还将原著的文体改为现代风格。正如作者在前言中所述：“‘红楼’与高度经济增长期的日本形象类似。泡沫经济崩溃，之前掩盖的问题喷涌而出。人们不知该如何解决。这种状态不正是‘红楼一梦’吗？因此，我认为‘红楼梦’是预见了二十一世纪的重要文学作品。”作品注重表现原著批判社会的一面，以贾府的兴衰影射陷入泡沫经济低谷的日本社会现实，唤起读者对社会的关注。

日本的游戏公司推出了一款名为《红楼馆奴隶》的成人色情网络游戏，这款游戏推出后即受到中国网民的强烈抗议和抵制，虽然游戏内容与《红楼梦》无关，但游戏主角“林黛玉”与原著相同，是对中国古典文化的侵犯和亵渎。中国游戏公司推出的两款恋爱冒险类游戏《红楼梦》和《林黛玉与北静王》在日本拥有一定数量的玩家。

红楼系列的动漫和游戏作品在数量和传播范围上，远不及《水浒传》《三国演义》《西游记》系列作品，原因有以下两方面：一是《红楼梦》在江户末期传入日本，比其他几部晚了一个多世纪，所以相关的翻案作品少，在民众中的认知度低；二是《红楼梦》的精华之处在于高超的文学水准和艺术表现力，作品所展现的人物性格、语言、诗词以及风俗人情，都是日本读者很难理解的，对其进行改编的难度系数较大，而《水浒传》和《西游记》情节丰富，战争场面、神魔色彩更适合动漫改编。

参考文献

日文主要参考文献

《三国演义》参考文献

著作：

1内藤虎次郎（内藤湖南）.『諸葛武侯』.東京：東華堂.1897.

2小川環樹・金田純一郎.『三国志（三国演義）』（1–10）.東京：岩波書店.1953–1973.

3狩野直禎.『諸葛孔明』.東京：人物往来社.1966.

4吉川英治.『三国志』（1–8）.東京：講談社.1980–1981.

5松本一男.『三国志の英雄群像』.東京：徳間書店.1981.

6狩野直禎.『諸葛孔明』.東京：新人物往来社.1982.

7湖南文山訳.葛飾戴斗插画.落合清彦校訂.『絵本通俗三国志』（1–12）.東京：第三文明社.1982–1983.

8川合康三.『中国の英傑4　曹操』.東京：日本アート・センター.1986.

9林田慎之介.『中国の英傑5　諸葛孔明』.東京：日本アート・センター.1986.

10守屋洋.『「三国志」の人物学』.東京：PHP研究所. 1989.第1版第25刷.

11村上知行訳.『完訳三国志』（1–5）.東京：角川書店.1990.

12花田清輝.『随筆三国志』.東京：第三文明社.1990.初版第6刷.

13竹田晃.『三国志の英傑』.東京：講談社. 1990.

14今戸栄一訳編.『超三国志』（上中下）.東京：光栄社.1991.

15松本一男.『三国志の男たち—その知恵・力・志とは』.東京：PHP研究所.1991.第1版第3刷.

16林田慎之助.『人間三国志』（1–6）.東京：集英社.1992.

17志茂田井樹.『大三国志』（上下）.東京：講談社.1992.
18伴野朗.『三国志孔明死せず』.東京：光栄社. 1992.
19井波律子.『読切り三国志』.東京：筑摩書房.1992.
20立間祥介.『「三国志」真説　諸葛孔明』.三笠書房.1992.
21松本一男.『三国志こぼれ話』.東京：日本文芸社. 1992.
22守屋洋.『三国志—英雄たちの戦い』.東京：PHP研究所.1992.
23陳舜臣.『諸葛孔明』（上下）.東京：中央公論社.1993.
24金文京.『三国志演義の世界』.東京：東方書店.1993.
25駒田信二.『三国志故事物語』.東京：河出書房新社.1993.
26桐野作人.『破三国志』（1–3）.東京：学習研究社.1993–1994.
27狩野直禎.『「三国志」の知恵』.東京：講談社.1994.　第21刷.
28周大荒著.渡辺精一訳.『反三国志』（上下）.東京：講談社.1994.
29陳舜臣.『三国志と中国人』.東京：文芸春秋. 1995.
30中林史朗・渡辺義浩.『三国志研究要覧』.東京：新人物往来社.1996.
31井波律子.『三国志曼荼羅』.東京：筑摩書房.1996.
32坂口和澄.『真説三国志』.東京：小学館.1997.
33中川諭.『「三国志演義」版本の研究』.東京：汲古書院.1998.
34童門冬二.『新釈三国志』（上下）.東京：学陽書房. 1999.
35井波律子.『三国志演義』.東京：岩波書店. 1999.第10刷.
36三好徹.『興亡三国志』（1–5）.東京：集英社.2000.
37安能務訳.『三国演義』（1–6）.東京：講談社.2001.
38北方謙三.『三国志』（1–13）.東京：角川春樹事務所.2001–2002.
39雑喉潤.『三国志と日本人』.東京：講談社.2002.
40伴野朗.『呉・三国志』（1–10）.東京：集英社. 2003.
41守屋洋.『「三国志」勝機をつかむ人間学』.東京：ビジネス社.2003.
42柴田錬三郎.『英雄三国志』（1–6）.東京：集英社. 2004.
43渡辺精一.『全論　諸葛孔明』.東京：講談社. 2004.
44宮城谷昌光.『三国志』（1–9）.東京：文芸春秋.2004–2010.
45立間詳介訳.『三国志演義』（1–4）.東京：徳間書店.2006.
46仲路さとる.『異三国志』（1–2）.東京：学習研究社.2006.
47田中尚子.『三国志享受史論考』.東京：汲古書店.2007.
48伴野朗.『英傑たちの「三国志」』.東京：日本放送出版協会.2007.

49渡辺義浩.『三国志研究入門』.東京：日外アソシエーツ.2007.
50中村愿.『改訂新版　三国志曹操伝』.東京：新人物往来社.2007.
51丹羽隼兵.『「三国志」の言葉』.東京：PHP研究所.2007.
52丹羽隼兵.『「新訳」三国志』.東京：PHP研究所.2008.
53陳舜臣.『曹操残夢—魏の曹一族』.東京：中央公論新社. 2008.
54守屋洋.『「三国志」乱世の人物学』.東京：PHP研究所.2008.
55坂口和澄.『逸話で綴る三国志』.東京：徳間書店.2008.
56童門冬二.『三国志・赤壁の戦い』.東京：PHP研究所.2008.
57井波律子.『中国の五大小説（上）　三国志演義・西遊記』.東京：岩波書店.2008.
58陳舜臣.『秘本三国志』（1–5）.東京：中央公論新社.2009.
59塚本青史.『仲達』. 東京：角川書店.2009.
60立間祥介.『横山光輝「三国志」大研究』.東京：潮出版社.2010.

文章：

1志田不动磨.《三国演义的一解释》.《神户大学文学会研究（文学篇）》23.1961.
2香坂顺一.《三国演义的语言》.《中国的八大小说》（平凡社）.1965.
3山本健吉.《三国演义的文学》.《中国的八大小说》（平凡社）.1965.
4立间祥介.《三国演义的主线》.《中国的八大小说》（平凡社）.1965.
5西野贞治.《三国演义的研究和资料》.《中国的八大小说》（平凡社）.1965.
6长泽规矩也.《日光山〈天海藏〉主要古书解题》.日光山轮王寺.1966.
7高桥繁树.《三国杂剧和三国平话（1）——虎牢关三战吕布》.《中国古典研究》19.1973.
8高桥繁树.《连环记的虚构——三国杂剧和三国平话（2）》.《目加田诚博士古稀纪念 中国文学论集》.1974.
9芦田孝昭.《三国平话的构造和文体》.《目加田诚博士古稀纪念 中国文学论集》.1974.
10高桥繁树.《〈诸葛亮博望烧屯〉的考察——三国杂剧和三国平话（3）》.《中国古典研究》20.1975.
11高桥繁树.《〈刘玄德醉走黄鹤楼〉的考察——三国杂剧和三国平话（4）》.《佐贺大学教养部纪要》8.1976.
12立间祥介.《关于〈三国演义〉的“七实三虚”》.《一桥论丛》78–3.1977.

13尾上兼英.《〈成化说唱词话〉试论（一）——围绕〈花关索传〉》.《东洋文化》58.1978.

14小川阳一.《〈三国志演义〉的人物表现——与相书的关系》.《中国人性研究》.创文社.1983.

15中村幸彦.《唐话的流行和白话文学书的输入》.《中村幸彦著述集》七.中央公论社.1984.

16上野日出刀.《关于〈三国志演义〉》.《活水论文集》27.1985.

17金文京.《关羽的儿子和孙悟空》（上）（下）.《文学》54-6.9.岩波书店.1986.

18上野隆三.《〈三国演义〉的赵云像》.《中国文学报》38.1987.

19小川阳一.《明代的相法——以三国志演义和金瓶梅词话为中心》.《东方学》76.1988.

20金文京.《〈三国演义〉版本试探》.《集刊东洋学》61.1989.

21中川谕.《〈三国演义〉版本的研究——毛宗岗本的成立过程》.《集刊东洋学》61.1989.

22金文京.《罗贯中的本贯》.《中国古典小说研究动态》3.1989.

23中川谕.《关于嘉靖本〈三国志通俗演义〉中的“关羽的死期”的场面》.《文化》54-1.2.1990.

24立间祥介.《花关索传的“花”和“少年浪子”》.《艺文研究》54.1989.

25上田望.《〈三国演义〉版本试论——关于通俗小说流行的考察》.《东洋文化》71.1990.

26上野隆三.《关于魏延》，《富山大学教养部纪要（人物社会科学）》24-1.1991.

27庄司格一.《关于〈三国志评话〉》.《东洋文化研究所纪要》11.1991.

28土屋文子.《“羽扇纶巾”和诸葛亮》.《早稻田大学文学院文学研究科纪要（文学艺术）》别册18.1992.

29上田望.《〈三国演义〉版本试论——关于通俗小说流传的一考察》.《关于明代三国故事的通俗文艺——以〈风月锦囊〉所收〈精选续编赛全家锦三国志大全〉为线索》.《东方学》84.1992.

30中川谕.《〈三国志演义〉版本的研究——建阳刊〈花关索〉系诸本的相互关系——》.《日本中国学会报》44.1992.

31土屋文子.《人物故事的传承和土壤——〈三国志演义〉的成立》.《中国文学研究》18.1992.

32中川谕.《〈三国志演义〉版本的研究——〈关索〉系诸本的相互关系》.《集刊东

洋学》69.1993.

33上野隆三.《中国四川国际三国文化研讨会——中国〈三国演义〉的研究动向》.《中国文学报》46.1993.

34吉永慎二郎.《关于〈三国志演义〉中的义气——关于中国文化的社会风俗考察》.《秋田大学总合基础教育研究纪要》1.1994.

35高桥繁树.《关羽——成为神的英雄》.《しにか》5–1.1994.

36大塚秀高.《关羽的故事》.《しにか》5–4.1994.

37井波律子.《日本人和诸葛亮》.《しにか》5–4.1994.

38海野弘.《秘密结社和〈三国志演义〉》.《しにか》5–4.1994.

39细井尚子.《舞台上的英雄像》.《しにか》5–4.1994.

40德田武.《江户时代的〈三国志演义〉》.《しにか》5–4.1994.

41渡边由美子.《关于〈绘本通俗三国志〉——其插图和成立事情》.《东洋大学文学部纪要》四七.1994.

42中川谕.《江户时代后期〈三国演义〉的接受——洒落本〈讃极史〉》.《集刊东洋学》七一.1994.

43鸟居フミ子.《中国素材的日本演剧化——〈三国志演义〉和净琉璃》.《东京女子大学比较文化研究所纪要》第五九卷.1998.

44王晓平.《那三国不是这三国》.中华读书报.

45严绍璗.《日本古代小说的产生与中国文学的关联》.《国外文学》.1982年第2期.

46严绍璗.《明清俗语文学的东渐和江户时代小说的繁荣》.《北京大学学报（哲学与社会科学版）》.1985年第3期.

47叶渭渠.《日本文学研究方法论》.《日本学刊》.1994年第4期.

48叶渭渠.《日本吸收外来文学的模式》.《外国文学》.1997年第1期.

49王晓平.《日本的日中文学比较研究》.《日本学刊》.1997年第6期.

50马兴国.《日本文学基本特征及日本文学史研究意义》.《日本研究》1998年第4期.

51倪永明.《〈三国志〉日译本评介》.《古籍研究》.2004年（下）.

52倪永明.《〈三国志〉日译本得失谈》.《古籍整理研究学刊》.2005年（4）.

53王向远.《日本当代文学中的三国志题材——对题名《三国演义》的五部长篇小说的比较分析》.原载《北京师范大学学报》2006年第3期.

54沈伯俊，金文京.《中国和日本：〈三国演义〉研究的回顾和展望》.《文艺研究》.2006年第4期.

《水浒传》参考文献

著作：

1吸露庵綾足著.『本朝水滸傳』（巻之1−10）.京師書林.1773.

2笠亭仙果編次・一陽齋豊國画.『女水滸伝』.寺町通三条上ル町(京)菊屋安兵衛.天明三（1783）年.

3建歩綺足.『芳野物語』.京都林伊兵衛.大阪浅井吉兵衛.江戸前川六左衛門.不詳.

4山東庵京山訳・歌川国芳画.『稗史水浒传』（上下巻）.永寿堂.文政丑春.

5山東京伝.『梁山一步谈』.不詳

6山東京伝.『天刚垂杨柳』（上中下）.版元通油町.不詳.

7曲亭馬琴訳・葛飾北斎画.『新编水浒画传』（全10冊）.京都書林.東都書林.浪華書林.不詳.

8曲亭馬琴[撰].『本朝水滸傳を読む 并批評』.写本.不詳.

9『芳野物語』.別書名『本朝水滸伝前編』.写本.不詳.

10遅月葉・空阿著.『俳諧水滸傳』（巻之1−10）.書写資料.不詳

11一勇齋國芳画.『水滸傳豪傑百八人』.絵資料.

12滝沢馬琴作・豊国画.『傾城水滸伝』.仙鶴堂.文政8−天保2（1825−1831）

13滝沢馬琴作・豊国画.『傾城水滸伝』.仙鶴堂.文政8−天保6（1825−1835）

14滝沢馬琴作・豊国画.『傾城水滸伝』.仙鶴堂.文政10−天保2（1827−1831）

15岡島冠山訳.『忠義水滸伝』（前後）.東京共同出版株式会社.1907.

16鈴木悦.『水滸伝物語』.東京：実業之日本社.1915.

17山東京伝著・北尾重政画.『忠臣水滸伝』.絵入文庫刊行会.1916.

18大町桂月.『水滸伝物語』.東京：新潮社.1919.

19曲亭馬琴訳.『新編水滸画伝』（一）.有朋堂文庫.1927.

20高井嵐山訳.『新編水滸画伝』（二）.有朋堂文庫.1927.

21高井嵐山訳.『新編水滸画伝』（三）.有朋堂文庫.1927.

22井坂錦江.『水滸伝と支那民族』.東京大東出版社.1942.

23魚返善雄.『新訳水滸伝』.東京：改造社.1949.

24柴田錬三郎.『われら梁山泊の好漢』（全3巻）.東京：潮出版社.1977.

25佐藤一郎訳.『水滸伝』.『集英社版　世界文学全集7　8』.東京：集英社.1979.

26宇野浩二.『西遊記水滸伝物語』（日本児童文庫）.東京：株式会社名著普及会.1982.

27村上知行訳.『水滸伝』（全5冊）.東京：社会思想社.1983.

28中村幸彦編訳.『通俗忠義水滸伝』.『近世白話小説翻訳集』（6—11巻）.東京：汲古書院.1987.

29慌木猛.『反逆者の群像　水滸伝』.東京：日中出版.1988.

30吉川英知.『新・水滸伝』（全4巻）.東京：講談社.1989

31横山光輝.『水滸伝』（第一部～第八部）.東京：潮出版社.1989—1990.

32大高洋司編.『忠臣水滸伝』.東京：和泉書院.1998.

33駒田信二訳.『水滸伝』.東京：平凡社.1990.

34高島俊男.『水滸伝と日本人』.東京：大修館書店.1991.

35『特別展「天保水滸伝の世界』展示図録』.千葉県立大利根博物館.1993.

36伊原弘.『「水滸伝」を読む』.東京：講談社.1994.

37吉川幸次郎・清水茂訳『完訳水滸伝』（全十冊）.東京：岩波書店.1995-1996.

38栗本薫.『魔界水滸伝』.東京：角川書店.1995—1996.

39津本陽.『新釈水滸伝』.東京：角川書店.1999.

40吉岡平.『妖世紀水滸伝』（三部十二冊）.東京：角川書店.2000—2004.

41高島俊男.『水滸伝の世界』.東京：筑摩書房.2006.

42高島俊男.『水滸伝と日本人』.東京：筑摩書房.2006.

43北方謙三.『水滸伝』（全19巻）.東京：集英社.2006—2008.

44今野敏.『奏者水滸伝』（全6巻）.東京：講談社.2009—2011.

45稲田篤信等.『水滸伝の衝撃—東アジアにおける言語接触と文化受容』.東京：勉誠出版.2010.

46竹中労著・かわぐちかいじ画.『新装版・黒旗水滸伝　大正地獄編』（一～四）.東京：晧星社.2012.

47井波律子.『水滸縦横談』.東京：潮出版社.2013.

48吉川英治著・潘越等訳.『新水滸伝』（上下）.長春：時代文芸出版社.2016.

文章：

1宮本陽佳.和刻本『忠義水滸伝』二集について：沢田一斎の関与をめぐって.汲古72.2017.

2小松謙.『水滸傳』本文の研究：「表記」について.和漢語文研究15.2017.

3紅林健志.仮作軍記と『本朝水滸伝』.国語と国文学.94（11）.2017

4劉霏霏.都賀庭鐘読本における『水滸伝』の受容.近世文芸105（0）.2017

5小松謙.『水滸伝』諸本考.京都府立大学学術報告.人文（68）.2016.

6孫琳浄.『南総里見八犬伝』における『水滸伝』の受容：犬田小文吾を中心に.和漢語文研究（14）2016.

7小松謙.金聖歎本『水滸傳』考.和漢語文研究（14）2016.

8中田妙葉.「青頭巾」の翻案方法：『水滸伝』を中心に.東洋法学59（3）.2016.

9張岑.横山光輝作『水滸伝』の構成と人物描写.文化交渉5.2015.

10周娜・劉爽.京伝と馬琴の『水滸伝』——『忠臣水滸伝』と『高尾船字文』の翻案を11中心に.九州共立大学研究紀要5（1）.2014

11曹述燮.『水滸伝』中の美人描写.愛知淑徳大学論集交流文化学部篇3.2013.

12関下稔.『水滸伝』の深層心理を探る——大衆操作の技法とイデオロギーについての考察.立命館国際研究24（3）.2012.

13周萍.国芳の『水滸伝』絵画について.アート・リサーチ11.2011.

14小松謙.『宝剣記』と『水滸伝』——林沖物語の成立について.京都府立大学学術報告人文62.2010.

15今村圭.日本における『水滸伝』語彙・語法研究文献目録.中国研究18.2010.

16小松謙.梁山泊物語の成立について——『水滸伝』成立前史.中国文学報79.2010.

17中野謙一.覚書・『本朝水滸伝』出典拾遺.愛知淑徳大学国語国文32.2009.

18菱岡憲司.馬琴の『水滸伝』観の形成と読本執筆.語文研究106.2008.

19紅林健志.『本朝水滸伝』の典拠と方法.日本文学56（6）.2007.

20石川秀巳.『女水滸伝』論——「江戸の水滸伝」のうち.国際文化研究科論集14.2006.

21井上泰山.書評『中国四大奇書の世界』——『西遊記』『三国志演義』『水滸伝』『金瓶梅』を語る.懐徳72.2004.

22石川秀己.魔星の行方——『忠臣水滸伝』の長編構想.国際文化研究科論集12.2004.

23小松謙.『水滸伝』成立考——内容面からのアプローチ.中国文学報64.2002.

24北村真由美.『水滸伝』の文体——「金聖嘆本」の読法をめぐって.中国文学研究27.2001.

25川浩二.「凶相」と「好漢」——『水滸伝』における人物の容貌描写について.早稲田大学大学院研究科紀要第2分冊47.2001.

26北村真由美.『水滸伝』の表現——「容與堂本」と「金聖嘆本」の比較を通して.中国文学研究26.　2000.

27北村真由美.『水滸伝』における文言と白話の融合.中国文学研究25. 1999.

28奥野美友紀.『本朝水滸伝』の和歌.日本文学45（6）.1996.

29大内田三郎.『水滸伝』版本考——「京本忠義伝」について.人文研究47（3）.1995.

30笠井直美.『水滸』における「対立」の構図.東洋文化研究所紀要122.1993.

31大内田三郎.『水滸伝』版本考——「容与堂本」について.人文研究45（5）.1993.

32鈴木誠.水滸伝語彙・語法研究文献目録稿（中文1949—1990）.中国研究創刊号.1992.

33丹羽謙治.馬琴読み本における『水滸伝』受容の一齣.日本文学39（6）.1990.

34佐藤深雪.長編読本における王国幻想——綾足・京伝・馬琴.日本文学38（3）.1989.

35長島弘明.『本朝水滸伝』の構想.日本文学35（8）.1986.

36大内田三郎.『水滸伝』版本考——『二刻英雄譜』について.天理大学学報129.1981.

37駒林麻理子.『金瓶梅』と『水滸伝』——二つの作品における変化と比較.東海大学紀要教養学部12.1981.

38桑山竜平.翻訳について——稗史水滸伝を中心として.中文研究14.1973.

《西游记》参考文献

著作：

1池田屋清吉.『絵本西遊記』.東京牛込細工町誠光堂.不詳.

2南仙笑楚満人作.歌川国安画.『風俗女西遊記』（前篇・後篇）.東都書房永寿堂.1828.

3『後西遊記国字評』.黙老批評.写本.1833.

4橘南谿撰.神谷克禎.『続西遊記』.1861.

5著作堂撰.『続西遊記国字評』.1833.

6三浦理編集.『絵本西遊記』.東京：有朋堂書店.1913.

7中島孤島.『西遊記』.東京：冨山房.1920.

8弓馆小鰐.『世界大衆文学全集第六十七巻　西游记』.東京：改造社.1931.

9『日本戯曲全集第三十二巻　河竹新七及竹柴其水集——通俗西游记三幕』.東京：正陽堂.

10安藤更生・小杉一雄共訳.『西遊記』第一～四巻).東京：富国出版社.1949

11魚返善雄.『新訳西遊記』.東京：改造社.1950.

12三木栄.『タイ国の「西遊記」』.東京：平凡社.1961.

13岡本隆三.『小説西遊記』.東京：株式会社芸文社.1967.

14太田辰夫・鳥居久靖訳.『西遊記』（上下）.東京：平凡社.1971.

15村上知行訳『完訳西遊記』（上中下）.東京：社会思想社.1976—1977.

16邱永漢.『西遊記』（全8巻）.東京：中央公论社.1977.

17小野忍.『西遊記』（全10冊）.東京：岩波書店.1977—1998.

18陳舜臣.『新西遊記』（上下）.東京：講談社.1978.

19『未翻刻戯曲集8——五天竺』.東京：国立劇場調査養成部芸能調査室.1981.

20中野美代子.『孫悟空の誕生』.東京：玉川大学出版部.1981.

21宇能鴻一郎.『秘本西遊記』.東京：徳間書店.1983.

22宮尾しげを.『しげを漫画図鑑Ⅰ——漫画「西遊記」』.東京：かのう書房.1984.

23太田辰夫.『西遊記の研究』.東京：研文出版.1984.

24中村幸彦編.磯部彰解題.『通俗西遊記（一）』.『近世白話小説翻訳集第十二巻』.東京：汲古書院.1987.

25中野美代子.『西遊記の秘密 タオと煉丹術のシンボリズム』.東京：福武書店.1987.

26村上知行訳.『ザ西遊記　西遊記全訳全一冊』.東京：第三書館.1987.

27中村幸彦編.磯部彰解題.『通俗西遊記（二）』.『近世白話小説翻訳集第十三巻』.東京：汲古書院.1987.

28中野美代子.『孫悟空はサルかな』.東京：日本文芸社.1992.

29小杉未醒.『新訳　絵本西遊記』.東京：中央公論社.1993.

30磯部彰.『「西遊記」形成史の研究』.東京：創文社.1993.

31磯部彰.『「西遊記」受容史の研究』.東京：多賀出版株式会社.1995.

32西孝二郎.『西遊記の構造』.東京：新風社.1997.

33入谷仙介.『「西遊記」の神話学』.東京：中央公論社.1998.

34光瀬龍.『異本西遊記』.東京：角川春樹事務所.1999.

35中野美代子.『三蔵法師』.東京：中央公論社.1999.

36周鋭編・中由美子訳・太田大八画.『絵本西遊記』.東京：童心社.1999.

37中野美代子.『西遊記—トリック・ワールド探訪』.東京：岩波書店.2000.

38斉藤洋文・広瀬弦絵.『西遊記』.東京：株式会社理論社.2004.

39松枝茂夫訳・清水耕蔵絵.『西遊記』.東京：講談社（青い鳥文庫）.2006.

40渡辺仙州編集・佐竹美保絵.『西遊記』（上中下）.東京：株式会社偕成社.2006—2007.

41磯部彰.『「西遊記」資料の研究』.仙台：東北大学出版会.2007.

42国立劇場調査記録科.『国立劇場上演資料集<523>華果西遊記』.東京：日本芸術文化振興会.2009.

43平岩弓枝・蓬田やすひろ画.『西遊記』（全4巻）.東京：文芸春秋.2009.

44磯部彰.『上海図書館所蔵「江流記」原典と解題』.仙台：明倫社.2010.

45中野美代子.『中国の妖怪』.東京：岩波書店.2010.

46磯部彰.『旅行く孫悟空』.東京：塙書房.2011.

47磯部彰.『「西遊記」画三種の原典と解題』.仙台：明倫社.2012.

48中野美代子.『なぜ孫悟空のあたまには輪っかがあるのか？』.東京：岩波書店.2013.

49中島敦.『悟浄歎異』.東京：ゴマブックス会社.2016.

50中島敦.『悟浄出世』.東京：ゴマブックス会社.2016.

文章：

1鳥居久靖.近代日本における西遊記の訳業について.中国語学研究会（関西）月報10.1950.

2沢田美代子.中島敦の世界——「わが西遊記」への過程.大阪府立大学紀要　人文・社会科学10.1962.

3鳥居久靖.続・我が国に於ける西遊記の流行.注文研究6.1966.

4佐々木充.『わが西遊記』の方法（一）.帯広大短期大学紀要4.1967.

5佐々木充.『わが西遊記』の方法（二）.帯広大短期大学紀要5.1968.

6鳥居久靖.再続・わが国における西遊記の流行：「少年西遊記」書誌.中文研究9.1969.

7濱川勝彦.「悟浄歎異」をめぐって中島敦の方法確立期.文林5.1971.

8奥野政元.「悟浄出世」論.活水論文集24.1981.

9中鉢雅量.西遊記の成立.中国文学報35.1983.

10駒林麻理子.『西遊記』の笑いをめぐって.お茶の水女子大学中国文学会報6.1987.

11武者晶子.西遊記研究：三蔵法師一行の変貌.日本文学69.1988.

12入谷仙介.死と再生の物語としての西遊記.アジアの歴史と文化2.1995.

13磯部彰.『西遊記』 物語絵史略.東北大学東北アジア研究センター東北アジア研究3.1999.

14磯部彰.『西遊記』雍正刊本と絵画について.東北アジア研究5.2000.

15奴田原諭.中島敦『悟浄出世』論(国文学,研究発表,第83回二松學舎大学人文学会大会講演題目・研究発表要旨).二松学舎大学人文論叢67.2001.

16杉岡歩美.『悟浄歎異』『悟浄出世』考——中島敦と＜南洋行)＞.同志社国文学60.2004.

17宮坂智美.『西遊記』評点本の研究.金沢大学中国語学中国文学教室紀要第八輯.2005.

18磯部彰.世徳堂刊西遊記の版本研究：明代における完成体『西遊記』の登場.東北大学中国語学文学論集10.2005.

19二階堂善弘.『西遊記雑劇』における華光と大権.東アジア文化交渉研究3.2010.

20工藤真理子.『西遊記』における沙悟浄の前身.文芸論叢33.2013.

21神田正行.曲亭馬琴『西遊記抄録』解題と翻刻(上).明治大学教養論集492.2013.

22神田正行.曲亭馬琴『西遊記抄録』解題と翻刻(下)付.『金毘羅船利生纜』馬琴自序.494.2013.

23井上浩一.日本における子ども向け『西遊記』について –挿話選択の傾向と方法–.国際文化研究19.2013.

24阮毅.日本人と『西遊記』.日本語日本文学23.2013.

25森雅子.石から生まれたもの：孫悟空の誕生に関する一考察.史学85.2015.

26井上浩一.西遊記翻訳史における伊藤貴麿の位置.国際文化研究21.2015.

《金瓶梅》参考文献

著作：

1笑笑生撰・張竹坡批評.『皐鶴堂批評第一奇書金瓶梅』（序目,第1–100回）.影松軒蔵板.

2国周画.『金瓶梅廓魁』.不詳.

3篠斎・黙老・桂窓撰.馬琴答評.『金瓶梅五集篠黙桂三評』.不詳.

4曲亭馬琴著・歌川国安・香蝶楼国貞・一陽斎豊国画.『新編金瓶梅』（第1–10集）.甘泉堂.1831—1847.

5黙老評.『八犬伝黙老評』.著作堂答評.1839.

6柳水亭種清録・一勇斎国芳画.『金瓶梅曽我賜宝』（初,2–4編）.甘泉文慶合梓.1860.

7柳水亭種清録・国貞画.『金瓶梅曽我賜宝』（初編）.甘泉堂.1860.

8柳水亭種清録・一勇斎国芳画.『金瓶梅曽我賜宝』（弐編　三編）.甘泉堂.1860.

9井上進.『金瓶梅と支那の社会状態』（上中下）.上海：日本堂書店.1923.

10夏金畏・山田正文.『全译金瓶梅』.東京：光林堂書店.文正堂書店.1925.

11馬琴作.『新編金瓶梅』（第10集）.著作堂.1944.

12泉修一郎訳.『金瓶梅詞話』.東京：美珠書房.1948.

13尾坂徳司訳.『全訳金瓶梅』（全4巻）.東京：東西出版社.1948–1949.

14林房雄.『金瓶梅』.東京：文芸倶楽部社.1949.

15富士正晴訳.『金瓶梅』.東京：創元社.1957.

16富士正晴訳.『金瓶梅』.『世界大ロマン全集二十五巻』.東京：創元社.1957.

17山田風太郎.『秘鈔金瓶梅』.東京：講談社.1959.

18上田学而訳・清水崑画.『金瓶梅』（全4冊）.東京：人物往来社.1967.

19鳥居久靖.『金瓶梅しゃれことばの研究』.東京：光生館.1972.

20小野忍・千田九一訳.『金瓶梅』（全10冊）.東京：岩波書店.1973–1974.

21澤田瑞穂.『増修　金瓶梅研究資料要覧』.中国文学研究特刊叢書4.東京：早稲田大学中国文学会.1981.

22駒田信二.『私本金瓶梅』.東京：徳間書店.1986.

23中村幸彦・日野龍夫.『新编金瓶梅草稿』.京都：臨川書店.1991.

24日下翠.『金瓶梅—天下第一の奇書』.東京：中央公論社.1996.

25村上知行訳.『金瓶梅』（全4冊）.東京：筑摩書房.1999–2000.

26金文京等.『中国四大奇書の世界』.東京：和泉書院.2003.

27土屋英明.『中国艶本大全』.東京：文芸春秋.2005.

28村上知行訳.『ザ金瓶梅』.東京：第三書館.2006.

29笑笑声著・土屋英明編訳.『金瓶梅』（上下）.東京：徳間書店.2007.

30荒木猛.『金瓶梅研究』.東京：仏教大学.2009.

31林真理子.『本朝金瓶梅』.東京：文芸春秋.2009.

32林真理子.『本朝金瓶梅　西国漫遊篇』.東京：文芸春秋.2010.

33丁耀亢作・土屋英明編訳.『続金瓶梅』.東京：徳間書店.2011.

34山田風太郎.『妖異金瓶梅』.東京：角川書店.2012.

35国立劇場調査養成部.『金瓶梅曽我賜宝』.東京：日本芸術文化振興会.2016.

文章：

1鳥居久靖.『金瓶梅』作者試探.中文研究.4.1964.

2鳥居久靖.『金瓶梅歇後語私釈』（一）.天理大学学報18（2）.1996.

3鳥居久靖.『金瓶梅歇後語私釈』（二）.中文研究7.1967.

4鳥居久靖.『金瓶梅歇後語私釈』（三）.天理大学学報21（2）.1969.

5鳥居久靖.『金瓶梅歇後語私釈』（四）.天理大学学報19（1）.1967.

6鳥居久靖.『金瓶梅歇後語私釈』（五）.天理大学学報19（2）.1967.

7鳥居久靖.『金瓶梅歇後語私釈』（六）.天理大学学報21（4）.1970.

8鳥居久靖.『金瓶梅歇後語私釈』（七）.天理大学学報22（1）.1970.

9鳥居久靖.『金瓶梅歇後語私釈』（補訂）.中文研究12.1972.

10桑山龍平.馬琴の金瓶梅のことなど.中文研究7.1967.

11沢田瑞穂.随筆金瓶梅.中文研究10.1969.

12寺村正男.『金瓶梅詞話』における作者介入文——看官聽説考——.中国文学研究2.1976.

13駒林麻理子.『金瓶梅』と『水滸伝』 二つの作品における変化と比較.東海大学紀要教養学部12.1981.

14川島優子.江戸時代における白話小説の読まれ方——鹿児島大学付属図書館玉

15古屋二夫.金瓶梅詞話集諺——中国諺語資料 (11).中京大学教養論叢23（4）.1983.

16鳥居久靖.京都大学蔵『金瓶梅詞話』残本について.中国語学1955（37）.1955

17日下翠.蘭陵笑笑生について.東方40.1984.

18荒木猛.『金瓶梅』における諷刺－－西門慶の官職から見た.函館大学論究18.1985.

19荒木猛.『話本』と『金瓶梅』.長崎大学教養部紀要人文科学篇30（2）.1990.

20荒木猛.『金瓶梅』に見える明代の用語について.長崎大学教養部紀要人文科学篇32（1）.1991.

21荒木猛.崇禎本『金瓶梅』各回冒頭の詩詞について.長崎大学教養部紀要人文科学篇33（1）.1992.

22荒木猛.『金瓶梅』執筆時代の推定.長崎大学教養部紀要人文科学篇35（1）.1994.

23日下翠.官商としての西門慶.九州大学大学院比較社会文化研究科紀要1.1995.

24荒木猛.『金瓶梅』と楊継盛——小説と戯曲との関係から見た.長崎大学教養部紀要人文科学篇36.1996.

25日下翠.『金瓶梅』をめぐる謎ときの旅——本格研究へ全訳『解禁』はいつ.読売新聞夕刊.1996—10—29.

26日下翠.『金瓶梅』における戯曲的表現.九州中国学会報35.1997.

27藤原聡子.中国白話小説における産婆像–中国白話小説『金瓶梅』から–.国際医療福祉大学紀要2.1997.

28荒木猛.『金瓶梅』各回の回目と標題詩について『金瓶梅』の作者像をめぐつて.仏教大学文学部論集84.2000.

29井上泰山.書評：『中国四大奇書の世界』　『西遊記』『三国志演義』『水滸伝』『金瓶梅』を語る (懐徳堂記念会編 和泉書院 二〇〇三年一月刊).懐徳72.2004.

30日下翠.うごめく欲望、はじける快楽『金瓶梅』.週刊朝日百科世界の文学108.2001.

31雲英未雄・伊藤善隆・二又淳.新収『新編金瓶梅』稿本影印.早稲田大学図書館紀要49.2002.

32小山澄夫.『金瓶梅』の言葉あそび——王十九考——.中国21.2003.

33荒木猛.北京大学図書館蔵馬氏不登大雅文庫旧抄戯曲『金瓶梅』についての一所見.仏教大学文学部論集89.2005.

34神田正行.毒婦阿蓮の造形——『新編金瓶梅』の勧善懲悪.芸文研究91.2006.

35渡辺博文.『金瓶梅詞話』における『西門慶』の罵倒語の研究.神奈川大学大学院言語と文化論集13.2007.

36熊慧蘇.『新編金瓶梅』の武松物語——中国文学からの継承と変容.二松学舎大学大学院紀要21.2007.

37里文庫蔵『金瓶梅』を中心として.中国中世文学研究56.2009.

38川島優子.江戸時代における金瓶梅の受容１.龍谷紀要32（1）.2010.

39川島優子.江戸時代における金瓶梅の受容２.龍谷紀要32（2）.2010.

40鈴木堅弘.春画と挿絵——浮世絵春画における借用表現について.日本研究44.2011.

41戸田聖子.死者の訪れる夢—『金瓶梅』の心理描写—.東北大学中国語学文学論集16.2011.

42田中智行.張竹坡『批評第一奇書金瓶梅読法』訳注稿(上).徳島大学総合科学部人間社会文化研究21.2013.

43田中智行,張竹坡『批評第一奇書金瓶梅読法』訳注稿(下).徳島大学総合科学部人間社会文化研究22.2014.

44阮毅.森鷗外と『金瓶梅』.日本語日本文学24.2014.

《红楼梦》参考文献

著作：

1改琦画.紅楼夢図詠.第1－4冊.

2曹雪琴.『新評绣像紅楼夢全伝』.道光壬辰.

3『宝玉探病』.京都崇文門外打磨厂路南一.堂抄録.

4曹雪琴.『新評绣像紅楼夢全伝』.竜蔵街翰苑楼.光緒3年(1877).

5石原巌徹.『新編紅楼夢』.東京：春陽堂書店.1958.

6伊藤漱平訳.『紅楼夢』（上中下巻）.東京：平凡社.1963.

7富士正晴・武部利男訳.『紅楼夢』.東京：河出書房.1968.

8松枝茂夫訳.『紅楼夢』（全12冊）.東京：岩波書店.1972－1985.

9飯塚朗訳.『紅楼夢Ⅰ』.『集英社版世界文学全集11』.東京：集英社.1980.

10飯塚朗訳.『紅楼夢Ⅱ』.『集英社版世界文学全集12』.東京：集英社.1980.

11飯塚朗訳.『紅楼夢Ⅲ』.『集英社版世界文学全集13』.東京：集英社.1980.

12堺行夫訳.『紅楼夢』.東京：葦書房.1989.

13佐藤亮一訳.『ザ・紅楼夢　全一冊』.東京：第三書館.1992.

14合山究.『「紅楼夢」新論』.東京：汲古書院.1997.

15藤水名子.『風月夢夢 秘曲紅楼夢』.東京：毎日新聞社.2001.

16吉田とよ子.『色は匂へど——「源氏物語」と中国の情艶文学』.東京：上智大学.2004.

17伊藤漱平.『紅楼夢編（上）』.『伊藤漱平著作集　第一巻』.東京：汲古書院.2005.

18船越達志.『「紅楼夢」成立の研究』.東京：汲古書院.2005.

19伊藤漱平.『紅楼夢編（下）』.『伊藤漱平著作集　第三巻』.東京：汲古書

院.2005.

20芦辺拓.『紅楼夢の殺人』.東京：文芸春秋.2007.

21伊藤漱平.『紅楼夢編（中）』.『伊藤漱平著作集　第二巻』.東京：汲古書院.2008.

22王敏.『要訳紅楼夢　中国の源氏物語を読む』.東京：講談社.2008.

23井波律子.『中国の五大小説〈下〉水滸伝・金瓶梅・紅楼夢』.東京：岩波書店.2009.

24合山究.『「紅楼夢」——性同一性障碍者のユートピア小説』.東京：汲古書院.2010.

25井波陵一訳.『新訳紅楼夢』（全七巻）.東京：岩波書店.2013-2014.

文章：

1金子二郎.紅楼夢の版本について.中国語学研究会会報1953（18）1953.

2村上哲見.紅樓夢研究をめぐる批判討論の經過と論點.中国文学報2.1955

3吉村尚子.古典『紅楼夢』は現代中国において如何にとりあげられているか——王昆侖論文の紹介.中京大学論叢教養篇4.1958.

4渡辺尚子.『紅楼夢』の会話に現われた中国女性の『利害』について.中京大学論叢教養篇2.1962.

5加藤豊隆.『紅楼夢』における女性のことば.中国語学137　139　143.1964.

6塚本照和.抄本『紅楼夢稿』の語彙と抄写時期.中国語学149.1965.

7村松（日英）.賈宝玉を通して見た『紅楼夢』の思想.国語国文学・中国語中国文学特集.芸文研究27.1969.

8宮田一郎.<紅楼夢稿>后40回について.人文研究26（7）.1974.

9古屋二夫.紅楼夢集諺——中国諺語資料(5).中京大学教養論叢15（4）.1975.

10駒林麻理子.『紅楼夢』の女性たち.東海大学紀要教養学部9.1978.

11井波陵一.白話小説史に於ける<紅楼夢>の位置.東方学報55.1983.

12合山究.紅楼夢における女人崇拝思想とその源流.中国文学論集12.1983.

13地蔵堂貞二.『紅楼夢』の版本間における言語の差異について.北陸大学紀要15.1991.

14野口宗親.清代北京語の『象声詞』——『紅楼夢』と『児女英雄伝』.熊本大学教育学学部紀要.人文科学42.1993.

15村松（日英）.紅楼夢の小説性——周汝昌の『紅楼夢新證』をめぐつて.芸文研究（4）.1995.

16斎藤喜代子.李卓吾思想の『紅楼夢』への影響について（〈特集〉李卓吾）.陽明学12.2000.

17藤田尚代.『續紅樓夢』考——その『先行作品』との関係及び作風について.仏教大学紀要32.2004.

18孫佩霞・谷中信一.『紅楼夢』と『源氏物語』における恋愛：尚会鵬著『中国人与日本人』より 日本女子大学紀要文学部54.2005.

19渡辺博文.『紅楼夢』における罵倒語の類型と意味(高野繁男教授退職記念号).人文研究：神奈川大学人文学会誌156.2005.

20森中美樹.『紅楼夢』『風月宝鑑』考：明清小説・戯曲に描かれた鏡中世界との比較から.中国中世文学研究51.2007

21池間里代子.『紅楼夢』年表新考.流通経済大学論集45（3）.2010.

22池間里代子.透谷と『紅楼夢』.流通経済大学論集46（3）.2011.

23谷光燦・田代順孝・木下剛.中国古典園林における意境と空間要素の関係に関する研究--小説『紅楼夢』の『瀟湘館』を事例として.食と緑の科学65.2011.

24池間里代子.藤村と『紅楼夢』.流通経済大学論集47（1）.2012.

25池間里代子.『紅楼夢』の文体的特徴——宴席での表現を中心に.流通経済大学論集46（4）.2012.

26船越達志.講演録 紅楼夢の成立過程について.名古屋大学中国語学文学論集24.2012.

27王竹.『紅楼夢』の思想的研究序論(林宏作教授退任記念号).国際文化論集47.2013.

28渋井君也.『紅楼夢』続書における戯曲.演劇映像学2012.2013.

29渋井君也.清代の『紅楼夢』二次創作における悲劇の女性たち——続書・戯曲を中心として——.早稲田大学大学院文学研究科紀要.第2分冊59.2013.

30渋井君也.清代の『紅楼夢』戯曲作家と戯曲創作.演劇映像学2013.2014.

31趙秀娟.『紅楼夢』日訳本における詩歌の翻訳について(伊藤漱平氏『好了歌』の訳を例に).福井工業大学研究紀要45.2015.

中文主要参考文献

1陈寿撰,裴松之注.《三国志》.北京：中华书局.1982.

2罗新璋编.《翻译论集》.北京：商务印书馆.1984.

3周大荒.《反三国志演义》.石家庄：河北人民出版社.1987.

4王晓平.《近代中日文学交流史稿》.长沙：湖南文艺出版社.1987.

5严绍璗.《中日古代文学关系史稿》.长沙：湖南文艺出版社.1987.

6严绍璗,王晓平.《中国文学在日本》.广州：花城出版社.1990.

7曲亭马琴著,李树果译.《南总里见八犬传》.天津：南开大学出版社.1992.

8马兴国.《中国古典小说与日本文学》.沈阳：辽宁教育出版社.1993.

9加藤周一著,叶渭渠等译.《日本文学史序说》.北京：开明出版社.1995.

10高烈夫.《日汉翻译理论与技巧》.北京：商务印书馆.1995.

11叶渭渠.《日本文学思潮史》.北京：经济日报出版社.1997.

12陈惇等.《比较文学》.北京：高等教育出版社.2004.

13杨建文主编.《三国演义新论》.上海：华中理工大学出版社.1999.

14严绍璗.《汉籍在日本的流布研究》.南京：江苏古籍出版社.2000.

15加藤周一著,叶渭渠等译.《日本文化论》.北京：光明日报出版社.2000.

16郑铁生.《三国演义叙事艺术》.天津：新华出版社.2000.

17许钧等.《文学翻译的理论与实践：翻译对话录》.南京：译林出版社.2001.

18王向远.《20世纪中国的日本翻译文学史》.北京：北京师范大学出版社.2001.

19王晓平.《亚洲汉文学》.天津：天津人民出版社.2001.

20王晓平.《梅红樱粉——日本作家与中国文化》.银川：宁夏人民出版社.2002.

21沈伯俊.《三国演义新探》.成都：四川人民出版社.2002.

22朱一玄,刘毓忱编.《三国演义资料汇编》.天津：南开大学出版社.2003.

23孟昭毅.《比较文学通论》.天津：南开大学出版社.2003.

24谢天振主编.《翻译研究新视野》.青岛：青岛出版社.2003.

25叶渭渠,唐月梅.《日本文学史 近古卷》（上下册）.北京：昆仑出版社.2004.

26乐黛云.《比较文学简明教材》.北京：北京大学出版社.2004.

27张哲俊.《东亚比较文学导论》.北京：北京大学出版社.2004.

28罗贯中.《三国演义》.北京：中华书局.2005.

29曹顺庆.《比较文学论》.成都：四川教育出版社.2005.

30 [日]松浦友久著,加藤阿幸,金中译.《诗歌三国志》.西安：西安交通大学出版社.2005.

31王晓平主编.《人文日本新书》.王向远.《源头活水 日本当代历史小说与中国历史文化》.银川：宁夏人民出版社.2006.

32王晓平主编《人文日本新书》.邱岭,吴芳龄.《三国演义在日本》.银川：宁夏人民出版社.2006.

33王向远.《王向远著作集》第四卷《中国题材日本文学史》.银川：宁夏人民出版社.2007.

34钱婉约.《从汉学到中国学——近代日本的中国研究》.北京：中华书局.2007.

35倪永明.《中日〈三国志〉今译与中古汉语词汇研究》.南京：凤凰出版社.2007.

36王晓平.《日本中国学述闻》.北京：中华书局.2008.

37王晓平.《亚洲汉文学》.天津：天津人民出版社.2009.

38罗贯中.《三国演义》.北京：人民文学出版社.2009.

39施耐庵·罗贯中.《水浒传》.北京：人民文学出版社.2009.

40吴承恩.《西游记》.北京：人民文学出版社.2009.

41曹雪芹·无名氏.《红楼梦》.北京：人民文学出版社.2009.

42叶渭渠.《日本小说史》.北京：北京大学出版社.2009.

43鲁迅.《中国小说史略》.北京：中华书局.2010.

44[韩]金文京著.邱岭,吴芳玲译.《〈三国演义〉的世界》.北京：商务印书馆.2010.

45中川谕著.林妙燕译.《〈三国志演义〉版本研究》.上海：上海古籍出版社.2010.

作者赵莹主要参考文献

1赵莹.《〈三国演义〉在日本的译介与研究》.天津：南开大学出版社，2014.

2赵莹.从翻译到再创作——《三国演义》在日本的演化史.《中日文学交流之溯源与阐释——王晓平教授古稀纪念文集》.杭州：浙江工商大学出版社.2016.

3赵莹.日本江户时期的《水浒传》翻案.《国际中国文学研究丛刊》（第七集）.上海：上海古籍出版社.2019.

4赵莹.彼三国非此三国——日本的个性《三国演义》再创作.《作家杂志》.2011年12月.

5赵莹.日本文学中诸葛亮形象的嬗变.《时代文学》.2012年3月.

6赵莹.文如其人——日本学人通过曹操诗文对其进行再评价.《时代文学》.2012年6月.

7赵莹.关于日本的〈三国演义〉人物研究.《语文学刊》.2012年第12期.

8赵莹.《三国演义》在日本的译介.《作家杂志》.2013年2月.

9赵莹.《三国演义》与日本江户文学.《石河子大学学报（哲学社会科学版）》.2013年第3期.

10赵莹.《三国演义》与日本动漫.《时代文学》.2014年3月.

11赵莹.燕人燕语——花田清辉说“三国”.《名作欣赏》.2014年6月.

12赵莹.《三国演义》与日本戏剧——从文学名著到舞台艺术.《名作欣赏》.2014年6月.

13赵莹.《三国演义》的五个日译本.《名作欣赏》.2014年6月.

14赵莹.《水浒传》日译本.《语文学刊》.2018第2期.

15赵莹.《水浒传》在日本江户时期的传播.《名作欣赏》.2018第3期.

16赵莹.战后《金瓶梅》的三部日译本.《名作欣赏》.2018第3期.

17赵莹.《西游记》日译本考.《名作欣赏》.2018第3期.

18赵莹.《西游记》在日本电影中的传播变异.《北方文学》，2018.02.

19赵莹.母性的坚强与活下去的力量.《世界电影》.2018.06.

20赵莹.无意中诞生出的信任的力量.《世界电影》.2019.01.

21赵莹.《水浒传》人物形象在江户绘本小说中的变形.《国际中国文学研究丛刊》（第八集），上海：上海古籍出版社.2020.